눈으로 만든 사람

눈으로 만든 사람

최은미
소설

문학동네

차례

●

보내는 이

진아씨를 떠올리면 나는 언젠가 그녀가 소화기를 사야겠다고 하던 게 생각난다. 진아씨와 많은 날 여러 얘기를 나누었지만 이상하게도 진아씨 하면 그때가 떠오른다. 휴대폰 화면을 밀어올리면서 진아씨는 투척형 소화기로 살까 스프레이형 소화기로 살까 물었다. 식탁에는 견과류 껍데기가 흩어져 있었다. 욕실 거울 위에 붙어 있던 동그란 시계. 변기 안에 떠 있던 참외 씨 하나―그건 진아씨한테서 나온 것일까, 진아씨 남편한테서 나온 것일까, 진아씨 아이한테서 나온 것일까?

　진아씨네서 건너다본 내 집 창문도 기억난다. 저 끝은 작은방 베란다 창. 오른쪽은 중간 방 창. 가운데에 작게 붙어 있는 건 주방 창. 진아씨네서 보면 이십층 외벽에 매달린 내 집은 놀랍도록 왜소해 보였다. 저기가 정말 거긴가? 몇 달 넘게 인테리어를 고민하고 여전히 대출금을 갚고 있는 그 집? 하지만 나는 진아씨네서 내 집을 바라보는 시간을 싫어하진 않았다. 그 시간을 기다리기까지 했다.

다 지난 얘기다. 이제 나는 두 번 다시 진아씨가 살던 집에 들어가볼 수 없다. 하지만 나는 오늘도 진아씨네서 시간을 보내던 때를 떠올린다. 창문 밖이 천천히 짙어지던 저녁을 생각하고 김치냉장고에서 꺼내 먹던 차가운 맥주를 생각한다. 어느 날엔 진아씨 남편의 것이 분명한 면도기로—진아씨는 이 사실을 모른다—겨드랑이 털을 재빨리 밀어버리기도 했다. 진아씨네 식탁 의자는 네 개였고 그중 두 개엔 늘 옷가지가 걸려 있었다. 냉장고 손잡이엔 한참 된 〈겨울왕국〉 스티커. 돌고 또 돌아가는 공기청정기. 나쁨. 상당히 나쁨. 매우 나쁨. 윤이들이 곧 가져올 생활통지표는 잘함. 매우 잘함. 이후 계속 매우 잘함.

하지만 내가 떠올리고 싶은 건 그런 것들이 아니다. 나는 진아씨가 소화기를 주문하던 일을 생각하고 싶다. 에어컨을 틀 만큼은 아니었지만 더웠다. 방문과 창문을 모두 열어젖혔다. 진아씨는 싱크대를 등지고 식탁에 앉아 있다. 쇼핑몰 앱을 열어 검색창에 '소화기'라고 친다. 어떤 업체에서 주문할까 잠시 탐색한다. 소방서에 납품도 한다는 업체를 선택한다. 스프레이형 소화기로 결정한 뒤에는 다용도실에서 먼지를 쓰고 있는 분말소화기를 보고 온다.

거기에 씌울 비닐 커버도 함께 주문한다. 곧 백십일 년 만의 폭염이 찾아올 예정이지만 진아씨도 나도 우리에게 어떤 여름이 올지 알지 못한다. 나는 다만 진아씨 맞은편에 앉아서, 저렇게 여분의 소화기를 준비하는 사람이라면 인생의 어떤 순간에 아주 나쁜 선택을 하진 않을 거라고 생각한다.

그날 진아씨가 주문한 초기 진압 소화 용구는 택배 상자에 그대로 담긴 채 내 집에 있다. 소화기를 주문하는 마음과 이제는 소화기가 필요 없어진 마음, 진아씨, 그 사이엔 뭐가 있는지.

*

진아씨가 떠난 뒤로 내게 과거를 회상하고 현재를 인지하는 기준은 진아씨가 되었다. 옆 동네로 칼국수를 먹으러 가서는 생각한다. 지난번에 이걸 먹을 땐 진아씨가 있을 때였지. 미용실에 가서 뿌리 염색을 하면서도 생각한다. 지난번 염색 때만 해도 나는 언제든 진아씨와 연락할 수 있었는데. 아이가 영어학원 핼러윈 파티 공지문을 가져왔을 때도 생각했다. 작년 핼러윈 때는 진아씨가 있었지. 우리는 두 윤이—진아씨의 윤이와 나의 윤이—를 나란히 세워놓고 뺨에 해골 스티커를 붙여주었다. 눈두덩에 펄 섀도를 잔뜩 발라주고 입가에 피도 흘리게 해주었다. 다이소에 핼러윈 소품들이 등장하면 이젠 선풍기를 넣어놔야 한다. 에어컨에 커버도 씌워야 한다. 하지만 10월이 다 저물어가도록 나는 아무것도 하지 않는다. 카페에서 벌써 캐럴을 튼다는 것에 배신감을 느낀다. 말도 안 되지. 하늘이 저렇게 창창한데 어떻게 벌써 크리스마스를 기다릴 수 있지? 머플러로 목을 가린 사람들을 붙잡고 묻고 싶어진다. 올여름에 정말 더웠잖아요. 안 그래요? 벌써 잊었어요? 떨어져 내리는 나뭇잎들을 보면서 어떻게 하면 진아씨와 예전처럼 지낼 수 있을까 생각한다. 시간을 되돌릴 지점을 궁리하는 사람처럼 지난여름의 장면들을 불러오고, 뒤섞고, 밀어내고, 다시 불러들인다.

일기예보 앱에 일주일 내내 우산이 표시돼 있었다. 아마 7월 초였을 것이다. 홈쇼핑에서 전동 발 각질 제거기 두 개를 주문했다. 하나를 진아씨한테 주었지. 7월 중순엔 젊고 멋진 남자가 내 눈을 보며 말했다. 영수증 버려드릴까요?

건강검진을 받으러 간 병원에서 질문도 받았다. 임신 가능성이 있으신가요? 나는 간호사에게 속삭이듯 답해주었다. 없—어—요—전—혀. 방학 전의 어느 저녁엔 아이랑 둘이 근린공원 옆에 있는 닭갈빗집에 갔다. 아이한테 막국수를 시켜주고 옆에서 청하한 병을 비웠지.

밤새도록 더웠다.

너도나도 한 손에 미니 선풍기를 들고 다녔다. 고무장갑의 손가락 끝이 자꾸 녹았다. 밖에 오 분만 서 있어도 살갗이 아렸다. 차문을 열면 헉 소리가 났다. 에어컨을 틀지 않고는 한 시간도 견디기 힘들었다. 가마솥 더위. 기상관측 이래 최고의 더위. 1994년을 훌쩍 넘어선 더위.

진아씨네 집에 가게 된 걸 폭염 때문이라고 해두자. 아니다. 여름방학 때문이라고 하자. 아이들은 폭염 한중간에 방학을 했고 밖에서 노는 건 불가능했으니. 아이가 방학을 하면 개인 시간은 어차피 없었다. 핸드 로션 바를 틈도 없이 낮시간을 보내다 저녁이 되면 우리는 만났다. 그리고 나는 이제 이런 것들을 되짚는다. 더운데도 머리를 풀고 다니던 것. 바닥에서만 부풀던 풍선. 끈 원피스를 입고 나란히 걸어가던 열한 살 윤이들. 앨리스 양산. 창문이 흔들리던 소리. 바람이 보여준 것들. 그리고 진아, 진아씨. 나는 오늘도 당신을 뭐라고 불러야 할지 모르겠다.

*

진아씨가 이전 글들을 지우지 않았는지 보기 위해 매일 지역 맘 카페에 들어간다. 하루에 서른아홉 번, 어쩌면 아흔아홉 번. 진아씨는 새 글을 올리지도 않았고 이전 글과 댓글들을 지우지도 않았다. 지난 두 달, 어디서도 진아씨가 움직인 흔적을 찾을 수 없다. 나는 진아씨가 그동안 올린 글 목록을 습관처럼 읽는다. 오늘 문 여는 안과 있나요? 지금 코스트코 주차장 상황. 아이사랑적금 넣

고 계신 분. 머리는 몇 살 돼야 혼자 말릴까요. 외부 새시 교체 견
적이요. 티벳버섯 효과 어떤가요?

고추청을 담갔다는 게시 글도 있다. 나는 그 글을 제일 자주 클
릭해본다. 내가 아는 진아씨는 그런 걸 담가 먹는 사람이 아니다.
담갔다면 나한테 나눠주지 않았을 리도 없다. 나는 고추청 때문에
그 닉네임—윤이맘7—이 진아씨가 아닐 수도 있다고 생각했다.
하지만 다른 글들은 진아씨가 아니라고 보기가 더 힘들었다. 무엇
보다 윤이맘7이 올린 사진 중엔 진아씨의 카톡 프로필 사진과 같
은 게 있었다. 진아씨네 식탁 등 사진이었다.

누군가 매직펜을 든다. 천장에서부터 선 하나를 그어 내린다.
허공에 탐스럽고 둥근 갓 하나를 띄운다. 폭염에 갈 곳 없는 이들
을 위해. 무채색으로 가라앉은 진아씨네 집에서 식탁 등은 제일
빛나는 사물이었다. 우리는 그 등 아래에서 얼마나 여러 초저녁
함께 술을 마셨던가. 윤이들은 집안에서 안전하게 놀고 있고 남편
들은 안 오거나 늦었고 우리에겐 술을 마시지 않을 수 없는 많은
이유들이 있었다.

그 등 아래에서 나는 진아씨한테 이런 얘기를 들었다.

진아씨는 어느 해 여름에 과 사람들과 엠티를 갔다. 야구모자
를 쓰고 있었다. "더워도 야구모자는 한번 쓰면 벗기 힘들잖아. 머
리가 눌려서 엉망이니까." 과 사람들이 다 모인 자리, 친한 동기가
장난을 치다 진아씨의 야구모자를 확, 벗긴다. 벌겋게 익은 얼굴

과 납작하게 엉겨붙은 머리가 만천하에 드러난다. 몇 초간의 정적과 시선이 진아씨한테로 쏟아진다.

이런 얘기도 들었다.

서윤이는 밤에 잠을 안 자는 아기였다. 두 돌이 막 지난 진아씨의 윤이는 새벽 세시, 주방 놀이 장난감을 펼쳐놓고 거실 한쪽에서 도마질을 한다. 그러다 심심하면 엄마를 부른다. "진아야. 진아야!" 진아씨는 잠이 쏟아져서 대답을 할 수가 없다. 새벽 네시, 윤이는 주방 놀이를 접고 블록을 쌓는다. 그러다 역시 "술 취한 노인네처럼" 집안이 떠나가라 엄마를 부른다. "진아야. 진아야아아아!" 날이 밝아오기 시작하면 윤이는 난장판이 된 거실 아무데나 누워 잠이 든다.

그런 얘기를 들으며 나는 거실 저쪽에서 도란도란 놀고 있는 윤이들을 아득한 마음이 되어 쳐다보곤 했다. 이젠 다 컸어. 그치? 쟤들 어릴 때 우리 얼마나 힘들었어. 지금은 그때보다 낫잖아. 그렇잖아? 잘 놀다가도 툭하면 싸우고, 식탁으로 조르르 달려와서 한 명이 한 명을 일러바쳤잖아.

윤이들이 같은 어린이집을 다니던 세 살 때부터였으니까 진아씨를 알고 지낸 시간은 짧지 않았다. 그땐 진아씨도 나도 직장을 다니고 있어서 아이들을 데리고 자주 보긴 힘들었다. 그래도 마음으론 다른 사람들보다 서로를 각별히 생각했다. 둘 다 외동인 여자아이를 키우고 있었고—이름 끝 자까지 같은—, 같은 단지 안에서도 앞동 뒷동에 살았고—둘 다 꼭대기 층인—, 많은 것들이 불안했지만 적어도 서로 때문에 불안하진 않았다. 윤이들이 다른 유치원에 가게 되면서 자연스럽게 연락이 뜸해졌지만 몇 달 만에라도 불쑥 이런 메시지를 주고받곤 했다. '뒤 베란다에 계속 불 켜져 있네, 영지씨.' '이런 깜빡했네. 고마워, 진아씨.'

윤이들이 초등학교에 들어가면서부터는 아이들이 일곱 살이 될 때까지 버텨온 직장생활을 진아씨도 나도 포기했다. 그후에는 놀이터, 단톡방, 투썸 모닝 세트, 그 담임 어때? 그 학원 어때? 그 엄마 어때? 그리고 몇 년이 지나 이제 윤이들은 열한 살이 되었다. 나는 단톡방과 투썸에서 빠져나왔다. 고개를 들어보니 저 건너, 지진이 나면 제일 먼저 흔들릴 꼭대기 층, 불이 나면 가장 빠져나오기 힘든 톱 층의 플라워포트 펜던트 아래에서, 진아씨가 나를 기다리고 있었다.

"그래서 그 동기는 어떻게 했어?"

그러니까 진아씨의 야구모자 굴욕 사건이라든지, 진아씨의 윤이가 한때 얼마나 엄청났는지 하는 얘기들을 나는 수년에 걸쳐 천천히 알게 된 것이 아니었다. 초등학교에 가서도 4학년이 되어서야 같은 반이 된 윤이들이 방학을 한, 지난여름의 한 달 동안에 알게 된 것이었다. 진아씨가 아직 윤이의 배냇머리 일부를 보관하고 있다는 것. 자신이 스물두 살에 뽑은 사랑니와 사랑니를 감싸고 있던—피 묻은—거즈까지도 보관하고 있다는 것. 진아씨네는 칼이 아주 잘 들고, 진아씨 남편은 주말에만 온다는 것. 그리고 진아씨는 주걱을 꼭 보온중인 밥통 속에 넣어놓았다. 진아씨가 초등학생일 때부터 진아씨의 엄마는 말했다. 주걱은 밥통 속에 넣어놓으면 안 된다, 진아야. 살아오면서 진아씨는 엄마의 말대로 하지 않은 게 하나도 없었다. 이제 진아씨는 엄마의 말을 매일매일 어기기 위해 매일매일 주걱을 밥통 속에 넣는다. 그리고 또…… 팔 년을 봐오면서도 진아씨에 대해서 아무것도 몰랐구나 싶을 만큼 진아씨는 단기간에 나에게 쏟아져 들어왔다. 나는 성큼성큼 빨아들였다. 진아씨한테 빠져들어갔다. 정신을 차리기가 힘들었는데, 실은 정신을 차리고 싶지도 않았다. 나는 예전부터 그런 편이었다. 좋아할 만하다 싶으면 쉽게 마음을 주었다. 마음을 먹고, 마음을 주고, 그런 후에는 전력을 다했으며, 다한 만큼 욕구가 충족되지 않으면 상처를 받고, 더 나아가면 남몰래 앙심을 품었다.

나는 알고 있었다. 진아씨네 식탁 등이 아무리 각별해도 여긴 내 아이의 친구 집이다. 진아씨는 내 아이 친구의 엄마이며, 지켜야 하는 선이 있다. 비슷한 여건과 생각을 가진 사람을 만나 관계를 이어가는 게 쉽게 일어나는 일이 아니라는 걸 나는 이제 아는 나이이므로, 이 관계를 오래 가꿔가고 싶다면 혹 들어가선 안 된다. 우리를 짓누르는 사회구조적인 것들에 대해선 얼마든지 얘기를 나눠도 좋지만 개인적인 고통을 털어놓는 건 신중해야 한다. 아이들 사이에 문제가 생겼을 경우 내 아이에게 불리한 빌미가 될 수도 있으므로, 내 스트레스 상황 또한 너무 드러내는 건 좋지 않다.

하지만 한낮의 폭염이 조금씩 내려앉고 저 아래 땅에서 식은 김이 올라오는 저녁이 되면, 아이들이 남긴 저녁 반찬을 안주 삼아 한 잔, 또 한 잔 마시다보면 나는 그 선을 살짝 넘어가보고 싶어지는 것이었다. 펜던트 조명 아래에 있으면 나는 어느 때보다도 예뻤다―그 무렵 내가 건진 셀카는 다 진아씨네 식탁에서 찍은 것이었다. 나는 그곳에서 진아씨와 마주앉아 있는 내가 마음에 들었다. 진아씨네 집으로 건너가 있으면 나는 혼자서 마시는 키친 드링커도 아니었고 사회적으로 고립된 느낌에서도 잠시간이나마 벗어날 수 있었다. 아이한테 뭔가를 해주고 있다는 느낌도 받을 수 있었다. 단짝 친구를 만들어주고 있다는 느낌. 아이를 통해 맺는 인간관계의 한계, 그걸 넘어선 친밀감을 갈망하면서도 아이를 포함시키지 않으면 불안했다.

마무리 의식처럼 혼자 진아씨네 베란다로 나가는 건 대체로 술이 관자놀이 아래까지 차오른 때쯤이었다. 저희들끼리 재미있는 윤이들과 식탁의 그릇을 정리하는 진아씨를 뒤로하고 베란다로 나서면 다른 온도, 다른 소음, 다른 공기가 나를 감쌌다. 나는 일단 숨을 한 번 내뿜고, 베란다 외부 창을 드르륵 연다. 에어컨 실외기의 후끈한 바람에 먼저 얼굴을 내준다. 이십층 베란다 난간을 짚고 서서 8월의 열대야 공기를 들이켠다. 다시 뱉어내며 몇 초간 더운 바람을 고르고 나면 저 건너 꼭대기 가장자리, 내 집이 보였다. 내가 사는 집. 두세 방울의 불빛으로 겹쳐지면서 아른아른 떠 있는 집. 나는 그 순간의 느낌을 위해 집에 일부러 불을 켜두고 오기도 했다. 내 십여 년이 통째로 담겨 있는 곳을 보려고. 일어났다 사라지고, 솟아났다 흩어지고, 눌리고, 찌그러지고, 터져나와 천장에 파편처럼 박혀버린 모든 감정, 말들, 욕과 사랑, 애원과 멸시, 체념, 기대, 자책과 비명, 난간을 잡고 비틀, 하면서 그걸 건너다보고 있으면, 하…… 그래 씨발, 뭐 있나, 나의 윤이도, 진아씨의 윤이도, 진아씨도, 남편도, 나 자신까지도, 나는 다 사랑할 수 있을 것만 같았다. 어떤 수단으로든 나에겐 그런 감정적 고양 상태에 도달하는 것이 너무나 중요했다. 그런 걸 안 느낀 날은 초조하고 또 초조할 정도로.

아이와 함께 집으로 걸어가는 동안에도 가슴은 식을 줄을 몰랐다.

"하윤아."

나는 아이의 어깨를 힘껏 당겨 안고는 하늘을 올려다본다.

"우리 오래오래 친하게 지내자."

"우리?"

"서윤이네랑 말이야. 하윤아, 너 다른 애랑은 싸워도 서윤이랑은 싸우면 절대 안 돼. 알지?"

엘리베이터 앞에 서서 나는 아이의 머리를 쓸어준다. 이리 보고 저리 봐도 예뻐서 얼굴을 한참 들여다본다.

"세상에서 제일 예쁜 내 새끼. 나는 니가 좋아서 정말, 가슴이 터질 것 같아."

아이를 으스러지게 껴안는다. 볼을 비빈다. 코도 비비고 이마도 맞대고 입술에도 뽀뽀, 뽀뽀. 엘리베이터에 타서도 두 손으로 귀를 당기고, 쓰다듬고, 다시 껴안고, 터뜨릴 듯이 끌어당긴다.

"숨막혀, 엄마."

엘리베이터 문이 열리자마자 아이는 탈출하듯 달려가 현관 도어록을 누른다. 남편은 귀가 전이다. 내 집 현관에서 신발을 벗는 시간, 나는 알알하고 허망해서 어떻게 해야 할지를 모르겠다. 허망한 채로도 이렇게 차올라서, 이 마음을 이제 어디에 쓰지.

*

당연한 말이지만 내 집에서도 진아씨네 집이 보인다. 싱크대 앞에서 고개만 들면 주방 창문 저편으로 뒷동의 스카이라인이, 진아씨네 집 전면이 보인다. 외부 창마다 엑스 자가 그어져 있는 건 지난여름의 흔적이다. 엑스 자는 고층일수록 많고 주로 알루미늄 창인 집들에 집중돼 있다.

진아씨는 정말로 창호를 새로 하고 싶었을까. 카페에 올린 글을 보면 주기적으로 견적을 알아봤던 것 같다. 아파트 톱 층은 여러 가지가 과하게 오는 곳이었다. 빛과 열도 과하게 쏟아졌고 바람

도 과하게 통과했다. 지어진 지 이십 년이 넘은 노후된 아파트에
는 창호 광고지가 자주 날아들었다. '지난겨울에 추웠던 창호, 올
겨울에는 더 춥습니다.' '창호만 바꿔도 연간 냉난방비 사십 프로
가 절감됩니다.' '태풍은 매해 오고 미세먼지는 매일 옵니다. 건강
과 안전을 위해 창호를 바꾸세요.' 그런 광고지가 현관에 붙어 있
던 어느 날은 줄자와 계산기를 품에 안고 창호 교체의 열망에 싸
여 밤을 보내기도 했다. 뒷동과 앞동을 훑다보면 창호를 새로 한
집들은 도드라지는 흰 선 안에 안전하게 들어가 있었다. 올 수리
의 정점이자 핵심은 바로 창호지. 이십육 밀리 로이 유리로 외부
창을 전부 바꾸고 내부 창은 폴딩 도어를 다는 거야. 단열과 방음
은 기본, 이젠 강풍이 불어도 집이 덜그럭거리지 않는 거야.

  하지만 언젠가부터 나는 창호 생각을 접었다. 그게 언제부터였
는지는…… 잘 모르겠다. 그냥 어느 순간 집을 손보고 가꾸는 데
돈을 쓰는 게 의미 없게 느껴졌다. 얘기를 나눠보면 진아씨도 나
와 다르지 않은 것 같았다. "이제 와 새삼." 우리는 에어 프라이어
에 먹태 껍질을 튀겨 먹으며 그런 얘기를 했다. 윤이들이 여름내
슬라임을 사랑하는 동안 우리는 에어 프라이어를 사랑했다. 오늘
은 여기다 뭘 해 먹어볼까. 웨지감자에 닭 윙에 고구마스틱에 식
빵 러스크도 만들고, 인스타에서 보니까 막창도 맛있겠더라. 에
어 프라이어가 돌아가는 동안 윤이들은 슬라임을 직접 만들겠다
고 천사점토와 물풀 같은 것들을 가져다 거실에 늘어놓았다. 비율

을 따져가며 베이킹 소다도 넣고 리뉴도 넣고 셰이빙 폼도 넣어서 섞고 또 섞었다. 그러면 정말로 슬라임이 되었다. 아이들은 그 이물스럽고 차가운 덩어리를 만지고 뭉치고 바닥에 대고 늘여서 풍선을 만들었다. 아이들이 환호를 하면서 엄마들을 부르면 우리는 역할극을 하는 배우처럼 거실로 걸어가 바닥에서 부풀었다 바닥으로 꺼지는 풍선을 묘한 마음으로 내려다보곤 했다. 에어 프라이어를 열고 간식을 꺼내놓으면 아이들은 슬라임 한 덩어리씩을 내밀며 엄마들한테도 만져보라고 애원했다. 같이 좀 좋아해줘, 우리 좀 이해해줘, 라고 말하듯이. 그러면 진아씨도 나도 손사래를 쳤다. "이거 다 안 좋은 성분이야. 그만 만져." "우리가 직접 만든 건 괜찮다니까." 그런 실랑이들. 아이들이 식탁 위로 몸을 숙일 때마다 식탁 저편의 진아씨가 조금씩 가려졌다. 그때마다 나는 이상하게 조급하고 애틋한 마음이 되어 진아씨를 건너다봤다. 집에선 늘 냉장고 바지를 입고 있는 진아씨. 눈밑 살이 점점 꺼져가는 진아씨. 수학 경시대회만 나가면 톱이었던 진아씨. 주말에는 거실 블라인드를 한 번도 올리지 않는 진아씨. 어두컴컴해지면 동 옆 공터에서 혼자 줄넘기를 하는 진아씨. 윤이맘7이 확실한 진아씨, 내 앞에선 집 따위에 초연했었는데 뒤에선 계속 창호 견적을 알아보고 있었어. 그렇지?

지역 맘 카페에서 진아씨 글을 보지 않았다면 어땠을까 생각해본다. 진아씨가 어떤 얘기들은—'펑 예정'이라는 사전 경고도 없이—올리고 곧 지운다는 걸 몰랐다면 어땠을까. 맘 카페에 들락거리는 그 마음을 나 또한 모르지 않았다. 어디에도 말할 수가 없는 마음, 너무 사랑해서 말할 수 없고, 사랑하지 않아서 말할 수 없고, 가까워서 말할 수 없고, 멀어서 말할 수 없고, 구차하고 흔해서 말하고 나면 별게 아닌 게 되어버리는 얘기들. 힘내라는 댓글 딱 하나만 보고 내리려고 올리는 글들. 아무리 억지스러운 얘기를 올려도 수십만의 회원 중에 한 명은 호응을 달아주는 사람이 있었다. 거기선 모두가 거침없었다. 재판관과 상담사와 의사와 친구 역할을 돌아가며 했다. 당장 이혼하세요. 안 봐도 뻔해요. 그런 엄마 그냥 차단하세요. 그걸 왜 참으세요? 얼마나 속상하셨을까요. 에궁. 토닥토닥. 하트를 날리고 눈물을 글썽이며 격하게 껴안는 브라운과 코니. 즉각적인 공감과 위로를 받고 고개를 끄덕이며 글을 내린다. 하지만 매일 얼굴을 보는 사람 앞에선 에어 프라이어에 뭘 해 먹을까만 얘기하는 것이다.

하지만 진아씨, 진아씨가 오 분 만에 내린 글을 읽은 육십육 명의 조회자 중에 내가 있을 수도 있다는 생각은 설마 못했는지. 게시 글이 아니라 무심코 달아놓은 댓글에서 진아씨에 대한 여러 정보를 얻었다는 걸 알고 있는지. 친정 식구들이랑 가려고 스리 베드룸 풀 빌라 알아보고 있다며. 진아씨, 다낭 가? 나한텐 그런 얘기 없었잖아. 동파육을 추천한다는 댓글도 달았더라. 진아씨, 지난 주말에 신랑이랑 이연복 셰프 식당에 간 거야? 나한테 그런 얘기 없었잖아?

어느 순간부터 나는 진아씨가 어떤 얘기를 해도 서운했고 어떤 얘기를 하지 않아도 서운했다. 겉으로는 티내지 않았다. 진아씨가 나한테 해주지 않은 얘기를 내가 알고 있다는 걸 진아씨는 전혀 몰랐다. 맘 카페에서 진아씨를 봤다고 터놓고 말할 수는 없었다. 윤이맘7이 단 댓글에선 남이 알기를 바라지 않을 듯한 진아씨의 아주 사적인 얘기까지도 유추할 수 있었기 때문이다. 나는 진아씨에 대해서 몰라도 되는 걸 알게 될 때마다 진아씨가 더 특별하게 느껴졌다. 그런 마음이 들수록 진아씨와 나누는 얘기들이 점점 시시해졌다. 전엔 4나 5까지만 가도 즐겁고 흥미로웠지만 이젠 8을 넘어가지 않으면 충족이 되지 않았다. 나는 더 가길 원했다. 시이모가 암인데, 그러니까 무슨 암이냐고, 몇 긴데. 힘든 건 알아. 그러니까 뭐가 어떻게 힘든데. 진아씨 사정은 뭔데. 너도나도 비슷하게 겪는 그런 거 말고 난 진아씨만의 질감을 원해. 조금 더 간질간질한 디테일을 나한테 달라고, 진아씨. 맘 카페에서 모르는 여자들이랑 나누지 말고 나랑 나눠. 우리가 특별한 사이라는 걸 조금만 더 느끼게 해줘. 나는 다른 거 안 바라. 무심코라도 하루 안부 물어주는 거. 하루에 십 분쯤은 온통 그 사람한테만 집중해주는 거. 남편이랑은 이제 못하는 거. 남편 때문에 다른 사람이랑도 못하게 된 거. 그걸 나랑 하자.

당연히 이 모든 건 속으로만 한 생각이었다. 나는 진아씨한테

대놓고 묻거나 재촉한 적이 한 번도 없었다. 하지만 서운하고 허탈한 마음까지 없앨 수는 없었다. 아이가 잠들고 나면 불을 끈 주방 창문 앞에 서서 원망스러운 마음으로 진아씨네를 건너다보는 일이 잦아졌다. 진아씨는 그런 내 마음을 아는지 모르는지 내일은 하윤이가 좋아하는 약단밤을 구워보자느니 하는 메시지를 보냈다. 나는 일이 생겼다거나 피곤하다는 핑계를 대며 진아씨네로 건너가는 날을 줄였다. 더워서 집에만 틀어박혀 아침을 하고 설거지를 하고 빨래를 널고 다시 점심을 하고 설거지를 하고 청소를 하고 간식을 만들고 다시 저녁을 하고 설거지를 하고 기진맥진해서 혼자 맥주 캔을 따고, 왜 잘함이 두 개나 돼, 전부 다 매잘이어야지! 아이한테 취중 진담을 하고, 나머지 시간엔 주방 창문 앞에 우두커니 서서 진아씨네 어느 방에 불이 켜져 있는지를 지켜보곤 했다.

어느 날 점심을 먹다가 윤이가 말했다.

"엄마, 어제 서윤이가 고양이 카페에 갔는데, 거기 고양이 중에서……"

아이는 고양이 얘길 계속하고 싶어했지만 나한테 중요한 건 그게 아니었다.

"그래서, 누구랑 갔대?"

윤이들을 데리고 같이 고양이 카페에 가자고 했던 건 진아씨였다. 그랬던 진아씨가 메시지 하나 없이 다른 집이랑 간 걸 알고 나서 나는 거실을 서성였다. 그럴 수도 있지, 생각하다가도 갑자기 배신감에 휩싸였고 환영을 만들었다. 진아씨네 식탁 등 아래에 다른 여자가 앉아 있는 환영. 진아씨의 윤이가 나의 윤이가 아닌 다른 아이랑 단짝이 되는 환영. 아이가 잠든 뒤 나는 아이의 휴대폰 비번을 풀고 문자 메시지 내역을 살폈다. 다른 아이들과 주고받은 메시지는 그대로 남아 있는데 서윤이와 주고받은 메시지만 보이지 않았다.

요 며칠 문제집을 펼쳐놓고 끙끙거리다 숨을 길게 내쉬던 아이 모습이 떠올랐다. 끙끙거린 게 숙제 때문이 아닐 수도 있다는 생각이 들었다. 다음날 나는 하윤이를 앉혀놓고 물었다.

"싸웠니?"

하윤이가 한참을 그대로 있다 마지못해 고개를 끄덕였다. 메시지도 다 지웠다고 털어놓았다.

"나쁜 말 썼어?"

"서윤이도 썼단 말이야. 근데 우린 벌써 화해했어."

"내가 서윤이랑은 싸우지 말라고 했잖아. 이런 인연이 또 있는 줄 아니?"

아이가 여러 감정이 뒤섞인 표정으로 나를 쳐다봤다. 그러다 다시 고개를 숙이고는 웅얼웅얼 말했다.

"서윤이 좀 짜증날 때 있어."

"짜증? 어떻게 친구한테 그런 말을 써!"

"잘 있다 갑자기 삐친단 말이야. 근데…… 이유를 모르겠어."

표정을 보니 그 문제가 아이를 꽤 힘들고 답답하게 하는 것 같았다.

"니가 뭐 섭섭하게 한 거 없어?"

그 말에 하윤이가 억울하다는 듯 나를 건너다봤다. 곧이어 눈에 눈물이 고여들었다.

"나는 정말…… 모르겠다고. 서윤이가 좋은데 모르겠다고."

하윤이가 잠든 뒤 나는 이쪽 윤이와 저쪽 윤이의 마음에 대해서 한참을 생각했다. 열대야는 계속 이어졌고 언제나 그랬던 것처럼 주말이 되자 진아씨네 집은 블라인드가 내려졌다. 저녁에도 계속 불이 켜져 있는 걸 보면 외식을 하러 나가지도 않은 것 같았다. 남편이 올라와 있는 주말이 되면 진아씨네 집은 이상한 고요에 휩싸여 있고는 했다. 다른 집의 움직임들—텔레비전을 튼 거실에서 나오는 푸른 빛, 러닝셔츠를 입고 오가는 할아버지, 소파에서 뛰고 있는 아이들—을 훑다가 진아씨네 집에 시선을 고정시키면 외부 창에 촘촘히 내려진 블라인드 안쪽으로 빨래로 짐작되는 사물이 희미하게 감지될 뿐이었다. 나는 진아씨가 직접 사고 널고 했을 옷과 수건들을 그려보면서 주말이 지나면 자연스럽게 메시지를 보내보자 생각했다. 얼마 전만 해도 수시로 얘기를 나누었다는 게 믿기지 않을 만큼 진아씨한테 다시 말을 거는 게 어렵게 느껴졌다. 망설이는 사이 월요일이 지나갔고 하윤이는 서윤이가 학원에 오지 않았다는 말을 전했다. 토요일부터 내려진 블라인드는 화요일 아침이 되도록 그대로였다. 뉴스에서는 온통 붉게 이글거리는 지구, 지열로 들끓는 도시와 기록을 경신한 폭염 이야기가 나왔다.

'진아씨, 집에 있어?'

고르고 고르다 메시지를 보냈지만 진아씨는 몇 시간이 지나도록 확인하지 않았다. 해가 내리꽂히는 오후 두시, 나는 아이를 학원차에 태워 보낸 뒤 뒷동으로 건너가 꼭대기 층으로 가는 엘리베이터 버튼을 눌렀다.

*

진아씨는 흰색 별이 촘촘히 박힌 냉장고 바지에 목이 늘어난 것인지 루즈 핏인지 분간이 가지 않는 젖은 티셔츠를 입고 있었다. 문을 열어주자마자 진아씨는 계속 거기 앉아 있었던 사람처럼 식탁으로 터벅터벅 걸어가 앉았다. 모든 문은 닫혀 있었고 집은 지나치게 조용했다. 실내에 항상 깔려 있던 미세한 소음이 사라져 있었다. 그게 집이 이렇게 후텁지근한 이유일 터였다. 묶어 올린 머리가 다 삐져나와서 목에 엉겨붙은 게 보였다. 진아씨는 정수리에서부터 땀을 흘리고 있었다.

"할말이 있으면 해, 영지씨."

진아씨는 땀을 훔칠 생각도 안 하고 식탁 의자에 등을 기대며 말했다.

"진아씨."

"응."

"에어컨 좀 켜줘. 너무 더워."

하지만 진아씨는 그럴 생각이 전혀 없어 보였다.

"식탁 등도 꺼져 있고, 술도 없고, 아이들도 없네."

진아씨 말대로 등도 없고 술도 없이 진아씨와 나는 마주앉아 있었다. 아이들 없이 둘이서만 만나니 생각보다 어색해서 나는 놀라고 있었다. 나는 우리의 관계가 왜 이렇게 되었는지에 대해서 진아씨와 차근차근 얘기를 나눠보고 싶은 마음이 있었지만—'진아씨, 내가 뭐 실수한 거 있어?'라고 물어볼 예정이었다—더워서 아무 생각도 나지 않았다.

"이렇게 보니까, 내가 어때 보여?"

진아씨가 나를 건너다보며 물었다.

"더워 보여. 그 티셔츠 진짜 더워 보여."

진아씨가 픽, 하고 웃더니 냉장고 쪽으로 걸어갔다. 낮에 온 게 처음은 아닌데도 한낮에 보는 진아씨네 집은 왠지 모르게 낯설었다. 시트지가 일어난 싱크대 문짝과 욕실 스위치 주위의 얼룩덜룩한 손때. 수화기가 사라진 인터폰. 식탁 펜던트 등갓에는 먼지가 촘촘하게 내려앉아 있었다.

진아씨가 냉동실에서 비닐 팩 뭉치를 꺼내더니 식탁 위에 올려놓았다. 덥다는 느낌이 점점 차올랐다. 목 뒤와 겨드랑이로 땀이 본격적으로 배어나오는 게 느껴졌다. 진아씨는 옷을 껴입고 사우나에 들어간 사람처럼 이미 몸 전체가 땀범벅이었다. 그 모습이 말할 수 없이 후줄근하게 느껴졌다.

"선풍기라도 좀 꺼내와, 진아씨!"

나는 치밀어오르는 뭔가를 숨기지 않고 말했다. 진아씨가—마치 닥치라는 듯이—의자를 확 빼며 몸을 일으키고는 내 쪽으로 상체를 숙였다.

"야구모자 벗긴 그 동기 애, 내가 어떻게 했는지 알아?"

"어쨌는데."

"……"

"죽였어?"

"결혼했어."

진아씨가 냉동실에서 꺼낸 비닐 팩 뭉치를 펼치기 시작했다. 나는 입을 다물지 못하고 진아씨를 보았다.

그러니까, 그냥 한번 벗겨본 거라는 그 남자랑, 아이 앞에서 자기 와이프를 진아야, 진아야아아아! 하고 소리쳐 부른다는 그 남자랑, 발기만 되고 사정을 못해서 할 때마다 사람 진을 다 빼놓는다는 남자, 항문이 아니면 하기 싫다고 졸라대는 남자, 자기 뜻이 안 받아들여지면 이상한 장막을 치면서 주말마다 온 가족을 불편한 분위기로 몰아넣는 남자, 서윤이 아버지인 남자, 자기 면도기로 겨드랑이 제모를 하면 개정색을 한다는 그 남자랑 살려고, 질 타이트닝 시술 후기에 정보 좀 달라고 댓글로 구걸을 했어?

"숨막혀서 더 못 있겠어, 진아씨. 에어컨 틀 거 아니면 다음에 얘기하자."

"그냥 있어."

식탁 의자에 젖은 솜뭉치처럼 웅크리고 앉아서 진아씨가 말했다. 웅크리고 웅크리다가 한 계기만 생기면 몸을 부풀리며 터져버릴 것 같았다. 나는 그때 진아씨를 보며 분명 그런 느낌을 받았다.

"이거 다 녹을 때까지만, 그때까지만 있어."

나는 식탁 위를 보았다. 진아씨가 펼쳐놓은 건 언젠가 가래떡을 꺼내다 진아씨가 지나가듯 말해주었던, 냉동을 시켜놓은 모유였다. 손바닥만한 유축 팩이 여섯 개였다. 그것들에 유성펜으로 글씨가 적혀 있었다. 2008년 8월 21일 100ml, 2008년 8월 26일 130ml, 2008년 9월 3일 80ml, 2008년 9월 10일 150ml. 모유는 누르스름한 빛깔로 단단하게 얼어 있었고, 기온 차로 생긴 물방울들이 팩 위로 빠르게 돋아 오르고 있었다.

지난 십 년간 냉장고 청소를 할 때마다 이 팩들이 녹을까봐 아이스박스에 넣고 번개같이 청소를 했다고 진아씨는 말했었다. 처음엔 젖 양을 맞추기 위해서 짜놓았던 것들이겠지. 또 어느 날은 외출을 해야 하니까. 젖을 뗄 무렵엔 혹시라도 아이가 다시 찾을 수도 있어서. 그래서 얼려놓았던 것들을 어느 순간엔 버릴 방법을 찾지 못했겠지. 언 떡을 버리듯이 그냥 버릴 수는 없었겠지. 그렇게 십 년을 얼어 있던 것들이 그런데 지금, 진아씨와 내 눈앞에서 실시간으로 녹고 있었다.

실내온도가 몇 도쯤 되는 걸까. 사십 도? 사십오 도? 옥상으로 내리꽂히는 태양열이 아무런 여과 없이 꼭대기 층을 달구는 게 느껴졌다. 나는 진아씨가 저걸 십 년 동안 갖고 있었다는 것에 기함을 하면서도 저것이 녹고 있다는 게 안타까웠다.

"진아씨, 이러다 정말 다 녹겠어."

진아씨는 꿈쩍을 하지 않았다.

"난 오늘 이걸 녹일 거야. 녹여서 흘려버릴 거야. 싱크대 개수대에 남은 물을 버리듯이 그렇게 버릴 거야."

그러면서 진아씨가 옆 의자에 놓여 있던 종이 다발을 집어 내밀었다. 한때 만점을 받았던 착실한 학생 같은 표정으로. 모유 수유표였다. 생후 구 일, 생후 삼십 일, 생후 오십육 일, 생후 구십팔 일, 생후 칠 개월까지 하루도 빠짐없이 수유 시간과 좌우 수유량, 아이 몸무게에 따른 목표 수유량과 아이의 소변 횟수, 대변 횟수가 기록되어 있었다.

"영지씨, 아이를 가진 걸 알자마자 그때부터 내 목표는 자연분만과 모유수유가 되었어. 옆에서 누가 뭐라 한 것도 아닌데 내 달성 목표는 그게 됐어. 정말 열심히 했어. 서윤이를 데리고 소아과에 갔는데, 의사가 아이 몸무게를 보더니 수유를 정말 잘하고 있다고 칭찬해주더라. 기뻤어. 난 말이야 영지씨, 아이가 돌이 될 때까지 완모를 하는 게 목표였어. 근데 서윤이가 칠 개월이 됐을 때 더이상 젖을 먹일 수가 없었어. 젖을 끊어야 했어. 왠지 알아?"

식탁 위의 모유 팩은 이제 고체 형태가 허물어지고 있었다.

"아이가 먹어선 안 되는 걸 내가 먹어야 했기 때문이야. 그래야 내가 살 수 있었거든."

진아씨가 나를 봤다.

"이게 그 당시에 내 몸을 돌던 것들이야. 아이한테 먹일 수 있었던 마지막 모유. 잠든 아이를 보면서 밤새 울다가 짜놓은 모유. 수십 번씩 천장과 바닥을 오가던 그때의 하루, 그때의 나, 그때의 윤이까지도 다 동결돼 있는 여섯 개의 덩어리야. 이제 이게 녹을 거야."

땀으로 머리칼이 뺨에 다 붙어버린 진아씨가 말했다.

"이게 나야."

그리고 이어 말했다.

"이게 다야."

잘 지내. 진아씨는 분명히 그렇게 말했다. 잘 지내, 영지씨.

*

    진아씨가 잘 지내, 라고 한 게 정확히 무슨 뜻인지 파악이 되지 않아서 나는 집에 와서도 편히 앉지 못했다. 지나가다 눈인사만 주고받는 이웃으로 돌아가자는 건가. 아니면 아예 안 보겠다는 건가. 내 인간관계는 또 한번 이렇게 실패하는 건가. 다음주면 아이들이 개학할 것이라는 생각을 하자 진아씨네서 보내던 여름 저녁들이 말할 수 없이 그리워졌다.

    하지만 여름이 그렇게 끝날 리는 없었다. 우리에게 남은 방학 일정이 있다는 걸 예매 알림이 알려왔던 것이다. 폭염이니 저녁에 나가보자며 방학 초, 진아씨와 함께 '야행'이라는 이름이 붙은 궁궐 기행 프로그램을 예매해두었던 게 떠올랐다. 나는 하윤이한테 그날이 다가왔음을 슬쩍 흘렸고 하윤이는 서윤이한테 알렸으며 서윤이가 진아씨를 조른 끝에 우리 넷은 그 방학의 처음이자 마지막 외출을 하게 되었다.

    지하철에 나란히 앉아서도 슬라임을 손에서 안 놓던 윤이들의 정수리가 생각난다. 윤이들이 슬라임을 만들 때 넣은 윤이 아빠들의 셰이빙 폼 냄새가 주위를 떠돌던 것도. 지하철에서 내린 아이들은 한 손에는 슬라임 통을 들고 한 손에는 그 여름의 필수품이 된 미니 선풍기를 든 채 우리 앞에서 나란히 걸어갔다. 진아씨와 나는 이십 년쯤 같이 산 부부처럼 서로 말도 섞지 않고 아이들만 보면서 앞서거니 뒤서거니 걸었다. 도심의 막바지 열기가 내려앉은 보도를 걸어 덕수궁 쪽으로 가는 동안 해가 지기 시작했다. 세종대로를 오가는 퇴근 차량들을 보면서 밑도 끝도 없는 외로움에 사로잡혔던 기억이 난다. 궁 입구에서 아이들은 문화유산 해설사가 나눠준 모기 퇴치제를 엄마들한테 뿌려주고는 서로의 몸에도 뿌렸다.

한여름이라 야간 느낌이 천천히 온다며 해설사는 그날 야행 팀들을 중화문 옆 회랑에 오래 앉아 있게 해주었다. 해설사의 목소리를 배경음처럼 들으면서 나는 궁을 둘러보는 척 고개를 돌려 옆에 앉은 진아씨를 보았다. 냉장고 바지 대신 스키니진에 운동화를 가뿐하게 신은 진아씨는 무언가가 빠져나간 것 같은 허허로운 얼굴로 중화문 기단을 두른 전구에 불이 들어오는 것을 지켜보고 있었다. 나는 진아씨가 적어도 지금 이 순간엔 편안해져 있다는 느낌을 받았고 그러자 안도감이 들었다.

전각 몇 개를 지나 석어당 앞까지 갔을 때는 날이 어두워져 모든 전각들이 창살 무늬를 드러내면서 안에서부터 불빛을 밝혀오는 게 보였다. 해설사가 말했다. 중층건물인 석어당은 살구꽃이 필 때만 개방을 한다고. 윤이들은 그때 꼭 다시 와서 저 안에 들어가보자고 습관처럼 엄마들을 졸랐다. 해설사가 또 말했다. 이층으로 올라가는 계단은 지금도 볼 수 있다고. 그러자 아이들이 석어당 기단을 뛰어올라 문에 달라붙었다. 해설사가 포토 타임을 주어서 우리는 사진을 찍었다. 고종이 커피를 마시는 곳이었다는 정관헌을 지나 최초의 유치원이라는 준명당 앞으로 갔을 때는 다리가 아플 타임이라며 해설사가 일행 모두를 다시 계단에 앉아 쉬게 해주었다.

그날의 덕수궁을 떠올리면 넷이서 나란히 준명당 계단에 앉아 있던 짧은 시간이 생각난다. 낮 동안의 폭염에 달구어진 돌이 저녁이 되도록 따끈따끈했다. 윤이들이 말했다. 엄마, 엉덩이가 따뜻해.

그러게, 그렇게 더웠는데, 이렇게 또 여름이 가나보다. 준명당 계단 돌에 손바닥을 대보면서 나는 궁을 둘러싼 빌딩 불빛들을 올려다보았다.

윤이들이 계단에서 일어나 서로 잡고 잡히면서 앞뜰을 뛰기 시작했다. 어린 남자아이와 함께 온 부부가 아이한테 막대사탕을 까주는 게 보였다. 내내 손을 잡고 다니던 커플이 얼굴을 맞대고 셀카를 찍었다. 해설사는 태블릿 화면을 넘기며 물을 마셨다. 진아씨는 윤이가 내려놓은 미니 선풍기를 만지면서 오스스하게 감겨오는 저녁 공기에 팔을 맡기고 있었다. 나는 땀을 흘리던 날을 생각했다. 여기 있는 이 사람들 모두 지난 백십일 년 동안 누구도 겪지 않은 더위를 막 겪어낸 사람들이라는 생각을 하면서 몸을 일으켰다.

궁을 나와 돌담을 따라 걸어가면서 나는 진아씨에게 하윤이가 한 남자아이와 주고받은 메시지 얘기를 해주었다. 하윤이가 남자아이한테 이런 말을 보낸다. '나 오늘 학원 가다 너 봤다.' 어느 날은 그 남자아이가 하윤이한테 보낸다. '나 아까 복도에서 너 봤다.' 또 어느 날은 둘이 이런 메시지를 주고받는다. '어디야?' '치과.' '송곳니 빼?' '아니, 어금니.'

돌담 불빛을 따라 저만치 앞서 걸어가는 윤이들을 보면서 우리는 "아직 유치도 다 안 빠진 것들이" 하며 조금 웃었다. 비슷한 길이로 자른 두 윤이의 머리카락이 어깨쯤에서 찰랑거리며 멀어졌다. 지금은 유치도 다 안 빠진 저 아이들이 어느 날부터는 영구적으로 써야만 하는 이를 가지고 살아가겠지. 지금보다 기다란 팔다리로 허우적거리면서 누군가한테 다가가고, 멀어지고, 사랑이 가져오는 것들을 모른 채로 사랑하고, 알고도 사랑하면서. 윤이들이 시기마다 겪어갈 상실감의 무늬들을 생각하자 가슴 제일 깊은 곳이 아려왔다.

진아씨와 나는 그날 이런 얘기도 나누었던 것 같다. 나중에 윤이들이 아이를 봐달라고 하면 봐줄 거야? 한 명은 나는 절대 못 봐줘, 라고 말했다. 다른 한 명은 안 봐주기가 어려울 것 같아, 라고 했다. 이렇게 힘들게 키운 아이들이 그렇게 힘들어하는 걸 어떻게 봐. 우리가 봐주지 않아도 저애들이 힘들지 않은 때가 올까? 와야지. 그런 얘기를 하는 와중에 윤이들이 몸을 획 돌리고는 멈춰 서서 엄마들을 기다렸다. 지하철역이었다.

"한 것도 없는데 방학이 다 갔어."

아이들이 울상을 지었다. 한 게 없다니. 아이들의 그 말에 진아씨와 나는 그제야 눈을 맞추며 방전된 듯 웃었다. 늘 그랬지. 실컷 놀고도 또 놀고 싶고, 더 놀고 싶고, 더 더 놀고 싶어하는 이 악동들.

*

집으로 돌아오는 지하철에서 우리는 제주 아래쪽에서 태풍이 올라오고 있다는 보도를 보았다. 주말이면 남부지방에 상륙해 주초에 중부지방으로 북상할 거라고 했다. 태풍이 오는 걸 보니 폭염이 꺾이려나보다고, 우리는 지하철에 앉아서 그런 얘기를 심상하게 주고받았다. 동 사이에서 헤어지면서 윤이들은 월요일 개학날에 보자고 서로 인사했다. 서윤이와 함께 아파트 입구로 들어가는 진아씨를 보면서 나는 가볍게 손을 흔들었다.

여름이 그렇게 마무리될 줄만 알았다.

다음날은 토요일이었고 눈을 뜨자 온통 태풍 소식이었다. 비보다 바람이 위험한 태풍이라고 했다. 태풍이 도착한 남쪽 도시에서 강풍 때문에 가로수가 뿌리째 뽑히고 있다는 말이 들렸다. 보도기사 아래에는 무서워서 아무것도 못하고 있다는 댓글과 이런 바람소리는 처음 들어봤다는 댓글이 달렸다. 그런 소식을 듣는 중에도 나는 이 태풍이 나한테 영향을 줄 거라고는 전혀 생각하지 않았다. 대구의 어느 아파트 유리창이 조각나는 영상을 보기 전에는.

아이 실내화를 빨아서 들고 나오다 그 영상을 보고 나는 불현듯 깨달았다. PVC 창호가 아닌 알루미늄 창호, 오래된 아파트의 고층, 그중에서도 제일 고층. 내 집은 이번 태풍에 타격을 입을 최적의 조건을 갖추고 있었던 것이다. 나는 주방에 서서 마찬가지로 알루미늄 창에 톱 층인 진아씨네를 건너다보았다. 다른 주말 때와 같이 모든 창에 블라인드가 내려져 있었다. 진아씨는 지금 어떤 상태인 걸까 생각하다가 나는 진아씨가 아파트 고층 화재로 일가족이 사망한 사건을 접한 바로 다음날 소화기를 주문한 사람이었다는 걸 생각해내고는 주방 창문을 닫았다.

태풍 특보가 내려졌고 개학 날은 휴교를 한다는 알림이 왔다. "방학이 하루가 더 늘었어." 윤이가 말했다. 나는 뇌를 비상 체제로 작동시키고 모든 촉수를 태풍 소식에 열어놓았다. 맘 카페에 들어가니 유리창 파손 대비―테이프 붙이실 거예요, 신문지 붙이실 거예요?―에 대한 얘기가 대부분이었다.

태풍 전야 일요일 밤, 나는 남편과 함께 외부 창에 엑스 자로 테이프를 붙이면서 우리처럼 창문에 무언가를 붙이고 있는 앞동과 뒷동의 사람들을 보았다. 어수선하고 불안한 채로 일요일 밤이 지나갔다.

아이들의 개학 날이었지만 방학 마지막날이 된 그날을 떠올리면 분무기로 신문지에 물을 뿌리던 칙칙 소리가 기억난다. 거인이 집을 잡고 흔드는 것 같았던 무시무시한 소리도. 정오로 갈수록 바람은 거세졌고 나는 테이프를 붙인 창문에 신문지를 빼곡히 덧붙이고는 분무기로 계속 물을 뿌렸다. 물이 마르면 신문지를 붙인 효과가 없다고 해서 쉬지 않고 뿌렸다. 사거리 신호등이 강풍에 꺾였다는 소식을 들으면서 뿌리고 인천대교가 통제됐다는 얘기를 들으면서 뿌리고 옆 단지 어느 집 창이 깨졌다는 소식을 들으면서 뿌리고 식구들 중 누구도 나만큼 집 걱정을 하지 않는다는 것을 이상해하면서 뿌렸다. 이쪽을 뿌리면 저쪽 신문이 마르고 앞쪽 창을 뿌리면 뒤쪽 창이 말라서 울고 싶은 심정이 된 채로 이럴 줄 알았으면 육십 개월 할부로라도 창호를 바꾸는 건데, 생각하면서 뿌렸다. 괜찮으냐는 메시지를 보내도 확인하지 않는 진아씨를 야속해하다가 건너다보면 진아씨네 창 전체가 앞뒤 좌우 위아래로 마구 흔들리는 게 보였다. 그것은 실로 놀랍고 무서운 장면이었다. 내 집을 울리는 이 소리가 창이 저렇게 흔들리면서 나는 소리구나, 나는 진아씨네 집을 보면서 실감했다.

동네를 뒤흔들던 태풍은 늦은 오후가 되면서 점차 서쪽 바다로 이동했다. 관리사무소에서 안내방송을 했다. 강풍이 남아 있습니다. 방심하면 안 됩니다. 건물 밖 외출도 아직 하지 마세요. 창문 잠금장치를 풀지 마세요. 창문을 열지 마세요. 아직 창문을 열면 안 됩니다.

나는 거의 탈진한 채로 싱크대 앞으로 걸어가 손을 씻으며 밖을 내다보았다. 비는 거짓말처럼 그치고 왼쪽 하늘에서 햇빛이 조금씩 새어나오고 있었다. 아래쪽에서 몸을 뒤치는 나무 우듬지만이 바람이 아직 약해지지 않았다는 것을 알려주고 있었다. 진아씨네는 블라인드가 걷혀 있었다. 나는 그걸 보았는데도, 좀전까지도 내려져 있던 진아씨네 블라인드가 어느새 올라가 있는 걸 보았는데도 무심코 싱크대에서 몸을 돌렸다. 그러다 순간적으로 움직임을 멈췄다.

어떻게 잊을 수 있을까.

설명할 수 없는 기미에 다시 몸을 돌리고, 진아씨네 창에 눈의 초점을 맞추던 순간을. 창틈 사이로 무언가를 알아채던 순간을. 어, 어, 하는 찰나, 안에서부터의 압력으로 부풀고 부푼 듯 진아씨네 유리창이 하얗게 터져나오는 것을 나는 보았다. 집을 감싼 전면창이 한순간에 산산조각이 나는 것을 보았다. 그걸 본 사람이 나 혼자가 아닌 듯 비명인지 탄성인지 알 수 없는 소리들이 동과 동 사이를 메아리처럼 메웠다.

진아씨……

멍하게 내뱉으며 나는 그 자리에 얼어붙었다.

*

그날 이후로 나는 진아씨도 서윤이도 보지 못했다. 덕수궁에서 돌아오며 동 앞에서 인사를 한 게 마지막이 되었다. 서윤이가 전학을 갔다는 말을 하윤이는 담임선생님한테 전해들었다. 태풍 일주일 후, 진아씨네의 깨진 창으로 기다란 사다리가 올라갔고 가구와 짐들이 빠져나왔다. 적어도 나한테는 한마디라도 하고 갔어야 한다는 서운함과 그럴 수밖에 없었을 상황에 대한 걱정으로 나는 한동안 아무 일에도 집중하지 못했다. 남아 있던 유릿조각까지 다 정리된 진아씨네 창은 텅 빈 채 아무것도 반사하지 않았다.

집으로 택배 상자가 하나 배달된 건 은행알들이 막 노랗게 익기 시작하던 9월 말경이었다. 상자 속엔 스프레이형 소화기가 포장도 뜯지 않은 채 들어 있었다. 보내는 사람 이름이 '김진아'가 아니라 '김지나'인 걸 보고 처음엔 잘못 쓴 거라고 생각했다. 택배 송장을 뜯어 냉장고에 붙여두고 이틀이 지난 뒤에야 나는 SNS를 하지 않는다던 진아씨의 SNS 계정들을 찾기 시작했고, 진아씨의 이름이 '지나'인 것을 알게 되었다. 팔 년이 넘는 시간 동안 나는 진아씨의 이름을 잘못 불러왔던 것이다.

납득이 되지 않았다. 진아씨는 내가 자신의 이름을 잘못 알고 있는 걸 몰랐단 말인가? 메시지에도 수시로 진아씨라고 썼기 때문에 몰랐을 리 없었다. 그렇다면 왜 자신의 이름은 지나라고 말하지 않은 걸까. 나를 그 정도로밖에 생각하지 않은 걸까? 아니면 지나라는 이름을 내내 싫어한 걸까? 그렇다면 지금은 왜 김지나라고 써서 보낸 걸까. 습관대로 그냥 쓴 것일 뿐일까? 다른 뜻이 있는 걸까? 나는 대혼란에 빠져버렸다.

휴대폰으로는 연락이 닿지 않는 상태였기 때문에 나는 진아씨에게 편지를 써서 보내볼 생각이었다. 처음엔 진아씨, 라고 썼다. 지우고 다시 지나씨, 라고 썼다. 하지만 지나라고 부르자 아무 말도 써지지가 않았다. 내가 진아씨한테 갖고 있던 어떤 느낌도 살아나지 않았다. 세 살 윤이들을 어린이집에 들여보내고 출근길 지하철역으로 같이 뛰던 사람, 잠들기 전에 한 번씩 내 집 쪽을 살펴봐주던 사람, 작은 쪽지 하나도 그냥 버리지 못하던 사람, 폭염과 태풍을 함께 겪은 사람이 진아이지 어떻게 지나란 말인가. 하지만 그 사람은 착한 모범생이던 시절에도 김팀장이던 시절에도 산모님이자 윤이 어머니일 때도 은행에서도 운전면허 시험장에서도 지나라고 불리던 사람이었다.

나는 진아라고도 지나라고도 쓸 수 없었기 때문에 진아씨한테 편지를 보낼 수가 없었다. 그런 채로 이 사람은 대체 뭔지, 누군지, 어떤 사람인지에 대해 계속 생각할 수밖에 없었다. 진아씨 생각에 골몰하면서도 진아씨한테 연락을 하지 못하는 상태가 되어 진아씨한테 시간을 줄 수밖에 없는 처지가 되고 만 것이다.

나는 멈춰 서서 입술을 물었다.

그래, 당신이 원하는 게 그거라면 그렇게 할게. 백번이고 할게.

그래서 나는 쓸쓸한 대로 혼자서 윤이한테 핼러윈 분장을 해주고 에어컨에 커버를 씌우고 두꺼운 외투들을 꺼내 걸어놓는다. 당신을 기다리기로 한다. 묻고 싶은 말들을 내려놓으면서. 지금은 보낼 수 없는 편지를 쓰면서.

진아씨, 잘 지내는지. 이제는 고무장갑을 냉장고에 넣지 않아도 손가락 끝이 녹지 않는 가을이 되었어. 어느 날은 이런 말로 시작하는 꽤 긴 얘기도 쓴다. 진아씨, 어렸을 때 내 별명은 영지버섯이었어.

식탁에 앉아 써내려가다보면 저만치에서 여전히 슬라임을 만지고 있는 나의 윤이가 보인다. 그러면 어쩔 수 없이 진아씨네 집이 떠오르고 나는 달랠 길 없는 마음을 안고 아이 곁에 가서 앉는다.

"윤이야, 너는 서윤이 안 보고 싶어?"

"보고 싶지."

어딘지 의연한 말투로 윤이가 말한다. 이제 슬라임을 만지는 윤이의 모습은 숙련된 파티시에처럼 절도가 있고 거침이 없다. 내가 아무 말이 없자 윤이가 자기가 만지던 슬라임을 내민다. 이걸 만지고 있으면 좀 괜찮다는 듯이. 그래서 나는 이제 슬라임까지 만진다. 술을 먹어볼까 하다가도 그냥 슬라임을 만진다. 바닥 풍선도 시도해보지만 대부분 실패한다. 하지만 난 바닥에서 부푸는 풍선보단 하늘을 나는 풍선을 좋아하니까. 식탁에 앉아 한 시간째 슬라임만 만지던 어느 날엔 윤이가 다가와 이런 말을 들려준다.

"엄마, 서윤이가."

"……"

"살구꽃이 피면 톡 하겠대."

나는 그 말을 듣자마자 눈물이 그렁그렁해진 채로 고개를 끄덕인다. 기약만 있다면 더 오래도 기다릴 수 있다고, 겨울이 다가온 창밖을 보면서 생각하고 생각한다.

여기 우리 마주

은채 학교에 갔다 오던 날은 비가 내렸다. 4월 초였고 학생들은 학교에 출입할 수 없었다. 아이 보호자들도 서로 만나서 갈 수 없었다. 공지받은 교과서 수령 시간에 좀 늦은 채로 나는 학교에 도착했고 중앙 출입구에서 열을 쟀다. 발자국 스티커가 붙어 있는 계단을 오층까지 걸어올라가는 동안 누구와도 마주치지 않았다. 계단을 돌 때마다 복도를 보았다. 조용하고 어둑한. 지난봄을 생각하면 그 텅 빈 복도들이 먼저 떠오른다. 물론 꽃도 떠오른다. 그 봄에도 나는 꽃이 필 때마다 종류별로 사진을 찍어대곤 했다. 벚꽃. 목련. 라일락. 흔하고 예쁜 꽃들. 그것들이 언제 피고 언제 졌는지 이상하리만치 기억이 잘 나지만, 가능하면 꽃 애기는 자제하고 싶다. 불과 두 달 전이라는 게 잘 믿기지 않는다. 학교 복도의 신발장 선반마다 교과서가 층을 지어 놓여 있던 때, 4월 초, 수령 명부에 내 이름을 적고 아이와의 관계란에 '모'라고 적은 뒤, 나는 가져간 에코백 두 개에 교과서 열다섯 권을 나눠 담았다. 돌아오는 길에 상가건물 앞에 세워져 있는 수미의 자전거를 보았다. 그때쯤엔 비가 꽤 내리고 있었기에 이렇게 생각했던 기억이 난다. 수미 자전거가 비를 맞고 있네.

주민센터에 갔다 오던 날도 비가 내렸다. 그땐 4월 중순이었다. 아이 교과서를 가져올 때 피기 시작한 목련이 한창 지고 있었다. 그날은 수미의 자전거가 아니라 진짜로 수미를 보았다. 사거리 빵집 앞에 수미가 서 있었다. 비가 오는데도 선 캡을 쓰고. 우산도 쓰고. 마스크도 당연히 쓰고. 딱 봐도 수미이길래 나는 수미를 불렀다.

"언니!"

수미가 나를 보았고, 빵집에서 어떤 남자가 나와 수미 옆에 섰다. 트레이닝복을 입은 보통 체격의 남자였다. 은채 어머니 아니냐고, 남자가 나한테 알은체를 했다. 마스크 때문에 몰라볼 뻔했는데 그는 수미의 남편이었다. 안녕하시냐고, 나도 수미의 남편한테 인사했다. 물론 초면은 아니었다. 수미네 단지 쪽에 있는 맥줏집에서 넷이 술을 먹은 적이 있었다. 나와 수미, 내 남편과 수미의 남편. 마스크 없이 사람들을 아무때나 보던 게 오래전처럼 느껴진다. 수미의 딸도 내 딸도 '귀여운' 어린이였던 때가 아주 옛날인 것만 같다. 이런 하나 마나 한 생각을 자꾸 하는 건 시간이 많아서

일까? 사람들을 못 만나서일까? 보건소에서 내게 내 얼굴보다 큰 부채를 갖다주고 동원참치와 씻어 나온 쌀을 주고 간 뒤부터 지난 4월이, 그리고 5월이 매일같이 반복된다. 수미는 시에서 주는 재난지원금 카드를 받아오는 길이라고 했다. 4월 중순, 봄비가 내리는 빵집 앞, 나는 농담처럼, 어쩌면 호객행위처럼, 수미한테 말했다. 그 카드 나한테 와서 쓰라고.

그리고 병원이 있다.

병원에 가던 날은 비가 내리지 않았다. 그땐 5월이었다. 4월도 황금연휴도 다 지난 5월. 병원까지는 자차로 팔 분이 걸렸다. 종합병원 앞 사거리, 병원 지하주차장, 병원 엘리베이터, 발열 체크대, 로비에서 웅성이던 사람들. 지금도 나는 그 봄에 내가 받았던 질문들을, 혹은 받지 않아도 됐던 질문들을 떠올린다. 어디서부터였을까. 아이들 교과서가 일제히 학교에서 집으로 보내지던 때, 우리의 봄이 시작된 건 그때부터였을까? 아니면 수미의 딸이 새경프라자에 와서 울던 그날부터?

수미는 자신의 재난지원금을 나에게 와서 썼다.

그리고 나는 지금 수미를 만날 수 없다.

*

은채의 열세 살 생일을 며칠 앞둔 날에 나는 상가 임대차 계약서를 썼다. 그날을 축하하고 싶어 부동산에서 돌아오는 길에 작은 케이크도 샀다. 시작은 은채 아토피 때문에 만들어 쓰던 천연 비누였다. 지인들한테도 하나둘 만들어주다 사업자등록을 하고 이른바 홈 공방을 시작한 게 은채가 네 살 때였다. 그때로부터 구 년이었다. 홈 공방에서 '홈'을 떼어내기까지 구 년이 걸렸다. 2020년 2월, 집으로 되어 있던 사업자등록증의 주소를 '새경프라자 304호'로 변경하면서 나는 2020이 내게 각별한 숫자가 될 거라고 생각했다.

공방 이사를 앞두고는 밥을 먹으면서도 계산기를 두드렸다. 클래스별로 커리큘럼을 추가하고 방산시장과 양초 쇼핑몰을 오가면서 새로 구입할 것들의 목록을 만들었다. 계약한 상가는 동네의 로데오 거리로 통하는 번화가에 있었는데도 시세보다 월세가 쌌다. 그게 내가 새경프라자 304호를 계약한 결정적인 이유이긴 했다. 오랫동안 공실이었던 곳이라서 벽 페인트칠을 새로 했고 세제 한 통을 다 풀 정도로 바닥 청소를 했다. 열 평 남짓한 곳을 수업 공간과 재료실과 포토 존으로 구분해줄 소가구들도 고심해 골랐다. 그 커튼, 수미가 좋아했던 그 가림막용 광목 커튼도 그때 골랐다. 내 이름으로 된 SNS를 모두 동원해 겨우내 일의 '확장'을 알렸다. 상호 스티커 손보기/단골들한테 개인 문자 돌리기/3월과 함께 시작될 공방 이전 기념 할인 이벤트! 말 그대로 화장실 갈 틈이 없었다. 노트북에 띄워놓은 인터넷 창들과 휴대폰에 띄워놓은 사파리 창들. 점검. 재점검. 최종 점검. 슬래시 기호가 없었다면 나는 아직도 그때 열어놓은 창들을 닫지 못했을지도 모른다. 지난겨울에도―그리고 그뒤에 찾아온 봄에도―나는 슬래시 기호를 사랑했고, 오직 슬래시 기호에 의지해 일들을 하나씩 해치웠다.

은채의 겨울방학 동안 집안 물건들도 대대적으로 정리했다. 구년 동안 뒤섞여 있던 집안 살림과 공방 살림을 분리하면서 그간 버리지 못했던 은채의 유아기 때 물건들도 다 버렸다. 쓸 만한 것들은 맘 카페에 중고로 올렸다. '택배 안 됨/에누리 안 됨/예민 맘 사절'을 조건으로 달고. 중고로 샀던 걸 다시 중고로 내놨는데도 전집 몇 질은 금세 나갔다. 이십이 인치 자전거는 3학년 아이와 함께 온 여자가 가져갔고 인라인스케이트는 아이가 곧 초등학교에 입학한다는 여자가 가져갔다. 모두 은채보다 어린 아이를 키우는 여자들이었다. 내놓기가 제일 망설여졌던 건 은채가 어려서부터 쓰던 수납장이었다. 수납 박스 열 개가 들어가는 5단 수납장이었는데 박스마다 은채가 해놓은 낙서가 많았다. 홈 공방을 시작하고 이 년쯤 되었을 때였다. 낮에는 동네 엄마들과 아이들을 대상으로 비누 클래스를 열고 밤에는 캔들 지도사 자격증 준비를 했다. 캔들 용품이 늘어나면서 집안은 갈수록 비좁아졌다. 거실은 수업용 8인 탁자로 꽉 찼고 싱크대 수납공간도 점점 공방 용품이 차지했다. 어느 순간부터 나는 냄비보다 스테인리스 비커를 자주 썼기 때문에 손닿는 가장 좋은 공간에 그것들을 놓는 게 편했다. 혼수로 샀던 그릇 세트의 반을 치우고 그 자리에 캔들 용기를 채워넣던 날은 남편이랑 좀 다퉜던 것 같다. 팔려고 내놓은 식기를 보고는 남편이 기운 없는 목소리로 말했다. 소파가 있던 거실이 그립다고. 오일 향 때문에 머리가 아프다고.

"집에 와도 쉬는 기분이 안 들어."

그때까지만 해도 나는 남편한테 미안한 마음이 있었다. 실제로는 쉬면서도 쉬는 '기분'이 안 든다면 그건 진정으로 쉬는 게 아니지 않은 거 아닐까? 나는 남편이랑 얘기를 하면서도 머릿속으로 슬래시를 돌리는 버릇이 있었는데 그때도 그랬을 것이다. 비누 베이스 추가 주문/공기청정기 연락/양파/두부/우유/지퍼백/은채이비인후과/싱크대 하수구 검색/비누 설거지 전에 저녁 설거지 끝내기/남편 쉬는 기분 들게 해주기.

그렇게 슬래시를 돌리고 있었을 뿐인데 남편은 내가 자기 말을 귓등으로 듣는다고 생각했었나보다. 그동안 너무 궁금했다는 듯, 남편이 나한테 이런 질문을 연이어 하는 것이었다. 자기야, 자기 혹시 캔들 왁스 젓던 주걱으로 애 볶음밥 해주는 거 아니야? 자기야, 실리콘 몰드 데우던 헤어드라이어로 애 머리 말리면 해로운 거 아니야? 자기야, 가성소다 풀면 연기가 막 나는데 애 호흡기에 안 좋은 거 아니야? 나는 적극적으로 남편을 안심시켰다. 자기야! 걱정 붙들어 매! 안 해로워, 안 해로워! 니가 묻혀오는 니코틴이 백배는 더 해롭지!

다음날 유치원에서 돌아온 은채가 자기 수납 박스를 꺼내기 시작했다. 인형을 넣어두던 박스 하나를 비우더니 그 위에 '우리 엄마꺼'라고 썼다. 여섯 살 은채가 나에게 내준 공간이었고, 나는 실제로 그 안에 스포이트와 작은 몰드들을 넣어두곤 했다. 그 수납장도 결국엔 중고로 내놨다. 낙서가 많아서 안 팔릴 줄 알았는데, 막상 팔렸을 땐 내놓은 걸 후회했다. 나는 그걸 사간 여자의 전화번호를 저장해두었고 지난 몇 달간 틈날 때마다 그 수납장의 안부를 궁금해했다. 은채는 오래전 물건들에 미련이 없어 보였다. 처음 젓가락을 배울 때 쓰던 에디슨 젓가락도, 볼록한 배 아래로 입고 다니던 튜튜 스커트도 다 버려도 된다고 했다. 열세 살이 된 것이다. 수납 박스를 내어주던 그 '사랑스러운' 아이는 어딘가로 가버렸고, 휴대폰 허용 시간을 늘려보려고 나를 간 보고, 여기저기 비밀번호를 걸어놓는 열세 살이.

2월 초 은채의 생일엔 아이들 넷이 왔다. 서하도 왔다. 파스타집에서 나온 아이들을 방 탈출 카페로 데려다주면서 나는 키가 거의 나만해진 서하와 잠깐이나마 나란히 걸었다. 막 계약을 한 새 경프라자 304호에 있다가 간 길이었다. 그때만 해도, 그러니까 2월 초만 해도, 다들 마스크는 쓰고 다녔지만 방 탈출 카페 같은 밀폐된 공간에 갈 수 있었다. 지금은 그런 델 가면 욕을 먹는다.

마스크를 쓰고 걷는 모습을 보고 있으니 서하가 수미의 어디를 닮았는지 더 알 것 같았다. 이제 중학생이네? 했더니 서하가 네, 했다. 이삼 년 전만 해도 은채나 서하나 고만고만한 초등 여자아이들이었는데. 열네 살이 되어서일까. 서하는 열세 살 아이들과 뭔가 달라 보였다. 은채와 은채 친구들은 아직 어린이용 교통카드를 쓰지만 이제 서하는 청소년용 교통카드를 쓰는 것이다.

아이들이 한참 더 어렸을 때, 여름이 되면 수미와 나는 취사가 가능한 야외수영장을 찾아다니곤 했다. 은채와 서하가 물놀이를 하는 동안 우리는 그 옆에서 고기를 구워먹고 컵라면을 끓여먹고 맥주를 마셨다. 수영장은 엄마들이 아이들한테서 단 한시도 눈을 떼면 안 되는 곳이었기에 어르신들한테 말도 종종 들었다. 그땐 어디서 뭘 해도 쉽게 비난을 들었기 때문에 내 소원은 아이 앞에서만이라도 최소한의 존중을 받는 것이었다. 소원이 제일 안 이루어지는 곳이 도로 위였다. 서너 살 된 은채를 차에 태우고 다니던 초보운전 시절에 나는 은채가 보는 앞에서 모르는 남자한테 쌍욕을 듣곤 했다. 어떤 남자는 신호 대기중인 내 옆 차선으로 와서는 내게 죽고 싶은 거냐고 물었다. (그럴 리가요!) 내게 똑바로 살라고 했다. (그러고 싶답니다!) 그때마다 나는 은채가 잠들어 있길 바라는 마음으로 반사적으로 룸 미러를 보았다. 상담을 핑계로 수미를 불러내 하소연을 하기도 했다. 수미는 내가 아는 사람 중에 유일하게 1종 대형면허까지 갖고 있었던 것이다.

수미는 중소 학원 운영자들이 어떻게든 오래 잡아두고 싶어하는 그 '여자 기사님'이었다. 차량 승하차 도우미를 따로 두기 싫은 학원들은 운전과 차량 보조 둘 다 해주길 바라는 마음으로 여자기사를 찾았다. 수미는 늘 여러 탕을 뛰었다. 서하를 내 홈 공방으로 처음 보내던 무렵에는 은채가 다니는 미술학원의 차량 기사를 하고 있었다. 그때도 수미는 선 캡을 쓰고 있었다. 패딩 모자를 쓰는 한겨울을 빼고 수미는 늘 선 캡을 쓰고 다녔다. 각도를 조금만 조정해도 코까지 빠르게 가려버리는 선 캡. 들키기 싫으면 고개만 살짝 숙여도 되는 선 캡. 자기는 편할지 몰라도 주위 사람들은 속 터지게 만드는 선 캡. 정수리가 뻥 뚫린 선 캡을 쓰고 어딘가를 빠르게 걸어가는 깡마르고 키 큰 여자가 보인다면 그건 아마도 수미일 것이다. 12인승 스타렉스에 아이들을 태우고 사거리에서 좌회전을 하는 여자가 선 캡을 쓰고 있다면 그건 아마도 수미일 것이다. 진료소에 갈 때도 수미는, 선 캡을 썼을 것이다.

사람들이 코로나 봄이라고 불렀던 지난봄에, 그 계절의 마지막 클래스가 될 줄 몰랐던 마지막 클래스 때, 나는 수미가 만들던 젤 캔들 안에 나만 아는 무언가를 떼어 넣었다. 그 봄에 나는 초6 학모였고 수미는 중1 학모였다. 나는 캔들샘이었고 수미는 차량샘이자 기사샘이었다. 2020년 봄에, 우리는 십대 딸아이를 키우는 사십대 여자들이었다. 방 탈출 카페에 아이들을 들여보내고 다시 새경프라자로 걸어가면서 나는 수미한테 메시지를 보냈다.

'언니! 애들 잘 놀고 있어!'

알고 지내온 시간 동안 우리가 숱하게 주고받았던 말, 아이들이 잘 놀고 있다는 말. 나는 그게 수미를 얼마나 안심시키는 말인지 알고 있다. 수미가 얼마나 원하는 말인지도 알고 있다. 탈홈 공방을 축하한다는 말과 함께 수미가 나한테 주었던 햇살장미를 나는 봄 내내 가림막용 광목 커튼에 달아두고 말렸다. 일을 마치고 공방 바닥을 쓸다보면 마스크 고리가 꼭 하나씩은 나왔다. 문이 있는 건물 어디에서나 에탄올 냄새가 떠돌았다. 휴대폰 사진함에 등본을 넣어두고 어느 때보다도 자주, 내가 등록된 주민임을 증명했다. 그 봄에 나는 불특정다수의 방문을 원했고 불특정다수 모두를 의심했다. 그들과 접촉했다.

수미와 나는 그 말을 다시 주고받을 수 있을까. 그 봄에 우리가 꿈꾸던 안전은, 우리가 겪었던 시국은, 같은 것이었을까. 봄 내내 내가 열고 내가 닫았지만 지금은 갈 수 없는 그 공방은 나리공방이고 기정로 349번길 25, 새경프라자 304호에 있다.

*

여자들 넷의 클래스 문의가 온 건 등교 개학이 네번째로 연기되고 고강도 사회적 거리 두기가 한창이던 3월 말이었다. 2월 말부터 시작된 감염 폭풍이 한차례 지나갔지만 공공도서관도 공공 체육시설도 모두 닫혀 있었다. 시청 채널에서는 공원 출입을 자제하라는 알림이 왔고 카페 한쪽에는 거리 두기를 위해 걷어낸 테이블과 의자들이 거꾸로 쌓여 있었다. 온라인 개학 얘기가 나오면서 거의 시간 단위로 학모들 휴대폰에 설문과 링크가 도착하던 때였다. 양육자들이 아이들과 집에서 지내기 시작한 지 한 달이 넘어서고 있었고 맞벌이 부모를 둔 아이들이 한낮에 로데오 거리를 배회하는 게 눈에 띄었다. 나는 상가 진출 한 달 차였다. 2020년 3월에 맞춰 구 년 만의 탈홈 공방을 계획했던 내 심정을, 일일이 다 말하기는 힘들 것 같다. 감염병 위기 경보가 경계에서 심각으로 격상되면서 예약되어 있던 대부분의 클래스가 취소되었다. 근처 회사 동호회로 첫 출강을 나가기로 한 날이 3월 23일이었는데, 날짜를 기억하고 있는 건 사회적 거리 두기가 시행된 게 3월 22일부터였기 때문이다. 모임이 무기한 연기되면서 동호회 인원수대로 준비했던 캔들 재료도 그대로 남았다.

문제는 그 모든 어쩔 수 없음에도 불구하고 월세와 관리비가 계속 빠져나간다는 것이었다. 코로나 때문에 남편 급여도 삼십 퍼센트가 삭감된 상황이었기 때문에 나는 여러모로 죄인이 된 기분이들었다. 일을 벌였는데 일을 하지 못하고 있다는 압박감이 너무도 커서, 나는 은채와 집에 있으면서는 공방 생각만을 하고, 공방에 나가서는 아이를 혼자 두고 나와서도 멍하게 앉아만 있다는 괴로움으로 시간을 보냈다. 이도 저도 아니라는 것. 어느 것도 제대로 하고 있지 못하다는 것. 일 때문에 가족들한테 민폐를 끼치는 것 같은 그 기분. 일을 잘하려고 하면 할수록 수렁에 빠지는 그 기분. 그건 육아와 일을 병행하는 동안 지긋지긋하게 반복됐던 감정이었고 십 년 가까운 시간 동안 경험과 체념이 쌓이면서 조금씩 뭉개가던 감정이기도 했다. 어쩌면 맞춰가고 있다고 믿었던 일과 가사와 육아의 균형을 2020년 봄은 다시 원점으로, 원점 그 이전으로 밀고 가고 있었다.

남편의 걱정병은 코로나 시국을 타고 정당성을 얻어 정체불명의 사람들이 오가는 상가에 대한 잔소리가 끊이지 않았다. 퇴근을 하면 남편은 말했다. 자기야, 괜찮을까? 다음날도 남편은 말했다. 자기야, 괜찮을까? 남편은 알지 모르겠지만 내가 새경프라자에 일터를 마련하는 걸 남편이 못마땅해한 건 코로나가 터지기 전부터였다. 새경프라자 지하에 노래 주점이 있긴 했다. 하지만 거긴 어쨌든 한밤에 호황인 곳이 아닌가? 새경프라자 일층엔 신혼 때부터 우리가 배달시켜 먹던 족발집도 있었다. 이층에는 태국 마사지 숍이 있었는데 거긴 남편의 평소 주장에 따르면 건전 마사지 숍이 아니던가? 미용실과 네일 숍도 있었고 레이싱 게임방과 당구장도 있었다. 칠층에는 이십대 여성 매니저를 상시 모집중인 대화 카페라는 데도 있었다. 입간판에 써놓은 대로 거기가 '데이트 카페'가 맞는다면 젊은 연인들이 데이트를 하고 내려오다 공방에도 한번 들르고 그럴 수 있는 거 아닌가?

내가 상가 공방을 내면서 꿈꾸던 게 그런 것이었다. 아이들이나 아이 엄마들이 아닌 사람들도 내 공방에 오는 것. 사려 깊게 데이트 코스를 검색하는 연인들이 내 공방에 찾아와 예쁜 것들을 만들면서 한두 시간 머물다 가는 것. 보살피고 의탁하는 관계들이 아니라 대등한 존재들끼리 친밀감을 나누는 걸 보고 사는 것. 실제로 3월 중순부터 오기 시작한 방문객들은 여가 액티비티 앱으로 클래스 신청을 하고 온 연인들이었다. 남녀 연인이 오기도 했고 여자친구 선물을 만든다면서 남자 둘이 온 날도 있었다. 나는 그들이 너무 고마워서, 남자친구분이 너무 센스 있으세요! 색 조합이 너무 좋은데요? 하고 마스크를 쓴 채 외치다, 화장실이요? 출입문 나가서 오른쪽이요! 휴지는 가져가셔야 되고요! 내 손님들이 이 오래된 상가의 화장실을 싫어하지 않길 바라는 마음으로 어둑한 상가 복도를 내다보곤 했다. 그렇게 찾아오는 사람들은 대부분 원데이 클래스를 들었기 때문에 여러 회차로 진행되는 취미반이나 자격증반을 돌리지 않으면 유지가 어려웠다. 그래서 나는 다시 인근에 사는 여자들을 기다리게 되었던 것이다.

넷이 함께하는 취미반 클래스를 문의한 사람은 여러 차례에 걸쳐 공방의 안전과 주변 혼잡도를 세심하게 따졌다. 비누와 캔들을 만들려는 목적보단 넷의 비밀 모임 장소를 찾는 게 아닐까 싶을 정도로 깐깐했다. 그 시국엔 그럴 수 있었다. 그 시국엔 그럴 수 있는 게 많았다. 그 봄엔 그래도 되는 게 아주 많았다. 나는 내 딸을 감시하기 위해 거실장 위에 공룡알처럼 생긴 홈 카메라를 놓아두었다. 몇 해 전 통신사를 바꾸면서 사은품으로 받았던 가정용 CCTV였다. 언젠간 쓰게 될 수도 있다고 생각해 보관해두었지만 정말로 쓰게 될 거라곤 생각하지 않았다. 나는 공방에 나와 앉아 홈 카메라 앱을 열고는 카메라가 비추는 내 집 거실을 멍하니 쳐다보곤 했다. 그러다 정신을 차린 듯 스피커 기능을 켜고 말했다. 은채야! 바닥에 저거 뭐니! 잼 먹었으면 뚜껑 닫아 냉장고에 넣어야지! 4월로 넘어가면서 나는 은채가 집에서 '그냥 있는' 걸 보는 게 힘이 들기 시작했다. 온라인 학습과 학원 숙제를 다 끝낸 뒤여도 마찬가지였다. 아이가 멍때리고 있는 게 이상하게 싫었다. 나는 원래 그런 모가 아니었다. 2020년 봄이 되기 전까지 나는 내가 아이의 빈둥거림을 괜찮아하는 모라고 믿어왔지만 그 봄엔 밑에서부터 무언가가 흔들렸다. 은채는 냉동밥을 레인지에 돌려 혼자서 점심을 먹을 수 있는 나이였지만 감정을 숨기는 법도 터득한 나이였다. 놀이터보다 휴대폰을 더 좋아하는 나이였다. 아이와 오랜 기간 대화와 협상을 거치며 맞춰온 규칙과 생활방식을 새로운 상황 속에서 새롭게 조정하는 건 아이가 저학년일 때보다 몇 배 더 많은 에너지가 들었다.

은채의 표정이 좋지 않으면 남편은 딱 한마디를 하고 지나갔다. 우리 딸 사춘기인가! 남편은 은채가 열 살일 때도 그 말을 했다. 우리 딸 사춘기인가! 하하하! 기분이 좀 좋은 날이면 남편은 서점에 들러 초등 고학년 딸이 엄마와 갈등을 겪다 서로를 이해하는 내용의 아동소설을 사왔다. 그는 한 번도 부녀 관계에 대한 책은 사오지 않았다. 에어컨 바람이 주방까지 오지 않아 땀을 흘리며 음식을 만들고 있으면 그는 바람을 주방까지 보내주려고 선풍기를 끌어와 이리저리 돌리며 애를 썼다. 하지만 자신이 주방으로 와서 저녁을 만들진 않았다. 학교에서는 아이들 교과서를 모두 집으로 보낸 뒤 정기적으로 아동학대 예방 안내문을 보내왔다. 그 안내문은 학부들의 휴대폰에는 가닿지 않았다. 학교는 계속 물었고, 주 2회 등교를 할지 주 3회 등교를 할지 택하라 했고, 내게 방역의 주체가 되라고 했다. 매일매일 감염을 걱정했지만 그 봄에, 남편은 은채와 내가 밀접하게 체감해야 했던 또다른 시국에 대해서는 말을 하지 않았다. 자신을 방어하는 말 외에는.

　그녀들이 실제로 공방에 온 건 처음 문의를 하고도 삼 주가 조금 더 지난 4월 하순이었다. 그녀들의 제안에 맞춰 수강 날짜와 시간과 커리큘럼을 조정하는 동안 흔하고 예쁜 꽃들이 지고, 또다른 흔하고 예쁜 꽃들이 피었다. 은채의 학교에 다녀오다 수미의 자전거를 본 4월 초순이 지났고, 주민센터에 다녀오다 수미네 부부를 마주친 4월 중순이 지났다. 나는 깨끗한 꽃잎들을 주워와 공방 한쪽에 펴놓고 말렸다. 그녀들의 첫 수업이 2020년 4월 22일이었던 걸 기억하는 건 여자들 중에 수미가 있었기 때문이다.

*

　보건소에서 보내준 구호품 중 각 티슈 통엔 눈을 감고 있는 코

알라가 그려져 있다. 세 통이 왔는데 한 통을 거의 다 써간다. 코를 푼 것도 아닌데. 사실 나는 휴지를 헤프게 쓰는 편이다. 햇반과 양반김은 은채 먹으라고 주었고 초코파이는 내가 먹었다. 진라면은 세 개/비비고 찌개 세트는 두 개가 남았다. 비티크린액 500ml/주노 손 세정제 100ml/초록색 도트가 촘촘한 일회용 체온계/'감염 주의'라고 쓰인 폐기물 봉투에 내게서 나온 쓰레기를 넣고 비티크린액 마구 뿌리기/봉투 배출은 금지/1일 2회/아직 발열은 없다.

증상은 있다. 증상은 원래도 있었다. 보건소에서 연락을 받았을 때 나는 은채한테 제일 먼저 이 말을 했다. 친구들한테 말하지 마 은채야. 아무한테도 말하지 마. 진단 키트가 든 보건소 종이가방을 들고 누군가 초인종을 누른다. 나를 부른다. 이나리님! 이나리님! 자가 격리중인 이나리님! 나는 울 것 같은 목소리로 말한다. 좀만 작게 불러주시면 안 될까요. 앞집 윗집 아랫집에서 다 들을 것 같아요.

눈을 뜨면 제일 먼저 시청 채널에 접속해 코로나19 현황을 확인한다. 기정시 70번 확진자는 구산시 93번 확진자 접촉자. 기정시 71번 확진자는 기정시 70번 확진자 가족. 기정시 68번 확진자는 자가 격리중 확진이 되었다. 기정시 66번 확진자는 여전히 감염 경로가 밝혀지지 않았다.

그래도 하루 중 많은 시간에 나는 내가 몇 년에 걸쳐 포스팅을 쌓아온 블로그와 몇 주 전까지도 업데이트를 거르지 않았던 나리공방의 인스타그램에 들어가본다. 그곳엔 내 초보 시절 작품이 남아 있다. 비누 자투리를 들고 있는 은채의 조막만한 손도 있고 아홉 살 서하가 만든 마카롱 캔들도 있다. 오랜 시간 찾아와준 수강생들의 작품도 차곡차곡 쌓여 있다. 그곳에 기록된 하루하루가 곧 나의 자산이다. 나리공방의 역사다. 그 시간이 쌓이는 동안 내게는 나만의 비누 레시피가 생겼고 내 초의 형태를 만들어줄 나만의 캔들 몰드가 생겼다. 비누가 숙성되길 기다리며 보내는 한 주 한 주가 다른 시간들과 얼마나 다른지를 알게 되었고 하얀 왁스 알갱이들이 녹았다가 다시 각각의 형태로 굳는 것을, 그 형태 그대로 빛의 연료로 태어나는 것을 보게 되었다. 향초가 머금은 한두 방울의 오일이 잠 못 드는 밤에, 마음 붙일 곳 없는 낮에, 순간적인 발향만으로도 나를 어루만져줄 수 있다는 것. 나는 그런 것들을 내 공방에 찾아오는 사람들과 나누고 싶었다. 최대한 많이 나누고 싶었다. 클래스 예약이 없는 날에도 나는 매일매일 글을 올렸다. 오늘은 정말 덥네요. 이런 날은 #실내체험 #실내데이트. 오늘 날씨 정말 춥죠? 이런 날은 #실내체험 #실내데이트. 오늘은 아침부터 비가 오네요. 이런 날은 #실내체험 #실내데이트.

그녀들의 첫 수업 때 나는 테이블에 흰 비닐 시트를 새로 깔고 분무기에 에탄올을 채워 양끝에 놓아두었다. 염료와 향료를 종류별로 정리해 꺼내놓고 판매용으로 만들어둔 필러 캔들도 평소보다 더 진열해두었다. 2020년 4월 하순의 피드를 훑기만 해도 그때의 기분이 느껴진다. 나는 상가로 나오면서 헤어드라이어를 집에 던져두고 히트 건을 샀었다. 건. 내겐 건이 있었다. 라텍스 장갑은 손에 착착 붙었고 앞치마 핏은 또 얼마나 마음에 들었는지. 그녀들이 절대, 마스크를 내리지 않았던 것도 기억난다.

"골라주시는 걸로 할게요."

오일 향을 선택해야 했을 때 그녀들 중 누군가가 말했다. 다들 KF94 마스크를 단단히 밀착해 쓰고 있었다. 어떻게 봐도 지쳐 보이는데 그렇다고 긴장을 놓을 수도 없는 상태로 앉아 있는 게 보였다. 나는 세 명한테는 '심신 안정' 효과가 있는 향을, 수미한테만 '심신 고양' 계열의 향을 추천했다. 수미는 아마도 그 차이를 몰랐겠지만.

수미는 그 여자들과 정기적으로 어떤 모임을 갖고 있는 것 같았다. 수미와 나처럼 2020년 봄의 학모이자 딸 엄마들이라는 것 외에 내가 그녀들 각각의 사정에 대해 알 수 있는 건 없었지만 그 공통점만으로도 얘기는 이어졌고 마음이 편안했다. 그녀들이 숨쉴 곳을 찾아 어디라도 나와 있다는 것에 나는 이상할 정도로 안심을 느꼈다. 적어도 아이와 둘이 고립되어 있지 않다는 것에. 정확히는 수미한테 안심했다는 말이 맞을 것이다. 어쨌든 나는 그녀들과 삼 주에 걸쳐 수업을 할 수 있다는 사실에 정말 신이 났다. 후각을 직접 작동시키지 않은 채 내 설명만 듣고 향을 고르던 조심성도 그 시국엔 왠지 좋았다. 그녀들이 포토 존에 있는 전신 거울에 단 일 초라도 자신의 전신을 비춰보는 게 좋았다. 무엇보다 그녀들은 캔들 만드는 걸 재미있어했다! 첫 시간에 우리는 뚜껑이 있는 은색 틴 케이스 용기에 초를 만들었다. 비커에 소이 왁스를 담아 천천히 녹이고 용기의 밑바닥에 심지를 심었다. 그 안에 왁스를 붓고, 그 안에 오일을 섞고, 나무젓가락 사이에 심지를 끼워 고정했다. 그러곤 왁스가 굳기를 기다렸다.

나는 그 시간들을 기억한다. 뜨거운 왁스가 식기를 기다리며 마주앉아 있던 시간. 심지를 품은 액체가 그대로 굳어 초가 되길 기다리던 시간.

홈 공방을 할 때, 아이들의 하교가 시작되기 전이나 저녁 차량 운행이 시작되기 전에 수미는 내 집에 잠깐씩 들러 간단한 비누나 캔들을 만들다 갔다. 그냥 와서 쉬다 가도 되는데 수미는 뭐 하나라도 꼭 만들어서 내 수입을 올려주려고 했다. 용기나 몰드에 부어놓은 왁스가 굳으려면 한 시간이 좀 넘게 걸렸는데 수미는 많이 피곤한 날에는 은채 침대에 잠깐씩 누워 새우잠을 잤다. 시간에 맞춰 학원 차가 도착하지 않으면 아이들이 차를 기다리다 엄마들한테 전화를 했고, 그러면 그 엄마들은 일을 하다 말고 불안해하며 다시 수미한테 전화를 했다. 수미는 정확한 차량 시간과 아이들 승하차 안전 둘 다에 신경을 쓰느라 늘 곤두서 있고 지쳐 있었다. 거치대에 휴대폰을 올리고 음성 카톡을 연 뒤 수미는 운전대를 돌리며 각각의 어머니들한테 신속하게 메시지를 보냈다. 유빈이가 잘 탔다고. 세훈이가 잘 내렸다고.

거기에 익숙해져서인지 수미는 평소에도 음성 카톡을 자주 썼는데 나는 수미가 나리야, 라고 메시지를 보내면 그 글자들을 자동으로 수미 음성으로 변환해보곤 했다. 나리야. 나리야. 수미는 내게 말했다. 나리야, 나 좀 깨워줘. 알람을 맞춰놓고도 수미는 말했다. 나리야, 삼십 분 있다 나 좀 꼭 깨워줘.

다른 여자들이 있어서인지 취미반 수업중에 수미는 나를 나리야, 대신 나리쌤이라고 불렀다. 나는 그게 너무 웃기고 재미있어서 3단 트롤리를 테이블 이쪽저쪽으로 밀고 다니며 여자들한테 외쳤다. 다들 금손이시네요! 3월에 아이들이 한창 보던 EBS 라이브 특강 얘기를 하다가 서로의 별칭을 만들기도 했다. 특강 채팅창에 이름 가운데 글자가 꽃표로 가려져 김*윤, 최*석으로 올라오면 강사가 아이들을 별윤이, 별석이라고 불렀다고 했다. 그 얘기 뒤부터 그녀들은 공방에 오면 별주씨, 별은씨, 별선씨가 되었다. 수미는 별미. 서하는 별하, 은채는 별채였다.

날씨 때문에 왁스 굳는 시간이 좀 오래 걸린 날은 하리보 곰 비누 틀을 가져와 서비스 비누를 만들었다. 하리보 곰 젤리와 꼭 같은 크기의 곰 수십 마리가 비누 틀에서 튀어나오기 시작하자 그녀들은 발을 구르며 비명을 질러댔다. 미쳤어, 미쳤어! 너무 귀여워! 하리보 곰들은 봐도 봐도 귀여워서 만들 때마다 정말 미쳐버릴 것 같았다. 어느 날부터인가 우리는 정규수업 사이사이에 하리보 비누를 만들어 주머니에 들어갈 수 있는 크기로 몇 개씩 소포장을 했다. 아이들한테도 나누어주고 수강생들과 상가 사람들한테도 나누어주었다. 손 씻기는 셀프 백신이라는 말이 있죠? 나리공방에서 만든 비누예요!

생각해보면 4월 중순에서 5월 초 사이의 그 무렵이 상가 공방을 열고 가장 바쁜 시기였다. 일일 신규 확진자가 육십여 일 만에 한 자릿수가 되었다는 보도가 나왔고 사람들은 K방역에 대한 믿음을 얘기하며 재난지원금 카드를 들고 집밖으로 조금씩 나오기 시작했다. 새로운 단골들도 생겼다. 여자친구 선물을 만든다면서 3월에 처음 들렀던 두 남자는 그후로도 일주일에 한두 번씩 꾸준히 공방에 왔다. 이마를 맞대고 앉아 차량용 석고 방향제에 채색을 했고 왁스가 굳을 동안 같은 휴대폰을 보며 큭큭 웃었다. 전신거울 앞에 나란히 서서 서로를 쳐다보기도 했다. 나는 그들에게 더는 여자친구가 무슨 색깔을 좋아하냐고 묻지 않았다.

5월이 다가오고 있던 그 무렵을 지금도 생각한다. 카네이션 캔들과 비누꽃 제작 주문이 밀려들어오던 때. 나는 탄력을 받아 각종 답례품과 취미활동으로 캔들을 권하는 해시태그를 쌓아갔다. 오늘도 떠올린다. 별주씨와 별은씨와 별선씨를. 수미를. 그 봄에 내가 가장 거리낌없이 쓰던 해시태그는 '#직장인취미' '#직장인소확행'이었고 쓰기 전에 가장 오래 망설이고 가장 적게 썼던 해시태그는 '#주부취미'였다.

*

　별찬이 화면에서는 계속 애기 울음소리가 들려. 영어학원 화상 수업이 끝나고 은채가 말한다. 그 말을 들으며 나는 생각한다. 그 집은 늦둥이가 있나보네.

　그 반엔 은채와 몇 년째 같은 반인 서하도 있다. 어느 저녁에 은채가 말한다. 서하 언니는 자꾸 카메라 기능을 꺼놔서 학원 선생님한테 혼난다고. 그 말에 나는 이렇게 생각하고 지나갔는지도 모른다. 서하가 사춘기인가보네.

　한낮에 로데오 거리에 제일 먼저 등장하는 아이들은 은채 또래들이다. 긴급 돌봄 교실에서는 받아주지 않는 초등 고학년생들. 나는 가끔 아는 아이를 발견한다. 엄마도 포기한 아이라는 말이 들리던 말썽쟁이 별원이. 4학년 때 은채와 친하게 지냈던 별율이. 매일같이 온라인 학습을 쨌다는 별성이.

　은채가 타던 이섭이 인치 자전거가 어느 집에 어떤 모습으로 있을지를 생각하기도 한다. 아직 코로나의 C 자도 동네에 도착 안했던 때에 우리집 앞으로 와 은채의 물건들을 가져갔던 여자들. 그 여자들이 이 봄을 어디서 어떻게 보내고 있을지를 생각한다. 그 여자들이 왜 어디에서도 보이지 않는 건지를 생각한다.

술에 취하면 아무 말이나 다 하는 주사가 있는 수미가, 어느 날 술을 먹다 나한테 묻는다. 사랑하는 남자와 함께 사는 건 어떤 기분이야? 어쩌면 이렇게 물었는지도 모른다. 함께 사는 남자를 계속 사랑한다는 건 어떤 기분이야?

어떤 날 수미는 이런 말을 하기도 한다. 왜 아무도 가르쳐주지 않지? 나처럼 엉망인 여자는 아이를 어떻게 키워야 하는지? 다른 여자들은 어떻게 행복한 아이를 키워내는 거야? 그런 말을 들은 날이면 남편을 생각한다.

남편이 내게 말한다. 자기야, 좀 쉬어. 제발 좀 쉬어. 급성방광염이 와서 피오줌을 싸고 있으면 남편이 또 말한다. 자기야, 꼭 이렇게까지 무리를 해야 돼? 내가 자기랑 은채를 굶기는 것도 아니잖아. 나도 말한다. 그러게 자기야! 내가 일 잘 못한다고 우리가 굶는 것도 아닌데! 난 왜 이런 색깔의 오줌을 싸고 있지?

팔베개를 하고 남편이 속삭인다. 자기야, 나한테 카톡 보낼 때 슬래시 좀 안 쓰면 안 돼? 꼭 업무 지시 받는 것 같아. 나도 속삭인다. 근데 자기야, 자기는 말귀를 잘 못 알아듣고 생각이란 게 없고 같은 말을 두 번 하게 하잖아?

어느 날 드디어 남편이 말한다. 자기야, 자긴 왜 그런 거야? 다른 여자들처럼 그냥 좀 편하게 살면 안 돼? 정말 숨이 막혀! 나는 얼굴이 빨개진 남편을 보며 생각한다. 숨이 막히면 좀 죽어도 되지 않나?

죽음. 남편의 사망. '남편'과 '사망'을 연결시키다보면 그날이 떠오른다. 남편의 건강검진 결과표를 열어보던 임신 막달의 어느 날이. 남편 몸의 각종 수치들을 보면서 내가 느낀 건 무엇이었을까. 이 남자가 쓰러지면 우리 가족은 다 같이 망한다는 공포였을까? 분명한 건 남편의 혈관 수치에 일희일비하며 야채주스를 갈아 바치는 여자들을 내가 오랫동안 혐오해왔다는 것이다. 남편을 죽여야 할 때 죽이지 못하는 여자들. 죽여 마땅한 순간에 남편을 빠는 여자들. 남편을 죽이는 대신 애를 잡는 여자들. 정말이지 좆같은 여자들. 좆빨러라는 욕을 먹어도 싼 여자들.

하지만 내가 하고 싶은 건 자기혐오가 아니다. 좆빨러가 되지 않으려고 피오줌을 싼다고 말하고 싶지도 않다. 그게 전부는 아니니까. 나는 외로움에 대한 이야기를 하고 싶다. 마음 붙일 곳 없는 낮에 대해서. 눈을 붙여도 잠들 수 없는 밤에 대해서. 남편과 노동을 나누기 위한 싸움을 시작하기도 전에 에너지를 뺏긴 채로 '행복한 아이를 키워내는 다른 여자들'과 '편하게 사는 다른 여자들'을 가위눌리듯 떠올리던 것에 대해서.

우리가 서로를 욕심내기 시작한 순간부터 어떻게 다시 고립되어갔는지, 그 외로웠던 봄에 대한 얘기를.

*

삼 주 동안 그녀들이 단 한 번도 마스크를 내리지 않았을까? 그
렇지 않다. 별주씨와 별은씨와 별선씨가 단 한 번도, 오일 병 트레
이로 손을 뻗지 않았을까? 그렇지 않다.

몇번째 수업부터였을까. 향료 병의 라벨을 일별하다 어느 순간
그녀들은 뚜껑을 열었다. 오일이 묻은 드로퍼를 얼굴 앞으로 천천
히 가져갔고, 몸의 감각기관 하나를 빠르고 완전하게 열었다가 닫
았다. 짧은 순간이었지만 나는 마스크에 가려져 있던 그녀들의 얼
굴을 보았다. 마음에 드는 향을 찾았을 때의 그녀들 표정을 읽었다.

좋은 신호였다. 나는 공을 들이고 싶어졌다.

그리고 그때부터 무언가가 시작되었다.

우리가 서로에게 잘 보이고 싶어졌을 때. 일을 잘하고 싶어졌을
때. 내 전문성으로 그녀들한테 신뢰받고 싶어졌을 때.

취미반 수업을 하다보면 느낌이 오는 사람들이 있었다. 나는 그
사람들을 자격증반으로 낚아채는 걸 좋아했다. 나리공방의 정수,
자격증반. 양초공예협회의 이름이 내걸리고 수강료의 단위가 달
라진다. 이론을 정리한 프린트물이 놓이고 표시 도안 작성법이 공
유된다. 최적의 발향을 위한 정확한 온도 계산이, 금손이라는 칭
찬 대신 망하지 않기 위한 냉철함이 필요해진다. 그때부터 그 무
언가가 시작이 된다. 원데이 클래스나 취미반에서는 절대 풀지 않

는 것을 정교하게 펼칠 수 있는 판이 열리면, 나는 나의 무언가를 가리기 시작한다. 수미는 알고 있었을까. 누구누구의 맘도 아닌, 무슨무슨 샘도 아닌, 딱 떨어지는 '선생님'이 되어야 할 때, '지도사'라는 정식 호칭으로 서 있어야 할 때, 내가 나의 무엇을 보이지 않게 하는지. '선생님'으로 생존하기 위해 내가 얼마나 깨끗하고 멀쩡하게, 주부로서의 노동만을 선별해서 지워버리는지. 하지만 '선생님'인 그 순간에도 내가 알아서 감춰버린 그 노동에 얼마나 실시간으로 잠식당하고 있는지. 어떻게 얼굴이 지워진 채로 다른 여자에게 다른 여자가 되어가는지. 나로 서 있기 위한 최소한의 힘을 기르기 위해 어떻게 또다시, 계속 다시, 매일 다시, 내 노동을 지우고, 지운 것에 먹히고, 먹혀가는 채로 지우면서, 편하게 사는 여자들 중 하나가 되는지. 왜 나는 나의 어떤 부분을 지워야만 내 실력을 신뢰받을 수 있다고 믿게 되었는지.

그래서 우리는, 별주씨와 별은씨와 별선씨는, 수미는, 나는, 우리가 그 봄에 감당하던 것들에 대해 어느 순간부터 말을 하지 않게 되었다. 지레짐작으로 서로를 넘기게 되었다. 서로한테 매력적인 사람이고 싶을수록, 테이블에 함께 앉아 있는 채로 고립되어갔다. 아주 많이 힘든 날일수록, 다른 여자들도 나처럼 힘들 거라고 믿기가 어려워져갔다. 그와 동시에 그녀들은, 내 공방에서 무언가를 원하기 시작한 그녀들은, 애정을 갖기 시작한 공간에서 마스크를 내려버렸으므로, 그 공간 전체를 안전한 장소로 만들고 싶어했다. 나리공방이 청정 구역이 되길 바라는 꿈을 품고 나를 바라봤다.

2020년 봄의 황금연휴는 길었다. 부처님오신날 뒤에 주말이 있었고 주말 뒤에 어린이날이 있었다. 해마다 부처님오신날이 되면 가던 충청도의 한 사찰에 전화로 등을 달며 안부를 전했다. 올해가 은채의 마지막 어린이날이겠다는 생각을 하며 공방에 나가 카네이션 캔들을 만들었다. 연휴 중 어느 날엔 수미가 메시지를 보내왔다.

'서하랑 지나가다가 공방 창문이 어디쯤일지 한참 찾아봤어.'

나는 수미한테 답을 보냈다.

'언니! 서하랑 은채 데리고 넷이 언제 파티 하자!'

열네 살 서하랑 열세 살 은채랑 같이, 상가로 진출한 나리공방에서 넷이 꼭, 축하 파티를 하자.

하지만 그런 시간은 오지 않았다.

황금연휴 직후, 이태원 클럽발 코로나19 2차 유행이 시작되었다.

그리고 나는 다시 5월의 여러 날들로 이동한다. 줌 화상수업 화면에서 어떤 소리를 듣던 때로. 공룡알 너머 은채의 눈빛으로. 그날 그 시간, 새경프라자에서 같은 공기를 마셨던 사람들. 식당과 약국이 늘어선 종합병원 앞 사거리. 병원 지하주차장의 갈매기 방지턱. 유리 칸막이가 쳐진 선별 진료소. 최근 십사 일 이내에 중국에 다녀온 적이 있습니까? 아니요. 최근 십사 일 이내에 신천지 모임에 다녀온 적이 있습니까? 아니요! 최근 십사 일 이내에 이태원 클럽에 다녀온 적이 있습니까? 아니요!!

　　그다음 질문은 무엇이었을까.

*

　　오늘도 그애를 생각한다. 유치원생 때부터 내 공방에 온 아이. 서하. 수미의 딸.

　　서하가 초등학교 4학년 때쯤이었을 것이다. 학교가 끝나고 공방에 와서 만들기를 하다가 서하가 피구 얘기를 한 적이 있다. 반 대항 피구를 했는데 서하네 반이 옆 반한테 억울하게 졌다고 했다. 그날 서하는 석고 반죽을 개는 내내 옆 반 아이들이 어떤 비겁한 반칙을 썼는지를 얘기하며 화난 얼굴을 하고 있었다. 다음날 서하와 같은 반 친구가 비누를 만들러 와서 역시나 그 피구 얘기를 했다. 분함이나 억울함 같은 건 전혀 없는 얼굴로 그 아이는 말했다. 옆 반이 피구를 제일 잘하는 반이라고. 너무 잘해서 우리 반이 졌다고.

　　어떤 차이가 두 아이에게 그렇게 다른 말을 하게 했는지 나는 잘 모른다. 내가 아는 건 수미가 '화를 내는 서하'가 아니라 '웃고 있는 서하'를 바란다는 것이다. 서하가 웃고 있지 않으면 수미가 불안해한다는 것이다. 서하가 행복해하지 않으면 수미가 불행감을 느낀다는 것이다. 서하의 한숨에, 서하의 눈물에, 서하의 짜증과 서하의 슬픔에 수미가 과도한 자책감을 느낀다는 것이다. 수미가 있는 세상에서 서하는, 방문을 세게 닫을 수도 책장을 확확 넘길 수도 없다는 것이다.

엄마가 힘들어할 거예요, 이모. 지나가는 말처럼 서하는 내게 말하곤 했다. 내가 나로 있으면 엄마가 힘들어할 거예요. 이모도 알잖아요.

나는 알았을까?

곧 끝날 수 있을 거라고 생각했다. 이제 거의 끝나간다고 생각했다. 잘 참아왔다. 이전의 일상을 이제는, 정말이지 이제는, 반토막이라도 되찾을 수 있다고 생각했다. 1차로 개학이 연기되었을 때, 2차로 연기되었을 때, 3차 연기, 다시 4차 연기, 일정표에 쓴 개학/개학/개학/개학이 네 번 다 무효가 돼도, 어쨌든 지나왔다. 코로나 시대에 대한 진단 어디에서도 거론되지 않는, 아침밥/설거지/학교 온라인 수업/점심밥/설거지/학원 온라인 수업/저녁밥/설거지로 하루가 가도 어쨌든 지나왔다. 2020년 5월 4일, 교육부는 5월 13일부터 순차적인 등교 개학을 하겠다고 발표했다. 이제 교과서를 다시 학교로 보낼 수 있었다. 이제 학모들은 미회신 알림 11/미확인 알림 39에서 벗어날 수 있었다. 집에 혼자 있는 아이에게 배달의민족으로 밥을 시켜주지 않을 수 있게 되었다. 드디어, 마침내, 아이들은 학교에 갈 수 있었다.

너네들이 클럽에서 처놀지만 않았어도.

너네들이. 너네들이!

맘 카페는 폭발했다. 이태원 게이 클럽에서 아침 여섯시까지 놀다 온 기정시 53번 확진자, 그가 거주한다는 D 오피스텔이 어디인가. 그가 증상 발현 전에 들렀다는 K 편의점은 또 어디인가. 시청은 동선 공개를 이따위로 할 것인가? 정체를 숨긴 놈들이 지역사회를 활보하고 있는데! 밤새 성토하고 찢고 찌르는 글들이 이어졌다.

사람들은 잘 모르는 것 같았다. D 오피스텔은 새경프라자 건너에 있는 동원오피스텔인데. 나는 로데오 거리를 내다보다 블라인드를 내렸다. 거리의 모두가 곤두서 있었다. 공방은 이제 정말 망할지도 몰랐다.

다음날 취미반 수업이 잡혀 있던 오후에 수미가 한 시간 일찍 공방으로 왔다. 한동안 선 캡을 벗고 있었는데, 수미는 마스크 위로 다시 선 캡을 쓰고 있었다. 어깨는 긴장돼 보였고, 얼굴은 다 가려졌고, 그래서인지 현금을 털러 가는 사람처럼도 보였다. 바지와 셔츠도 더없이 단출했다.

창문가로 걸어가 수미가 블라인드 창살을 젖혔다. 그러곤 창밖을 살폈다. 암살자한테 쫓기는 사람처럼.

"나리야."

하지만 어쩌면 햇빛을 쬐고 있었는지도 모른다.

"응, 언니!"

광목 커튼 안쪽에서 몰드 봉지들을 들고 나오며 나는 대답했다.

"요새 자꾸 그때 생각이 나."

수미가 창턱에 기대선 채로 말했다.

"언제?"

"몇 년 전쯤일 거야. 오후 늦게 니 집에 잠깐 들렀는데, 거실에 석고 체험 하는 애들이 둘 있었고 주방에서 뭐가 끓고 있었어. 코다리조림인지 갈치조림인지 아무튼 그런 거였는데. 고추 썰어 넣은 칼칼한 생선조림 있잖아."

언제인지 알 것도 같았다.

"니가 거실에서 애들 채색하는 거 봐주다가 주방으로 종종종 걸어가서 웍 팬 뚜껑을 확 여는데, 그 냄새가 너무 좋은 거야. 저녁이 되면 은채랑 니 남편이 저걸 먹겠구나, 그런 생각을 했었어."

수미는 왜 그때가 생각났을까.

"그때 내가 예뻤나?"

그냥 해본 말이었는데, 수미가 대답을 했다.

"응."

그러고 수미는 블라인드 창살을 다시 내렸다. 공방 바닥에 몇 줄 내려앉아 있던 햇빛 선들이 사라졌다. 조금 더 어둑해졌고 건물 밖의 소음이 조금 더 멀리, 가버렸다. 수미와 나는 잠시 그렇게 서 있었다. 마스크를 쓴 채로. 어느 때보다도 높은 집중력으로.

어떻게 할 거냐고 수미가 물었다.

공방을 닫을 수는 없었다. 지난 3월을 떠올리는 것만으로도 앞이 캄캄했지만, 그리고 이제는 정말로 감염이 두려웠지만, 닫을 수는 없었다. 하지만 별주씨와 별은씨와 별선씨가 도착해 둘러앉았을 때 나는 수미가 궁금해한 게 그게 아닐지도 모른다는 생각이 들었다.

초봄부터 말려 모은 꽃잎으로 압화 캔들을 만들기로 한 날이었지만 다들 수업에 집중하지 못했다. 이런저런 시국 얘기를 하다가 누군가 말했다. 그래도 여긴, 공방은, 동선 공개돼도 욕은 안 먹을 거라고. 그 말에 수미가 갑자기 웃기 시작했다. 공방에서 감염자가 나온다면 말이야, 그러니까 우리가 취미질을 하던 여기가 확산의 진원지가 된다면, 수미가 말했다.

"우린 아마 총살을 당할걸?"

다들 말이 없었다. 자신들이 어떤 카테고리에 들어갈지를 문득 생각하게 된 건지도 모른다. 우리는 그 봄 내내 봐왔으니까. 살짝만 당겨도 죽는 집단과 제대로 당겨도 죽지 않는 집단.

그런데도. 아니 어쩌면 그래서 더.

수미와 그녀들은 내게 그런 제안을 해왔던 것일까. 수미와 별주씨와 별은씨와 별선씨는 이미 3월부터 단톡방에서 서로의 동선을 공유하고 있었다. 아이들의 학원과 학습지 방문교사의 지국 상황, 주말의 외식 장소, 남편의 출장지까지도. 해도 될지, 가도 될지, 누군가를 집에 들여도 될지, 누군가는 아무래도 좀 위험하지 않을

지 매일매일 서로를 확인했다.

그리고 그 방에 이제 나를 초대하고 싶어했다.

나는 테이블 맞은편에 앉은 수미를 건너다봤다. 수미. 오래된 레스포색 기저귀 가방에 아이들 물놀이 타월을 같이 넣고 다녔던 수미. 지금보다 젊었던 수미. 아이들이 크는 동안 비슷비슷하게 마흔 고개를 넘어온 수미. 굳이 이 프라자로 오지 않았을지도 모를 여자들을 설득해 내 공방과 인연을 맺게 해준 수미.

안전한 장소에 대한 수미의 열망이 얼마나 큰지, 내가 어떻게 모를 수 있을까. 강도는 조금씩 다를지 몰라도 거기 있는 우리 모두 어느 날부터인가 신체 증상들을 하나씩 겪고 있었다. 트라우마와 분노가 불면으로, 염증으로, 소화불량으로, 흉통으로 기어코 드러나 그 봄에 우리는 발열 없이 계속 아팠다. N개의 비명이 들릴 때마다 돌아서서 딸한테 말하고 싶었다. 니 얼굴을 찍지 마. 어디에도 너를 올리지 마. 쓰지 마. 가지 마. 하지 마. 위험해. 너무 위험해. 다 차단해. 내가 안심할 수 있게 해줘. 내가 지켜볼 수 있게 해줘. 조금이라도 눈을 붙일 수 있게 해줘. 니가 보여야 내가 쉴 수 있어. 제발 이곳에 있어.

하지만 어떻게, 어떻게 가능할까.

나는 내 공방의 안전을 위해서 마스크를 쓰지 않은 사람을 거부할 수는 있었지만 다른 이유로 내 손님을 거부할 수는 없었다. 다른 기준으로 공방 출입 자격을 물을 수 없었다. 내가 무언가를 통제할 수 있다고 믿는 순간 펼쳐질 지옥을 감당할 자신이 없었다. 내 공방이 있는 곳은 새경프라자였다.

나는 그녀들의 초대를 받아들일 수가 없었다.

그래서 수미가, 내 거절에 가만히 고개를 끄덕이고, 어쩔 수 없이 쓸쓸한 얼굴로 고개를 끄덕이고, 그녀들이 모두 돌아갔을 때, 나는 이 시국에도 예약을 취소하지 않는 내 손님들을 하루종일 미워했다. 수미가 돌아간 즉시 수미가 너무 그리워진 나머지 수미가 서 있던 창가에 서서 하염없이 사람들을 쏘아봤다. 그녀들과 함께할 때 그래도 안전했다는 생각에 공방 출입문 종이 울릴 때마다 몇 배로 불안했다. 홈 카메라로 은채를 불렀다. 은채야, 학교에 자가진단은 보냈니? 은채야, 마스크 꼭 쓰고. 은채야, 니가 오늘 폰으로 2회 검색한 유해 검색어가 대체 뭐니? 홈 카메라를 끔찍이 싫어하는 은채가 공룡알 앞에 탁상달력을 놓아두면 캄캄해지면서 아무것도 보이지 않았다. 두 남자가 보석 비누를 만들러 왔을 때 나는 여자친구가 무슨 색깔을 좋아하냐고 끈질기게 물었다. 같이 오라고, 다음엔 여자친구랑 같이 오라고, 선물만 하지 말고 같이 와서 만들라고, 마스크 좀 제대로 써달라고, 마스크 그렇게 쓰시면 안 된다고, 계속 말했다. 그들이 종이컵에 비누 베이스를 섞으면서 얼마나 흘리는지, 고도의 집중력으로 고난이도의 그러데이션을 내던 그녀들과의 수업이, 그 활기가 떠올라 나는 허공처럼 외로워졌다. 그래도 보석 비누는 아름다웠다. 비누가 다 굳고 난 뒤 나는 그들에게 원석 모양으로 비누를 커팅하는 법을 가르쳐주었다. 네모난 비누 모서리를 칼로 쓱쓱쓱쓱 쳐낼 때마다 비누 자투리들이 반짝거리면서 떨어져나왔다. 나는 자투리 조각들을 메리고 용기에 담아 공방 입구에 놓아두었다. 비누가 다 젖을 정도로 그 위에 에탄올을 뿌렸다.

*

언젠가 수미가 공방에 있는 히트 건을 들고서 말했다. 나한테 있는 총을 보면 안심이 된다고. 나리 니 총은 몰드를 따뜻하게 데우는 데 쓰는 총이잖아. 하지만 내게 총이 있다면 나리야, 난 누군가를 죽이지 않고는 견디지 못할 거야.

다 감추지 못한 적의. 가눌 길 없는 분노.

물줄기가 터져나오려는 호스의 입구를 한 손으로 틀어막고 한 여자가 서 있다. 다른 한 손으론 아이의 손을 잡고 있다. 여자는 휘청거린다. 호스에 장전된 것의 무게가 너무 무거워서, 정신을 차리지 않으면, 정신을 똑바로 차리지 않으면, 호스가 튕겨져나가버릴 테니까. 물줄기가 요동을 치면서 가장 가까운 곳을, 가장 약한 것을, 가장 사랑하는 것을 찌를 테니까. 머리 위에 찬물을 끼얹고 자신의 뺨을 내리치면서라도 이 분노를, 이것을, 정확한 곳으로 겨냥하려고, 제대로 가누려고, 겨누려고, 안간힘을 쓰다가, 어느 날은 그냥 호스를 놓쳐버린다.

*

보건소에서 전화가 걸려오기 사 일 전은 2020년 5월 19일이었다. 나는 아마도 그날이 수미의 인생에서 많이 아픈 날 중 하나일 거라고 생각한다. 지우고 싶은 날 중 하나일 거라고도 생각한다. 누군가의 머릿속에서 지워주고 싶은 날일 거라고도 생각한다. 하지만 수미는 인생의 어떤 날보다도 그날에 대해, 그날의 접촉과 동선에 대해 심층적인 조사를 받았을 것이다. 수미가 그날의 세부를 어떻게 불러내고 어떻게 서술했을지 그 마음을 헤아리는 것조차 쉽지가 않다.

서하의 등이 떠오른다. 컴컴한 공방 의자에 앉아서 불을 켜지 말아달라고 울던 서하가. 하지만 로데오 거리의 번쩍이는 조명이 안으로 들어와서 나는 서하가 주먹을 꽉 쥔 채 부들부들 떠는 것을 보았다.

나는 서하의 등을 쓸며 말했다. 잘했다고. 잘했어, 서하야.

은채가 나를 부르며 방으로 와보라고 한 건 그날 저녁 영어학원 화상수업 때였다. 노트북의 화상수업 화면 안에 여섯 개 정도의 화면이 떠 있었고 그중 한 화면에서 어떤 소리가 들려왔다. 서하 언니 화면이라고, 은채가 겁먹은 얼굴로 말했다. 평소에 카메라를 잘 안 켜려고 해서 선생님한테 말을 듣던 서하는 그날 줌 프로그램의 카메라를 켰고, 음 소거 기능을 껐다. 카메라는 한 뼘 정도 열린 방문만을 비추고 있었지만 방문 밖의 소리는 그 수업에 참가한 모두에게 고스란히 들려왔다. 아마도 수미가 냈을 소리. 벽 하나가 부서지는 것 같은 소리. 되붙일 수 없을 만큼 그 안의 어딘가가 망가지는 소리. 깨지기 쉬운 것들이 기어코 깨지는 소리. 그 화면은 서하가 집밖으로 내보낸 직접적인 신호였다.

수미가 깨부수던 것들 중에는 서하의 휴대폰도 있었기 때문에 줌 채팅창이 아니었다면 서하를 공방으로 데려오지 못했을 것이다. 서하가 좀 진정이 된 뒤 나는 서하한테 아빠 휴대폰 번호를 물어 그 시각 강남 B 룸살롱에서 회식중이던 수미의 남편한테 상황을 알렸다.

그날 저녁 수미는 새경프라자 건물 앞으로 와 삼층 창문을 올려다보면서 계속 울었다. 연락을 받고 온 별주씨와 별은씨와 별선씨가 수미를 부축하며 진정시켰다. 양꼬치집과 포차에서 나온 사람들이 울고 있는 수미를 구경하다 지나갔다. 나는 수미가 그 순간에 가장 보고 싶어하는 사람이 서하일 것을 알고 있었지만 그냥 돌아가길 권했다. 그날 밤 서하를 은채 방에 함께 재우고 충청도의 별지스님한테 전화를 걸었다. 열세 살, 열네 살 여자아이 둘을 일주일 정도 보내도 되겠느냐고.

수미는 이틀을 내리 앓았다.

충청도엔 나 혼자 아이들을 태우고 갔다. 그래서 키가 훌쩍 큰 그애들이 백팩을 하나씩 메고 숲길을 걸어들어가는 것도 나 혼자 봤다.

저녁 늦게 돌아와 현관문을 여니 집안이 컴컴했다. 상가 공방을 낸 뒤로 집에 혼자 있어보는 게 처음이었다. 거실엔 은채가 학교를 못 간 봄 동안 혼자 지낸 흔적들이 여기저기 흩어져 있었다. 물건들을 하나둘 집어올리다 멈춰 서서 나는 거실장 위에 놓여 있는 홈 카메라를 쳐다봤다. 하얀 공룡알과 그 가운데에 박힌 손톱만한 카메라를.

은채가 소파 모서리에 등을 기대고 앉아 그곳만 멍하니 바라보고 있던 날이 있었다. 실제로는 공룡알을 본 것이겠지만 공방에 앉아 홈 카메라 앱을 연 내겐 은채가 꼭 나를 보고 있는 것 같았다. 어쩌면 정말로 나를 보고 있었을 것이다. 그렇게라도 내게, 은채는 말하고 있었는지도 모른다.

나는 은채 방으로 가 책상 위의 과자 봉지와 지우개 가루를 쓸어 담았다. 방을 청소하는데 언젠가 은채가 그즈음 유행하던 한 비디오 커뮤니티에 올려놓은 자기소개 문구가 떠올랐다. 취미와 좋아하는 것들을 몇 개 적어놓은 뒤에 은채는 마지막에 이런 말을 덧붙여놓았다.

'욕하지 말고 친근히 대해주세요.'

열세 살 여자아이가 자신을 세상에 드러내면서 쓴 그 말을 여전히 생각한다. 너무 못 찍었지만 뭐라고 하지 말아주세요. 팔로어가 적어 죄송합니다. 그렇게 보였다면 조심할게요. 계속 이어지던 그런 말들을.

은채 방의 쓰레기통을 비우면서 나는 분리수거 박스를 가져와 거실장 위의 공룡알도 함께 버렸다. 창문을 열어 환기를 하고 은채 침대 시트를 털어 폈다. 그러곤 침대 끄트머리에 모로 누웠다. 내 집에 들러 이삼십 분씩 토막잠을 잘 때 수미가 그랬던 것처럼. 잠깐만 누워 있으려고 했는데 어쩌면 긴 잠을 잤는지도 모르겠다. 수미의 목소리를 들었던 것 같으니까.

나리야.

팔베개를 하고 모로 누워서, 수미가 나를 보고 있었다.

응.

나도 팔베개를 하고서, 내 옆에 누운 수미를 보았다.

서하는 내 아기였어.

수미가 말했다.

알아. 오래전에 그애들은 우리 아기였지.

나리야.

수미가 다시 나를 불렀다.

응.

밖은 지금 몇 도인데 이렇게 춥지?

팔베개를 풀고 수미의 이마를 짚어보려고 했을 때, 보건소에서 걸려온 전화를 받고 나는 잠에서 깼다.

선별 진료소에 나는 수미보다 스물두 시간쯤 늦게 갔다. 보건소에서 전화를 받았을 땐 수미의 검사 결과가 나온 뒤였다.

진료소가 있는 종합병원은 내가 사십대가 되어 처음 공단 건강검진을 받으러 갔던 곳이었다. 단골 수강생이 어머니 장례를 치른 곳이었고 수미가 팔이 부러졌을 때 며칠간 입원해 있던 곳이기도 했다. 응급실 출입구 옆에 해바라기센터 응급지원실이 있었고 그 옆엔 고압산소치료 센터가 있었다. 선별 진료소는 응급실과 센터들 사이 어디쯤에 있었다.

건물 외벽 사이 주차공간만한 어둑한 바닥에 접이식 의자 하나가 놓여 있던 것이 떠오른다. 전자 문진대 앞에서 모든 문항들에 사실 그대로 답을 하자 내겐 '위험 대상'이라고 체크된 출입증이 나왔다. 진료소 유리 칸막이를 사이에 두고 몇 개의 질문을 더 거친 뒤 나는 그 의자로 가라는 안내를 받았다.

검체를 채취하기 전, 아주 잠깐 나는 의자에 혼자 앉아 있었다. 중앙 출입구에서 허리를 숙여 무언가를 적고 있는 사람들이 보였다. 줄지어 선 택시들과 막 들어오고 있는 마을버스. 주차 꼬깔콘. 통화를 하며 지나가는 사람들. 센터 앞을 서성이는 사람들. 나는 스물두 시간 전에 수미가 이 의자에 앉아 이 풍경을 봤을 거라고 생각했다. 딱 십 초만, 이 의자가 저 풍경들로부터 나를 가려주는

곳에 있다면 좋겠다고 생각했을 때, 흰 방호복을 입은 의료진이
다가와 말했다.

"십 초면 됩니다. 마스크를 내리고 고개를 젖히세요."

면봉이 콧구멍을 지나 비인두에 닿았을 때, 그리고 싶지 않았지
만 눈물이 고였다.

여덟 시간 뒤 나는 코로나19 음성 판정을 받고 자가 격리에 들
어갔다.

수미는 기정시 67번 확진자가 되었다.

눈으로 만든 사람

한겨울이었다. 소년이 살던 집에서 아기가 태어났다.

소년은 마당에서 눈을 뭉치다 아기 울음소리를 들었다. 갓 태어난 아기를 건너다보며 소년이 물었다.

"만져봐도 되나요?"

어른들은 삼 일만 기다리라고 했다. 삼 일 뒤 아기를 만져본 소년이 말했다.

"안아보고 싶어요."

어른들은 칠 일만 기다리라고 했다. 칠 일이 지났을 때 소년은 어디선가 포대기를 꺼내왔다.

"업어줄래요. 업어주고 싶어요."

어른들은 한 달이 지나야 업을 수 있다고 말했다. 소년은 손가락을 꼽으며 한 달이 지나가길 기다렸다. 매일같이 눈이 내렸다. 소년은 썰매를 타다 들어와 언 손을 녹이며 잠든 아기를 들여다보았다. 소년은 아기의 동그란 얼굴을 그리며 해가 질 때까지 눈사람을 만들었다.

마침내 한 달이 되었을 때 어른들은 약속대로 소년의 등에 아기를 업혀주었다. 소년은 어쩔 줄을 몰라했다. 소년은 볼이 빨개져서 물었다.

"애기한테 저는 뭐예요?"

어른들이 말했다.

"삼촌."

*

백은호와 백아영은 나란히 앉아 있었다.

앉아 있는 둘의 뒷모습은 닮아 보였다. 양쪽 귀에서 목을 지나 어깨에 이르는 선이 왠지 모르게 비슷했다. '피가 전혀 안 섞인 남남'은 아닐지도 모른다는 생각이 들 만큼, 둘은 딱 그만큼 비슷했다.

앉아 있는 곳이 식탁일 때 백은호와 백아영은 하루 동안 있었던 일에 대해 얘기를 나누었다. 앉아 있는 곳이 병원 대기실일 때는 진료가 끝나고 무엇을 먹을지를 얘기했다. 영화가 상영중인 극장에 앉아서도 둘은 내내 소곤댔다. 얘기를 하는 쪽은 주로 백아영이었지만 백은호의 리액션도 꽤 부지런했다.

새 식구가 오기로 한 주말, 백은호와 백아영은 결혼식장에 앉아 있었다. 둘은 신랑 쪽 하객이었다. 백은호와 백아영이 앉은 테이블에는 둘과는 성이 다른 일가족이 자리를 채우고 있었다. 대부분 강씨 성을 가진 사람들이었다. 강씨들은 저희들끼리 떠들다 가끔씩 백은호에게 무언가를 물었다. 그때마다 백은호는 멋쩍게 웃었다. 백아영이 백은호의 어깨에 머리를 기대자 강씨 중 한 명이 낄낄댔다. 백아영은 자신보다 어려 보이는 강씨를 무례하다는 듯 쳐다보다 다시 백은호에게 머리를 기댔다.

백은호 오른편에 앉은 강윤희는 피곤한 표정으로 눈을 감고 있었다. 막 입장을 시작한 이날의 신랑은 강윤희의 큰 작은아버지의 장남이었다. 강윤희보다 한 살이 어린 그는 어렸을 때 주먹도끼처럼 생긴 돌로 강윤희의 정강이를 찌른 적이 있었다.

강윤희는 아버지의 또다른 남동생 가족이 모여 있는 테이블로 시선을 돌렸다. 강윤희의 아버지는 남동생이 둘이었다. 강윤희 남매들은 아버지 바로 밑의 남동생을 큰 작은아버지, 아버지와 터울이 많이 지는 막내 남동생을 작은 작은아버지라고 불렀다. 강윤희는 결혼식장에 도착하면서부터 작은 작은아버지 옆에 붙어 있는 한 소년을 보고 있었다.

"안녕하세요, 누나." 소년은 식장에 도착한 강윤희에게 그렇게 말하며 걸어왔다. 식 중간중간 소년과 강윤희는 눈이 자주 마주쳤다. 그때마다 소년은 쑥스럽다는 듯 웃었다. 강윤희는 당황스러웠다. 소년은 강윤희의 아버지의 막내 남동생의 아들이었고, 강윤희의 기억 속에선 병약한 남자아이일 뿐이었다. 몇 년 사이에 이렇게 커 있을 줄 알았다면 강윤희는 작은 작은어머니의 부탁을 거절했을 것이다.

식장을 나서기 전, 강윤희 앞으로 작은 작은아버지가 다가왔다.

"우리 민서 잘 부탁한다."

그러면서 그가 강윤희의 손을 모아 잡았다.

아버지의 아주 어린 동생이었던 남자. 강윤희는 강중식을 무표정하게 바라보다 슬그머니 손을 뺐다. 곧 쉰이 되는 강중식은 열 살 이상 터울인 형들과 비슷한 연배로 보일 정도로 급속히 늙어가는 중이었다. 머리는 신경을 안 쓴 새치가 엉켜 있었고 얼굴빛은 검고 탁했다. 몸 어딘가에 지속적으로 통증을 느끼는 사람처럼 미간에 항상 힘을 주고 있었고 눈언저리가 붉었다. 차려입은 양복만 아니라면 세탁기에서 탈수되다 나온 것처럼 엉망인 모습이었다.

강윤희는 강중식 옆에 선 소년을 착잡한 마음으로 바라보았다. 강윤희는 자신의 부모에게 해마다 여행권이나 항공권을 보내오던 강중식을 떠올렸다. 강중식이 사업을 말아먹기 이전의 일이었다. 딸아이 돌잔치 때 강중식한테 받았던 금반지도 떠올렸다. 강중식의 부인인 작은 작은어머니가 자신의 어머니를 간호해주었던 일도 떠올렸다. 그보다 더 오래전, 강윤희 남매들을 데리고 냇가에 가서 물고기를 잡아주던 강중식을, 스케이트와 자전거를 가르쳐주던 강중식을, 세균 범벅인 이물질을 강윤희의 질 속에 넣고 휘젓던 강중식을, 할머니 장례식 때 목놓아 울던 강중식을 떠올렸다.

"걱정 마세요, 작은아버지."

강윤희는 강중식에게 그렇게 말했다. 강윤희는 엘리베이터를 탔다. 백은호와 백아영이 따라 탔고, 강중식의 아들 강민서가 커다란 배낭을 메고 뒤이어 탔다. 백아영이 호기심어린 눈으로 강민서를 쳐다보자 강민서가 백아영을 보고 웃었다.

*

저녁마다 하는 백은호와 백아영의 인사법은 이랬다.

백은호가 현관문을 연다. 거실에서 놀던 백아영이 백은호에게 달려간다. 백아영을 번쩍 안아올리며 백은호가 묻는다. "우리 아영이 누구 딸?" 백은호의 목에 팔을 두르며 백아영이 대답한다. "아빠아아아아 딸." 백은호가 다시 묻는다. "진짜?" 그러곤 둘이 동시에 "까르르르르", 웃음을 터뜨린다.

백은호와 백아영은 매일같이 그 의식을 되풀이했다. 우리 아영이 누구 딸? 아빠 딸. 진짜? 까르르르르. 우리 아영이 누구 딸? 아

눈으로 만든 사람 97

빠 딸. 진짜? 까르르르르.

강민서가 그들 집에 머물기로 한 기한은 보름 정도였다. 한겨울
이었지만 좀처럼 눈이 오지 않았고 기온도 포근했다. 백아영과 강
윤희는 겨울방학중이었기 때문에 집에 머무는 시간이 많았다. 백
은호는 혼자만 일을 하러 가는 게 억울하다는 듯 투덜대며 출근했
다가 부리나케 퇴근했다. 방학인 때는 그나마 강윤희가 저녁을 해
주기 때문이었다.

강민서가 오고 며칠 뒤, 강윤희는 마음먹고 장을 봐와 낮부터
육수를 내고 백태를 불렸다. 무를 손질해 채 썰고, 겨울 미역을 데
치고, 피꼬막 두 팩을 뜯어 해감하고는 알배기 배추에서 작고 여
린 잎들을 골라냈다. 강윤희는 배춧잎에 굴을 올려 전을 부쳤다.
꽈리고추를 찌면서 양념장을 만들고 명절 선물로 들어왔던 슈퍼
곡물 세트를 풀어 귀리를 불렸다. 강윤희가 재료를 직접 손질해
작정하고 요리를 하는 것은 일 년에 딱 두 번, 방학이 시작될 때
하는 이벤트 같은 것이었다. 백은호와 백아영이 환호하며 식탁으
로 달려들었다.

"민서 오빠가 와서 너무 좋아."

백아영이 강민서의 팔을 잡고 자기 옆자리에 앉혔다.

"오빠가 아니라 삼촌이라고 불러야지."

"오촌이잖아."

백아영이 입을 내밀었다.

"어쨌든 오빠는 아니야."

강민서가 강윤희 손에 있는 수저를 챙겨들어 식탁에 놓았다.

"잘 먹겠습니다, 누나."

그렇게 말하고 강민서가 식탁에 앉았다. 강윤희의 직장에서 강민서 또래의 중학생 아이들은 강윤희를 선생님이라고 불렀다. 자신의 학생이 아닌 그 또래의 아이를 보는 것도, 그 또래에게 누나라고 불리는 것도 강윤희에겐 낯선 일이었다.

"엄마, 왜 비지찌개에 고기가 없어? 할머니는 맨날 고기 넣어주신단 말이야." "비지찌개엔 차돌박이 잘게 썰어 넣은 게 딱인데." 짐작대로 백아영과 백은호가 한마디씩 했다. "귀리가 이렇게 커?" "차라리 현미밥을 줘, 엄마."

그러나 강윤희에겐 백씨들의 투덜거림이 들리지 않았다. 강윤희는 자신이 차린 밥과 찌개와 찬을 집중해서 먹고 있는 강민서를 보고 있었다. 꽈리고추를 꼭지까지 말끔히 비틀어 먹고, 배추굴전을 한입씩 아삭아삭 씹어 먹고, 피꼬막을 껍데기에 고인 양념 한 방울까지 알뜰히 훑어 먹는 강민서를 강윤희는 침도 안 삼키고 보았다. 자신이 만든 음식을 이렇게 정성스레 먹는 사람을 처음 본다는 듯이. 비지찌개를 조심스럽게 불어 먹는 강민서의 콧등에 땀이 맺혀 있었다. 다 먹은 꼬막 껍데기가 한쪽에 가지런히 포개져 있는 것이 보였다.

"민서 삼촌은 이게 다 맛있어?"

백아영이 신기한지 강민서에게 물었다.

"처남 먹는 거 보니까 딱 윤희 누나 취향인데? 처남, 또 뭐 좋아해? 윤희 누나가 요새 방학이라 시간이 많거든. 그치 누나?"

누나, 누나, 하는 백은호에게 강윤희가 눈을 흘겼다. 그 둘을 보던 백아영이 손으로 입을 가리며 강민서에게 말했다.

"민서 삼촌, 내가 비밀 얘기 해줄까?"

"뭔데?"

"우리 엄마랑 아빠 사귄다."

강민서는 잠시 멍하게 있더니 "좋겠다" 하면서 수줍게 웃었다.

"우리 반 김유림네 아빠는 사십사 세인데 우리 아빠는 삼십사 세야. 우리 엄마는 삼십칠 세. 옛날에 아빠가 엄마보고 누나라고 불렀대. 근데 할머니한테 혼나서 이제는 그렇게 안 불러. 그치 아빠?"

백은호가 고개를 끄덕끄덕했다. 백아영이 다시 강민서 쪽으로 몸을 돌렸다.

"민서 삼촌, 내가 비밀 얘기 하나 더 해줄까?"

"뭔데?"

"우리 반 강연찬네 할아버지가 강감찬이래."

"우와, 진짜?"

백아영은 강민서의 리액션이 마음에 들었는지 다 들리는 비밀 얘기를 몇 가지 더 했다. 백은호는 강민서의 음식 취향을 정말로 알고 싶은지 닭발 얘기를 꺼냈다. 뭔가 자신과 죽이 맞는 걸 찾아내고 싶은 표정이었다.

백은호와 백아영은 닭발볶음을 심하게 좋아했다. 강윤희가 반찬가게에서 반찬과 국을 배달시켜 먹는 걸 본 시어머니는 수시로 백은호와 백아영의 입맛에 맞는 반찬들을 해 날랐다. 일주일에 한 번은 곰솥에 가득 볶은 닭발을 들고 왔고, 백은호와 백아영은 비닐장갑을 끼고 앉아 그 많은 닭발을 순식간에 해치웠다. 입술이 벌게지도록 닭의 한 부위만을 집중적으로 뜯어먹는 부녀를 보고 있으면 강윤희는 입이 안 다물어지곤 했다. 백은호는 그렇게 먹어도 살이 찌지 않았다. 키도 몸집도 원래 작은 편이었고 언제나 가뿐한 듯 발걸음이 가벼웠다. 처음 봤을 때 강윤희는 백은호가 식욕에도 성욕에도 어느 정도 초연한 몸을 가졌다고 생각했다. 자신이 좋아하는 것을 열과 성을 다해 즐기면서도 몸의 욕구에 휘둘리지 않는 사람. 어쩌면 그렇게 생각했기 때문에 백은호에게 끌렸는지도 모른다. 문제는 백아영이었다. 식성은 백은호와 같은데 체질은 달랐다. 먹는 만큼 잘 크는 것까진 좋았지만 어느 순간부터 백아영이 먹는 것들이 백아영의 몸에 다른 변화를 가져오기 시작한 것이다.

"처남 좋아하는 거 좀더 얘기해봐. 궁금하다."

닭발 얘기에 별 반응이 없자 백은호가 또 물었다.

"오늘 누나가 해준 거요. 이거 다 제가 좋아하는 것들이에요.

무생채도 정말 맛있어요."

"강윤희 누나가 다른 건 몰라도 무생채 하나는 진짜 잘 무치지."

"저 꽈리고추 들어간 건 다 좋아하거든요. 멸치 볶을 때랑 어묵 볶을 때랑 감자 조릴 때 엄마가 항상 꽈리고추 넣어서 해주셨어요. 봄 되면 도라지무침도 많이 먹었는데."

"맞아. 꽃소금 뿌린 오이에, 식초랑 고춧가루 넣고 빨갛게 무쳐서. 도라지무침은 누룽지랑 먹으면 참 맛있었는데."

강윤희가 말하자 강민서가 신이 난 듯 말을 이었다.

"동치미 국물에 메밀국수 말아 먹으면 정말 맛있잖아요. 배추에 메밀 반죽 묻혀서 구워먹는 것도 맛있는데. 무만 조린 무조림도 맛있고, 상추겉절이도 정말 좋아해요. 아, 다시마부각도 있다. 설탕 많이 몰려 있는 쪽만 잘라먹고 그랬는데. 겨울엔 매콤하게 한 두부조림도 많이 먹었어요."

"맞아. 고춧가루랑 들기름이랑 마늘 넣고."

"누나도 고들빼기김치 좋아해요? 저는 고들빼기김치랑 고추장아찌 중에 하나만 있어도 밥 한 그릇 다 먹을 수 있어요."

"옛날엔 할머니가 곰취 직접 뜯어다 곰취장아찌도 담가주셨는데."

"아, 아빠한테 들었어요."

강민서의 입에서 아빠라는 말이 나오자 강윤희는 멈칫했다. 아까부터 이어지던 익숙하면서도 찜찜한 느낌의 정체를 그제야 알 것 같았다. 지금까지 강민서의 입에서 나온 음식들은 오래전 강윤희가 강중식과 같은 밥상에서 먹던 음식들이었다. 조부모가 생존해 있던 시절, 그 밑에서 같이 살면서 같이 먹어온 음식들. 강윤희는 자신의 할머니와 강민서의 할머니가 같은 사람이라는 사실이 새삼 놀라웠다.

강윤희는 식탁에서 일어나 냉장고에서 한약을 꺼내 중탕했다.

"국은? 국은 뭐 좋아하는데?"

백은호가 턱을 괴고 묻다가 등을 세웠다.

"설마 배추된장국 좋아해? 아, 강윤희씨가 자기 좋아하는 국이라고 가끔 배추된장국 해주거든. 근데 군대에서 먹던 똥국이랑 맛이 정말 너무 똑같아."

똥국이라는 말에 백아영이 "똥국이래, 똥국이래" 하며 배를 잡고 웃었다.

"근데…… 제가 제일 좋아하는 음식은 따로 있어요."

강민서가 말했다.

"잠깐. 내가 맞혀볼게. 아, 나 알 거 같아."

백은호가 손을 휘젓다가 멈췄다.

"김치만두! 만두 맞지?"

강민서가 웃으며 고개를 끄덕였다.

"우리 윤희 누나도 김치만두 킬러야. 김치만두랑 동치미만 넣어주면 토굴에서 한겨울은 그냥 날걸?"

"아빠, 왜 민서 삼촌한테만 물어. 나한테도 물어봐. 응?"

백아영이 백은호를 졸랐다.

"안 물어도 다 아는데?"

"우리도 하나씩 얘기하기 해. 응?"

"좋아. 양지머리 두 줌 넣은 육개장."

"나는 나는…… 등갈비 넣은 김치찌개."

"홍두깨살이랑 같이 볶은 호박나물."

"눈꽃치킨!"

"대패삼겹살!"

둘은 손뼉을 쳐대며 자기들끼리 음식 이름 대기를 더 이어갔다. 강민서가 빈 그릇과 수저를 싱크대 개수대에 갖다놓으며 "잘 먹었습니다, 누나", 했다.

강윤희는 따뜻하게 데워진 한약을 그릇에 따르고 백아영을 불렀다. 백아영이 인상을 쓰면서 몸을 꼬다가 마지못해 한약을 먹었다. 백아영이 먹는 한약의 이름은 '초경지연탕'이었다.

*

초경을 늦춰준다는 한약을 여덟 살인 백아영에게 먹이게 되기까지, 강윤희의 가족에겐 가을부터 시작된 지난 몇 달이 고난의 시간이었다. 여름방학이 끝나고 아침저녁으로 서늘해질 무렵 백아영은 가슴이 아프다는 말을 했다. 몸도 굼떠졌고 불안한지 군것질에 집착하는 행동도 보였다. 담임을 맡은 학급이 생기면서 강윤희는 지난해보다 퇴근이 늦어졌고 퇴근을 하고 나면 저녁할 힘조차 없을 때가 많았다. 강윤희는 스스로 하는 습관을 들인다는 이유로, 혹은 너무 지쳐서 백아영이 머리를 감거나 샤워를 할 때도 도와주지 않았다.

강윤희가 백아영의 몸의 변화를 안 건 백아영이 가슴이 아프다고 한 지 한 달이 지나서였다. 백아영의 가슴에 멍울이 잡혔다. 가슴에 멍울이 생겼다는 건 이 년 이내에 생리가 시작될 수도 있다는 얘기였다. 백아영의 두피에서 냄새가 나기 시작한 것도 그즈음부터였다. 아이 혼자 머리를 어설프게 감아서가 아니었다. 강윤희가 몇 번씩 씻기고 헹구어줘도 백아영의 두피엔 기름이 끼면서 그동안 나지 않던 냄새가 났다. 멍울도 두피 냄새도 모두 십대 성장기 아이들한테서 나타나는 변화들이었다. 겨우 여덟 살인 아이한테서 일어날 수 있는 일들이 아니었다.

강윤희는 백아영의 증상들을 인터넷에서 검색했고, 그게 성조숙증 증상과 거의 일치한다는 걸 알게 되었다. 강윤희는 바로 인근 대학병원의 소아내분비과 전문의에게 진료 예약을 했다. 병원 대기실에서 진료를 기다리는 동안 강윤희는 성조숙증인지 아닌지를 알려고 온 백아영 또래의 수많은 여자아이들을 보았다.

그날 백아영은 소변검사와 피검사를 하고, 손목 엑스레이를 찍고, 가슴과 자궁 초음파검사, 성장판 검사를 했다. 그러고 나서 십오 분 간격으로 피를 여섯 번을 더 뽑았다. 어려서부터 주사라면 자지러지던 백아영은 주삿바늘이 계속 들어가자 두려움에 차서 꺽꺽거리며 몸을 비틀었다. 이제는 작은 몸도 아니어서 강윤희와 백은호는 백아영을 붙잡고 진정시키느라 진땀을 뺐다. 그들은 검사 과정에서 이미 기진맥진한 상태가 되었다.

소아내분비과 전문의는 백아영의 황체형성호르몬 수치가 높기 때문에 성호르몬 억제 주사를 사 주 간격으로 맞아야 된다는 진단을 내렸다. 성조숙증 확진 판정이었다. 강윤희는 인터넷에 떠도는 병의 원인과 치료 부작용에 대해 몇 가지를 물었지만 되돌아온 답은 "꼭 그렇지는 않습니다"였다. "그럼 그럴 수도 있다는 얘긴가요?" 물었지만 의사도 이런 사태의 영문을 모르겠다는 얼굴이었다. 강윤희와 백은호가 그날 새롭게 알게 된 것은 성호르몬 억제 주사를 맞는 아이들이 성장호르몬 주사 치료를 함께 받는다는 사실이었다. 성장이 너무 빨라 억제제를 투여하면서, 억제제 때문에 성장이 늦을까 다시 성장 치료를 하는 것이었다. "선택 사항이시고, 의료보험 안 되세요." 성장 치료에 대해 이렇게 설명한 간호사는 서둘러 다음 환자를 불렀다. 간호사도 의사도 너무 바빠 보였다. 접수와 대기, 진료, 수납을 위해 빠르게 돌아가는 소아내분비과 앞은 마치 컨베이어 벨트 같았다.

백은호는 백아영에게 성호르몬 억제제를 투여하는 것을 반대했다. 주사를 맞을 때마다 발작에 가깝게 우는 백아영을 도저히 볼 수 없으며, 잘 자라고 있는 아이한테 인위적으로 호르몬제를 투여하는 것은 못할 짓이라는 것이었다. 성조숙증 치료 시기를 놓치면 성장판이 일찍 닫혀 최종 성인 신장이 평균보다 작아진다. 강윤희는 키 얘기를 하며 백은호를 설득했다. 백은호는 식이요법과 운동 얘기를 했다. 백은호의 입에서 식이요법이라는 말이 나왔을 때 강윤희는 포크를 집어던질 뻔했다.

"너는 모르는 거야, 모르는 체하는 거야?"

백은호가 안 먹고는 못 사는 소와 돼지와 닭의 고기가 자연스럽게 살다 죽지 못한 동물들의 인위적인 고기라는 것을 백은호는 속시원히 인정하려 들지 않았다. 수세에 몰리면 백은호는 키에 매달리는 강윤희를 공격했다. 자식의 전시 가치에 집착하는 욕망덩어리라는 것이었다. 키가 작은 남자가 그런 말을 하니 전혀 설득력이 없었다. 병원에 다녀온 뒤 강윤희와 백은호는 자주 다투었다. "이게 다 고기 때문이야"라는 강윤희의 말은 "이게 다 너 때문이야" 혹은 "너네 어머니 때문이야"라는 말로 백은호에게 입력되었다.

고기의 여러 부위를 그에 맞는 조리법으로 꾸준히 먹어야 한다는 시어머니의 믿음은 너무도 확고하고 오래된 전통 같은 것이어서 강윤희 자신도 알게 모르게 길들여진 상태였다. 자라나는 아이에게 고기를 먹이지 않는 건 아이를 영양결핍에 이르게 하는 방임에 가깝다는 시어머니의 생각을 강윤희도 온전히 부정하지 못했다. 그러나 고기를 먹이지 않는 것보다 더 힘든 건 해롭지 않은 고기를 먹이는 일이었다. 어려서부터 성호르몬제를 맞고 번식을 반복한 초식동물들의 고기를 백아영은 아기 때부터 먹여왔던 것이다.

강윤희의 화살은 시어머니도 백은호도 뚫지 못했다. 화살은 백아영한테로 날아갔다.

강윤희는 백아영이 하는 것들을 사사건건 금지시켰다. 심심하면 먹던 우유와 두유도 못 먹게 했고 일주일에 한 번은 시켜 먹던 치킨, 피자도 끊었다. 환경호르몬 덩어리라는 플라스틱 장난감도 다 내버렸고 성조숙증 유발 성분이 들어 있다는 화장품이나 매니큐어는 만지지도 못하게 했다. 성적 자극을 차단해야 한다는 얘기를 들었기 때문에 같이 보던 인기 드라마에서 불시에 키스 신이 나왔을 때는 백아영을 방으로 쫓아버렸다. 학원 앞에서 친구 엄마에게 닭강정을 사달라고 조르는 백아영을 본 날, 강윤희는 주방 구석에 백아영을 몰아넣은 채 다그치고 닦달했다. 강윤희의 목소리가 높아지자 백아영은 두 손바닥을 비비면서 강윤희에게 빌기 시작했다. 너무 울어 나오지도 않는 목소리로 백아영은 잘못했다고, 용서해달라고 손을 떨며 빌었다. 그건 백아영이 세 살 때 어린이집에서 배워온 행동이었다. 어린이집을 그만두고부턴 안 하던 행동을 백아영은 오 년 만에 다시 하고 있었다. 강윤희는 그걸 보고 아무 말도 하지 못했다.

태어나면서부터 당연하게 먹어오던 것, 갖고 놀던 것을 갑자기 금지당하는 게 백아영에게 어떤 의미인지 강윤희는 알지 못했다. 백아영은 성조숙증의 '성' 자만 들어도 긴장하며 강윤희의 눈치를 봤다. 멍울이 아픈지 가슴을 만지다가도 강윤희만 보면 팔을 내리며 어깨를 움츠렸다. 자신의 증상 때문에 부모가 다투고, 그 증상에 누구보다 강윤희가 예민하게 반응한다는 걸 백아영이 모를 리 없었다.

어느 날 저녁, 강윤희는 백아영이 안 쓰던 얼굴근육을 쓰는 걸 발견했다. 백아영은 입과 코를 얼굴 한쪽으로 빠르게 밀었다 되돌렸다. 처음엔 아무도 안 보는 데서만 그런 행동을 하더니 점점 자주, 밥을 먹을 때도 멈추지 못하고 얼굴근육을 틀기 시작했다. 백아영의 곧은 얼굴선이 번개처럼 뒤틀렸다 돌아오는 것을 볼 때마다 강윤희는 세상이 하얗게 꺼지는 것 같았다.

강윤희는 백아영을 데리고 소아정신과에 갔다. 심리적 압박으로 인한 틱 증상이라는 설명을 들었다. 의사가 일시적으로 근육을 마비시키는 주사 치료를 권했을 때, 강윤희는 백아영의 손을 잡고 조용히 병원을 걸어나왔다.

그날 밤 강윤희는 잠든 백아영의 얼굴을 보며 소리 죽여 울었다. 백아영은 이제야 모든 피로에서 놓여났다는 듯 평온하게 잠들어 있었다. 강윤희는 무엇이든 복스럽게 잘 먹는 아이였던 백아영을 떠올렸다. 그게 그들 부부에게 얼마나 큰 기쁨을 주었던지도. 인터넷으로 볼풀 공 한 박스를 배달시켰던 날, 강윤희와 백은호는 욕조에 물을 받아 볼풀 공을 채워넣고 밤이 깊도록 공을 하나하나 닦았다. 백아영이 그걸 가지고 재미있게 노는 상상만으로도 둘은 피곤한 줄 몰랐다. 백아영의 기저귀를 갈면서 무심히 주고받았던 말들. "은호야, 물티슈 어디 있어?" "응, 트리케라톱스 옆에." 강윤희는 그 시간들을 생각했다. 생각하고 또 생각했다.

강윤희와 백은호는 주사 치료와 자연치료의 타협점으로 결국 한약 치료를 택했다. 별다른 대안이 없었다. 정신과에는 백아영 대신 강윤희가 다니기 시작했다. 강윤희가 정신과 치료를 시작하자 신기하게도 백아영의 틱 증상이 완화되었다. 강윤희는 매일 밤 씨탈정 두 알을 먹고 잠들었고 전보다 날카롭지 않은 상태로 백아영을 대하게 되었다. 적어도 강민서가 오기 전까지, 강윤희는 씨탈정의 영향권 아래 있었다.

*

강민서는 서재 방을 썼다. 서재라고는 하지만 컴퓨터 책상 하나에 책장 몇 개와 잡동사니가 놓여 있는 방이었다. 강민서는 그 방에서 백아영의 동화책들을 읽으며 시간을 보냈다. 커다란 판형의 그림책을 펼쳐놓고 반복해 읽기도 하고 숨은그림찾기 책을 들여다보다가 피곤하면 이불을 깔고 잠깐씩 눕기도 했다. 눈을 감고 누워 있는 강민서는 창백하고 커다랬다. 강윤희는 강민서가 감기에 걸리지 않도록 온도와 습도에 신경을 쓰며 방을 살폈다.

백아영이 학원에서 돌아오면 백아영과 강민서는 같이 거실에 앉아 컬러링 북을 색칠하거나 주사위 게임을 했다. 백아영은 처음엔 백은호에게 하듯이 강민서의 목에 올라타고 팔에 매달리며 몸으로 놀고 싶어했지만 강윤희가 백은호 외에는 어떤 남자 사람과도 몸을 접촉하지 못하도록 세뇌했기 때문에 곧 포기했다.

강윤희의 작은 작은어머니는 하루에 한 번씩 전화를 해 고맙다고, 미안하다고 말했다. 강중식의 상황이 얼마나 좋지 않은지를 얘기했고, 마지막에는 강민서 얘기를 하면서 눈물을 흘렸다. 강윤희가 방학중인 걸 아는 백은호의 여동생도 수시로 전화를 걸었다. 임신중인 백은호의 여동생은 백아영이 성조숙증 진단을 받자 그 소식을 백은호의 사촌들에게까지 퍼뜨린 장본인이었다. "언니, 태아보험 들려고 하는데요, 설계사가 요즘엔 성조숙증에 걸리는 아이들이 많다고 보장 항목에 추가하라는데 해야겠죠?" "언니, 오메가 스리는 꼭 먹어야겠죠?" "언니, 애 낳기가 무서워요." "언니, 우리 아기 나중에 아영이처럼 되면 어떡해요."

방학을 하면 강윤희는 그동안 못 본 드라마를 몰아서 보거나 운동을 하거나 백아영의 친구들을 불러 간식을 만들어주거나 했다. 그러나 이번 겨울에는 그중 어느 것에도 집중하지 못했다. 강윤희는 멍한 상태로 식탁에 앉아 백아영과 강민서를 쳐다보았다. 둘은 나란히 앉아 종이접기를 하고 있었다. 백아영과 조곤조곤 놀아주는 강민서의 다정하고 낮은 목소리, 눈빛, 말투와 행동을 살피면서 강윤희는 작은 작은어머니의 성정을 떠올렸다. 그러다보면 눈앞이 흐려지면서 몸이 나른해졌다. 겨울 오후는 짧았다. 차는 계속 식었고, 곧 물러갈 오후 빛이 거실 끝에 고여서 어른거렸다. 식탁에 앉아 잠깐 졸다가 일어나면 백아영과 강민서는 여전히 종이접기를 하고 있었고, 또 잠깐 졸다 고개를 들면 어느새 창밖이 어두워져 강윤희는 서둘러 블라인드를 내렸다. 저녁 준비를 하려고 찬물에 손을 씻으면 그제야 정신이 돌아왔다. 그러면 다른 누구도 아닌 강중식의 아들이 자신의 집에 머물고 있다는 사실이 소름이 되어 올라왔다.

"윤희야."

백아영과 강민서가 잠든 시간, 백은호가 강윤희를 불렀다.

"윤희 누나."

대답이 없자 백은호가 다시 강윤희를 불렀다. 위로가 필요하거나 무언가 얻어낼 것이 있을 때 백은호는 누나라는 호칭을 꺼냈다.

"민서 있을 때까진 내가 아영이 옆에서 잘 거라고 했잖아. 잘 자."

"그러지 말고 우리 심야영화 보러 가자. 아영이 깨더라도 처남 있잖아. 오랜만에 둘이서만 데이트 좀 하자. 응?"

강윤희는 수건을 개다가 몸을 돌려 백은호를 보았다.

"저 둘만 두고 나가자고?"

"……"

"가슴이 나오기 시작하는 아홉 살 여자애를 열여섯 살 남자애랑 같이?"

"너 왜 그래 또."

"은호야, 내 말 좀 들어봐. 내가 며칠 동안 계속 봤는데 말이야, 민서가 자꾸 우리 아영이 가슴을 쳐다보는 것 같아. 초경지연탕을 먹는데도 아영이 가슴 멍울이 안 없어져. 불안해 죽겠어. 우리 그냥 주사 맞힐까?"

"그만해. 그동안 처남 지켜보고도 몰라?"

"모르겠어."

강윤희는 서랍장에 머리를 기댔다.

"아무것도 모르겠어. 정말 모르겠어."

백은호는 강윤희 옆에 한참 말없이 앉아 있더니 패딩을 주워 입고 담배를 피우러 나갔다. 백은호가 성관계 패턴을 회복하기를 원한다는 걸 강윤희는 알고 있었다. 그렇지만 둘은 피임법에 대해 타협을 못 본 상태였다. 몇 해 전부터 강윤희는 그때그때 하는 피임이 아니라 안정적이고 영구적인 피임을 원했다. 백아영이 어느 정도 자라자 안전한 피임의 울타리 안에서 이전보다 왕성하고 규칙적인 성생활을 하고 싶어진 시기가 온 것이다. 강윤희는 백은호에게 정관수술을 제안했다. 백은호는 거절했다. 다른 건 다 해도 그것만은 하고 싶지 않다고, 백은호는 싫다고만 했다. 강윤희는 수술을 하기 싫어하는 백은호를 이해할 것 같으면서도 이해할 수가 없었다.

"좋아. 그럼 피임 시술은 내 몸에다 할게. 대신에……"

"대신에."

"넌 담배를 끊어."

"야, 강윤희. 넌 어떻게 이런 걸로 거래를 하려고 해?"

"너랑 내가 하는 것 중에 거래 아닌 게 있어?"

"난 아니야. 난 정말 너를 사랑하고, 아영이를 사랑해."

백은호는 억울해하는 순진한 개 같았다.

애연가였던 강윤희와 백은호가 어렵게 담배를 끊은 건 신혼초였다. 백은호가 함께 담배를 끊자고 했을 때, 그리고 실제로 둘이 함께 담배를 끊었을 때 강윤희는 그게 둘의 미래를 위한 의식이자 약속이라고 느꼈다. 힘든 결심을 해준 백은호가 강윤희는 진심으로 고마웠다. 그러나 백아영이 네 살이 될 무렵 백은호는 상의도 없이 다시 담배를 피우기 시작했다. 일이 힘들다는 변명을 했지만 그건 강윤희에겐 명백한 배신이었다. 백아영의 어린이집, 유치원, 학교 친구들이 몰려 사는 아파트 단지 안에서 강윤희는 백은호처럼 자유롭게 담배를 피울 수도 없었다.

본격적으로 피임 얘기가 나오면서부터 강윤희와 백은호는 오히려 성관계가 뜸해졌다. 강윤희가 느끼기에 백은호는 배신에 대해 진심으로 사과할 생각도, 피임 방법에 대해 양보할 생각도 없어 보였다. 그런 상태로 성관계가 회복되기만을 바라는 백은호가 강윤희는 뻔뻔하게 느껴졌다.

그러나 강윤희가 가장 외로운 순간은 자신이 왜 그토록 완전한 피임을 원하는지 백은호에게 이해받지 못한다고 느낄 때였다. 백아영이 성조숙증 확진을 받았을 때도, 틱 증상이 생겼을 때도 아무도 자신만큼 문제를 심각하게 받아들이지 않는다고 강윤희는 생각했다. 강윤희는 아무것도 믿을 수 없는 세상 한가운데서 혼자서만 노를 젓고 혼자서만 책임지며 혼자서만 비난받는 것 같았다.

강윤희는 베란다로 나가 창문을 열었다. 겨울바람이 가슴골로 들어와도 몸은 시원해지지 않았다. 식구들이 모두 잠들고 앞 동의 불빛도 거의 꺼진 밤이 되면 강윤희는 술을 들고 베란다로 나가 한참씩 찬바람을 쐬었다. 그러고 있으면 백아영의 문제에서도 백은호와의 관계에서도 도망치고 싶어졌다. 모든 걸 놓아버리고 몸을 쓰는 데에만 열중하고 싶은 충동이 밀려왔다. 자신의 성격이나 직업이나 가치관 같은 것을 따지지 않고 강윤희라는 여자의 몸 자체에 관심이 있는 남자. 강윤희는 그런 남자와의 원 없는 섹스를 꿈꾸었다. 그 남자는 백은호만은 아닌 어떤 남자였고, 강윤희에게 현실적인 피임의 문제는 오직 백은호하고만 관련이 있었으므로 피임을 안 해도 상관없을 것만 같은 그런 남자였다. 오르가슴의 느낌은 자위로도 충분했지만 씨탈정을 복용한 뒤로 강윤희는 자위를 해도 오르가슴에 이르지 못했다. 그럴 땐 먹는 것으로 해결했는데 술일 때가 대부분이었다.

"안 추워요, 누나?"

새벽이 가까운 듯했다. 컴컴한 거실 쪽에서 누군가가 강윤희에게 말을 걸었다. 베란다 창문을 닫고 들어가자 강민서의 희끄무레한 얼굴이 보였다. 안방 쪽에서 백은호가 낮게 코 고는 소리가 들려왔다. 강윤희는 빈 와인 잔을 식탁에 놓고 술을 조금 더 따랐다.

"누나, 제가 달걀찜 해드릴까요?"

강민서가 맞은편에 와 앉으며 말했다.

"너 그런 것도 할 줄 아니?"

"아빠 술 드실 때 가끔 해드렸어요."

"넌 니네 아빠랑 친하니?"

'니네 아빠'라는 말에 강민서의 동공이 조금 커졌다. 가까이서 보니 생각보다 눈이 큰 아이였다. 집안인데도 강민서는 목을 가리는 티를 입고 있었다. 부기 때문일 것이다.

"아빠한테 누나 어렸을 때 얘기 많이 들었어요."

"니네 아빠가 내 얘기를 해? 뭐라고?"

"어려서부터 야무지고 예뻤다고요. 누나가 태어났을 때 집안의 경사였대요. 부서질까 날아갈까, 다들 그런 마음으로 누나를 돌봤다고. 갓난아기인 누나가 한쪽에서 자고 있는 것만으로도 집안사람들이 다 행복해했대요."

"진짜? 니네 아빠가 그런 말을 했어?"

강윤희는 식탁을 치면서 웃기 시작했다. 강민서가 재빠르게 팔을 뻗어 쓰러지려는 술잔을 잡았다. 강윤희는 눈물이 맺히도록 웃음을 멈추지 않았다.

"너무 웃기지 않니? 그렇게 귀한 아이였는데, 난 왜 이렇게 살고 있을까?"

강민서의 눈이 다시 조금 커졌다.

"누나가 왜요. 전 이다음에 누나처럼 살고 싶어요. 착한 사람이랑 결혼해서 예쁜 아이 낳고. 열심히 일하면서."

"그래?"

"저한테 이다음이 있다면요."

"……"

강윤희가 말이 없자 강민서가 눈사람 얘기를 꺼냈다.

"어렸을 때 엄마랑 둘이 큰집에 간 적이 있는데 그때 누나가 저한테 눈사람을 만들어줬어요. 기억나요?"

강윤희는 기억나지 않았다.

"누나가 봉지에 흑미를 담아와서 눈사람 머리 위에 그걸 다다다닥 붙이는 거예요. 머리카락 심어주는 거라고 하면서. 까까머리 같기도 하고 밤톨 같기도 하고. 저는 그 눈사람이 정말 좋았어요."

"……"

"그다음부터는 저도 눈사람 만들 때 항상 흑미를 썼어요. 누나가 중학교 선생님 됐단 얘기 듣고는 누나 반 애들을 부러워한 적도 있어요."

강윤희는 흐흐흐흣, 웃으면서 고개를 젖혔다. 그러고는 숨을 크게 한 번 내뿜었다.

"누나가 애들한테 어떤 수업을 할까, 혼자서 막 궁금해하고 그랬어요."

"흐흣."

"지금도 궁금해요."

"그래? 읊어줄까? 열이 어떻게 이동하는지, 물은 어떻게 순환하는지, 화학반응에서의 규칙성이라든지, 태양계의 구조, 무성·유성생식을 하는 지구 것들에 대한 얘기. 뭐 그런 거? 구름은 어떻게 만들어지는지, 빛은 어떻게 굴절되는지, 소화와 순환과 호흡과 배설의 관계, 세포분열의 원리라든가, 원자의 내부는 어떤지, 빛의 합성으로 어떤 그림을 그릴 수 있는지, 태양이 지구한테 어떤 존재인지, 인간들은 왜 이러고 사는지······"

강윤희는 혼잣말처럼 웅얼거렸다.

"모르면서 그냥 떠드는 거지. 난 사실 중학생 애들을 싫어해."

"누나."

"응?"

"우리 그냥 너구리 끓여먹을까요?"

"앉아 있어. 내가 끓여줄게."

강윤희는 싱크대에서 냄비를 꺼내 물을 받다가 뒤를 돌아보았다. 목 티를 입은 창백한 강민서가 식탁에 바위처럼 앉아 이쪽을 보고 있었다.

"근데 너 너구리 같은 거 먹어도 돼?"

"괜찮아요."

강민서가 이번엔 웃지 않고 말했다.

"위암은 아닌걸요."

*

눈도 오지 않고 춥지도 않은 날이 이어졌다. 겨울용품 업체들이 울상을 짓고 있다는 소식이 들려왔고 채널을 돌리다보면 홈쇼핑 쇼호스트들이 어색하게 웃으며 라쿤 털 패딩을 판매하고 있었다. "엄청난 추위가 한 번은 온다는 얘기가 있죠?" 그들은 더워 보이는 패딩을 입고 그렇게 말했다. 눈을 볼 수 없어서인지 강민서가 와 있어서인지 백아영은 다른 때와 달리 눈썰매를 타러 가자고 조르지 않았다.

강민서가 정밀검사를 받던 날은 작은 작은어머니가 올라와 강민서를 병원으로 데려갔다. 그날은 하루종일 강민서가 집에 없었다. 자기 어머니보다 훌쩍 커버린 키로 작은 작은어머니의 손을 잡고 가는 강민서를 보면서 강윤희는 십일 년 전을 떠올렸다. 어느 날 강윤희는 강중식의 어린 아들이 아프다는 소식을 들었다. 보름째 열이 나고 있지만 근처 대학병원에서도 원인을 찾지 못했다고 했다. 강민서는 열이 시작되고 삼 주째에 신촌 세브란스병원에 가서야 소아림프종 진단을 받았다. 삼 년째 임용고사를 준비중이던 강윤희는 강민서가 항암 치료를 받는 동안 두어 번 병원에 찾아간 적이 있었다. 그때마다 강민서는 강윤희에게 맥도날드에 가자고 졸랐다. 강윤희의 기억 속에 있는 강민서는 강윤희가 눈사람을 만들어준 아이가 아니라 환자복을 입고 맥도날드 피규어 진열대로 뛰어가던 다섯 살 어린아이의 모습이었다. 테이블에 피규어를 늘어놓고 신이 나 있던 강민서의 부은 목과, 몸에서 일어나는 일들이 불편해 내내 칭얼대면서도 피규어만은 손에 꼭 쥐고 있던 모습. 강민서는 항암 치료 끝에 초등학교 입학 전에 완치 판정을 받았다. 몸이 다시 안 좋아진 것은 강중식의 사업이 틀어진 최근의 일이었다. 암이 얼마만큼 재발해 어디로 전이됐는지에 따라 이제 강민서의 삶은 많은 게 달라질 것이었다.

며칠 뒤 강윤희는 친정엄마한테 전화를 했다.

"너는 꼭 뭐 물어볼 거 있을 때만 전화하지."

친정엄마가 투정 섞인 핀잔을 했다. 강윤희는 자신이 지금까지 친정엄마한테 물었던 것들을 떠올렸다. 어떤 콩은 왜 밥에 넣어 지어도 계속 딱딱한지, 잡채에 마늘을 넣어야 하는지 말아야 하는지, 녹말가루는 뜨거운 물에 풀어야 하는지 찬물에 풀어야 하는지…… 하지만 강윤희가 정말로 묻고 싶은 것은 그런 것들이 아니었다. 엄마는 어떻게 세상을 믿을 수 있었던 것인지 강윤희는 궁금했다. 어떤 믿음이 열한 살 딸과 스물세 살 시동생 둘만 남겨놓고 여행을 갈 수 있게 했던 것인지. 강윤희는 살아생전에 그런 얘기들을 엄마와 할 수 있는 날이 올까 생각했다. 통증은 사라지지 않았고 백아영을 임신했을 때 빼고는 소염진통제를 달고 살아왔다는 걸 백은호조차 알지 못했다. 이 세상에 강윤희의 말을 들어줄 사람은 정신과의사밖에는 없을지도 몰랐다.

강윤희는 친정엄마가 말한 대로 밀가루를 수제비 반죽보다 약간 되게 반죽해 비닐에 싸두고 신김치를 썰었다. 쫑쫑 썰라고 했기 때문에 쫑쫑쫑 썰었다. 두부를 힘주어 짜고, 숙주나물을 데치고, 파와 마늘을 다져 넣어 소를 만들었다. 강윤희는 반죽해놓은 밀가루를 치대고 길게 말아서 피 하나 크기만큼씩 잘라놓았다. 교자상을 펴고 밀대를 꺼내놓자 백아영과 강민서가 달려들었다. 강민서는 여러 번 해보았는지 밀대를 쓱쓱 움직여 만두피를 보름달처럼 만들어놓았다. 백아영은 자기도 해보겠다며 밀대를 밀었지만 생각처럼 되지 않는지 끙끙댔다. 손목을 어떻게 돌리고 어느 쪽으로 얼마만큼 힘을 줘야 하는지 강민서가 다시 시범을 보였다. 강민서의 손이 전날보다 많이 부어 있었다. 만두소를 넣은 양푼에 숟가락 세 개를 꽂고 그들은 만두를 빚기 시작했다. 둥글게도 만들고 길게도 만들었다. 반죽을 조그맣게 떼어 귀도 붙이고 꼬리도 붙였다. 백아영은 중간중간 백은호에게 전화를 걸어 자기가 만두를 얼마나 멋지게 빚고 있는지 중계했다. "나만 빼고 이러기야" 하는 백은호의 약오른 목소리가 들렸다.

"누나, 오늘밤부터 많이 추워진대요."

강민서가 만두소를 뜨며 말했다.

"엄마, 최강 추위가 온대. 완전 최강."

강윤희는 밖을 내다보았다. 그때까지만 해도 눈은 오지 않았다.

"민서 삼촌, 만두 빚으면서 울기 놀이 할래? 내가 이름을 대면 삼촌이 소리를 내는 거야."

"좋아."

"강아지."

백아영이 이름을 댔다.

"멍멍."

강민서가 울음소리를 냈다.

"고양이."

"야옹."

"소."

"음매."

"돼지."

"꿀꿀."

"하마."

"……"

"헤헤헤, 어렵지?"

백아영이 머리카락에 밀가루를 묻히고 웃다가 다시 문제를 냈다.

"그럼 공룡은 어떻게 울게?"

"키우우우우웅."

"오오. 소라는 어떻게 울게?"

"철썩, 철썩."

"그럼 우리 엄마는 어떻게 울게?"

잠시 정적이 이어졌다. 강민서가 강윤희의 눈을 보고 있었다. 강민서의 시선이 주는 기이한 힘이 공간을 채워왔다. 이상하게도 그 잠깐 사이에 강윤희는 위로를 받는 것 같았다.

백아영이 환호를 하며 일어섰다. 강윤희와 강민서는 밖을 보았다. 거짓말처럼 함박눈이 내리고 있었다. 셋은 만두를 내팽개치고 베란다로 달려갔다. 언제부터 내렸는지 벌써 눈이 꽤 쌓여 있었다. 장갑을 끼고 나가 눈사람을 만드는 아이들도 보였다. 백아영과 강민서가 간절한 눈빛으로 강윤희를 쳐다봤다.

강윤희는 둘의 떼를 이기지 못하고 밖으로 나가는 걸 허락했다. 강윤희가 양쪽 귀에 마스크를 걸어주는 동안 강민서는 상체를 숙이고 가만히 있었다. 강윤희는 목도리를 겹겹이 둘러주면서 감기에 걸리면 안 된다고 신신당부를 했다. 백아영과 강민서는 그날

페트병만한 작은 눈사람을 만들어서 들고 들어왔다.

강민서는 당연히 줘야 하지 않겠느냐는 듯 강윤희에게 두 손을 내밀었다. 강윤희는 그 위에 흑미를 쏟아주었다. 강민서와 백아영은 흑미로 눈사람의 머리카락을 빼곡하게 심고 눈 코 입도 흑미로 완성했다. 강윤희는 화분 받침에 눈사람을 올려 베란다에 놔두고 혹시라도 녹을까봐 바깥 창문을 열어두었다. 그러나 창문을 열어둘 필요도 없이 그날 밤부터 한파가 시작됐다.

눈이 내린 그대로 세상이 얼어붙었다. 체감온도 영하 삼십 도의 한파는 며칠 동안이나 계속됐다. 수도관이 동파되고, 한강이 얼고, 텔레비전에서는 얼음이 떠다니는 서해 바다의 모습이 방송됐다.

한파 특보 삼 일째, 강민서의 검사 결과가 나왔다. 집이 병원 인근인 강윤희가 강민서를 태우고 운전해서 병원에 먼저 도착했고, 뒤이어 작은 작은어머니와 강중식이 왔다. 결과를 듣고 작은 작은 어머니와 강민서가 입원 절차를 밟는 동안 강중식이 옥외 휴게실로 강윤희를 불렀다. 다른 때 같으면 벤치 여기저기에 보였을 사람들이 한파 때문인지 한 명도 보이지 않았다.

"민서가 그러더구나. 윤희 누나네 있는 동안 좋았다고."

강중식이 말했다. 추워도 너무 추워서 강윤희는 몸이 굳는 것 같았다.

"……다 내 잘못이다."

강중식이 갑자기 어깨를 떨더니 그렇게 말했다. 림프절에서 시작된 강민서의 암은 간과 척수로 전이되었다고 했다. 예후가 좋지 않은 듯했다. 이제 강민서는 끝을 알 수 없는 항암 치료와 방사선 치료 속으로 다시 들어가야 했다.

"다 내 죄야……"

강중식은 그렇게 말하면서 흐느끼기 시작했다. 벤치 끝에 걸터 앉은 늙은 강중식이 몸을 공벌레처럼 만 채 울고 있었다.

"그때 내가, 그때 내가 너한테,"

강윤희는 '그때'라는 말을 잘못 들었다고 생각했다.

"그래도 윤희야."

"……"

"그래도 나는,"

강중식이 강윤희 쪽으로 몸을 돌렸다.

"손가락밖에는 안 넣었다."

그러면서 강중식은 다시 울기 시작했다. 지푸라기라도 잡고 싶다는 듯이. 그 일이 없던 일이 되면 강민서의 병이 나을 수 있다는 듯이. 최악까지 가진 않았는데 이런 형벌은 억울하다는 듯이. 그러나 강윤희가 놀란 것은 그런 것들 때문이 아니었다. 강중식이 아직 그 일을 기억하고 있다는 사실 때문이었다. 어쩌면 나쁜 꿈을 꾼 게 아닐까 생각한 적도 있었다. 몸의 증상을 빼면 그만큼 그 일은 현실감이 없었다. 이십 년이 훨씬 넘는 시간 동안 사촌들의 결혼식과 조부모의 장례식과 집안의 온갖 대소사 속에서 강중식은 아무렇지 않게 강윤희를 대했던 것이다.

강민서의 짐이 빠져나가고 난 뒤 강윤희는 서재 방문을 잠갔다. 그러곤 대부분의 시간을 소파에 멍하니 앉아 보냈다. 텔레비전에는 폭설로 항공기가 결항돼 공항에 발이 묶인 사람들이 나왔다. 국립공원과 도로가 통제되고, 비닐하우스와 축사가 붕괴되고, 고깃배가 얼음 한가운데에 갇혀 있는 모습이 보였다. 갑자기 긴급재난문자가 오면 강윤희는 깜짝 놀라 베란다로 나갔다. 그러면 강민서가 만들고 간 눈사람이 까만 흑미를 머리에 이고 꽁꽁 언 채 서 있는 모습이 보였다.

역대급 기록을 세웠다는 한파 특보는 오 일 만에 해제됐다. 주말이 지나고 백아영은 강윤희보다 일주일 먼저 개학을 했다. 백아영을 학교에 보내고 빈집에 혼자 앉아 있으면 어디선가 주사위가 굴러가는 소리, 색종이를 접었다 펴는 소리, 강아지와 트리케라톱스와 소가 우는 것 같은 소리가 들려왔다. 강윤희의 친정에 있는 앨범 속에는 오래된 사진이 하나 있었다. 강윤희는 그 사진을 생각하고 있었다. 한 소년이 갓난아기를 업고 있는 사진이었다. 소년은 허리를 직각으로 꺾고서 쩔쩔매고 있었다. 아기가 흘러내릴까봐 양팔에 힘을 주어 뒤를 받치고, 그 와중에도 등에 매달린 아기를 보려고 고개와 눈동자를 뒤쪽으로 한껏 돌리고 있었다. 여차하면 아기를 받으려고 소년 옆에 바짝 붙어 있는 아기 엄마가 보였고, 환호를 하는지 말리는지 모를 손들이 보였다. 강윤희는 그

포대기의 무늬를 기억하고 있었다. 분홍색 빗금이 누비 결을 따라 전체에 퍼져 있고 띠 부분엔 흰색 땡땡이가 박혀 있었다. 그 포대기는 강윤희의 동생들이 태어난 뒤에도 계속 쓰이다 언제인지 모르게 사라졌지만, 친정에 보관돼 있는 옛날 사진들 속에 아직도 소품처럼 남아 있었다.

한파가 수그러들고 얼었던 세탁기가 다시 작동됐다. 푹한 날이 하루이틀 이어졌다. 강윤희는 며칠 묵은 빨래를 돌리고 집안의 문들을 하나하나 열었다.

베란다로 나갔을 때였다. 강윤희는 눈사람을 세워놓았던 화분 받침에 물이 넘칠 듯 말 듯 찰랑이고 있는 것을 보았다. 그 물 위에 흑미가 빼곡히 떠 있었다.

강윤희는 왠지 그걸 보고 있기가 힘들어 다른 일들에 집중했다. 출근이 시작되면 한동안 손대지 못할 집안일들을 하루에 하나씩 해치웠다. 일주일이 금세 갔다.

주말이 되었을 때 강윤희는 베란다로 나가 다시 화분 받침 앞으로 갔다. 찰랑거리던 물은 다 증발되고 화분 받침에는 습기를 머금은 흑미들만 까맣게 모여 있었다.

강윤희는 백아영을 베란다로 불렀다. 흑미만 남은 화분 받침을 건네자 백아영은 주저앉아서 울기 시작했다. 강민서가 더이상 집에 없다는 걸 그제야 실감한 듯 백아영은 민서 삼촌을 부르며 울음을 멈추지 않았다. 당장 민서 삼촌을 보러 가겠다며 떼를 썼고,

눈사람을 살려내라면서 강윤희의 가슴을 때렸다.

"아영아, 민서 삼촌이랑 니가 만든 눈사람, 없어진 거 아니야. 그냥 모습이 변한 거야."

"너무해. 너무해."

백아영은 오후가 되어서야 진정이 됐다. 강윤희는 백아영과 함께 흑미를 드라이어로 말려 유리병에 담았다. 그리고 냉장고에 넣었다. 냉동실에는 강민서가 빚어놓고 간 김치만두가 남아 있었다. 강윤희는 다음해 겨울에도 강민서와 교자상에 둘러앉아 만두를 빚을 수 있을까 생각했다. 그런 날이 다시 온다고 해도, 그때까지 강민서가 견뎌야 하는 시간들에 대해 강윤희는 알 수 없었다.

강윤희는 출근을 해 다시 중학생 아이들과 지냈다. 강윤희가 담임을 맡은 중학교 2학년 아이들은 하루에도 소소한 사건 사고가 끊이지 않았다. 이애랑 저애가 헤어지면 다음날은 저애랑 그애가 사귀고, 그애는 다시 이애에게 고백하고, 울고, 먹고, 깔깔대고, 복도에서 키스를 하고, 교실에서 허리를 감고, 다시 울고, 뛰고, 강윤희를 부르고, 강윤희에게서 도망갔다. 그 아이들을 보며 강윤희는 언젠가는 중학생이 될 백아영을 상상했다.

어느 날 새벽엔 백은호가 자고 있는 강윤희를 깨웠다. 백은호는 강윤희의 어깨를 잡더니 나쁜 꿈을 꾸었느냐고 물었다. 강윤희는 침대 끝에서 몸을 구부린 채로 땀을 흘리고 있었다. 강윤희는 백은호의 팔을 잡았다.

"은호야, 아영이가 나한테 자꾸 잘못했다고 비는 꿈을 꿔. 제발 용서해달라고…… 엄마 미안해, 엄마 미안해, 그러면서 자꾸 빌어. 그게 내 악몽이야."

강윤희는 백은호한테 기대 조금 울었다. 백은호는 강윤희를 엎드리게 하더니 땀에 젖은 상의를 벗겼다. 그러고는 마른 수건을 갖고 와 강윤희의 등을 닦았다. 백은호는 수건을 내려놓고 천천히 강윤희의 등을 마사지했다. 강윤희는 혼몽한 채로 엎드려서 고르게 숨을 내쉬었다. 잠시 뒤 강윤희의 등에 손 대신 백은호의 입술이 와닿았다. 조금씩 빨라지는 호흡을 느끼면서 강윤희는 엎드려 있을 때 백은호가 들어오는 걸 자신이 얼마나 좋아했었는지를 떠올렸다. 백은호의 배가 강윤희의 등에 밀착되면 바로 귓가에 백은호의 숨소리가 들렸다. 숨소리를 느끼다보면 어느새 백은호가 미끄러져 들어와 두 팔로 강윤희를 가둔 채 몸을 움직였다. 등이 점점 뜨거워지는 것을 느끼고 강윤희는 그게 회상이 아니라 실제 상황임을 깨달았다. 백은호의 팔이 강윤희의 눈앞으로 길게 뻗어나와 이불을 움켜쥐고 있었다. 귀에 닿는 백은호의 호흡이 가빴다. 땀에 젖은 백은호의 배가 뒤에서 빠르게 마찰하고 있었다. 미처 어찌할 새도 없이 강윤희는 근육이 수축하기 시작하는 걸 느꼈다. 곧이어 강윤희의 몸속에서 울음과도 같은 소리가 폭발했다. 강윤희가 백은호의 팔을 무는 동시에 백은호는 사정했다. 백은호의 몸속에 있던 이억 마리의 정자가 강윤희의 몸속으로 들어오는 순간이었다.

그날 피임을 하지 않았다는 걸 강윤희와 백은호는 아침이 되어서야 알았다.

나와 내담자

검은 안경을 쓴 내담자는 삼십대 후반의 여성으로 혼자 내원하였다. 카디건에 청바지 차림의 깔끔한 모습이었으나 검사자와의 눈맞춤은 다소 불안정하였다. 주어지는 과제를 어려워하지 않고 침착하게 수행하는 편이었으며 물건을 조심스레 다루었다. 그림 검사시, 사람 그림 검사에서 시간을 지체했고 자신감이 부족한 모습을 보였다. 남자 사람 검사에서 원가족 중 한 사람을 그렸고, 가족화 검사에서 가족들의 장단점을 이야기하던 중 갑자기 눈물을 흘렸다. 대체적으로 차분하고 솔직하게 말하는 편이었으며 검사에 어려움은 없었다.

　검사 도구는 MMPI(다면적 인성 검사), BDI(우울 척도 검사), SCT(문장 완성 검사), HTP(집-나무-사람 그림 검사), KFD(동적 가족화 검사), RIBT(로르샤흐 잉크 반점 검사)를 사용하였다. 검사 결과 내담자는 현실적인 지각 능력은 양호했으나 내향적이고 경직된 사고 경향을 보이고 있어 스스로 고립된 채 자의적인 판단에 의존하여 행동할 가능성이 높게 나타났다. 스트레스 상황에서의 문제 해결 능력 또한 부족할 것으로 보인다. HTP에서도 필압이 매우 약하고 크기 또한 매우 작으며 그림이 한쪽으로 치우쳐 있는 것으로 보아 높은 우울감이 시사되며, 자아 강도가 약화된 채 적절한 방어 수준을 유지하지 못하는 것으로 보인다. 로르샤흐 검사에서는 대부분의 카드를 '자궁' '나팔관'을 나타낸 그림으로 보았으며 '분비물이 흘러나와 굳은 자국' '킁킁거리며 걸어가는 괴물' '맹수가 잡아 뜯는 상황' 등으로 표현하였다. 친밀감과 관련된 카드에서 또한 '국물이 쏟아진 곳에서 벌레가 기어나오는 상태'로 반응하는 등 불쾌감을 보이고 있어 가까운 대상과의 관계성 역시 불안정해 보인다. SCT 14번 항목의 '무슨 일을 해서라도 잊고 싶은 것은'과 27번 '내가 저지른 가장 큰 잘못은'에 대한 답변은 내담자의 정서적 어려움에 대한 지속적이고 적극적인 개입의 필요성을 더욱 말해주는바, 본 센터는 모래를 이용한 심리치료를 우선 진행하기로 결정하였다. 치료는 센터 삼층의 모래치료실에서 10회기 동안 진행되었다. 일지는 모래 상자 구성 과정과 상담자의 관찰, 내담자의 스토리텔링을 중심으로 작성되었다.

이 글은 내담자 강수영이 만들어간 모래 상자에 대한 초기 기록이다.

첫번째 상자 — 2018년 6월 7일

치료실로 들어오는 내담자는 첫 내원 때와 같은 차림에 무표정한 얼굴이다. 상담자에게 목인사를 한 뒤 치료실을 짧게 훑어본다. 모래치료실은 피규어들이 놓인 선반과 모래 상자 테이블이 전부다. 내담자는 상담 시간 동안 마음에 드는 피규어를 가져와 모래가 깔려 있는 직사각형의 상자 안에 자신의 세계를 만들면 된다. 어떠한 규칙도 제약도 없다. 상담자는 회기 동안 특별한 개입도 해석도 하지 않을 것이다.

모래놀이 방법에 대해 설명하자 내담자가 말없이 고개를 끄덕인다. 모래 상자 바닥은 파란색으로 되어 있다. 모래를 밀어서 강이나 바다를 만들 수도 있고, 모래를 물로 적셔 산이나 터널을 만들거나 성을 쌓을 수도 있다. 상담자가 눈앞에서 모래를 만지고 가르는 걸 보여줘도 내담자는 선뜻 모래에 손을 대지 않는다. 물까지 사용할 가능성은 적어 보인다.

열 번이나 하는 건 줄 몰랐어요.

내담자가 말한다. 모래치료실에 들어와 처음으로 한 말이다. 진행 상태에 따라 회기를 더 연장할 필요가 있을 수도 있다고 하자 자신은 그렇게까지 할 상황은 아니라고 말한다.

센터에 상담을 의뢰한 것은 내담자의 남편이다. 내담자와 내담자 아이에 대한 심리검사는 각각 다른 날 진행됐다. 이 상담이 아동 상담 중 부모 치료의 일환으로 시작된 상담이라는 걸 내담자는 의식하고 있을 것이다.

내담자는 미심쩍어하는 얼굴이다. 장난감 같은 피규어를 만지작거리는 것보단 약을 처방받아 먹는 게 비용도 저렴하고 효과도 즉각적이라고 생각할 것이다. 많은 성인 내담자가 그런 의심을 갖고 모래 상자 앞에 앉는다.

내담자가 마지못한 듯 일어나 피규어 선반 앞으로 간다. 벽 한 면을 채운 선반에는 수많은 종류의 피규어들이 늘어서 있다. 내담자는 회기가 진행되는 동안 모래 상자에 자신을 풀어놓을 수도 있고 아무것도 표현하지 못할 수도 있다. 이 상자 안에서 어떤 일이 일어나게 될지는 아무도 모른다.

내담자가 모형 몇 개를 들여다본다. 흰 그네, 3단 생일 케이크, 돛단배, 시계탑, 소방관, 야자수, 복면강도. 중세 기사가 든 창의 끝을 한참 쳐다보기도 하고 울고 있는 남녀 4인 세트를 돌려보기도 한다. 하지만 아무것도 자신의 모래 상자로 가져오지는 않는다.

모래 상자에 무언가가 놓인 것은 상담 시간을 십 분 정도 남겨두고서이다.

내담자가 자신의 상자 안으로 가져온 첫 소품은 집이다.

두번째 상자 — 2018년 6월 14일

지난번과 같은 집이네요?

지난번에는 집만 놓고 끝이 나서……

모래 상자 오른쪽 하단 귀퉁이에 작은 집 하나가 있다. 지푸라기로 된 오래된 집이다. 내담자는 집 주변을 꾸미겠다고 하며 피규어 선반 앞으로 간다. 나무를 가져와 집 옆에 세운다. 울타리를 가져와 집 앞쪽에 두른다. 크고 작은 풀 모형들을 가져와 울타리 바깥쪽에 듬성듬성 뿌린다.

더는 꾸밀 생각이 없는지 마쳤다고 말한다.

오른쪽 하단의 집 구역을 빼고 상자의 나머지 공간은 텅 비어 있다.

이 집은 누가 사는 집인가요?

할머니랑 엄마 아빠랑 남자 사람 1이 살아요. 아이들도 살고요.

피규어 선반엔 높이와 재질과 형태가 다른 여러 종류의 울타리 모형이 있다. 내담자는 집보다 낮고 출입문은 달리지 않은 울타리를 골라 집 뒤쪽을 남겨두고 두른 상태다.

여름방학 때 가끔 서울에 있는 외갓집에 놀러갔었어요. 외갓집 옥상을 참 좋아했어요. 우리 동네엔 다 일층짜리 건물만 있었거든요. 학교도 일층이었으니까. 근데 외갓집 옥상에선 별별 게 다 내려다보였어요. 그날도 옥상에서 동네를 내려다보고 있었어요. 정말 더운 날이었고 저녁을 먹기 전이었는데, 저 맨 끝으로 희미하게 우리집이 보이는 거예요. 외갓집은 서울이었는데 시골에 있는 우리집이요. 슬레이트 지붕 색깔도 똑같고, 집 뒤쪽에 서 있는 나무도 똑같고, 마당에 있는 오이 덩굴이랑 옆집으로 가는 샛길이랑, 계속 봐도 우리집이었어요. 할머니가 마당에서 왔다갔다하시는 것까지 다 보이는 거예요. 꿈도 아니고 공상도 아니고 더위를 먹은 것도 아니었어요. 실제로 제 눈앞에 펼쳐졌었어요.

집을 봤을 때 어떤 느낌이었어요?

그냥…… 할머니가 너무 반가웠는데, 내가 불러도 할머니한텐 당연히 안 들리겠지, 그런 생각을 했던 것 같아요. 이렇게 멀리서도 우리집이 보인다니 진짜 신기하다. 좀 슬프기도 하고, 그립기도 하고. 외갓집에 가면 이상하게 불편해서 얼른 집에 가고 싶었는데, 가면 또 심심하겠지, 그런 생각.

세번째 상자 — 2018년 6월 21일

지난번에 수영씨 얘기를 듣고 저도 제가 어렸을 때 살던 동네를 찾아봤어요. 위성 맵으로요. 학교 가는 길에 있던 시멘트 담이 그 대로 있더라고요.

그래요? 우리 동네에도 시멘트 담이 있었어요. 그런데 시멘트 담이 없는 동네는 없을 수가 없겠네요.

내담자가 조금 웃는다.

마당 뒤쪽으로도 시멘트 축대가 있었어요. 사진을 찍으면 왜 그랬는지 꼭 그 앞에서 찍었는데.

내담자는 이번엔 흙으로 된 집을 들고 온다. 상자 오른쪽 하단 귀퉁이에 집을 놓고, 나무를 세우고, 울타리를 두른다. 2회기 때와 같은 패턴이다. 나머지 공간의 모래를 손바닥으로 고르게 편다. 모래를 만지며 질감을 느낀다기보다는 땅을 편평하게 만드는 느낌이다. 그 위로 가구들을 나르기 시작한다. 흰 철제 의자 세 개, 피아노 하나, 네모난 식탁, 화장대, 침대, 스탠드, 소파, 텔레비전.

꼭 소꿉놀이하는 것 같아요.

하지만 내담자는 놀이를 하는 것처럼 보이진 않는다. 가구들을 조화롭게 배치한다기보다는 무작위로 늘어놓는 느낌이다.

아까 센터 대기실에 앉아 있는데, 어떤 애가 막 뛰어다니더라고요. 정수기 아래에 물 다 엎지르고, 소리지르면서 쿠션 던지고. 아이 엄마는 그냥 자포자기한 얼굴로 침울하게 앉아 있고요. 아이가 놀이치료실로 들어가고 나니까 대기실이 조용해졌는데, 그 엄마가 저한테 이렇게 말했어요.

'아이 문제가 다 제 상처 때문이라는 걸 알게 됐어요.'

혹시 저도 센터에 오래 나오면 그렇게 말하게 되는 건가요?

네번째 상자 — 2018년 6월 28일

날씨가 많이 더워졌죠?

선생님이 저번에 시멘트 담 얘기를 해서 그런지 계속 사진 생각을 했어요.

시멘트 축대 앞에서 찍었다는 사진이요?

답이 없다. 상담자와 눈을 맞추지도 않는다.

그 사진 속에 누가 있는지 궁금해요.

그냥, 어떤 여자아이가 있어요.

치료실 선반의 피규어 구입과 배열을 결정하는 것은 상담자다. 어떤 내담자는 인물 피규어를 다양하게 구비해놓은 상담자를 만나고 어떤 내담자는 동식물 피규어를 선반 중앙에 배치해놓은 상담자를 만난다. 이 치료실의 상담자는 오랜 기간 공을 들여 다양한 인물군과 집 모형을 수집했다. 초록 모자를 쓴 여자아이, 시소를 타는 여자아이, 얼굴 없는 여자아이, 학원 가방을 멘 여자아이, 바이올린을 켜는 여자아이, 귀를 막고 있는 여자아이, 드레스를 입은 여자아이, 두 팔을 벌리고 있는 여자아이, 웅크리고 앉아 있는 여자아이, 손을 잡고 있는 여자아이 2인 세트. 풍차가 달린 집도 있고 동화 속 빨간 지붕 집도 있다. 눈 덮인 집, 예배당, 통나무집, 굴뚝이 달린 집, 오두막, 대저택, 초미니 벽돌집 4종 세트, 파스텔색 둥근 집 5종 세트, 이글루, 천막, 봉분.

여러 종류의 집 모형 중에 내담자가 손을 대는 것은 폭풍이 불면 제일 먼저 날아갈 것 같은 지푸라기 집 아니면 흙집이다. 집 옆에 나무를 세우고, 울타리를 두르고, 이번엔 강아지 집을 가져와 마당 한쪽에 놓는다. 하지만 강아지를 상자 안으로 가져오진 않는다. 피규어 선반엔 사냥개와 썰매견뿐 아니라 반려견 5종 세트가 있는데도.

강아지 집을 가져온 뒤로 내담자는 상자를 더 꾸미지 않는다. 여자아이에 대한 이야기를 더 이어가지도 않는다.

모래 상자 옆에 올려놓은 내담자의 휴대폰이 진동한다. 화면에 '엄마'라는 글자가 뜬다.

받으셔도 돼요.

휴대폰을 보기만 할 뿐 내담자는 전화를 받지 않는다. 마침내 진동이 그치고, 그뒤로 내담자는 입을 닫아버린다.

그대로 시간이 흐른다.

기다리기로 한다. 그냥 흘러가는 시간이 아니라는 걸 알기 때문이다. 자신의 상자 속 집을 내려다보고 있는 내담자를, 상담자는 기다린다. 이 모래치료실이 안전한 곳이며 모래 상자 안에선 무엇을 해도 허용된다는 것을, 최선을 다해 기다리는 것으로 전달한다.

다섯번째 상자 — 2018년 7월 5일

사실은 모래를 상자 밖으로 다 퍼내버리고 싶어요.

1인용 테이블보다 조금 큰 모래 상자 가장자리로 모래가 조금씩 흘러넘쳐 있다. 내담자는 상자 중앙에서부터 모래를 파서 가장자리로 모두 밀어버렸다. 상자에 커다란 호수가 생긴 것 같다. 마음에 들지 않는지 아래쪽에 있던 모래를 모두 위쪽으로 밀어버린다. 바다가 생긴 것 같지만 그것도 성에 차지 않는 듯하다. 호수나 바다를 만들고 싶다기보다 땅을 없애고 싶어하는 느낌이다.

그런데 모래를 다 퍼내버리면 선생님이 청소하기 힘들겠죠. 다음 사람은 더 기다려야 될 테고.

그런 걱정까진 안 하셔도 돼요.

더 분출해도 된다고 말하고 싶지만 그런 말 자체도 부담으로 느낄 수 있을 듯하다. 시간이 필요하다.

요새 자꾸 예전 생각이 나요. 잊고 산다고 생각했는데, 한번 생각이 나면 그때 감정이 너무 생생히 살아나서, 힘이 들어요. 어제는 모래치료를 그만 받고 싶다는 생각까지 들었어요. 다음달 중순에 집안 행사가 있는데 그것

때문에 벌써 스트레스를 받고 있어요. 엄마가 계속 저한테 이런저런 얘기를 하는데, 안 가고 싶은데, 그렇게 말하려면 너무 많은 것들이 걸려 있고, 그냥 포기하고 또 가겠죠. 남편이랑 아이랑 3인 세트로. 교자상 여러 개가 놓일 거고, 북적거리면서 좁혀 앉을 거고.

재작년쯤일 거예요. 딸아이가 아직 유치원 다닐 때였으니까. 그때도 친정 사람들이 다 모였는데, 저는 갈비찜을 발라서 아이한테 놔주고 있었어요. 우리 앞쪽에 남자 사람 1이 앉아 있어요. 제 아이를 보더니 '많이 컸네'라고 말해요. 그러고 나서 남자 사람 1이, 아주 잠깐, 저랑 제 아이를 한꺼번에 훑었는데, 그때를 떠올리면 숨을 못 쉬겠어요. 내 딸까지 그 시선 안에 엮여 있다는 게, 그게 얼마나 소름 끼치게 끔찍한 느낌이었는지. 근데 밥상을 엎지도 못하고 끝까지 밥을 먹고 일어난 내가 너무 바보 같아요. 묻는 말에 다 대답하면서, 젓가락으로 갈비찜 집어오면서, 딸이랑 계속 앉아 있던 내가 너무 싫어서, 죽여버리고 싶을 만큼 한심해서.

여섯번째 상자 — 2018년 7월 12일

모래놀이 상담자는 상담자 자신이 반드시 먼저 모래치료를 받는 과정을 거친다. 여러 내담자들의 모래 상자를 마주하면서 언젠가 한 번은 자신의 상자를 다시 만나게 된다. 어떤 상담자는 자신에게 두려움을 주는 상자를 만드는 내담자를 만나고 어떤 상담자는 첫 회기의 첫 소품을 자신과 같은 것으로 선택하는 내담자를 만난다.

아침에 단지 앞에 나오면 여자들을 보게 돼요. 아이들을 학교에 데려다 주거나 버스에 태우는 여자들이요. 저는 저랑 같은 처지에 있는 동네 여자들을 보는 게 싫어요. 불행해 보이면 불행해 보여서 싫고 행복해 보이면 행복해 보여서 싫어요.

내담자가 자갈돌을 한 움큼 집어와 상자 한쪽에 쌓아놓는다. 덤불 뭉치들을 들고 와 상자 여기저기에 무작위로 뿌려놓는다.

양치를 하려고 몸을 일으키는 것조차 너무 어려울 때가 있어요.

아무것도, 정말이지 아무것도 없어요.

일곱번째 상자 — 2018년 7월 19일

엄마도 아빠도 할머니도 여자아이 강수영의 짝꿍 이름을 모른다. 하지만 남자 사람 1은 안다. 남자 사람 1은 가족 중에 강수영의 학교 진도를 아는 유일한 사람이다. 학교에서 체육을 하고 왔는지 미술을 하고 왔는지를 알고 강수영이 단짝과 싸웠는지 화해했는지를 안다.

7회기에서 내담자는 네모난 구멍이 세 개씩 뚫려 있는 시멘트 블록을 가져와 잇댄다. 직사각형의 모래 상자 안에 블록으로 만든 공간 하나가 생긴다.

이 안에 뭐가 있는지 궁금해요.

이 안엔, 저랑 제 남동생 둘이랑 남자 사람 1이 있어요.

남자 사람 1은 강수영과 동생들의 학교 공부를 챙겨준다. 사고로 수술을 한 뒤론 집에서만 지낸다. 가족들 모두가 남자 사람 1을 걱정한다.

할머니는 매일 눈물을 흘려요. 젊은 게 얼마나 답답할까. 저 똑똑한 게 사람 구실 하면서 살 수 있을까.

남자 사람 1은 가끔 강수영과 동생들을 함께 방으로 부른다. 처음에는 교과서나 베개 같은 걸로 툭툭 건드린다. 숙제를 안 하고 놀러 나간 것도 이유가 되고 담배 심부름이 오래 걸린 것도 이유가 된다. 남자 사람 1이 남동생 둘을 방 한쪽으로 몬다. 발로 옆구리를 민다. 머리를 친다. 소리가 들리지 않을 정도로만, 남자 사람 1이 남동생들을 때린다. 하지만 강수영은 절대 때리지 않는다. 하지만 강수영은 그 방에 함께 있어야 한다.

동생들이 겁이 나서 어깨를 움츠리고 있던 모습이 생생해요. 할머니는 남자 사람 1 걱정에 늘 마음이 아파요. 우리는 남자 사람 1 덕분에 성적이 올라요. 저는 한 번도 맞지 않아요. 남자 사람 1은 저한테, 그런 식으로는 손을 대지 않아요.

여덟번째 상자 — 2018년 7월 26일

컵라면, 만두, 짜장면, 치킨, 와플, 생크림 바게트, 초코 머핀, 도넛, 아이스크림, 비스킷, 초콜릿.

모래 상자 안에 음식 모형들이 들어찬다.

엄마가 몇 주째 삐쳐 있어요. 저번에 엄마 전화 씹고 나서 다시 통화를 하긴 했는데, 그뒤로 제가 안부전화를 안 했거든요. 좀 쉬고 싶어서요. 엄마랑 연결돼 있으면 쉰다는 느낌이 안 드니까. 근데 삐친 거 풀려면 더 피곤해서요, 억지로라도 전화해야지 하면서도 제가 너무 힘들면 안 하게 돼요.

내담자가 가져온 음식들이 상자 안에 캠프파이어 장작처럼 포개져 있다.

맛있는 음식들이 많네요.

혼자 쉴 때 먹는 것들이에요. 그러니까 폭식할 때.

내담자는 자신이 가져온 음식 모형들을 별로 보고 싶지 않은지 상자에서 고개를 돌린다.

친구 한 명이랑 놀고 있으면 엄마가 그랬어요. 사람은 친구가 많아야 된다고. 친구 여러 명이랑 놀고 있으면 그랬어요. 중심에 서야 한다고. 엄마는 제가 뭘 해도 마음에 들어하지 않았어요.

제 기억이 정확한지 모르겠는데, 예전에 그런 아이스크림 광고가 있었어요. 어떤 청소년 배우가 나와서 아이스크림콘을 들고 춤을 추다가 마지막에 이렇게 말해요. '발랄한 소녀만 드세요'라고.

저는 그 광고가 정말 충격적이었어요. 저는 발랄한 여자아이가 아니었거든요. 텔레비전에서 그 광고가 나올 때마다 저건 우리 엄마가 만든 광고가 아닐까, 그런 생각을 했어요.

저는 장녀라서, 제가 잘 풀려야 동생들도 잘 풀리고, 제가 친지 어른들을 잘 챙겨야 동생들도 핏줄 귀한 줄 알고, 제가 엄마를 위해줘야 동생들도 저를 위한다고, 엄마가 맨날 그래요. 윗사람답게 굴어라. 잡을 땐 잡고 베풀 땐 베풀어라. 나 죽으면 동생 집이 니 친정이다.

아홉번째 상자 — 2018년 8월 2일

모서리 어디에도 울퉁불퉁한 곳이 생기지 않게 손바닥으로 펴고 또 편다. 상자 안의 모래를 빈틈없이 고른다. 모래를 다지는 데 3회기 때보다 훨씬 많은 시간을 들인다.

제 아이가 모래 상자에 뭘 놓고 있는지 궁금해요. 그 조그만 애 맘속에 뭐가 있는지. 저한테 걔는…… 너무 어려워요.

잘 고른 모래 위에 내담자는 작은 **욕조**를 갖다놓는다. 뒤이어 거즈 손수건, 체온계, 젖병, 딸랑이도 챙겨온다. 살구색 커튼이 쳐진 창문을 세우고, 난간이 높게 올라간 아기 침대를 갖다놓는다. 내담자가 만들고 있는 것은 초등학생 아이의 방이 아니라 갓 태어난 아기의 방이다. 사람들이 임신중일 때 미리 꾸며놓곤 하는 그런 방이다.

아이가 딸기를 좋아해요. 겨울이 되면 다른 과일은 안 먹고 딸기만 먹을 정도로요. 아이가 네 살인가 다섯 살 때였는데, 겨울이었으니까 아마도 딸기를 먹었겠죠. 아이를 씻기고 같이 침대에 누웠는데요, 아이가 뒤척일 때마다 몸에서 딸기 냄새가 솔솔 나는 거예요. 목욕을 했는데도요.

내담자가 모래 상자의 오른쪽 하단을 본다. 지푸라기 집을 반복해 갖다놓던 자리다.

저는 사실…… 제 아이를 좋아해요.

오래된 집이 있던 곳을 한참 내려다보던 내담자가 눈물을 흘린다. 멈추기 어려워한다. 모든 모래치료실은 모래 상자와 피규어뿐 아니라 각 티슈를 필수적으로 갖추고 있다. 아홉번째 상자 앞에서 상담자는 내담자 앞에 티슈를 놓아준다.

선생님 얘기를 듣고 저도 위성 맵에 옛집 주소를 찍어보고 싶었는데, 그 여자아이가 정말로 보일까봐, 그러질 못했어요.

한동안 침묵이 흐른다.

여자아이가 있는 곳은 시멘트 담쯤일까요?

내담자가 상담자를 본다.

어쩌면요…… 초여름인 것 같아요. 담 위로 장미들이 우거져 있으니까. 그 너머로 희미하게 전봇대가 보여요. 하늘이 파란색이 아닌 걸 보면 흐린 날이었나봐요. 담 앞에 옥수수가 줄지어 있는데 담보다 키가 훨씬 작아요. 그 옥수수 앞쪽 흙길에 여자아이가 서 있어요. 반팔 원피스를 입었어요. 집에서 막 나왔는지 원피스 아래로 칠부 내복 바지가 보여요. 새까만 맨발에 슬리퍼짝을 끌고. 앞머리를 사과 머리로 바짝 묶어 올렸어요. 이마가 예뻐요. 웃지는 않아요. 왼손으로 오른쪽 새끼손가락을 계속 만지작거리면서, 여자아이가 거기에 서 있어요.

열번째 상자 ― 2018년 8월 9일

화요일 오전에 오는 오십대 초반의 여성 내담자는 턱시도를 입은 남자 사람 피규어를 공룡들한테 둘러싸이게 하는 구도를 좋아한다. 금요일 오후에 오는 십대 초반의 남자아이는 좀비와 스파이더맨을 자주 대결시킨다. 매번 산악구조대나 해상구조대를 등장시키는 내담자도 있다. '엄마 등에 매달려 잠든 아기 고릴라'나 '아기 개구리를 업은 엄마 개구리'만 가져오는 내담자도 있고 외계인이나 눈사람을 선호하는 내담자도 있다.

하지만 내담자 강수영은 10회기 동안 단 한 번도 살아서 움직이는 것을 모래 상자로 가져오지 않았다. 사람은 물론 새나 거미나 강아지조차도.

강수영의 열번째 상자 안에 듬성듬성 서 있던 나무들이 기억난다. 강수영은 열매가 달린 나무엔 끝내 손대지 않았다. 그렇다고 죽은 나무들을 가져다놓지도 않았다.

　10회기 상담 시간이 몇 분 안 남았을 즈음, 열번째 상자 옆에 놓여 있던 강수영의 휴대폰이 다시 한번 진동하던 것도 기억난다. 강수영은 휴대폰에 뜨는 발신자를 한 번 보고, 고개를 들어 이 치료실의 상담자인 나를 봤다.

　받으셔도 돼요.

　내가 그렇게 말했을 때 휴대폰의 진동이 멈췄다.

　보고 싶지 않은 사람을 보지 않고 사는 것. 강수영이 그걸 얼마나 원하는지 안다. 보고 싶지 않은 사람을 보지 않겠다고 말하는 것. 강수영에게 그게 얼마나 어려운 일인지도 안다. 한 번도 만지지 못하던 것들을 자신의 상자 안으로 가져오는 일이 얼마나 대단한 일인지를 나는 알고 있다.

　강수영이 그 발신자에게 다시 전화를 걸었는지 나는 아직 모른다. 6월에 처음 와 더운 여름 내내 센터에 들렀던 강수영을 나는 센터 대기실 에어컨에 커버가 씌워질 때까지도 다시 만나지 못했다. 센터 출입문이 열리면서 종소리가 들릴 때나 센터 문 밖에 서서 엘리베이터를 기다릴 때면 종종 강수영을 생각한다. 마지막 인사를 하고, 진동이 멈춘 휴대폰을 손에 쥔 채 치료실 밖으로 걸어나가던 강수영의 발소리를 생각한다. 모래를 상자 밖으로 퍼내버리고 싶다던 강수영과 입술을 문 채 모래를 다지던 강수영을 생각한다. 센터 일과가 마감된 저녁이면 수백 종의 피규어들이 숨을 내뿜는 치료실에 앉아서 강수영의 첫번째 상자 사진을 꺼내 본다. 어떤 날은 내 첫번째 상자 사진을 꺼내 보기도 한다. 그리고 어쩔 수 없이 기다린다. 강수영이 내 앞에서 열한번째 상자를 만들어주기를. 강수영이 다시 나를 만나러 와주기를.

운내

운내에 갈 때 나는 트럭을 타고 갔다. 유리 지게를 실은 크지 않은 포터 트럭이었다. 나를 운내까지 태우고 갔던 어른은 당시 이십팔 세로 코를 삼키는 분이었다. 유리가 실려 있지 않음에도 트럭을 천천히 운전하셨고 터널이 나오면 어깨를 오므리면서 코를 끌어당겨 먹으셨다. 국도변으로 '원조' 간판을 단 식당들이 나났을 땐 내게 갈비를 좋아하냐고 물으셨다. 주차장이 넓고 유리창이 큰 식당들이었다. 나는 가금류는 곧잘 먹었지만 소와 돼지는 좋아하지 않았다. 운내에선 두 달을 머물렀다. 운내에 있는 동안 나는 별다른 건 맛보지 못했고 며칠에 한 번 가금류의 알 정도를 먹을 수 있었다. 짭짤하고 질긴 것, 씹자마자 부서지는 단것들이 먹고 싶을 때면 두고 온 가족들을 생각했다. 운내에 있던 여러 날,

나는 내가 어려서부터 정기적으로 먹고 자란 것들을 생각했다. 엄마는 달콤한 걸 쥐어줄 때면 크고 작은 죄책감을 심어주는 분이었다. 나는 열두 개입 초코파이 한 통을 먹으면 열두 개입 초코파이 한 통만한 죄책감을 느낄 줄 알았다. 나는 죄책감의 질감과 크기와 냄새와 열량을 알았다. 그때 나는 지금보다 똑똑했다.

가격표를 읽고 있는 승미를 봤을 때 그러므로 나는 놀라지 않을 수 없었다. 나는 그때까지 운내에 가본 적이 없었지만 운내가 갈비로 유명하다는 건 알고 있었다. 트럭이 국도변의 갈비촌을 빠져나왔을 때 다 왔구나, 생각했고 긴장감을 느꼈는데도 깜빡 잠이 들었다. 깨어보니 트럭은 묘목밭 사이를 달리고 있었다. 밭에 깔린 비닐 위로 작은 나무들이 줄지어 서 있었다. 곧이어 맨가지에 은색 몽우리들을 매달고 있는 키 큰 나무들이 나타났다. 평지 위에 나무들이 한참 이어졌다. 채소가 아니라 나무가 심긴 밭을 본 건 그때가 처음이었다. 어른이 트럭 창문을 내려주셨을 때 나는 거름 냄새에 섞인 꽃 냄새를 맡았다. 희끗하게 비껴가는 빛들을 보았으므로 안쪽 나무 어딘가에선 벌써 꽃이 피었다고 생각했다. 트럭은 경사진 밭길을 올라 작은 언덕 위에 섰다.

저만치 나무밭 끝으로 집이 보였다.

나를 운내로 보내기 전 엄마는 말씀하셨다. 벽은 유리로 되어 있고 지붕은 기와로 되어 있는 집이라고 하셨다. 그곳이 산주님

집이라고 하셨다. 나는 차창 위의 손잡이를 슬그머니 움켜쥐었다. 언덕 위에서 숨을 고른 트럭은 기와유리집 앞으로 순식간에 내려 갔다.

미닫이 유리문에 공처럼 붙어 있던 손잡이가 기억난다. 상점이 찻집처럼 보인다고 생각했던 것도. 어떤 여자애가 진열대 앞에 서 있었다. 나를 운내로 보내기 전 엄마는 강조하셨다. 산주님을 산 주님이라고 부르라 하셨다. 할머니라고 부르지 말라 하셨다. 운내 에 가면 승미가 있다고 하셨다. 친하게 지내라 하셨다. 여자애가 황토색 베개를 들어올리더니 가격표를 읽었다. "천연 약초 베개, 정가 팔만원." 방석의 가격도 읽었다. "육각 수정 방석, 정가 삼만 원." 그애는 계속 읽었다. "순면 기 내의, 정가 만오천원." "편백 나무 지압봉, 정가 만원."

정가. 그것은 정당한 값, 혹은 정상가격이라는 뜻으로 '정까'라 고 읽어야 했다. 하지만 그애는 너무도 진지하게 정가를 '정가'라 고 읽었다. 쟤가 승미로구나, 나는 중얼거렸다. 정가를 정가라고 읽는 저 멍청한 애가 승미로구나.

*

그로부터 두 달 뒤, 나를 운내에서 데려가면서 엄마는 물으셨 다. 승미와 무엇을 했느냐고. 우리는 끝말잇기를 했다. 운내를 떠날 때, 나는 이제 다신 운내에 가지 못하게 될 거라고 생각했다. 실제로도 그후로 다시는 운내에 가지 못했다. 하지만 지금도 운내는 갈비가 유명하다. 그리고 나는 여전히 운내에 가던 첫날을 떠올리는 것을 좋아한다. 그때로 시간을 되감고 또 되감는 것을 멈출 수가 없다. 갈비촌에 닿기 전 한참을 지나왔던 평야와 너른 논 한중간에 뜬금없이 서 있던 나무들. 묘목밭에서부터 이미 오줌이 마려웠지만 참을 만하다고 생각했던 것과 밭 언덕에서 트럭 창 밖으로 기와유리집을 처음 내려다보던 때도 잊을 수 없다. 한눈에도 여러 채가 이어진 복잡한 집이었지만 나는 그날 일기에 '집 한 채'라고 썼다. 상상했던 것보다 낡고 작아서 별로라고 쓰면서도 실은 나무밭 전체를 뜰로 거느린 세상에서 제일 넓은 집이라고 생각했다. 트럭에서 내릴 때, 발이 땅에 닿지 않아 머뭇머뭇하다 점프를 했다. 막 피어난 불칸 목련을 보았고, 유리문까지 걸어가면서 어떤 냄새를 맡았다. 종이를 태운 냄새. 화장품 뚜껑 냄새. 바나나가 익어버린 냄새. 초 냄새. 농 냄새. 볼펜 똥 냄새. 맵고 화하며 쌉쌀하고 단 냄새에 뭐 하나가 더 얹어진, 그런 냄새였다. 승미와 나는 그 냄새를 운내라고 이름 붙였다. 우리는 툭하면 코를 싸쥐고 말했다. 아, 운내 나.

그곳 운내에서, 승미와 나는 끝말잇기를 한다.

정가도 제대로 못 읽는 멍청한 승미에게 나는 어쩌다 이런 단어를 말하고 만다. "트럭." 승미는 운동화 코로 땅을 긁으면서 "럭,

럭……" 중얼거린다. 나무밭 곳곳에서 사람들이 은색 꽃봉오리를 채취하고 있다. 내가 다른 데를 볼 때마다 승미가 나를 탐색하는 것이 느껴진다. 나는 나보다 키가 크고 다리가 긴 승미를, 나보다 머리카락이 짧고 나처럼 가슴이 평평한 승미를 쳐다본다. 럭비공이나 럭셔리 같은 예측 가능한 단어가 나오면 역시나 실망하게 될 거라고 생각하면서. 혹시 몰라 공원이나 리본 같은 단어는 준비해놓는다. 나무밭에서 일하던 사람들이 하나둘 돌아가는 것이 보인다. 나는 지루해하다 "아직 멀었어?" 묻고, 그때 승미가 고개를 들고 나를 본다. "럭키세븐."

*

대중실이라 불리는 본채 거실엔 산주님의 정원이 있었다. 산주님이 천연 가습기라 칭하는 정원이었다. 자연석을 잇대서 만든 수반은 크고 자연스러웠고 솔방울을 매단 노송과 세트였다. 물레방아 세트도 가능했지만 산주님은 소나무를 택했다고 하셨다. 높낮이가 다른 조롱박 수로를 타고 물이 소리를 내며 흘러다녔고 수반 가장자리에선 토막 행운목이 잎을 틔웠다. 소나무 아래에는 알전구가 달린 미니 석등이 서 있었는데 밤이면 불이 들어왔다. 수반 바닥을 채운 잔돌들 위로는 새끼손가락만한 인조 물고기 두 마리가 떠 있었고 행운목 위에선 개구리 토우 인형이 기타를 쳤다. 실리콘 수초들이 소용돌이치듯 향해 가는 수반의 정중앙엔 배를 내밀고 서서 오줌을 갈기는 남자아이 동상이 서 있었다.

밥은 매끼 정원 옆에서 먹었다. 아침은 산주님과 승미와 나 셋이 먹었고 점심과 저녁엔 종종 다른 어른들이 합류했다. 산주님은 정원 얘기를 즐겨 하셨다. 수반 바닥에 깔린 건 그냥 자갈이 아니라 록산 크리스털이라고 하셨고 수반의 물 또한 그냥 물이 아니라 파동 육각수라고 말씀하셨다. 밥이 맛있느냐고도 잊지 않고 물으셨다. 승미는 다른 건 잘 먹었지만 노른자가 새는 계란프라이를 힘들어했다. 식사 때는 규칙이 있었는데 식사중에는 물론 식사 전과 후로 한 시간 동안은 물을 마시면 안 되었다. 국과 찌개는 꿈꿀 수 없었고 물도 삼다수나 수돗물은 마실 수 없었다. 우리는 작은 생수병 하나에 이천원인 레민다만을 마실 수 있었다. 레민다는 파동 육각수였다.

산주님은 또한 승미와 나에게 약초 베개를 내주셨다. 외피는 국산 삼베 백 프로, 내용물은 감국과 참숯과 결명자와 약쑥과 상엽이 들어간 바로 그 정가 팔만원짜리 베개였다. 일반인들이 산주님의 기와유리집에 머물기 위해선 대기를 걸어놓고도 몇 계절을 기다려야 했다. 레민다도 약초 베개도 모두 값을 지불한 사람들한테만 제공되었다. 산주님은 승미와 내게 이 모든 걸 무상으로 내주셨다. 그렇기에 우리는 더더욱 기와유리집의 규칙을 지켜야 했다. 그게 예의라고 엄마는 말씀하셨다.

저녁 밥상에 합류하는 남자 어른은 뒤채에 상주했고 군복 우와기를 걸치고 다녔다. 당시 오십구 세로 승미와 나를 아가라 부르셨다. 밥상 앞에선 피떡 얘기를 즐겨 하셨다. 침묵의 살인자이자 만병의 근원이며 죽음으로 가는 지름길, 그게 바로 혈관에 끼는 피떡이라고 하셨다. 모든 문제는 다 피에서 비롯된다고 거듭 말씀하셨고 병을 널리 알리라 하셨다. 어른은 동생 얘기도 즐겨 하셨다. 산주님이 없을 때, 어른은 틈만 나면 동생 얘기를 하셨다. 동생과 함께 산과 들을 뛰어다니며 운내에서 자란 이야기였다. 어른은 동생을 그 아이라고 칭하셨다. 그 아이에게 칼싸움과 총싸움을 직접 가르쳤고 그 아이가 냇가에서 허우적댈 때 구해주었으며 그 아이와는 사과 한 쪽도 늘 나누어 먹었다고 말씀하셨다. 대체로 좀 운내 나는 얘기들이었지만 승미와 나는 끝까지 들었다.

기와유리집의 본채는 세로획이 긴 기역자 구조였다. 대중실에서 꺾어져 들어간 긴 획에는 1인실 수련방들이 이어져 있었다. 승미와 나는 그 방들 중 대중실과 가까운 방을 하나씩 썼다. 수련방의 벽면엔 검은색 점 하나가 찍혀 있었는데 그걸 지구라고 말해준건 승미였다. 수련방에 머물다 가는 사람들은 그걸 지구라고 생각한다는 것이었다.

오랜 시간이 지난 뒤, 그러니까 유난히 운내 생각이 나는 오늘 같은 봄날에도, 내가 벽에 점을 찍고 앉아 그걸 지구라고 생각하고 있게 될 줄은 그땐 짐작조차 하지 못했다. 이 방법은 마음연마원이라는 수련 단체에서 시작된 수련법으로, 당시 기와유리집이 연마원의 정식 분원이었는지 아닌지는 알 수 없다. 검은 점과 지구라는 착상, 죽은 상태로 지구에서 빠져나와 지구를 바라보는 것이라는 설정은 유사하다. 수련자는 살아온 과거를 시간순으로 떠올리며 과거를 시각화해야 한다. 지워지지 않는 과거의 어떤 장면들, 섬광 같은 기억들은 물론 잡히지는 않으나 없는 것은 아닌 기억들까지 모두, 모두 시각화해 차례차례 지구에 버려야 한다. 기와유리집의 상점 한쪽에 쌓여 있던 소책자에 그 방법이 자세히 기술되어 있었는데, 기억을 선명히 불러내는 과정을 사투에 빗댔던 것이 떠오른다. 시각화를 잘해야 거기 얽힌 감정까지 완전히 버릴 수 있음을 강조했다. 감정이 기혈을 막아 병이 된다는 얘기가 한참 이어지다 글은 이런 문장으로 마무리되었다. '그러나 이 수련법의 궁극적인 목적이 질병 치료에 있는 건 아니다.' 나는 일기에 그 문장을 흉내내 쓰곤 했는데 이거야말로 질병이 있는 사람들을 기와유리집으로 끌어오는 핵심 화법이 아닐까 당시에도 생각했던 것 같다.

약초 베개를 베고 자는 건 쉽지 않았다. 엎드리거나 옆으로 누우면 뺨이 쓸렸고 고개를 조금만 돌려도 마른잎 부서지는 소리가 났다. 천장을 보고 누워 움직이지 않아야만 가까스로 잠들 수 있었다. 자려고 누우면 어떤 날은 귓바퀴가 서늘할 정도로 눈물이 흘렀다. 집이 그리웠다. 엄마와 아빠와 동생, 내 방과 마당, 학교 친구들. 올해 중으로 가족들 모두 운내로 이사올 예정이었기 때문에 나는 다만 먼저 온 것일 뿐이었다. 엄마는 말씀하셨다. 중학교 입학을 수월하게 하기 위해선 운내의 초등학교를 졸업하는 게 좋겠다고. 그럼에도 나는 내가 왜 운내에 있는 건지 솔직히 잘 이해하지 못하고 있었다. 엄마의 말씀대로라면 운내는 내가 십대의 대부분을 보내야 하는 곳이었지만 나는 그곳이 내가 계속 살아갈 곳이라는 실감을 할 수 없었다.

지구가 찍혀 있는 1인실 방에 정가 팔만원짜리 베개를 베고 누워서 나는 손톱을 물어뜯듯이 끝말잇기를 했다. 베개. 개미. 미신. 신청. 청소. 소풍. 소풍이라는 단어가 나오면 처음부터 다시 시작했다. 지구. 구분. 분자. 자전거. 거미. 미소. 소풍. 다시 소풍이 나오면 끝말잇기를 접고 허공에 초성들을 띄웠다. ㄴㄴ ㅇ ㅇㄴㅇ ㅇ ㄱㅈ? 그래도 결국엔 소풍날이 되었고 나는 그날로 달려가기 위해 단어를 이어온 거라는 생각에 빠지면서 소풍날에 대한 시각화에 골몰했다.

나무로 둘러싸인 아담한 잔디밭. 잔디밭 이쪽 출발선에 나는 친구들과 함께 서 있다. 저쪽 끝에는 엄마들이 서 있다. 몇 개의 장애물을 통과해 엄마에게 가서 안기는 게임이다. 코끼리 코 열 바퀴를 돌고, 줄에 매달린 과자를 따먹고, 종이를 펼쳐 나온 곱셈 문제를 풀어야 한다. 출발 신호와 함께 나는 열심히 코끼리 코를 돈다. 어질어질해진 채로 과자를 향해 달려간다. 점프를 해서 과자를 따먹는다. 비슷비슷한 속도로 친구들도 과자를 따먹는다. 과자가 생각보다 맛있어서 나는 잠깐 멈춰 서서 맛을 음미한다. 친구들이 곱셈 문제 쪽으로 달려가는 게 보인다. 그런데 줄에는 과자가 남아 있다. 그것도 많이. 친구들이 곱셈 문제도 다 풀고, 저쪽에서 팔을 벌리고 있는 엄마들한테로 가서 안길 때까지도, 나는 입을 벌리고 허겁지겁 과자를 따먹는다.

눈을 감고 누워서 소풍날을 떠올리다보면 왜 나 혼자 운내로 오게 되었는지 이해할 것 같기도 했다. 운내에 간 초기에, 나는 그런 방법으로 잠을 청했다. 사실 그게 실제 일어난 일인지 상상 속 장면인지는 지금도 불확실하다. 하지만 그때 따먹던 과자가 실에 꿰어 매달기 좋은 버터링 쿠키였던 것과 과자가 자꾸 코나 뺨에 부딪쳐 나를 조바심나게 하던 느낌, 그리고 과자를 다 따먹고 도착한 나를 바라보던 엄마의 눈빛만은 실제처럼 선명하다. 실망감과 두려움을 담고 나를 보던 그 눈빛 말이다.

*

소풍날을 떠올리지 않고도 잠이 들 수 있게 된 건 승미와 처음 끝말잇기를 한 날, 그러니까 '븐'으로 시작하는 말을 끝내 떠올리지 못한 날부터였다. 나는 그때까지 누구에게도 끝말잇기를 져본 적이 없었다. 풍부한 어휘력은 내 자부심의 원천이었다. 나는 이제 승미를 신경쓰지 않을 수가 없었다.

바야흐로 꽃철이었다. 기와유리집의 꽃철이란 수련방은 비수기이고 나무밭은 성수기인 때를 뜻했다. 지금도 운내의 초봄을 떠올리면 내가 일기에 적었던 '바야흐로'나 '목련 천국' 같은 말이 떠오른다. 나무밭에서 봉오리 상태로 채취된 목련은 대부분은 약재로 나가기 위해 은색 겉껍질째로 포장됐고 일부는 꽃차용으로 건조됐다. 목련 철이었으므로 기와유리집과 나무밭 어디에서나 팔토시에 그늘막 치마 모자로 얼굴을 감싼 사람들을 볼 수 있었다. 수련방에 들여보낼 차들은 따로 분리해 손질하고 말리고 끓였는데 판매용이 아닌 한에서 승미와 나도 손질을 거들 수 있었다.

꽃차 수작업을 하는 어른들은 승미와 내가 앉은 쪽을 향해 "니가 승미니?" 물었고—놀랍게도 둘 중 누가 승미인지 볼 때마다 헷갈려했다—, "걸음마하던 애기가 벌써 처녀티가 나네"라며 세월을 한탄하는 말을 주고받았다. 목련 꽃봉오리는 은빛 솜털로 덮여 있어 커다란 버들강아지 같기도 하고 동물의 꼬리털 같기도 했는데 껍질을 벗겨내면 흰 봉오리가 나왔다. 봉오리째 말릴 것들은 그대로 불을 지핀 황토방으로 들어갔지만 꽃 형태로 말릴 것들은 손으로 꽃잎들을 하나하나 펴야 했다. 수련방 문을 열면 뒤뜰의 건조기 채반 위에서 꽃잎들이 노랗게 말라가는 게 보였다. 주방 뒤켠의 대형 들통에선 내내 차가 끓었다. 산주님이 승미와 내게 권하는 건 겉껍질째로 끓인 약차였는데 사람들은 그걸 신이화

차라고 불렀다. '화장품 냄새가 나는 매운 차.' 당시 일기엔 신이화차 맛이 그렇게 적혀 있다.

꽃잎이 건조되고 약차가 끓던 기와유리집의 뒤뜰은 그 자체로 작은 정원이었다. 수련방 앞 툇마루에 나와 앉으면 막 잎이 커지기 시작한 비비추와 히아신스, 둥글게 다듬어진 병꽃나무를 볼 수 있었다. 주방 뒤꼍에서 번져온 약차 훈김이 뒤뜰의 식물들과 뒤섞여 운내 특유의 냄새를 만들었다. 아침에 입고 나간 점퍼를 벗어들고 학교에서 돌아오면 승미가 그 안에서 나를 기다리고 있었다. 심심해서 몸이 꼬인 승미가.

나와 달리 승미는 자신이 운내에 온 이유를 정확하게 이해하고 있었다. 승미는 이전에 까진 적이 있었다. 계속 까질까봐, 승미의 엄마는 승미를 운내에 보냈다. 승미는 나처럼 운내의 학교로 전학을 한 게 아니어서 일 년을 끓는 중이었고, 나처럼 운내에서 계속 살 운명이 아니라 집으로 돌아갈 운명이었다. 마루에 걸터앉아 레민다를 조금씩 버리고 있는 승미는 그러나 전혀 까져 보이지 않았다. 끝말잇기를 이기지 않으면 내 관심을 끌지 못할 거라는 걸 간파하는 통찰력까지 보였으므로 이젠 멍청하다고 보기도 힘들었다. 승미는 다만 허공을 보며 이렇게 말할 뿐이었다.

"아, 운내 나."

심심했냐고 물으면 돼했다고 했다.

"뭐?"

"돼 했다고."

"……"

"뭔가 돼ー했어."

어떤 날은 쓰리쓰리하다고 했다. 승미는 돼할 때보다 쓰리쓰리할 때가 좀더 많았는데 머리가 아파도 쓰리쓰리했고 잠이 안 와도 쓰리쓰리했고 해가 져도 쓰리쓰리했다. 그때 승미는 쓰리쓰리했다.

운내에서는 남는 게 시간이어서 우리는 거의 매일 나무밭에 나가 고무줄놀이를 했다. 줄 한쪽 끝은 목련나무 줄기에 묶고 한쪽 끝은 진 사람이 잡고. 자기가 줄을 잡게 되면 승미는 내가 빨리 죽으라고 노래를 빠르게 불렀다. 딱따구리구리마요네즈, 마요네즈케첩은맛있어, 인도인도인도사이다, 사이다사이다오땡큐. 그래도 나는 잘 안 죽었다. 하지만 〈가을 길〉만 나오면 트랄랄랄라에서 꼭 죽었다. 돌다가 엎어져서 죽고 줄에 닿아서 죽었다. 우리는 어둑어둑해질 때까지 고무줄을 바꿔 쥐며 나무밭에서 땀을 흘렸다.

붉은 계통의 목련은 차로도 약재로도 쓰이지 않아서 사방에서 활짝 핀 적목련들을 볼 수 있었다. 백목련도 모두 몽우리를 따는 건 아니어서 나무밭이 산이었을 때부터 있던 오래된 산목련들은 그대로 꽃이 피었다. 목련나무에 흰 꽃이 피어 있는 게 보이면 우리는 괜히 반가워 그 아래로 달려가보곤 했다. 나무밭 어귀에서 흰색 포터 트럭을 보는 날도 있었다. 포터 트럭에 유리 지게까지 실려 있다면 그건 코를 먹는 어른이 목련나무 사이를 거닐고 있다는 뜻이었다. 어른은 은색 봉오리 두 개를 양쪽 콧구멍에 끼우고 입으로 숨을 쉬면서 나무 사이에 서 있곤 했다. 주말이면 기와유리집에 와서 정원의 물소리를 들으며 산주님과 우리와 함께 밥을 먹었다. 밥 먹을 땐 코 먹는 소리를 내지 않았다.

목련 꽃봉오리 한줌 한줌이 다 돈이라고 했다. 백 프로 국산, 백 프로 수작업, 농약 제로, 유통 마진 제로. 산주님의 신이화로 콧병에 효과를 본 사람들은 다른 신이화는 찾지 않았다. 오직 산주님의 신이화, 이 운내의 밭에서 자란 목련만을 찾았다. 아파트에 사는 도시 아이들은 죄다 비염에 아토피였고 그 아이들의 부모들도, 그 아이들이 다니는 한의원도 모두 산주님을 필요로 했다. 치마 모자를 쓴 어른들은 말했다. 산주님이 목련 사업만 했다면 운내에서 제일가는 부자가 되었을 거라고. 하지만 산주님은 목련이 벌어준 돈으로 다른 일을 좀더 벌이셨다. 지구가 찍힌 방을 만든다든가 하는.

*

손에 잡힐 듯이 그려진다. 지구에 다 갖다버릴 수 있을 만큼 대단히 선명하다. 학교에서 돌아오면 적갈색 소반 위에 지우개 가루가 흩어져 있었다. 그것은 승미가 만든 것. 가루들을 손날로 쓱쓱 밀어버리고 나는 소반 위에서 깜지 숙제를 한다. 교자상 다리를 펴면 나던 딱, 소리. 소리가 안 나면 덜 펴진 것이다. 둥근 양은 쟁반은 꽃무늬가 거의 지워져간다. 은색 쟁반을 볼 때마다 자동적으로 '쟁반같이 둥근 달'을 떠올리는 건 어려서부터의 내 습관이다. 끝말잇기처럼 친구들 누구도 더는 하지 않는 나만의 습관. 스트라이프 무늬가 들어간 반스타킹 세 켤레는 엄마가 나를 운내로 보내면서 새로 사주신 것. 세 켤레 모두 무릎을 지나 올라올 만큼 길다. 밴드가 짱짱해서 허벅지에 자국이 남는다. 그 무렵 내가 자주 입던 티셔츠의 가슴 부분엔 리본 줄 두 개가 달려 있었는데, 아침에 묶고 나가도 점심쯤 내려다보면 리본이 항상 풀려 있었다.

승미와 자주 사 먹던 건 포도맛 폴라포.

샴푸질한 머리를 양동이에 담그면 칙— 소리가 났다. 나는 그 소리가 무서웠다. 나를 운내로 보내기 전 엄마는 주의 주고 또 주의 주셨다. 갑자기 생리가 시작되면 어떻게 대처해야 하는지. 나는 그때로부터 이 년은 더 있다 생리를 하지만 하루도 불안하지 않은 날이 없다. 매일 마음의 준비를 한다.

그리고 그것이 오던 느낌. 생리보다도 더 무서운 그것이 온다. 밥상 앞에서만은 그것이 오지 않기를 빌고 또 빌지만, 그것은 하지 말아야지 결심하면 더 하게 되는 것. 내게서 나오지만 내 것이 아닌 것.

그것은 모음으로 먼저 온다. 으. 아니면 이. ㅌ? 아니면 그. 각. 웃. ㅌ웃. ㅌ웃이 온다는 건 좋지 않다. 밥상 앞에서 온다는 건 더

더욱 좋지 않다. 그것이야말로 세상에서 가장 돼하다.

하지만 내게 그것이 와도, ㅌ웃이 와도, 누구도 알은체하지 않는다. 딸꾹질처럼 소리로 오는 것인데도 다들 못 들은 체한다. 산주님은 정원 얘기를 하시고, 군복 우와기 어른은 피떡 얘기를 하시고, 코를 먹는 어른은 코 먹는 걸 참는다. 나는 투명 인간이 된다. 나도 나의 ㅌ웃을 모른 체한다. 의식하는 순간 ㅌ웃은 더 멈추지 않으므로. 나는 그냥 밥을 먹는다. 오줌을 갈기는 남자아이와 기타를 치는 개구리한테 의미 없는 눈길을 주면서, 다시 고개를 숙이면서, 밥만 먹는다. ㅌ웃이 온 나를 쳐다보는 건 승미뿐이다. 나보다 한참 어린 내 동생도 내게 ㅌ웃이 올 때 쳐다보면 안 된다는 걸 아는데 승미는 나를 본다.

둘만 있게 된 방에서 어느 날은 이런 걸 묻는다.

"울고 싶어? 때려줄까?"

"아니."

"ㅌ웃은 어떨 ㄸ 와?" "……그냥 좀, ……돼할 ㄸ?" "ㅌ웃은 ㅇㄸ ㄱㅂㅇㅇ?" "ㄱㄴ ㅈ, 쓰리쓰리해." "꼬ㅈ어 줄끼?" "ㅅㄷ고." "고수."

그러면 어쩔 수 없이 말을 이어야 한다.

"수박" "박수" "수육" "육수" "수저" "저수, 지" "지갑" "갑빠" "……" "……" "……빠―더"

그러곤 침묵. 승미는 거기서 침묵한다.

운내에 있는 동안 가족들이 보고 싶지 않은 날은 하루도 없었다. 동생도 학원에 가고 엄마 아빠도 일하러 나갔을 시간을 골라 나는 종종 집에 전화를 걸었다. 지역번호와 함께 우리집 전화번호를 누르면 연결음이 울리기 시작한다. 귀에 수화기를 대고서 나는 우리집 전화기가 울리고 있을 그 익숙한 공간을 그려본다. 전화기는 엄마가 직접 뜬 흰색 레이스 깔개 위에 놓여 있겠지. 그 옆에는 볼펜을 세워서 꽂도록 되어 있는 메모장 케이스가 있을 거야. 엄마의 레이스 뜨개는 탁자보와 냉장고 덮개로도 이어진다. 냉장고의 훼미리주스 병 안에는 시원한 보리차가 가득 들어 있다. 벽에 붙어 있는 옷걸이 고리, 방바닥 무늬. 연결음이 울리는 동안, 나는 숨소리도 내지 않고 앉아서 그렇게 집의 구석구석을 마음껏 그리워했다. 그러다 누군가 전화를 받으면 깜짝 놀라서 전화를 끊었다.

나는 승미가 식구들한테 몰래 편지를 쓴다는 걸 알고 있었다. 승미는 '사랑하는 아빠에게'로 시작하는 편지를 썼다 지우고 썼다 지웠다. 승미가 편지지에 쓰는 말들은 모두 적갈색 소반 위의 지우개 가루가 되었다.

그리고 나는 승미의 엄마를 생각한다. 제대로 본 적도 없는데, 나는 지금도 승미의 엄마를 자주 생각한다. 승미 엄마도 가끔 내 생각을 할까?

승미의 엄마와 내 엄마는 오촌지간으로 이모 조카 사이였지만 한 살 차이였다. 둘은 어린 시절에 종종 어울려 놀았다. 어른들 앞

에서 엄마는 승미 엄마를 이모라고 불렀지만 둘만 있을 땐 언니,
하고 불렀다. 둘은 방학 때 어느 친척 어른 집에서 며칠을 함께 지
내게 된다. 그분은 승미 엄마 쪽과 좀더 가까운 친척이다. 어느 날
갑자기 사고로 남편을 잃은 여자이자 어린 세 아이와 보상금과 함
께 세상에 남은 여자. 보상금이 위험에 처하자 돈을 모두 던져 산
을 사버린 여자. 그리고 그 산의 주인이 된 여자. 콧병으로 숨을
제대로 못 쉬는 아이 때문에 애를 끓이다 목련이 돈이 될 것임을
직감한 여자. 그러나 궁극적인 목적이 질병 치료에 있지는 않은
여자.

두 소녀는 친척 어른의 묘목밭에서 뛰어놀던 추억을 간직한 채
성인이 되고 결혼을 하고 아이를 낳는다. 엄마는 말씀하셨다. 승
미의 돌 때 한 번, 내 돌 때 한 번 서로의 집에 다녀갔었다고. 두 여
인은 그후로 사는 게 바빠 만나지 못하고 종종 전화통화만 한다.

어느 날 승미의 엄마가 고민을 말한다. 내 딸이, 까졌어. 내 엄
마도 고민을 말한다. 내 딸은, 날 힘들어해.

그러다 둘은 문득, 어린 시절 좋은 추억으로 남아 있는 그곳 운
내를 떠올리는 것이다. 산이 밭으로 다 다져지기 전, 그야말로 묘
목뿐이던 터 끝에 위치한 작은 슬레이트 지붕 집. 그러나 이젠 변
변찮은 동기간들이 일자리를 찾아 기웃댈 만큼 품이 커진 집. 어
른 아이 할 것 없이 병든 사람들이 묵다 간다는 산주님 품으로, 캠
프 보내듯이 우리를 보내기로 한 것이다.

승미와 내가 그 방에 가보게 된 건 운내 때문이었을까.

대중실. 수련방. 주방. 그런 것들이 모여 있는 기역자 본채에서 뒤로, 좀더 뒤로 이어져 있는 샛길을 따라 우리는 어느 날 그곳에 갔다. 나는 그 방의 풍경을 떠올릴 수 없다. 몇 개의 단어들로, 운내로, 당시의 일기로 그곳의 윤곽을 재구성할 수 있을 뿐이다. 침대. 투명 컵. 권총형 펌프. 전신도. 피. 똥. 우리는 이것저것을 만져보았을 것이다. 다 처음 보는 것들이었으니까. 승미가 말한다. 볼펜이 똥 쌌네, 아 똥 냄새. 안 웃기거든. 내가 말한다.

그러고 나서 승미와 나는 아무 말도 안 하고 우리가 만든 정적 속에 서 있었다. 트럭 밖으로 발을 뻗었을 때 일대에 자욱했던 그것, 아니, 거름 냄새와 꽃 냄새가 엉켜 있던 나무밭에서부터, 아니, 국도변의 갈비촌에서부터 이미 맡았던 냄새, 그러니까 운내, 라고밖에는 할 수 없는 냄새의 진원지가 왠지 그곳일 거라는 느낌에 사로잡혔기 때문이었다. 뭐라고 말을 할 수가 없는데 무슨 말이든 하지 않으면 안 될 것 같은, 그런 이상한 분위기 때문이었을까. 그렇게 서 있다 승미는 갑자기 자신의 비밀을 털어놓았다.

승미가 말했다. 자신은 자연수에서 분수 빼는 게 이해가 안 된다고. 그러니까 4 빼기 9분의 5를 어떤 식으로 해야 하는지 모르겠다는 것이었다. 어디에 말도 못하겠고 그게 너무 고민이라는 것이었다. 분수의 덧셈과 뺄셈은 4학년 수학이었다. 그걸 모른 채로 열세 살이 된다는 건 솔직히 말이 안 됐다. 내가 믿지 못하자 승미는 자신의 송곳니를 보여주었다. 빠지고 다시 난 이가 아니라 아직 안 빠진 이라고 했다. 내가 뻥치지 말라고 하자 어쩔 수 없다는 듯 승미가 말했다. 자신은 사실 열한 살이라고.

키도 다리 길이도 얼굴도 눈빛도, 누가 봐도 열세 살인 승미의 고민은 그것이었다. 자신이 열한 살인 것. 이 년 전부터 계속 열한 살인 것. 언제까지 열한 살일지 알 수 없는 것.

*

"사혈이 뭐예요?"

밥상 앞에서 승미가 물었을 때가 기억난다. 내게 ㅌ웃이 오기 시작할 때처럼 밥상 위로 아주 잠깐의 정적이 고였다 흩어졌다. 산주님이 우리를 건너다보셨다. 기와유리집 곳곳에 투병 수기, 체험 수기라는 말이 붙은 소책자가 있으며 우리가 충분히 그걸 읽을 수 있다는 걸 그제야 깨달은 듯한 표정이셨다. 군복 우와기 어른이 품속에서 볼펜 비슷한 것을 꺼내자 산주님이 어른을 쳐다보셨다. 제지하듯 서늘하게 쳐다보셨다. 산주님은 머리가 하얗게 세고 눈가와 입가가 자글자글하셨다. 목과 손등에 거죽만 붙어 있어 그때 우리의 눈에 산주님은 백이십 세처럼 보였다. 눈빛만은 외모와 달리 백 세 이하처럼 보였는데 복잡한 기운이 담겨 있어서인지 오십대 후반으로까지도 보였다.

군복 우와기 어른은 산주님 눈길을 모른 체하면서 볼펜 끝에 침을 끼워 우리한테 보여주셨다.

"아가, 손 따본 적 있지?"

손 따면 체기가 내려가듯 나쁜 피가 빠져나오면 몸이 좋아지는 것, 그게 사혈이라고 어른은 말씀하셨다. 그러고는 만져보라며 사혈기라 불리는 그 볼펜 비슷한 것을 건네주셨다. 승미와 나는 산주님 눈치를 보며 사혈기를 만져보고 눌러보았다.

군복 우와기 어른은 밥을 먹고 나면 본채 뒤뜰에서 꼭 체조를 하셨다. 모르는 사람이 보면 그냥 허우적거리는 것 같아 보여도 체계와 계통이 있는 체조라고 말씀하셨다. 꾸준히 하면 골격을 진정시키고 마인드를 컨트롤할 수 있다고 하셨다. 어른은 어깨가 벌어지고 키가 땅딸했다. 머리카락이 새까맸는데 이빨은 거의 없었다. 그리고 산주님한테 곧잘 깐죽대셨다. 군복 우와기 어른은 기와유리집에서 산주님을 산주님이라고 부르지 않는 유일한 사람이었다.

"그 아이가 말이다, 그놈이 마음이 아주 여려빠진 아이였다."

어깨를 돌리는 동작을 하면서 어른이 동생 얘기를 했다.

"동네에서 싸움을 거는 애가 있으면 말이다, 한 대 패주는 게 아니라 이러구," 어른이 어딘가를 쳐다봤다. "이러구 눈으로만 제압하는 게 그 아이가 싸우는 방식이었지. 거미 한 마리도 못 죽이는 새가슴이었다. 여동생들한테도 성질 한 번 안 내서 동생들이 두 오빠 중에 그 아이만 좋아했을 정도였지. 내가 탈영을 했을 땐 말이다."

"어르신 탈영하셨었어요?" 승미가 묻자 어른이 고개를 끄덕거렸다. "영창 사셨겠네요?" 내가 묻자 어른은 고개를 저었다. "나는 아직 부대로 돌아가지 않았다. 나는 아직 안 잡혔어." 어른은 병꽃나무 줄기에 등을 툭툭 치다가 툇마루로 다가와 앉았다.

"우리 살던 시골집이 저 계곡 너머에 있었는데 말이다, 컴컴한 저녁에 군화 소리가 착착착착 들리면 아, 헌병대가 또 날 잡으러 왔구나, 하면서 숨었지. 사람들은 말이다, 탈영병이 군복 우와기를 걸치고 다닐 거라곤 상상을 못한단다."

"네에……"

"복귀하지 않는 내 마음을 알아준 사람도 그 아이가 유일했다. 나는 말이다, 지난 삼십여 년을 감옥을 탈출한 죄수처럼 살아왔다. 탈영병 신세인 장남을 대신해서 그 아이가 동생들 거둬 먹이고, 부모님 살펴드리고, 결혼하고 나서도 형을 잊지 않고 그 없는 살림에 마산에다 오피스텔도 하나 얻어줬다. 거기서 기 수련을 만나면서 그나마 내가 사람 구실 하고, 이 정도라도 컨트롤하면서 살 수 있었다. 그런데…… 하늘이 얼마나 무심한지 아니? 하늘은 꼭 그런 애만 먼저 데려간단다."

어른은 금세 슬픈 얼굴이 되었다. 어른이 동생 얘기 끝에 슬픔에 잠기면 승미는 화제를 돌렸다. "밥 먹을 때 왜 물을 먹으면 안 되나요?" 어른은 그동안 이런 걸 묻는 사람이 없어서 안타까웠다는 듯 음식은 불의 성질이다. 물과 만나면 몸에서 합선이 된다, 설명하셨다. 밥과 물을 따로 먹어야 오장육부에 좋다는 말씀이었다. 어른은 오장육부에 관심이 많았다. 어른은 탈영병 신세라 결혼은 꿈도 꿀 수 없었다. 오장육부의 생명력을 되찾고 젊음을 연장해 "소음인 여자와 사랑"하는 것. 그것이 어르신의 꿈이었다. 소음인 여자만 자신을 사랑해준다면 살면서 겪은 모든 핍박과 괄시를 다 보상받을 수 있을 것 같다 하셨다. "왜 하필 소음인 여자예요?" 우리가 묻자 어른은 말씀하셨다. "얌전한 고양이, 그게 바로 소음인 여자다." 그러면서 나인지 승미인지 허공인지 모를 곳을 이러구, 이러구 쳐다보셨다. 교자상을 접고 있으면 허리께를 슬쩍 꼬집으며 궁금한 게 더 없냐고 물어보셨다. 왕이 눈가리개를 하고 허공을 휘젓다 후궁을 껴안는 사극을 보고 나선 우리한테 당신의 눈을 가려보라 하셨다. 우리가 못 들은 척하자 어른은 멋쩍은 듯 쓸쓸하게 웃었다. 빈 레민다 병을 남자아이 고추에 갖다대고 파동 육각수를 받아서는 방으로 돌아갔다. 어디서 주워들었는지 승미는 이런 말을 했다. "세상에서 가장 ㄷㅎ 게 늙기 직전의 남자라던데." 우리는 키득거렸다. 어쩐지, 얼굴이 ㅈㄴ ㅌ 쏠리더라니.

*

    기온이 오르면서 붉은 목련들이 아래로 떨어져 내렸다. 나무 아래로 변색된 꽃잎들이 쌓였고 사방에서 꽃이 썩는 냄새가 났다. 나는 반스타킹을 발목까지 말아 내려 신었다. 이제 승미는 내가 하교하기만을 기다리고 있지 않았다. 내가 학교에 가 있는 동안 상점 한쪽에 틀어박혀서 사혈 책들을 파고들었다. 내가 오면 자신이 알게 된 것들을 얘기하는 데 여념이 없었다. "어혈을 빼면 생혈이 돈대." 나를 붙잡고 승미는 이런 식의 얘기를 했다. 자연수에서 분수 빼는 걸 이해 못하는 애가 복잡한 용어들을 줄줄 읊었다. 혼자 딱히 할 게 없어서 나도 승미와 함께 상점에서 책들을 뒤적이며 오후 시간을 보냈다.

    충북 청주 사십육 세 김진숙, 사혈로 당뇨를 완치하기까지. 강원 원주 오십이 세 박성환, 고혈압과 뇌졸중에서 나를 구원해준 사혈. 경남 창원 육십삼 세 이철령, 병원에서도 포기한 간암, 응급 사혈 그 이후.

    사혈 체험 수기에는 그런 소제목들이 붙어 있었다. 거기엔 관절염과 통풍과 허리 디스크와 만성신부전과 비만과 천식인 사람들이 몸에서 피를 빼냄으로써, 나쁜 피와 병든 피와 죽은 피를 즉각 빼내버림으로써 어떻게 몸과 마음을 고쳤는지가 나와 있었다.

    승미는 우리가 갔던 그 방이 짐작대로 사혈방이 맞을 거라고 생각하고 있었다. "해골 전신도가 있었잖아. 그게 바로 예순한 개의 혈자리가 표시돼 있는 사혈도였어." 사혈침으로 혈자리를 찌르고 부항 컵에 압력을 주어 피를 빨아내는 것. 그 방에 있던 것들이 다 사혈을 위한 것이 틀림없다고 승미는 말했다. 그렇게 하면 젤리 같은 핏덩어리가 투명 부항 컵에 가득 들어찬다고 했다. 등과 배는 물론이고 정수리와 관자놀이와 코와 목에서도 피를 뺀다고 했다.

승미는 말했다. "피를 빼낸 사람들은 하나같이 이렇게 생각해. 다시 태어난 것 같다. 새 삶을 얻었다."

쉬이 그림이 그려지지 않는 얘기였지만 승미의 말을 듣자 그동안 아리송하게 남아 있던 몇몇 장면들이 이해가 될 듯도 했다. 산주님을 찾아와 손을 부여잡으며 그토록 고마워하던 사람들. 도착하는 선물 꾸러미들. 뒤채 어딘가로 걸어가던 수련방 사람들. 그들 식사에만 제공되던 육회와 소 지라. 기와유리집 어딘가에서 본 빈 알부민 약통.

수련방에 묵거나 나무밭에서 일하는 사람들이 아니더라도 기와유리집엔 외부인들이 수시로 찾아왔다. 신이화를 직접 보고 구입하러 오는 사람들도 있었지만 산주님께 인사를 드리거나 상담을 청하러 오는 사람들도 꽤 됐다. 운내는 6사단 주둔지라 산주님의 손님 중엔 군 간부들도 있었다. 높은 군인들이 보이는 날은 기와유리집이 조금 시끄러워졌다. 그들이 돌아가고 나면 군복 우와기 어른은 아프다며 바닥을 굴렀다가 채반들을 걷어찼다가 산주님을 고래고래 부르다가 하면서 생ㅈㄹ을 하셨다. 그런 날이면 산주님은 수련방에 들어가 한참을 나오지 않았다.

기와유리집에서 누구보다도 수련방에 많이 머무는 어른은 사실 산주님이었다. 지구에 잘 안 버려지는 게 있는 거라고 주방 어른들은 말씀하셨다. 그러니까 도무지 시각화가 안 되는 과거의 어떤 순간이 있다는 것이다. 일꾼들과 수련자들의 식사를 함께 맡고 있는 주방 어른들은 산주님과의 인연이 십오 년은 족히 넘은 사람들이었다. 순수하게 일만 하는 어른들은 아니어서 침 몸살엔 뭐가 좋다더라, 부항 물집엔 뭘 발라야 좋다더라, 피 부족엔 뭘 먹어야 한다더라 하는 얘기들을 주고받았다. 주방 뒤꼍에 콩나물과 취나물 함지를 놓고 둘러앉은 주방 어른들의 말씀 속에서 우리는 '산주님이 습부항을 걸어주셨다'가 '산주님이 나쁜 피를 빼내주셨다'와 같은 말이라는 걸 알게 되었고 산주님 나이가 아직 예순이 안 되었음을 알게 되었다. 산주님은 당시에 정말로 오십대 후반이었던 것이다.

뒤뜰과 주방 뒤꼍을 오가다보면 부항 얘기만큼 많이 들려오는 것이 산주님이 산을 사게 된 이야기였다. 주방 어른들은 그 이야기를 추임새까지 넣어가며 질리지도 않고 주고받았다. 산주님이 홀로되셨을 적에, 로 시작되는 그 이야기에 우리는 매번 붙들렸다. 산주님이 홀로되셨을 적에, 일터 사고로 남편을 잃고 혼자 남으셨을 적에, 아이들이 세 살 여섯 살 아홉 살이라 앞이 캄캄하셨고, 저것들을 데리고 어찌 살아야 하나 넋만 놓고 있던 어느 날, 운내의 옆 읍에 살던 시어머니가 찾아오셨다.

아가, 하며 시어머니가 손을 잡는데 아들 잃은 어머니 얼굴이 어찌나 상했는지 둘은 부둥켜안고 한참을 울었겠지. 울음이 잦아들자 시어머니가 말씀하시길, 니 아버지가 아들 보내고 무릎 통증이 더 심해졌구나. 수술을 해야 하는데 너도 알다시피 우리가 돈이 없다. 그래서 산주님은 남편 보상금 일부를 떼어 수술비로 드렸지. 또 몇 달 있다가 이번에는 시부모가 같이 찾아와서는, 아가, 니 첫째 시누이가 시집을 간다. 말하니 산주님은 보상금을 떼어 결혼 비용을 댔지. 둘째 시누이 결혼 비용까지 댄 뒤 살 방도를 찾고 있는데 아가, 우리가 이번에 변소를 안으로 들이기로 했다, 아가, 우리가 비닐하우스에 피망을 심어볼까 한다. 이러는데, 그 집안이 원래 ㅈㄷ 없는 집안이라 며느리가 쥐고 있는 아들 목숨값이 생전 듣도 보도 못한 돈이었던 거라. 그 집에 사람 구실 못하는 장남이 하나 있는데, 죽은 동생이랑 우애가 얼마나 좋았는지, 이 형이 견디지를 못해. 지 제수가 지 동생 목숨값으로 고기 사고, 샴푸 사고, 애들 반바지 사주고, 하드 사주고, 로션 찍어 바르는 꼴을 제정신으로 볼 수가 없는 거지. 지나가던 철물점 사장이랑 인사만 해도 트집 트집 그런 ㄱㅌ집이 없고, 참다못한 산주님이 저 아래 까마득한 마산이라는 데에 오피스텔을 하나 얻어주고 기 사범을 붙여줬지.

그런데 이 형이 가만 생각해보니 잠이 안 오는 거지. 없는 집안에서 태어나 어려서부터 죽자고 고생만 하다 죽은 내 동생, 제수가 그 돈 몽땅 챙겨들고 딴 놈한테 재가라도 하면, 애먼 놈만 좋은 일 시키고, 생각할수록 야마가 돌고 잠이 안 오는 거지. 일 년도 안 돼 다시 운내로 기어들어와서는, 지 부모 산소에 가서 한참을 엎드려 울다가, 제수랑 조카들이 운내를 뜨지나 않을까 어슬렁어슬렁, 죽은 동생 집을 맴도는 거라. 그러다간 술을 먹고 쳐들어와서는 어떤 놈 어딜 빨아줬냐느니 망측한 말을 해대니, 산주님이 꼭지가 돌아버린 거지. 그래서 산을 사버린 거지. 동전 하나까지 긁어서 산을 사버린 거지.

그게 바로 산주님이 산 산 이야기.

*

승미가 사혈 책을 뒤적이는 걸 본 산주님은 우리에게 사혈 대신 청혈이라는 말을 던져주셨다. 숟가락 청혈 요법이라는 강좌 소개 팸플릿을 상점 중앙에 놓아두신 것이었는데, 숟가락으로 피부를 긁어 피를 맑아지게 하는 요법이었다. 이름만으로도 부담스러움이 느껴지는 사혈보다는 여러 가지가 나아 보였지만 이미 사혈의 극적인 서사를 맛본 승미의 관심을 끌지는 못했다. "이건 숟가락만 있어도 되고 간단하네." 그러면 승미는 말했다. "사혈도 완전 간단해. 부항기 세트 사서 집에서 그냥 할 수도 있는 거더라고." "진짜?" "응. 알부민만 잘 챙겨 먹으면서 빼면 돼." 살 빼는 얘길 하듯 승미는 말했다. "헌혈하고 나서 초코파이 먹는 거랑 비슷한 거네?" 물으면 또 이렇게 말했다. "그거랑은 비교가 안 되지. 사혈은 엄청 빼는 거야."

우리는 방에 눕고 나서도 피 얘기를 툭툭 이어갔다. 내가 승미의 방으로 넘어가거나 승미가 내 방으로 넘어와 뒹굴거렸는데 그러다보면 주방 어른들이 불 꺼라, 불, 하는 소리가 들렸다. 절집만큼은 아니었지만 기와유리집은 일찍 소등을 하는 규칙이 있었다.

"학교에서 체육 했더니 피곤해 죽겠어. 좀 긁어봐." 장난 반으로 숟가락을 건네고 엎드리면 승미는 뜻밖에도 선선히 긁어주었다. 뒷목, 팔뚝, 종아리, 허벅지. 티셔츠를 올리고 등도 긁어주었다. 그러고 있으면 소름이 돋으면서 오줌이 마려운 느낌이 들었고 그다음엔 졸음이 왔다.

평일인데도 코 먹는 어른이 기와유리집에 온 날은 낮부터 기름 지지는 냄새가 났다. 고기와 생선 찌는 냄새, 닭 삶는 냄새, 탕국 냄새. 군복 우와기 어른의 행동이 왠지 모르게 당당해지고, 처음 보는 여자 어른 둘이 검은 옷을 입고 기와유리집에 왔다. 촛대의 호위를 받으며 병풍을 등지고 있는 한 남자 어른의 사진을 보았을 때 우리는 그분이 그분임을 알 수 있었다. 어렸을 때 냇가에 빠져

죽을 뻔한 적이 있는 분. 싸움 거는 친구가 있으면 때리는 대신 눈으로 제압하던 분.

군복 우와기 어른의 지휘 속에서 코 먹는 어른이 술을 따르고 절을 하는 게 보였다. 산주님은 제사상에서 멀찍이 떨어져 앉아 벽에 등을 기대고 먼산을 바라보셨다. 향불 냄새와 촛농 냄새를 맡으며 우리는 주방 어른들 사이에 앉아 남은 전을 주워먹었다. 일찍 소등을 안 해도 되는 게 좋아서 뜰 여기저기를 돌아다니다 와보니 어느새 제사는 끝나고 어른들이 음복을 하는 게 보였다. "저쪽에, 이마 톡 불거진 애가 산주님 큰딸, 머리 긴 애가 작은딸." 주방 어른이 꽃차 어른한테 하는 얘기를 들으며 승미와 나는 제사상에서 나온 단것들을 뒤적거렸다. "하나는 은행 다니고 하나는 엘지에서 경리 하잖아. 둘이 아주 잘 벌어." "근데 저 냥반은 조카딸들한테 왜 저렇게 살벌해?" 꽃차 어른이 물었다. "그 얘기 모르나? 원한이 있잖아." "원한?" "큰애가 옛날에 지 큰아버지를 찔렀어." "찔러?" 기와유리집에선 꽤 유명한 얘기인 듯 주방 어른이 말을 이었다.

"중학생 때쯤이었나? 저애가 지 동생들 손을 양손에 하나씩 딱 틀어쥐고, 연내리에 있는 헌병대를 찾아갔잖아. 우리집에 탈영병이 있습니다, 하고." 승미와 나는 먹는 걸 멈추고 귀를 세웠다. "혼자서 안 가고 동생들 대동하고 간 걸 보면 저애가 그때부터 똑똑했어." "그래서 어떻게 됐어요?" 승미와 내가 동시에 물었다.

"잡혀갔지. 잡혀가긴 갔는데……" 군복 우와기 어른은 헌병대에 잡혀가 오 개월쯤 근무를 한 뒤 바로 풀려났다. 풀려나자마자 산주님 집으로 쳐들어갔음은 물론이다. 어른은 조카를 세워놓고 물었다. 대체 왜 그랬니? 어떻게 그럴 수가 있니? 니가 원하는 게 뭐니? 이마가 톡 불거진 중학생 조카딸은 큰아버지를 쳐다보며 이런 말을 남겼다.

"우리의 소원은, 통일이에요."

주방 어른과 꽃차 어른이 소쿠리를 치며 명언이네, 명언이야, 웃었다. 검은색 투피스를 입은 산주님의 큰따님이 이쪽으로 걸어오셨다. 옥춘을 빨아먹고 혓바닥까지 새빨개진 우리를 보더니 돈 만원씩을 주셨다. 산주님은 두 딸에게 제수음식을 싸서 들려 보내고 막내아들의 포터 트럭에 신이화 달인 물을 실어 보냈다. 기와유리집 사람들 앞에선 늘 위엄이 있던 산주님이 왠지 자식들만은 어려워하는 것 같아 보이던 게 기억난다. 군복 우와기 어른이 병풍 앞에 앉아 흐느껴 우는 소리가 그날 밤늦도록 기와유리집을 떠다녔다. 동생의 사진을 안고 미안하다, 미안하다, 어른은 오랫동안 울었다.

승미가 내 방으로 건너와 옆에 누웠다. 불을 끄고 나란히 누웠지만 잠이 오지 않았다. 승미도 아마 그 말을 생각하고 있었을 것이다. 산주님이 자식들에게 먹을 걸 실어 보내기 전에, 큰따님이 우리한테 와 용돈을 주기 전에, 큰따님의 명언을 듣고 우리가 웃고 난 직후, 대중실에서 들려왔던 소리. 군복 우와기 어른이 어느새 취해서 산주님인지 조카들인지 기와유리집 전체를 향해서인지 모를 소리를 내뱉었다. 불법, 약점, 이런 단어를 떠올리게 하는 말들. 여기서 죽어 나간 사람들 한번 읊어볼까, 제수씨? 부항 뜨고 열나서 병원 갔던 최씨, 패혈증으로 이틀 만에 죽은 거. 피 부족으로 쓰러져 바로 골로 간 박씨. 응? 다들 쉬쉬하는 거 내가 한번 찔러볼까?

승미가 팔을 괴면서 내 쪽으로 돌아누웠다. 승미의 숨에서 끈끈한 옥춘 냄새가 났다. 긁어줄까? 승미가 물었다. 수련방 창호 밖으로 방안보다 옅은 어둠이 흘러다니는 게 느껴졌다. 나는 고개를 끄덕였다. 윗옷을 다 벗어봐. 나는 티셔츠를 끌어올려 목 위로 빼냈다. 대중실 쪽의 흐느낌 소리는 끊어질 듯 계속 이어졌다. 나는 눈을 감았다. 차갑고 뭉툭한 것이 몸에 닿았다. 승미가 내 등줄기를 긁어내려갔다. 금방이라도 오줌이 나올 것 같아서 나는 몸을 움찔거렸다. 좋아? 응. 얼마만큼? 나는 숨을 깊게 들이쉬었다. 스무 개입 키세스 초콜릿 한 봉지만큼. 겨드랑이를 지나 팔뚝 안쪽을, 허리를 지나 골반과 허벅지를. 여기도 좋아? 응. 얼마만큼? 투게더 아이스크림 한 통을 앉은자리에서 다 퍼먹은 것만큼. 몸이 나른하게 가라앉았고 나는 피가 맑아지기 시작했다. 몽롱해지는 내 귀에 대고 승미는 속삭였다. 여기가 기정혈이야. 여기는 천주혈. 잘 기억해, 알았지? 넌 똑똑하잖아. 여기는 양강혈. 여기는 명문혈.

승미의 목소리가 지금도 귓가를 간질인다. 그대로 자면 돼. 생각하지 말고 잠들어. 내가 너 해줄 테니까. 지금은 내가 너 해줄 테니까. 승미는 조심스럽고도 끈기 있게 밀어붙인다. 나를 설득해 간다. 그다음날도 그다음날도 나한테 해준다. 너도 긁어줄까? 물으면 고개를 저으면서. 승미는 말한다.

내 피는 긁는다고 맑아지고 그런 피가 아니야.

*

그리고 우리는 반바지를 사러 갔다. 큰따님이 주고 가신 만원으로 우리는 반바지를 사기로 했다. 승미가 봐둔 것이 있다고 했다. 군청색 반바지인데 색감이 너무 예쁘다는 것이었다. 버스를 타고 시내에 가서 승미가 말한 옷가게로 들어갔다. 군청색 반바지는 보이지 않았다. 흰색, 핑크색, 하늘색, 검은색 반바지는 있었지만 군청색은 없었다.

승미가 하늘색 바지를 들더니 말했다. "이거야. 색깔 예쁘지 않냐?"

"뭐야, 하늘색이잖아." 내가 말했다.

"군청색보고 웬 하늘색." 승미가 말했다.

나는 어이가 없었다.

"너 군청색 몰라? 군청. 남색. 네이비. 군청색은 거무튀튀한 거 잖아. 그건 파랑에 흰 물감 섞으면 나오는 하늘색이고."

"너 내가 열한 살이라고 무시하냐? 우길 걸 우겨. 파랑에 흰 물 감 섞으면 나오는 게 군청색이지."

나는 기가 막혔다. 자연수에서 분수 빼는 걸 모를 때와는 차원 이 다른 답답함이 몰려왔다. 옷가게 어른은 전화통화를 하느라 우 리한텐 관심이 없었다. 나는 일단 가게를 빠져나왔다. 세 정거장 거리를 뒤도 안 돌아보고 걸어갔다.

"야, 너 진짜 왜 그래?" 승미가 따라오며 소리쳤다.

그건 내가 하고 싶은 말이었다. "너는 왜 그러는데? 진짜 왜 그 래? 하늘색을 보고 왜 군청색이래?"

"그거 군청색 맞아. 내가 쓰던 색연필이랑 크레파스에 다 군청 색이라고 돼 있었어. 군청색을 군청색이라고 하는데 왜 그래!"

"아아아아아아악!"

명치가 폭발해버릴 것 같아서 나는 그 자리에서 소리를 질렀다. 매일매일 승미를 봐야 한다는 게 갑자기 미칠 것같이 느껴졌다.

"따라오지 마. 눈에 띄지 마. 딴 길로 가!"

나는 나무밭 샛길로 꺾어들었다. 승미 앞에서 웃통을 벗어 올렸 던 게 밀려오면서 속이 울렁거렸다. 목련나무들은 잎이 무성하게 돋아 올라서 이젠 그게 목련나무인지 매화나무인지 구분도 되지 않았다. 승미는 씩씩거리며 계속 따라왔다. 뭔가 억울하다는 듯

발을 쿵쿵 구르며 쫓아왔다. 짜증이 나서 죽을 것만 같았다. 다 물리고 싶었다. 잠깐이라도 좀 꺼져버려. 꺼져. 꺼지라고!

승미의 발소리가 듣기 싫어서 나는 뛰다시피 걷는다. 으으으으, 소리를 내며 고개를 젓는다. 나는 몰라, 나는 몰라, 나는 중얼거리고, 나는 뛰어간다. 니가 어떤 세상을 살고 있는지 나는 몰라, 니가 어떤 시간을 살고 있는지 나는 몰라, 나는 하나도 몰라!

나는 나무 속으로 숨어든다. 달린다. 나무들이 다 듣도록 뱉어버린다. 나는 니가 내 깜지에 뭘 썼는지 다 알아. 너는 흰 종이엔 못 쓰지. 깜지에만 쓰지. 너는 소반에 딱풀을 세워놓고 찐덕한 왕자 놀이를 했어. 너는 까졌어. 나는 누가 널 깠는지 다 알아. 그래도 넌 사랑한다고 쓰지. 너는 구걸을 해. 너는 까졌어. 니 몸은 더러운 피가 가득해.

나는 내가 내뱉는 소리를 듣는다. 그 소리에 얼어붙는 건 승미가 아니라 나다. 그 소리에 다치는 건 승미가 아니라 나다. 나는 숨을 꺽꺽거리며 나한테서 튀어나오는 ㅌ웃을 듣는다. 목련나무들이 내 소리를 먹었다가 몇 배로 부풀려 뱉어낸다. ㅌ웃이 오면 돼하지도 쓰리쓰리하지도 않아. ㅌ웃이 오면 그냥 죽고 싶어. 그냥 딱 죽고 싶어. 승미가 뛰어와 나를 흔든다. 어깨를 움켜잡고 마구 흔든다. 내 이름을 부르며 나를 흔든다.

*

이제 그 차례가 되었다.

차례가 되었지만 나는 아직도 방법을 알지 못한다.

기와유리집에서 내가 시각화할 수 없는 유일한 공간. 나는 그 방을 가질 수도 버릴 수도 없다.

반바지, 군청색, 티 옷. 나무밭에서 승미한테 업혀 들어간 그날 로부터 며칠 뒤, 운내에 간 지 거의 두 달이 되어가던 5월 어느 날에, 승미와 내가 그 방에서 오랫동안 잠들어 있었다는 것밖에는.

딱 한 번이면 돼. 승미가 말한다. 이번엔 니가 날 해줘. 문장 끝에 마침표를 찍는 것처럼, 딱 여덟 곳만 찔러줘.

나는 승미의 눈을 본다. 그러면 우리는 비기는 거겠지. 나는 천천히 고개를 끄덕인다.

나는 기꺼이 설득된다. 이제 승미는 죽은피를 뽑아내고 새롭게 태어날 것이다. 나는 그걸 안다. 이제 승미는 몸에 새 피를 채우고 새로운 단어를 이을 것이다. 나는 그것을 알 수 있다. 이제 승미는 열한 살에서 벗어날 것이다.

우리는 한잠 자고 일어날 것이다. 승미의 몸에 생혈이 채워지는 동안 나는 옆 침대에 누워 승미를 기다릴 것이다. 승미는 알부민을 아주 많이 먹고 사혈방 침대에 엎드린다. 우리에겐 충분한 거스가 있다. 볼펜이 있고, 컵이 있고, 커튼이 있다.

190

나는 승미에게 해준다.

잠이 들기 전 승미는 졸음이 쏟아지는 목소리로 이런 말을 한다.

"나, 방에 불 켜두고 온 것 같아."

*

나는 깨어났다. 깨어나서 눈을 떴을 때 내 옆엔 엄마가 있었다. 그곳은 운내였다. 조롱박 수로를 타고 흐르는 물소리가 들렸다. 대중실 유리벽으로 햇볕이 어른거렸다. 모든 게 그대로였다. 약초 베개도 교자상도 오줌 싸는 남자아이도 개구리 토우 인형도. 잠깐 잠이 들었다 깨어난 운내는, 그러나 무언가가 달라져 있었다. 나는 그게 무엇인지 알 수 없었다. 공기처럼 그것이 얼굴을 덮쳐온다는 것을 느꼈을 뿐, 어딘가에서 올 하나가 풀려버린 것을, 종이가 울어버린 것을, 아주 중요한 조각 하나를 잃어버린 것을 알지 못했다.

ㅇㅁ, ㅅㅁㄴ?

나는 대답을 들을 수 없었다. 엄마는 내가 차에 타기를 원하셨고, 내 앞에 쿠키가 담긴 접시를 내미셨다. 쿠키는 믿을 수 없을 만큼 시커멨고 접시를 다 덮을 만큼 커다랬다. 그 속엔 두드러기 같은 초코칩이 엄청나게 박혀 있었다. 나는 토했다. 나는 나무밭으로 내달렸다. 나는 찾았다. 나는 이름을 불렀다. 나는 뛰었다.

나는 휘저었다. 나는 소리쳤다. 나는 허우적거렸다. 나는 넘어졌다. 나는 깨졌다. 나는 기어올랐다. 나는 쥐어뜯었다. 나는 실렸다. 나는 도망쳤다. 나는 찾았다. 나는 불렀다. 나는 만졌다. 나는 먹었다. 나는 했다. 나는 썼다. 나는 지웠다. 나는 찢었다. 나는 말았다. 나는 썼다. 나는 버렸다. 나는 믿었다.

나는 믿었다. 나는, 승미가 병원에 들렀다 집으로 돌아갔다는 말을 어느 날 믿어버렸다. 굳게 믿어버렸다.

그때로부터 얼마의 시간이 지났는지 나는 정확히 알지 못한다. 이십 년? 삼십 년? 오십 년은 아닐 것이다. 산주님이 아직 백 살이 되지 않은 건 확실하다.

그 봄 직후 산주님은 수련방을 폐쇄하셨다. 어떤 시술 사고가 나도 방을 닫는 일이 없던 산주님은 우리가 떠난 즉시 기와유리집을 닫아버리셨다. 오랜 시간이 지난 뒤 당신이 또다른 기억자 집의 세로획 어딘가에 누워 계시리라는 걸 산주님은 아셨을까.

이곳은 운내가 아니다. 기와유리집도 아니다. 이곳엔 대중실이 있고 수련방이 있지만, 비공식적인 방 같은 건 없다. 이곳은 마음 연마원의 정식 분원이다. 나는 연마원 본부가 있는 속리산에 가서 분기별로 한 번씩 분원장 교육을 받고 온다. 일 년에 한 번 회계감사도 받는다. 수련생은 열세 명씩만 받는다. 열다섯 칸의 방 중 비는 방은 두 칸이며 그중 한 곳에 산주님이 계신다. 기저귀를 차고 빨대로 밥을 먹으면서.

나는 엄마와는 일 년에 두 번 만나며 산주님과는 매일 만난다. 산주님은 이곳에서 죽게 될 것이다.

산주님이 나를 찾아오셨을 때가 기억난다. 학교를 졸업하고 휴대폰 대리점에서 일을 하고 있을 때, 산주님이 나를 찾아오셨다. 근 십 년 만에 보는 산주님은 정말로 할머니가 되어 있었다. 산주님은 내 얼굴을 물끄러미 바라보셨고, 내게 나무밭의 반을 주겠다고 하셨다. 반은 아마도 승미네에 주려 하셨을 것이다.

내가 엄마한테 붙들려 운내를 떠나던 그때 산주님은 이미 아셨다. 내가 운내에서 벗어나지 못할 것을 아셨다. 내가 ㅌ웃을 물리치지 못할 것을 아셨고, 내가 엄마와 화해할 수 없을 것을 아셨다.

내가 산주님의 뜻을 거절하자 산주님은 그것밖에는 할 수 있는 일이 없다는 듯 내게 계속 돈을 보내오셨다. 지금 나무밭의 실질적인 소유주가 누구인지 나는 알지 못한다. 나는 이마가 불거진 어른과 몇 번 차를 마셨다. 아픈 산주님을 이곳으로 모셔온 건 내 뜻이었다. 자식보다 내가 편한 그 마음을 나 또한 모르지 않으니, 나는 다만 산주님의 머리맡에 록산 크리스털을 놓아드리고 불편하시지 않도록 지구를 천장으로 옮겨드렸을 뿐이다. 힘든 일은 모두 간병인이 한다. 산주님과 나의 사이는, 뭘 해도 덜 미안하고 뭘 하지 않아도 덜 서운하며 뭘 보여도 덜 창피하고 뭘 들어도 덜 원망스럽다.

아직 운내에 살면서 목련 농사를 하는 건 코 먹는 어른이다. 그는 딸 하나 아들 하나를 두었는데 자식들이 아빠를 닮아 둘 다 중증 비염이다.

군복 우와기 어른은 칠순이 되던 해에 피떡이 경동맥을 막아 생을 달리하셨다.

승미의 엄마는 내 엄마와 연을 끊으셨다.

엄마는 나에 대한 두려움을 끝내 버리지 못하셨다.

나는 한 달에 한 번꼴로 폭풍처럼, 식욕에 진다. 창자가 끊어지도록 진다. 나는 당을 극도로 끌어올릴 수 있는 것들을 찾아 헤매며, 많은 밤 당에 취해 비틀거린다. 허리가 퍼진 지 오래이지만 수련을 하는 데 아직 문제가 되지는 않는다. 내 엄지발가락에는 길이가 이 센티쯤 되는 털들이 자란다. 돼한 밤이나 쓰리쓰리한 밤, 돼한 동시에 쓰리쓰리한 밤이면 나는 내 몸에서 나는 것들을 자로 재본다.

계란은 완숙만 먹는다.

해가 좋은 봄날에는 수련방 문을 활짝 열고 산주님을 일으켜드린다. 등 쿠션에 기대앉은 산주님 옆에서 나도 정원의 꽃들을 바라본다. 산주님도 나도 운내에는 갈 수 없으나 거기에 잊지 못할 한 시절을 두고 온 것도 사실이어서, 운내엔 지금 어떤 꽃이 한창이겠지, 생각을 안 하기는 힘들다. 그 꽃들은 내 정원에서도 만발한다. 봄을 가장 먼저 알려주는 푸릇푸릇한 비비추 잎들과 보라색 꽃을 숨기고 있는 꼿꼿한 히아신스. 5월이면 붉은 꽃이 피어나는

194

병꽃나무. 백목련을 대신해 심은 백화 라일락에선 흰 꽃이 피고 산주님 보시라고 심은 불칸 목련은 매해가 장관이다.

그리고 나는 키가 아주 큰 산목련 한 그루를 알고 있다.

산으로 산책을 나갈 때면 그 나무 아래에 서본다. 키가 큰 목련 나무 아래에 서서 위를 올려다보면, 목이 아프도록 꽃과 하늘을 올려다보면, 우듬지가 빙글빙글 돌아 나도 모르게 나무 줄기를 껴안게 된다. 그러고 있으면 나는 내가 트랄랄랄라에서 죽던 것이 떠오르고, 승미는 어떤 어른이 되었을까로 생각이 이어진다. 왠지 승미는 울 때 뺨을 닦지 않고 턱을 닦는 여자가 되었을 것 같아, 생각한다. 다 울고 난 뒤에야 눈물을 닦는 여자. 그러니까 좀 청승맞은 여자. 잘 있다가 갑자기 시계에 귀를 대보는 여자가 되었을 것도 같다. 오래 자는 사람의 심장에 귀를 대보듯이 시계에 귀를 대보는 여자. 어쩌면 짧고 외로운 낮잠을 자는 여자가 되었을지도 모르겠다. 깨고 나면 여기가 어딘지 한참을 생각해야 하는.

열세 살이었을 때 나는 운내에 간 적이 있었다.

지금 이곳엔 열다섯 칸의 방이 있고 나는 그중 하나를 항상 비워둔다. 비가 오든 눈이 오든 낮이든 밤이든, 나는 그 방에 불을 켜둔다.

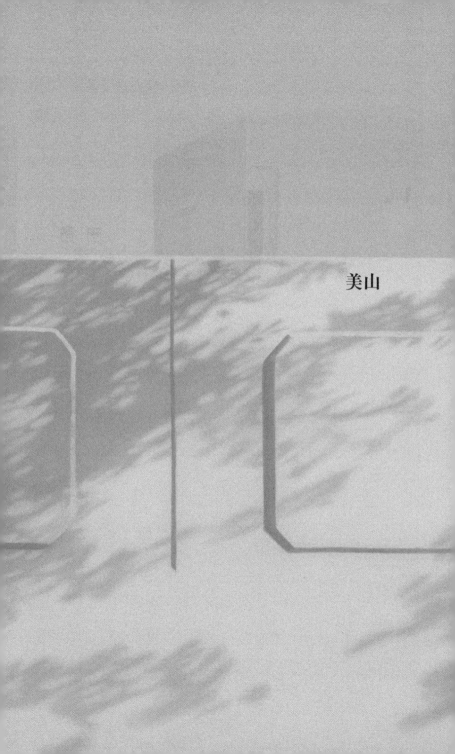

美山

꿈을 꿨거든. 책가방을 던져놓고 친구들이랑 한참 놀았어. 다 놀고 집에 가고 있는데, 보니까 나만 가방을 두고 온 거야. 꿈속에서도 계속 걱정을 했어. 가방 찾으러 가야 된다고. 거기 아직 내 가방이 남아 있어.

*

종이를 찢으면 종이 찢어지는 소리가 난다. 비닐봉지를 찢으면 비닐봉지 찢어지는 소리가 나고. 러닝셔츠를 찢으면 러닝셔츠 찢어지는 소리가, 연필을 분지르면 연필 분질러지는 소리가 난다. 찐 옥수수를 쪼개면 찐 옥수수 쪼개지는 소리가 난다. 생옥수수보다 물기가 많은 소리. 낙엽을 찢으면 낙엽 찢어지는 소리가 나고, 고등어 뼈를 부러뜨리면 고등어 뼈 부러지는 소리가 난다. 사과를 쪼개면 사과 쪼개지는 소리가 난다. 배가 갈라질 때보다 물기가 적은 소리. 입술 살을 잡아 뜯으면 입술 살 뜯어지는 소리가, 머리카락을 뽑으면 머리카락 뽑히는 소리가 난다. 과자를 부수면 과자 부서지는 소리. 박스를 찢으면 박스 찢어지는 소리. 공책을 찢으면 공책 찢어지는 소리가 나고 휴지를 찢으면 휴지 찢어지는 소리가 난다. 청테이프를 찢으면 꼭 청테이프 찢어지는 소리가 난다. 청테이프가 아닌 테이프에서는 절대로 나지 않는 소리.

*

오래전에 떠난 사람의 생일엔 갈비찜도 잡채도 미역국도 없다. 어쩌면 생일이 아닐지도 모른다. 어쩌면 아무 날이 아닐지도.

이 방에 누우면 떠오른다. 하늘은 파랗고 햇빛은 눈부시던 날이. 반짝거리고 바삭거리고 간지러운 것이 내 눈앞에 앉아 있다. 나는 그것이 갖고 싶어서 침이 마른다. 생각할수록 갖고 싶어서, 어느 날은 손을 뻗는다. 그렇게 시작된 것만 같다.

방은 외풍이 있어서 누우면 등은 뜨끈한데 코끝은 서늘하다. 벽에는 두 살 터울씩인 삼 남매의 돌 사진이 차례로 걸려 있다. 모두 똑같은 의자에 앉아 있는 걸 보면 그 무렵 동네 사진관은 적어도 오 년 동안은 촬영 의자를 바꾸지 않은 듯하다.

돌 사진 다음엔 유치원 졸업 사진이 있고, 그다음에 걸린 것은 고등학교 졸업 사진이다. 돌 사진은 세 개지만 유치원과 고등학교 졸업 사진은 두 개씩뿐이다. 삼 남매 중 한 명은 사진 찍기를 거부한 것인지도 모른다. 유치원생은 싫다는 의사표시를 할 수 있는 나이니까. 아니면 그 한 명은 유치원이나 고등학교 졸업을 안 했는지도 모른다. 그럼 뭘 한 걸까.

식구들이 한꺼번에 모이는 날이면 나는 이 방에서 잔다. 외풍과 액자가 있는 방에 누워서, 누우면 어쩔 수 없이 눈에 들어오는 옛날 사진들을 보다가 잔다. 거기엔 철쭉이 핀 냇가에서 찍은 가족사진도 있다. 엄마 아빠는 젊고, 두 남동생은 얄밉다. 나는 사진 찍는 사람을 노려보고 있다.

사진을 찍어준 사람의 얼굴을 떠올리려고 애쓰다보면 어떤 애가, 기저귀를 못 뗐는데도 말은 곧잘 하는 어떤 애가 방문을 열고 들어와 내 배 위에 털썩 앉는다. 아프다. 그애가 내 안경을 노린다. 결국엔 안경을 벗겨내고, 안경을 벗은 내 얼굴을 보고는 말한다. 고모 이상해.

"우리 애기, 고모가 재미있는 얘기 해줄까?"

그러면 그애는 말한다.

"나 애기 아니야."

우리의 대화는 보통 그런 식으로 시작된다.

*

"이건 무슨 나물이야? 처음 보는데."

"물쑥대 볶은 거야."

"이것도 엄마가 뜯은 거야?"

괜한 물음이다. 엄마는 직접 뜯어온 나물이 아니면 내놓지 않는다.

"니 외숙모랑 걸어가고 있는데, 봄볕이 얼마나 좋았는지 몰라. 한참 걷다보니까 저쪽으로 강이 보이는 거야. 뭐가 막 아른아른해서 갔더니 글쎄, 강 옆 비탈밭에, 물쑥이 지천으로 피어 있는 거야."

"꿈에?"

"아니, 작년 봄에."

나는 물쑥대볶음을 입에 넣어본다. 천천히 씹어본다. 내 입맛은 아니다.

엄마의 주방엔 몇 년에 걸쳐 온갖 산에서 뜯어온 나물들이 저장돼 있다. 어떤 나물은 간장에 절어가고 어떤 나물은 한 주먹씩 냉동실에서 얼어간다. 데쳤을 때의 뜨거움을 머금은 채로 천천히 말라가는 나물들도 있다. 올봄 것도 있고 작년 봄 것도 있다. 어쩌면 십 년 전 봄 것도 있을지 모른다. 바로 손질해 먹을 수 있는 묵나물들이 열 가지가 넘는데도 엄마는 한 번에 딱 한 가지씩만 내놓는다.

"난 요새 꿈에 누렁이가 보여."

"누렁이? 미산 집에서 키우던 누렁이?"

은욱이가 아이 밥을 먹이다가 나를 보며 묻는다. 은욱이는 개를 좋아했다. 아직도 좋아할지도 모른다.

"응. 파란 구슬 집어먹고 왔던 누렁이. 그때 여름에, 누렁이가 냇가에 갔다 오더니 마당 한가운데에 엎드려서 계속 끙끙거렸잖아. 우리는 어떻게 할 줄을 몰라서 빙 둘러서서 지켜보기만 했었고. 지금이라면 동물병원에라도 데려갔을 텐데."

"누렁이가 먹은 건 다른 거야. 파란 구슬은 그때 누나가 은석이한테 읽어주던 전래동화에 나오는 얘기였잖아. 개랑 고양이가 구슬을 되찾아서 강을 건너는 얘기."

"무슨 소리야."

나는 어이가 없다는 듯이 웃는다. 그러고는 나를 고모라고 부르는 기저귀 찬 아이를 본다.

"누렁이는 구슬을 먹은 게 맞아. 완전 파란 건 아니어도 파란색에 가까운 빛이었다니까. 문방구 유리구슬 같은 거 있잖아. 유리구슬보다는 훨씬 컸지만."

"누나가 그걸 어떻게 봤어? 그때 누렁이 부검을 한 것도 아닐 텐데."

그 말에 엄마가 나를 본다. 이럴 때 침묵이 길어지면 상황이 이상해진다.

"은욱이 넌 내 말을 너무 안 믿어."

"믿게 해줘, 좀."

"내가 소나무 잎 얘기했을 때도 너는 끝까지 안 믿었어. 은석이는 중간쯤에서 믿어줬는데. 내가 아침에 나가다 진짜 봤어. 소나무 잎 뾰족한 거 있잖아, 그거 몇 개가 소나무 위에 그냥 떠 있었다니까. 공중에 이파리만 따로 떠 있는 걸 내가 진짜로 봤다고. 내가 그 얘길 너한테 얼마나 진지하게 해줬는데. 다 듣고 나서 니가 나한테 그랬지. 뻥치시네."

은욱이 아이가 밥을 혼자 먹겠다고 아빠한테서 숟가락을 빼앗아 든다.

"내가 공책에 밀잠자리 얘기를 써서 읽어보라고 줬는데 너는 거기다 손톱을 깎았지."

"누나가 맨날 똑같은 얘기만 쓰니까 그렇지. 잠자리 말고 다른 게 나왔으면 봤을 거야."

"……어떻게 내가 쓴 글에다 손톱을."

은욱이와 엄마가 서로를 본다. 은욱이 아이는 밥을 반 넘게 바닥으로 흘리고 있다.

"근데 은석이는 오늘 늦는데? 못 오는 건가?"

내가 묻자 다들 젓가락질을 멈추고 나를 쳐다본다. 은욱이 애만이 내 말에는 아랑곳 않고 숟가락으로 물쑥대볶음을 휘젓고 있다.

"용이 그게, 잘못 먹으면 눈이 튀어나온다고 해서 안 먹었어."

엄마가 말한다. 나를 보면서.

"그때 녹용을 먹었어야 했는데."

"……"

"니가 기가 허해서 그래. 어려서부터 너는 낮잠 자고 일어나면 꼭 헛소리를 했어. 뭐 찾으러 간다고 막 나가고. 낮에 잠깐 자면서도 무슨 꿈을 그렇게 꾸는지."

"나도 생각나."

은욱이가 말한다.

"누나가 뭘 맡아달라고 하면서 나한테 손을 내미는데 빈손이었어."

나도 생각난다.

"엄마가 머리를 너무 세게 묶어줘서 힘들었어. 학교 갈 때마다 나는 눈이 찢어져 있었어. 골이 엄청 당겼다고. 그때부터 그래."

"무슨 소리야. 너는 일곱 살 때부터 머리를 혼자 묶었어. 얼마나 야무지게 묶었는데."

나는 엄마를 똑바로 쳐다본다.

"누가 하루종일 뒤에서 내 머리를 꺼들고 있는 것 같았어. 머리를 안 풀면 집에 와도 쉬는 것 같지가 않았다고. 그래서 머리를 풀면 엄만 맨날 그랬잖아. 머리 풀어 헤치지 말라고."

은욱이가 휴대폰을 본다. 자기 애는 밥상을 뒤엎기 직전인데.
나는 숟가락을 상 위에 내려놓는다.

"엄마."

"왜."

"그때 나한테 왜 그랬어?"

나는 이 말 뒤에 항상 정적이 따라온다는 걸 안다. 은욱이가 자기 애를 자기 쪽으로 끌어간다. 엄마는 자리를 뜰 구실을 찾는 사람처럼 눈으로 뭔가를 찾고 있다. 은욱이가 아이 가슴팍에 붙은 밥풀을 털어내다가 엄마한테로 상체를 기울인다. 술도 안 먹었는데 왜 저러냐고, 그런 말을 속삭였을 것이다.

"머리끈을 한 바퀴만 덜 돌려 묶었어도 됐잖아."

은석이가 보고 싶다.

"내가 그때 얼마나 힘들었는지 알아? 알아, 몰라?"

*

우리는 숨바꼭질을 하고 엄마는 산으로 간다. 하늘은 파랗고 햇빛은 눈부시다. 잠자리들이 낮게 난다. 고추밭. 심장 소리. 부딪치는 소리. 찢어지는 소리.

이상한 주말이었다. 토요일에 우리는 숨바꼭질을 했고 일요일에 엄마는 산으로 가겠다고 배낭을 챙겼다. 아주 큰 배낭을. 아니다. 그 두 일은 한 주말이 아니라 아주 동떨어진 날에 일어났을지도 모른다.

잠자리를 잡지 못하는 건 나뿐이다. 친구들도 동생들도 모두 잠자리를 한 손으로 낚아채 잡을 수 있다. 날개를 포개 손가락 사이에 끼우고는 잠자리가 몸을 마는 걸 들여다볼 수 있다. 하지만 난 그럴 수가 없다. 손안에서 잠자리가 파닥거릴 걸 떠올리면 생각만 해도 오줌이 나올 것 같다. 나는 그 감촉을 못 견디고 비명을 지르고 말 것이다.

그래서 할 수 없이 바라보기만 한다. 낮게 스쳐가는 밀잠자리떼를. 나를 조금씩 안달나게 하면서 바로 내 눈앞으로 날아 지나가는 것들을. 좋고도 두려운 그것을.

그날 누가 술래였을까. 고추밭엔 은색 고춧대가 규칙적으로 솟아 있다. 그 사이를 고춧잎들이 무성하게 채우고 있다. 넓은 고추밭의 어느 고랑으로 들어가도 쉽게 몸을 숨길 수 있다. 나는 안으로 들어가 쪼그리고 앉아 있는다. 고추밭 안은 물속처럼 조용하고 숲속처럼 서늘하다. 시간이 한참 흐른 것 같은데도 못 찾겠다는 술래의 목소리가 들리지 않는다. 다리가 아프다. 나는 무릎을 펴면서 천천히 몸을 일으킨다. 햇빛에 눈이 시어 잠시 눈을 감았다 뜬다. 파도처럼 이어진 고춧잎들뿐 사방엔 아무도 보이지 않는다.

그때 내 눈에 그것이 들어온다. 서너 걸음쯤 앞, 내 가슴팍 높이의 고춧대 위에 잠자리 한 마리가 앉아 있다. 모든 게 정지화면인 것만 같다. 오직 나만이 그 세상에서 움직일 수 있는 것만 같다. 소리들이 잦아든다. 나는 잠자리 쪽으로 한 걸음을 뗀다. 잠자리는 날아가지 않는다. 다시 한 걸음을 뗀다. 잠자리는 그대로 앉아 있다. 잡을 수 있을 것만 같다. 양손으로 날개 양쪽을 잡으면 파닥거릴 일이 없을 것이다. 나는 두 손을 앞으로 든 채 잠자리 쪽으로 한 걸음 더 다가선다. 가슴이 터져버릴 것 같다. 나는 내가 얼마나 긴장해 있는지 알지 못한 채로, 숨을 멈추고, 잠자리의 날개로 두 손을 뻗는다.

"그래서 어떻게 됐는데?"

엄마가 흙쪽파를 한 쟁반 담아오며 묻는다.

"정말로 빠졌어. 은석이 앞니가."

이빨이 빠질 때는 이빨 빠지는 소리가 난다.

"밥을 먹는데 피맛이 난다고 했어."

이빨을 뽑고 나면 은석이는 그렇게 말했다. 밥에서 피맛이 나, 누나.

"엄마, 내가 은석이 군대 면회를 갔을 때……"

"은욱이 면회겠지."

"면회를 갔는데 걔가 그 말을 다시 했어. 밥에서 피맛 난다고."

밖으로 나갔던 은욱이가 현관문을 열고 들어온다. 나윤이 엄마가 직장 상황이 이러저러해서 아무래도 못 올 것 같다는 얘기를 한다. 밖이 많이 추운지 휴대폰을 든 손이 빨갛다.

이름이 나윤이인 은욱이의 아이가 강아지 인형을 가져와 은욱이한테 내민다. 털은 별로 없는데 몸은 통뼈인 강아지다. 은욱이가 버튼을 누르자 강아지가 이상한 소리를 내며 거실을 휘젓기 시작한다. 강아지는 쪽과 쪽으로 돌진하다가 쟁반에 걸려 넘어진다. 넘어지고도 눈을 똑바로 치켜뜬 채 계속 다리를 움직인다.

은욱이 딸이 강아지를 들어서 안는다. 품안에서도 강아지는 계속 버둥거린다. 큰고모 장례식장에 다녀오는 길에 휴게소에서 내가 사준 인형이다. 왜 그랬을까. 저런 개를 나는 왜 사주었을까. 올케는 내가 저 인형 사주는 걸 좋아하지 않았다. 뭔가 꺼리는 눈빛이었다. 은욱이 와이프는 나를 종종 꺼린다. 특히 옛날 얘기를 할 때, 자기는 모르는 우리의 유년 시절 얘기를 하다가 내가 엄마를 향해 흥분해갈 때, 올케가 나를 꺼린다는 걸 안다. 하지만 난 올케를 좋아한다.

"큰고모 장례식 때 보니까 태환이 오빠, 몇 년 사이에 갑자기 늙었더라. 나랑 세 살 차이밖에 안 나는데 어떻게 그렇게 늙어 보일 수가 있지?"

은욱이가 무슨 말인가를 하려고 나를 빤히 쳐다보다가 딴 데를 본다. 나를 놀리려고 할 때 나오는 표정이다.

우리 남매 중에 결혼을 한 건 은욱이뿐이다. 아이를 낳은 것도 은욱이뿐이다. 은욱이의 아이를 생각하면 엄마는 자다가도 웃음이 나온다고 했다. 나는 그 말이 무슨 말인지 잘 모른다. 자다가도 웃을 수 있는 사람이 왜 깨어 있을 땐 잘 웃지 않았었는지, 그런 게 궁금할 뿐이다.

"근데 아빠가 물쑥대볶음을 좋아했어?"

"글쎄다. 니 아빠가 뭘 좋아했는지 나는 잘 모르겠다."

쪽파를 다듬는 엄마의 손이 나보다 몇 배는 빠르다.

"올봄에 뜯어왔다는 엄두릅 있잖아. 그건 언제 먹을 건데?"

"그건 니 생일에 주려고 얼려놨어."

내 생일은 겨울이다. 엄마는 나와 은욱이를 겨울에 낳았다. 더울 때 태어난 건 은석이뿐이다. 나는 은석이를 낳던 날 엄마가 울던 것을 기억한다.

"엄마."

"응?"

"그날 산에 왜 간 거야?"

엄마는 봄 산을 헤매지 않고는 봄을 날 수 없는 사람이다. 봄 산에 가서 봄나물을 보면 뜯지 않을 수 없는 사람이다. 엄마는 나물을 뜯으러 갔다고 말할 것이다.

아주 깊은 산속에 있는 곰취나 참나물 같은 거. 모시대나 삽주싹 같은 거. 산마늘이나 중댕가리나 활나물 같은 거. 미역취랑 원추리를 뜯어 담고, 산도라지와 산더덕이 박힌 중턱을 지나서, 고사리와 외대고비가 있는 곳까지 갔다고. 거기서 더 깊이깊이 들어가다 저만치서 엄나무를 봤다고. 엄나무에서 두릅이 삐죽삐죽 돋기 시작하면 그 빛깔이 산 아래까지 퍼진다고 했다. 그게 그렇게 예쁠 수가 없다고 했다.

"엄두릅을 뜯으러 간 거야? 그렇게 큰 배낭을 메고?"

저쪽에서 아이 울음이 터진다. 은욱이가 아이한테로 달려간다. 엄마가 손에 묻은 흙을 탁탁 털어내며 나를 본다.

"여차하면 산을 넘어가려고 했지."

처음 듣는 얘기다.

"앞산? 아니면 뒷산?"

"어디든."

*

우리는 엄마를 배웅하고 있었던 걸지도 모른다. 이 바위와 저 바위 사이에 예전엔 다리가 놓여 있었다고 했다. 사람들이 출렁다리라고 불렀다는 다리. 사람들은 그 다리로 계곡을 건넜지만 언제인지 알 수 없는 이유로 다리는 없어졌다. 그래도 어떻게든 계곡을 건너서 산으로 가는 사람들이 있었다. 우리 엄마 같은 사람들.

출렁다리가 놓여 있던 높은 바위 위에 은욱이와 은석이와 내가 서 있다. 엄마는 계곡 건너 저쪽, 산 초입에서 바위 위의 우리를

보고 있다. 엄마는 커다란 배낭을 메고 있다. 나물을 뜯어 담기에
는 너무 크다 싶은 배낭을. 마을 쪽 밭에는 아빠가 있다. 은색 고
춧대가 규칙적으로 솟아 있는 고추밭 옆, 비닐하우스 앞에서 아빠
가 허리를 숙이고 있다.

엄마가 우리한테 손을 흔들었는지는 모르겠다. 손나팔을 하고
나에게 무슨 말을 하는 것도 같았지만 계곡물 소리에 묻혀 들리지
않았다. 무성한 숲 사이로 엄마의 모습은 금세 사라졌다. 바위 위
에는 우리 셋만이 남았다. 여섯 살 은석이가 바위 틈새에 피어 있
는 풀들을 뜯는다. 이름을 알 수 없는 풀들이 바위 끝 쪽으로 여러
줄기 돋아 있다. 은석이가 그쪽으로 걸어간다. 손이 안 닿는지 바
위 끝에 엎드린다. 금방이라도 거꾸로 떨어질 것 같은 자세다. 동
생들을 건사해야 하는 건 나의 가장 중요한 임무였으므로 나는 은
석이를 향해 말한다.

"야, 그러다 떨어지겠어."

은석이가 눈앞에서 사라진 건 그 말과 동시였다.

그후에 어떤 일들이 벌어진 건지 나는 여전히 잘 모른다. 출렁
다리 바위 위에는 은욱이와 나 둘만이 서 있다. 우리는 소리를 지
르면서 울고 있다. 엄마 아빠를 부를 수 있는 건 그 방법뿐이었으
므로 우리는 우리가 낼 수 있는 가장 큰 소리로 울었을 것이다.

저쪽 밭에서 아빠가 고개를 든다. 이쪽으로 달려오기 시작한다.
전속력이었을 거라는 걸 안다. 바위 위에는 아이 셋 중 둘만이 보

이고. 그 둘이 아래를 가리키며 미친듯이 울고 있었으니까. 우리들 키의 몇 배는 되었던 그 바위 밑에 어떤 돌들이 솟아 있는지 아빠는 누구보다도 잘 알고 있었을 테니까. 최악의 상황을 머릿속에서 지우려고 하면서, 하지만 기적의 순간이 누구한테나 일어나진 않는다는 걸 잘 아는 채로, 다만 전속력으로.

"어젯밤에는……"

은욱이가 아이를 재우는 중인지 방 쪽이 조용하다. 불려놓은 외대고비를 엄마가 한 가닥씩 만진다. 고비를 볶아놓으면 은석이는 다른 반찬은 안 먹고 그것만 집어먹었다.

"응, 어젯밤에는."

"니 외할머니를 붙잡고 그렇게 울었다."

"꿈에?"

"응, 꿈에."

"그제는?"

"그제는…… 미산 집 부엌에서 종일 일을 했어."

"그끄제는?"

"말도 마. 철물점에서 뭘 사야 되는데, 그게 가로가 몇 센티고 세로가 몇 센틴지 니 아빠한테 물어보려고 보니까, 가운데 번호가 그렇게 생각이 안 나는 거야."

엄마는 얼마 전까지도 아빠의 휴대폰 번호를 기억하고 있었나보다. 나는 그런 숫자들을 오래전에 잊었는데. 다만 내가 동생을 잘 건사하지 못했던 그날 꿈을 반복해서 꾼다. 꿈속에서 내가 제일 많이 하는 것은 기도다.

엄마는 산길을 올라가다가 멈춰 서서 나무 사이로 계곡을 내려다본다. 우리 삼 남매가 잘 돌아가나 보려는 것이다. 그러다 은석이가 떨어지는 것을 본다. 엄마는 출렁다리 바위가 제일 잘 보이는 장소에 서 있었던 것이다. 그리고 은석이가 떨어져 내리는 그 순간, 우리에게 믿을 수 없는 일이 일어나는 것이다. 그 계곡에 있던 나무와 물과 물고기와 돌과 누군가의 마음이 힘을 합해야만 일어날 수 있는 일이.

야, 그러다 떨어지겠어. 그 말이 끝나자마자 거칠게 솟아 있던 돌들이 소리 없이 자리를 낸다. 그 자리로 곳곳의 모래들이 모여든다. 물고기들은 숨을 죽이고 바람도 움직임을 멈춘다. 은석이는 계곡이 만들어준 자리 위로 첨벙, 떨어진다. 계곡물에 다만 옷이 무거워졌을 뿐이다. 은석이는 개헤엄으로 몸을 움직여 물 밖으로 나온다. 은석이는 감기에 걸려 며칠을 앓는다. 은석이는 윗니 하나, 아랫니 두 개가 빠진 채로 유치원 졸업사진을 찍는다. 은석이는 초등학교 때 자전거를 타다 발을 삔다. 은석이는 중학교 때 체육복을 두 번이나 잃어버린다. 은석이는 고등학교 때 이과생이 되고, 은석이는 군대에 가서 대대장 당번병을 한다. 은석이는 대학교 3학년 때 여자친구를 처음 사귄다. 은석이는 어느 회사에 들어가 설비 엔지니어가 된다. 은석이는 소주를 잘 못 마시는 어른이 되고, 은석이는 우리 삼 남매 중 엄마한테 가장 자주 안부전화를 하는 자식이 된다.

매 순간, 나는 기도한다. 그리고 여전히 떠올린다.

가을이 되면 은욱이 은석이랑 주머니가 터지도록 대추를 주워 담아 집에 돌아오던 일을. 산뽕나무 밑에서 혓바닥이 새까매지도록 오디를 따먹던 일이나 좌우가 대칭되는 하트를 만들려고 도넛 반죽을 이리저리 만지던 일을. 셋이서 텔레비전을 보고 있으면 좀 나았어서 봐. 엄마가 말하던 소리. 은욱이 멜로디언에서 나던 침 냄새. 부엌 물건 중엔 왜 후추통이 제일 지저분할까 생각하던 일이나 다가오는 소리만으로도 버스가 우리집 앞에 섰다 갈지 그냥 갈지 맞히던 일을. 입천장에 붙은 엿강정을 떼려고 손가락을 입속으로 집어넣다가 사진 담당이었던 또다른 식구 한 명과 눈이 마주치던 일도 떠오른다. 앞산을 넘으면 북한이고 뒷산을 넘으면 서울이라고 생각하던 일과 처용 설화를 읽고 며칠 동안 엉킨 네 다리만 상상하던 일도. 냉장고 위에 오랫동안 올려져 있던 신라면 박스. 엄마가 풋고추와 상추를 뜯어와 밥상에 놓으면 들리던 〈전국노래자랑〉의 실로폰 소리. 똥구멍으로 피를 흘리며 죽어갔던 우리집 누렁이와 내가 날렸던 수많은 종이비행기들.

낮잠에서 깨면 방 벽지 사이로 여러 갈래의 흙길이 보였다. 놓고 온 것들을 찾으러 나는 매번 그 길들을 걸어갔다. 걱정하면서 걸어가고 걸어가면서 생각했다. 그날 은석이는 청 멜빵바지를 입고 있었다. 샴푸 거품이 남았다며 엄마가 고무 대야의 물속에 내 머리를 처박고는 말했다. 이게 다 너 때문이야. 그 길 끝에 고추밭이 있다.

나와 잠자리뿐이던 고추밭. 나는 세 걸음을 걸어서, 손을 뻗으면 닿는 거리까지 왔다. 왼쪽 손으로 잠자리의 왼쪽 날개를, 오른쪽 손으로 잠자리의 오른쪽 날개를 잡으면 되는 것이다. 손을 대는 순간 끔찍한 일이 일어날 거라는 걸 알지 못한 채로, 결코 잊을 수 없는 어떤 소리를 듣게 될 거라는 걸 모르는 채로 나는 두 손을 뻗는다. 그리고 잠자리의 날개를 잡는다.

여전히 떠오른다. 왼쪽 손에 들려 있던 잠자리의 왼쪽 몸통과 오른쪽 손에 들려 있던 잠자리의 오른쪽 몸통이. 잠자리가 찢어질 땐 잠자리 찢어지는 소리가 난다는 걸 알게 되던 순간이. 내가 정말 가져보고 싶었고 만져보고 싶었던 것, 그것이 내 손에 닿자마자 훼손되던 순간의 충격과 슬픔을, 나는 여전히 떠올린다.

울지도 않고 낮잠에서 깬 어떤 애가 나한테로 걸어온다. 걸어와서는 내 옆에 앉는다. 방바닥에 앉아 소파에 몸을 기대고 있는 내 옆에. 저쪽으로 식탁에 앉아 콩을 까고 있는 엄마가 보인다. 그애가 나를 보며 말한다.

"고모."

말랑말랑하고 볼록한 배가 보인다. 저 작은 뱃속에 콩팥이랑 간이랑 대장이랑 소장을 다 담고 있는 이 생명체는 대체 어디서 떨어졌을까.

"넌 누구니?"

"……"

"엄마, 이 애기는 누구야?"

"나 애기 아니야."

옆에 앉은 애가 말한다.

"너 애기 맞거든? 아직 기저귀도 차고 있는 게."

"나 애기 아니야!"

은욱이 애가 울 것처럼 입을 삐죽댄다. 은욱이는 아직 아이가
자고 있는 줄 알 것이다. 내가 애를 깨워서 울렸다고 오해하고 나
를 원망할 것이다. 은욱이는 내가 애를 깨울 때 나를 가장 꺼린다.

"알았어. 애기 아니야. 우리 이쁜 나윤이, 고모한테 와봐."

나는 아이를 무릎에 앉히고 고개를 숙여 아이와 눈을 맞춘다.

"나윤아."

"응?"

"고모 이뻐?"

아이가 나를 본다.

"나윤아."

"네."

"고모 늙어 보여?"

엄마가 손짓으로 아이를 부른다. 아이가 자기 할머니한테로 빠

르게 걸어간다.

"남자를 만들어서 니 남자한테 물어봐, 그런 건."

나는 소파 위로 머리를 젖히고 천장을 본다. 숨을 크게 한 번 내뿜는다. 엄마는 모른다. 나에겐 남자가 있는데. 꽤 잘하는 남자가. 아무도 모른다. 나는 오전 열시부터 한 모금 두 모금 계속 마셨는데. 낮잠도 잤는데. 꿈에선 아마존 밀림에 가서 브라질너트도 따 먹고 왔다.

엄마와 내 카톡 알림음이 동시에 울린다. 가족 단톡방에 누군가 메시지를 남긴 것이다. 나는 휴대폰을 연다. 은석이다. 근처 슈퍼라고, 귤을 사갈까 딸기를 사갈까 묻고 있다. 나는 점퍼를 주워 입고 밖으로 나간다.

대문을 열고 골목을 걸어나가 슈퍼 쪽으로 길을 튼다. 저만치 길 끝으로 익숙한 실루엣이 보인다. 실루엣이 이쪽으로 걸어온다. 나도 그쪽으로 걸어간다.

"누나야?"

그 말에 나는 멈춰 선다. 끝을 살짝 올리는 '누나야' 소리. 나보고 나냐고 묻는 소리. 언제 들어도 눈물이 날 것 같은 소리. 은석이만 낼 수 있는 은석이 목소리.

"응, 나야. 누나야."

은석이는 귤과 딸기를 다 샀나보다. 나는 그중 하나를 받아든다.

"나 많이 늦었지. 나오려는데 갑자기 노광기 에러 메시지가 떠

218

서. 다시 들어가서 부품 교체하고 오는 길이야."

"잘 해결됐어?"

은석이가 고개를 끄덕끄덕한다. 나는 은석이와 나란히 집 쪽으로 걸어간다.

"엄마가 니가 좋아하는 외대고비 엄청 볶아놨어. 빨리 가서 먹자."

"우리 식구들은 어떻게 나만 빼고 다 겨울생이지?"

여름생 은석이가 말한다.

"오늘은 형이랑 안 싸웠어?"

"은석아, 내가 하나만 물어볼게. 그때 우리집 누렁이 말이야, 뭘 먹고 죽었는지 기억나?"

"파란 구슬이었잖아."

"그치? 맞지? 내가 이 새끼를 그냥. 너 들어가서 은욱이 앞에서 그 얘기 그대로 좀 해줘. 오늘 엄마랑 둘이 하루종일 날 바보로 만들었어."

은석이가 웃는다.

"은석아."

"응, 누나."

"아빠 가운데 번호가 뭐게."

"465."

"그리고 또? 더 기억나는 건 없어?"

"아빠가 발견됐을 때 아빠 지갑에 삼만팔천원이 있었어. 만원 짜리 세 장, 오천원짜리 한 장, 천원짜리 세 장. 엄마가 우리한테 나눠 가지라고 줬잖아. 우리가 그걸로 뭘 했지?"

"아무것도 안 했지. 그 돈 아직 나한테 있어."

우리는 길을 틀어 집 쪽 골목으로 들어선다. 저만치 대문과 가로등이 보인다.

"누나는? 오늘 뭐가 더 기억났는데?"

나는 나보다 키가 훌쩍 큰 은석이를 올려다본다. 여섯 살이었는데, 언제 이렇게 컸지. 은석이를 볼 때마다 나는 그런 생각을 한다.

"아빠 슬리퍼가 벗겨져 있었어. 고추밭이랑 출렁다리 바위 중간쯤에."

나중에 그 슬리퍼를 주우러 가서야 나는 아빠가 맨발로 달려왔다는 걸 알았다. 아빠는 슬리퍼가 벗겨질 정도로 그렇게 전속력으로 달려왔다, 우리한테. 그러고 나선 은욱이를 후려쳤다. 전속력으로 달렸던 몇 분의 감정을 실어서, 울부짖듯이. 나는 아직도 아빠가 왜 내가 아닌 은욱이를 때렸는지 이해하지 못한다. 맏이는 나였는데, '건사하다'라는 동사는 내 몫이었는데. 아빠가 나를 두고 내 옆의 은욱이를 때렸을 때의 그 이상한 기분만이 아직 선명할 뿐이다.

"누나."

"응?"

"엄마랑 같이 언제 등산 갈까?"

"언제?"

은석이가 나한테 과일 봉지 하나를 마저 들려준다.

"엄나무에 두릅이 필 때."

"그래, 그러자. 꼭."

우리집 대문 앞이다. 은석이와 함께 걷는 길은 언제나 짧게 느껴진다.

"먼저 들어가, 누나."

"……"

내가 안 들어가고 서 있자 은석이가 전자 담배를 꺼내든다.

"이제 좀 끊어라."

"끊으려고 이걸로 바꾼 거야."

은석이가 가로등 뒤로 가다 나를 본다.

"누나, 내가 그 얘기 했었나?"

"무슨 얘기?"

"누나가 공책에 쓰던 잠자리 얘기, 그거 진짜 재미있었어."

"그래? 넌 그런 게 재미있어?"

"응."

"그래, 니가 재미있으면 됐다."

나는 대문을 열려다가 다시 뒤를 돌아본다.

"추우니까 너무 오래 있지 말고."

담배를 어디 숨어서 피우는 건지 은석이의 모습이 보이지 않는다. 저만치에서 목소리만이 들릴 뿐이다.

"알았어, 누나. 금방 갈게."

내게 내가 나일 그때

창용이 오빠한테서 전화가 왔다. 추석연휴를 앞두고서였다.

모르는 번호로 걸려온 전화에서 창용이라는 이름을 들었을 때 유정은 처음엔 어리둥절했고 몇 초 뒤엔 깜짝 놀랐다. 하던 일을 멈추고 유정은 휴대폰을 두 손으로 잡았다.

"창용이 오빠? 그 창용이 오빠?"

그러고선 막상 별다른 말을 하지 못했다. 잘 지냈냐고 묻기에는 꽤 오랜 시간이 지나 있었던 것이다. 한 삼십 년? 어떻게 살았느냐고 묻는 게 더 어울릴 것 같았지만 그렇게 묻기에는 어떻게 살고 있는지에 대한 정보가 전혀 없었다.

창용이 오빠와 통화를 끝내고 나서 유정은 아이의 방으로 갔다. "소은아, 방금." 책상에 휴대폰을 괴어놓고 영상을 찍고 있던 소은이 휴대폰을 보는 채로 "응?" 했다. "방금, 창용이 오빠한테 전화가 왔어." 그 말에 소은이 헐, 하며 유정한테로 고개를 돌렸다. "창용이 오빠? 그 창용이 오빠?" 유정은 고개를 끄덕였다.

창용이 오빠가 누구인가. 아이가 어렸을 때 유정은 자신의 어린 시절 이야기를 시시때때로 짜내곤 했다. 소은은 전래동화나 유정이 급조한 이야기에는 별 흥미를 보이지 않았다. 자신의 엄마가 직접 등장하는 유정의 어린 시절 이야기를 좋아했다. 엄마가 어렸을 때 혼난 이야기, 어렸을 때 싸운 이야기, 어렸을 때 운 이야기, 어렸을 때 삐친 이야기, 어렸을 때 절교한 이야기. 거기엔 유정의 초등학교 친구들과 선생님, 동네 사람들과 가족들이 번갈아가며 등장했다.

엄마, 수정이 머리카락에 껌 붙은 얘기 해줘. 엄마, 유태가 코피 터진 얘기 해줘. 엄마, 창용이 오빠가 자전거 태워준 얘기 해줘. 네다섯 살 무렵의 소은은 수정이와 유태와 창용이가 자기 친구라도 되는 것처럼 그렇게 부르며 이야기를 졸랐다.

그 이야기들 속에서 창용이 오빠는 하나의 에피소드로만 등장했다. 유정이 4학년인가 5학년일 때, 아마도 4학년에서 5학년에 걸친 때, 언제까지인지는 정확하지 않지만 할머니가 돌아가신 4학년 여름방학 이후부터인 건 기억나는 그 무렵, 유정은 학교가 끝나면 혼자서 느지막이 집에 걸어가곤 했다. 그러면 창용이 오빠가 자전거를 타고 가다 "유정아" 하고 불렀다. 한 학년 위이던 창용이 오빠는 많지 않은 전교생 중에서 유정과 가장 가까이에 살았고, 그렇게 그 무렵 유정은 가끔씩 창용이 오빠의 자전거를 얻어 타고 집에 갔다.

어느 날 유정이 반 친구들, 그러니까 수정이 미진이 혜미 이런 애들이랑 교문 앞에 모여 있을 때였다. 자전거를 끌고 지나가던 창용이 오빠가 언제나처럼 유정을 보더니 말했다. "유정아, 타고 갈래?" 친구들과 서 있던 유정은 순간 어이가 없다는 표정을 지었고, 창용이 오빠를 향해 이렇게 쏘아붙였다. "내가 오빠 자전거를 왜 타?"

이 대목에 이르면 소은은 미간을 약간 찡그린 채로 안타까우면서도 신나는 표정이 되어 유정에게 집중했다. 유정은 최선을 다해 그 시절로 돌아가선 내처 말했다. "내가 뭐 그동안 고마워서 탔는 줄 알아?" "그깟 자전거!" "흥!" 그러면 소은은 외쳤다. "엄마 진짜 못됐다!" "창용이 오빠한테 왜 그랬어?" "나중에 만나면 미안하다고 해." 그러면 유정은 알았어, 알았어, 하며 다섯 살 소은의 흥분을 가라앉히곤 했다. 그때만 해도 어떻게 알았겠는가. 창용이 오빠와 정말로 연락이 닿을 줄은.

"유태도 잘 있지?"

창용이 오빠가 유태 안부를 물었다.

"유태야 뭐, 잘살죠."

이런저런 소식을 묻고 전하면서 창용이 오빠는 한 달 전에 아버지 장례를 치렀단 얘기를 했다. 창용이 오빠의 아버지. 유정은 키가 크고 마르고 얼굴이 붉던 그 아저씨의 모습이 기억났다. 창용이 오빠의 아버지는 동네의 유명한 주정뱅이였다. 술에 취해 아무 데서나 잠들었고 술에 취해 다리에서 떨어져 팔이 부러졌으며 술에 찌들어 간이 계속 쪼그라들었다. 그 아저씨가 한 달 전까지 계속 살아 있었던 것이다.

"나 아직 미산 산다, 유정아. 유태랑 한번 놀러와."

창용이 오빠는 자신이 "그냥 노가다"를 해서 먹고살고 있으며 아이들이 일곱 살, 다섯 살이라는 얘기를 했다. 와이프에 대해서도 짤막하게 한마디를 했다. 전화를 끊기 전에 유태의 전화번호를 물었고, 또 한번 말했다. 놀러오라고.

*

언제 한번 갈게요, 라고 말하면서도 유정은 정말로 창용이 오빠를 만나러 미산에 가게 될 거라고는 생각하지 않았다. 통화를 하고 두 달도 지나지 않아서 유태의 차를 타고 고속도로를 달리게 될 줄은 정말 몰랐다. 추석이 지나고 9월도 마저 지나고 10월도 막 지나서, 유정은 미산에 가고 있었다. 토요일이었고 11월의 두 번째 날이었다. 내설악 단풍객들이 미산으로 몰려드는 시기였다. 차가 막힐 거라며 유태는 아침 일찍부터 전화로 유정을 깨웠다.

조수석에 앉아 유태가 내비게이션에 도착지를 입력하는 걸 볼 때부터 유정은 뭔가가 마음에 들지 않았다. 그게 뭔지 딱히 잡히지 않아서 유정은 구리 톨게이트를 빠져나가기 전부터 하나씩 꼬투리를 잡고 있었다.

"야, 유태야."

"어."

"너 내가 사준 차량용 공기청정기 아직 설치 안 했니? 왜 안 했니? 내가 그거 한 시간이나 검색해서 고른 거야. 너랑, 올케랑, 내 조카의 건강을 위해서."

유정은 글러브박스를 열어 이것저것 뒤적이다 탁, 소리가 나게 닫고는 운전중인 유태를 쳐다봤다.

"야, 유태야."

"어, 왜."

"넌 왜 맨날 그렇게 구부정하게 앉니? 조셉 필라테스 선생님이 그러셨어. 배는 근육으로 된 복대다. 배에 힘 좀 주고 앉아."

요금소가 가까워졌는지 양옆으로 차들이 늘어났다. 유정은 의자에 몸을 파묻고는 눈앞 대시보드에 앉아 있는 주먹만한 아이언맨을 쳐다봤다.

"재한테서 이상한 냄새 나."

하이패스 차선으로 들어서며 유태가 피식 웃었다.

"누나, 그거 방향제야."

유정은 커피를 한 모금 마시고 다시 등을 기댔다.

"그러니까 방향제는 설치하면서 내가 사준 공기청정기는 안 달았다는 거네. 유태야, 지금 향기가 중요하니? 공기 질이 중요하지."

요금소를 나오자 흩어졌던 차들이 다시 몇 줄로 좁혀들었고 유태는 속도를 높였다. 소소한 시비가 오갔지만 차 안의 기류는 나쁘지 않았다. 주말에 남편이나 아내나 아이 없이 어딘가를 가고 있다는 자체로 유정도 유태도 일단 휴가에 가까운 기분이었다. 게다가 그 옛날 같이 놀던 고향 오빠, 고향 형을 삼십 년 만에 만나는 날이 아닌가. 하필 이때에 미산에 가는 게 내키지 않았지만 어쩌면 내키지 않아서 유정은 충동적으로 가겠다고 했다.

"애들 용돈은 오만원짜리로 줘야겠지?"

유태는 창용이 오빠의 가족들도 같이 만나는 게 신경이 쓰이는 모양이었다.

"창용이 형 와이프 말이야, 형수라고 부르면 되겠지? 나보다 당연히 어리겠지?"

"야, 유태야."

"어."

"시끄러워."

유정은 고개를 오른쪽으로 돌려 괴고 창밖을 보았다. 차가 경춘북로로 들어서고부턴 바로 눈앞으로 키 큰 나무들이 지나갔다. 가을 물이 한창이었다. 하늘은 구름 없이 맑았고 미세미세 앱도 파란색으로 최상이었다. 유정은 국도를 달리는 동안만이라도 가을 풍경에 넋을 놓아보고 싶었지만 초반의 꼬투리에 복수라도 하듯 유태가 잔소리를 시작했다.

"누나, 오늘 매형도 없고 소은이도 없어서 노파심에서 하는 얘긴데, 오늘만은 말이야, 다른 건 몰라도 지읒자로 시작하는 욕은 좀 참아줘."

"뭐, 좆?"

유정은 커피를 들어 한 모금 마셨다.

"알았어. 삼십 년 만에 고향 오빠 만나는데 좆은 좀 그렇지. 좆 대신 족으로 할게."

"그거나, 그거나."

"야, 유태야, 족이랑 좆이 같니?"

"지난번 추석 때도 그래. 매형이랑 소은이랑 다른 식구들 있을 땐 아무 소리 안 하다가 집에 나만 남으니까 아주 막말을. 누나는 만만한 게 나밖에 없지."

"유태야."

유정은 커피를 홀더에 내려놓았다.

"아니다."

무슨 말인가를 하려다가 유정은 창밖을 보았고, 잠시 뒤 휴대폰을 집어들었다. 마석터널을 지나는가 싶었는데 휴대폰에서 고개를 들어보니 어느새 산은 멀리 물러나고 단조로운 도로가 직선으로 이어지고 있었다. 서울양양고속도로로 들어선 것 같았다. 한참을 말없이 운전만 하던 유태가 갑자기 기지개를 켜듯이 아아─ 하는 소리를 냈다.

"아아─ 삼십대가 두 달밖에 안 남았다니."

그러더니 들으라는 듯 숨을 크게 내뿜었다. 유정은 유태를 힐끗 쳐다보곤 고개를 돌렸다. 어쩌라는 건지. 유정은 하던 검색을 계속했다. 유정의 오늘 관심사는 내린천휴게소였다. 산천을 내려다보며 공중에 떠 있는 외관으로 알려진 휴게소였다. 양방향 통합형에 독창적인 디자인으로 설계되었다는 휴게소. 실내외 어디에서도 다리와 도로의 불빛을 조망할 수 있다는 휴게소. 하지만 운전자들은 그닥 들어가고 싶어하지 않는다는 휴게소. 바로 미산 그동네의 허공에 세워진 휴게소였다.

이 년 전 동홍천과 양양을 잇는 구간이 추가 개통된 뒤로 유정은 미산에 가보지 않았다. 그 구간은 유정이 열두 살 때까지 살았던 동네 위를 지났고, 동네가 내려다보이는 곳에 터널과 다리와 상공형 휴게소를 만들어놓았다. 유정의 오늘 목표는 동네로 내려가지 않고 내린천휴게소에만 머물다 오는 것이었다. 인제 인터체인지에서 곧장 휴게소로 들어가 거기서 창용이 오빠의 가족들을 만나고 다시 인터체인지로 빠져나와 서쪽 도로를 타고 돌아오는 것. 창용이 오빠는 집으로 오라고도 했고 이상님네 식당에 가자고도 했지만 피차 부담이었다. 내린천휴게소에는 실내 놀이터도 있고 널찍한 푸드코트에 전망 카페는 물론 인제의 특산 맛집들도 있었다.

"근데 술을 안 파네. 황탯집도 있고 두붓집도 있는데 휴게소라서 술을 안 팔아."

유정이 검색창을 닫으며 말했다.

"이래저래 잘됐네. 내 생각에도 휴게소가 딱이야. 매형도 없고 소은이도 없는데 누나가 술까지 먹으면 내가 그 뒷감당을 어떻게 해."

"야, 유태야, 니가 나를 감당해본 적이 있기나 하니?"

"서울서 같이 자취할 때 기억 안 나나보네. 누나가 술 먹고 툭하면 그 노래 있잖아, 왁스의 〈화장을 고치고〉, 내가 그때 생각만 하면 진짜."

그 말에 유정은 허리를 굽히며 흐흐흐흐, 웃었다.

"야, 유태야, 내가 그 노래 끊은 지가 언젠데. 넌 나를 너무 몰라."

유태가 피식 소리를 냈다.

"내가 누나를 왜 몰라. 누나가 스트레스 받으면 뭐부터 찾는지 내가 제일 잘 알걸? 나는 누나가 어디에 뭘 숨겨놨는지 다 알아."

유정은 이번엔 좀 길게 흐흐흐흐흐흐, 웃고는 정색을 하고 유태를 쳐다봤다.

"야, 유태야."

"어."

"아는 척하지 마. 족같으니까."

유태가 입을 꾹 다물더니 1차로로 차선을 바꿨다.

"야, 유태야."

"아, 왜."

"말 나온 김에 〈화장을 고치고〉나 한번 듣자."

"싫어. 그 노래 싫어. 전주만 들어도 싫어!"

유태가 고개를 흔들어댔다. 확실히 평소보다 오버스러운 반응이었다. 사실 유태는 출발 전부터 어딘지 모르게 들떠 있었다. 추석 때부터 이미 그랬다. 가족 단톡방에 방정맞은 이모티콘을 올려대며 기분을 감추지 못했다. 유태는 오늘 창용이 오빠를 만나기 전에 볼일이 하나 있었다. 땅을 계약하기로 한 것이다. 그렇다. 유태는 고향에 땅을 사고 있었다. 고속도로 건설 계획이 발표될 즈음에, 착공이 시작되기 전에, 개통 직전에, 유태는 미산을 자주 오갔다. 양양에 살면서 유태에게 토지 매매 정보를 알려주는 것은 막냇삼촌인 재상이 삼촌이었다.

"멀미 나?"

터널이 자주 나오기 시작하자 유태가 물었다. 도로 옆의 산세가 험해지는 걸 보니 홍천쯤으로 들어선 것 같았다.

"유태야. 이참에 다 말해봐. 누나 어떤 게 또 맘에 안 드는지. 다말해, 다."

유태는 이런 말에 잘 걸려들었다.

"누나는 같은 말을 두 번씩 할 때가 있어. 그것도 바로 이어서."

"나한테 그런 최악의 버릇이 있을 리가 없어."

"소은이한테 한번 물어봐."

터널 안에서 깜빡이도 켜지 않고 차 하나가 시야를 치고 들어왔다. 눈앞으로 그 차가 계속 보이자 유정은 차를 물고 늘어지기 시작했다. 저건 족이 하는 운전이야. 차체만 봐도 족의 기운이 느껴져. 저거 봐 저거. 미친 거 아니야? 내장이 한번 찢어져봐야 정신을 차리지.

유태가 한숨을 쉬더니 말했다.

"누나는 누나가 공격적인 건 알고 있지?"

유정은 대꾸를 하지 않았다.

유태가 이어 말했다.

"난 소은이가 걱정될 때가 있어."

그 말에 차 안의 기류가 갑자기 가라앉았다. 유정은 유태가 그 말은 하지 않는 게 좋았겠다고 생각했다. 이 대목에서 소은이 얘긴 하지 않는 게 좋았다. 유정은 잘 잡고 있던 무언가가 흔들리는 느낌이 들었고, 팔을 뻗어 차창 위의 손잡이를 잡았다. 길고 짧은 터널들이 계속해서 이어졌다.

터널은 다시 나왔고, 산도 다시 나왔고, 끝났는가 싶으면 다음 터널 입구가 또 나타났다. 터널을 열 개는 넘게 빠져나왔을 때 유정은 못 참고 소리를 질렀다.

"아이언맨 저 새끼 좀 어떻게 해봐. 눈에서 계속 불 나오잖아. 터널 지날 때마다 계속 나오잖아!"

유정은 정말로 멀미가 올라올 것 같았다. 유태는 LED 라이트가 어쩌니 직구가 어쩌니 하더니 그게 보배드림 일부 회원들한테만 돌아간 사은품이라고 했다.

"윽. 유태야."

유정은 긴급하게 유태를 부르며 입을 틀어막았다.

"나 니 차에 토해도 돼?"

유태가 사색이 되더니 재빨리 도착 시간을 확인하는 게 보였다. 유정은 입을 막았던 손을 풀고는 유태를 쳐다봤다. 유태한테는 이런 협박이 먹혔다. 가증스러운 새끼. 내린천휴게소가 이 킬로미터 남았다는 표지판이 지나갔다. 곧 차에서 내릴 수 있다는 것만 생각하며 유정은 속을 눌렀다. 창용이 오빠네와의 약속 시간은 한 시간이 좀 넘게 남아 있었다. 유태가 슬쩍 눈치를 보더니 땅 계약하는 데 같이 가겠냐고 물었다. 유정은 대꾸 없이 유태를 쳐다봤다. 그걸 물어봐야 아느냐는 표정으로.

*

코끝에 와닿는 공기를 가늠하며 유정은 이맘때라고 생각했다.

유정은 이맘때의 공기를 알고 있었다. 갑자기 아침이 확 추워지는 때였다. 자고 일어났는데 잠들기 전하고 기온이 너무도 다를 수 있는 때. 바람이 반나절만 불었는데도 나뭇잎이 다 떨어져 내릴 수 있는 때. 눈앞의 산과 주차장을 둘러싼 나무들을 보면서 유정은 가깝고 먼 이맘때들을 떠올렸다.

일 년 전 이맘때, 유정은 동네의 익숙한 길을 지나다니면서 길지 않은 산문 한 편을 썼다. 청탁서가 왔던 9월과 글을 쓰던 10월, 11월, 송고를 하고, 교정 파일을 주고받고, 글이 실린 겨울호 문예지가 우편함에 도착하던 초겨울까지의 시간들이었다. 두세 달의 시간 동안 유정은 소은에게 독감 주사를 맞히고, 에어코튼 레깅스를 주문하고, 글을 쓰고, 두부를 구워먹고, 핑크뮬리를 보러 가고, 글을 쓰고, 같은 반 남자아이가 소은에게 '못생겨타 시바'라고 보낸 문자를 보고, 담임선생님과 상담을 하고, 글을 쓰고, 문학상 수상 축하 메시지들을 받고, 감사의 답을 하고, 글을 썼다.

유정은 청탁 취지문에 있던 문장들을 아직 기억하고 있었다. '창작자로서 당신이 부딪히는 표현할 수 없는 것은 무엇입니까.' '표현할 수 없는 것이 당신의 작업을 어떤 방향으로 굴절시킵니까.' 유정은 자신을 가장 부딪히게 하고 굴절시켰던 것에 대해 쓰고 싶었고, 그래서 썼지만, 일 년이 지난 지금은 그 글을 쓴 것을 후회하고 있었다. 그리고 다시 미산에 와 있었다.

유정은 유태가 내려주고 간 양양 방면 뜰에 서 있다 휴게소 일층으로 들어갔다. 유태와 창용이 오빠의 가족들이 도착하고 나면 집에 돌아가기 전까진 혼자 있을 시간이 없을 거였다. 유정은 일층 카페에서 커피를 한 잔 사고는 아직 핼러윈 장식이 남아 있는 휴게소 여기저기를 둘러봤다. 층고가 높은 실내가 원기둥처럼 이어지다 사층 꼭대기에서 통유리 공간이 펼쳐지는 구조였다. 휴게소라기보다는 쇼핑몰 한쪽에 와 있는 것 같다는 생각을 하면서 유정은 에스컬레이터를 타고 사층으로 올라갔다. 서울 방면 주차장과 이어진 출입구로 나가니 꽤 크게 조성돼 있는 공원이 나왔다. 눈앞으로 미산의 산이 보였고, 터널에서 바로 뻗어나온 내린천교가 일층에서보다 가까운 눈높이로 건너다보였다.

유정은 빈 벤치를 찾아 앉고는 휴대폰에 메시지를 적었다.

'선생님, 미산에 잘 도착했습니다.'

등산복을 입은 사람들이 유정의 옆으로 무리 지어 지나갔다. 유정은 몇 마디를 더 했다. 선생님, 내린천휴게소 화장실이 너무 좋아요. 입구에는 화장실 약도가 그려진 전광판이 있고요, 안에는 무선 감지 센서가 있어요. 차문이 여닫히는 소리들이 들렸다. 선생님, 여기에 있으니 꼭 미산이 아닌 것 같습니다. 그런데 눈앞에 있는 저 산을 보니, 미산이 맞는 것도 같아요.

벤치형 그네 쪽에서 아이 둘이 뛰어다니는 게 보였다. 작은 아이가 큰 아이를 쫓아가다 주저앉아서는 "마해줘. 마해줘" 하며 떼를 썼다. 리을 발음이 안 되는 걸 보니 네다섯 살 정도인 것 같았다. 아이들을 쳐다보면서 유정은 몇 마디를 더 했다. 소은이도 저맘때 저랬습니다. 선생님. 오로라를 오요야라고 하고 사랑해를 사양해라고 하고.

"무슨 선생님?"

유태 목소리였다.

"혹시 조셉 선생님?"

떼를 쓰던 작은 아이가 결국 울음을 터뜨리자 엄마로 보이는 여자가 그쪽으로 걸어갔다. 아이를 훌쩍 들어올려 안으며 여자가 이쪽을 보았다. 유태와 함께 있는 유정을 보더니 여자는 눈이 마주쳐서 어쩔 수 없다는 듯 어색하게 웃었다. 이어서 유정의 시야를 가리며 한 남자가 모습을 드러냈다. 남자가 "이야ー"라고 하면서 유정 쪽으로 휘적휘적 걸어왔다. 유정은 벤치에서 일어났다. 남자가 다시 한번 "이야ー" 하더니 유정의 어깨를 툭 쳤다.

"창용이 오빠?"

유정은 키가 크고 마르고 얼굴이 불그레한 사십 줄의 남자를 잠시 멍하니 쳐다봤다. 창용이 오빠는 모자를 막 벗은 것처럼 머리카락이 조금 눌려 있었고 작업복처럼 보이는 반 집업 티셔츠에 목에 넥밴드 이어폰을 걸고 있었다. 이어서 그네 쪽에 있던 아이 둘과 여자가 다가왔다.

유정은 창용이 오빠의 와이프를 보면서 반갑다고, 만나서 반갑다고 말했다. 인사를 나누는 동안 유정은 창용이 오빠 와이프가 자신의 머리와 귀고리와 트렌치코트에 빠르게 눈길을 주었다 거

두는 걸 보았다.

내린천휴게소의 정수는 사층에 다 모여 있다며 창용이 오빠는 일행을 로컬 푸드 건물 쪽으로 데려갔다. 실내의 푸드코트와 별도로 행복장터 옆으로 로컬 푸드 식당 두엇이 문을 열고 있었다. 아이들은 실내로 들어오지 않고 바로 자작나무 시소 쪽으로 뛰어갔다. 일행은 밖이 환하게 내다보이는 통유리 옆의 테이블에 자리를 잡았다.

"애가 열두 살이라고? 다 컸네."

유정이 시소를 타는 아이들을 내다보자 창용이 오빠가 말했다.

"다 크긴요. 아직도 마트 가면 뽀로로 주스부터 찾아요."

"열두 살이면 아직 애지 뭐."

창용이 오빠가 말했다.

"앤데, 요샌 또 틴트를 시뻘겋게 바르고 싶어서 아주 환장을 해요."

요새 애들이 빠르지 뭐, 하더니 창용이 오빠가 말을 놓으라고 했다. 마을에서 창용이 오빠 가족을 만나서 같이 차를 타고 올라왔다는 유태는 창용이 오빠를 삼십 년 만에 만난 게 아니라 삼십 년 동안 만나온 듯 굴었다. 창용이 오빠 와이프한테도 벌써 형수, 형수, 하며 실실거렸다.

음식이 나오기 시작하자 창용이 오빠 와이프가 아이들을 불렀다. 아이들이 황탯국에 밥을 말아 몇 숟갈 뜨고 다시 뛰어나가자 창용이 오빠 와이프도 따라 나갔다. 그러곤 주로 밖에서 시간을 보냈다.

이야기는 자연스럽게 그 옛날 미산으로 돌아갔다. 유태의 관자놀이에는 쥐불놀이를 하다 덴 자국이 아직도 남아 있었는데 유정도 창용이 오빠도 그날 같이 쥐불놀이를 했었다.

"오빠, 기억나죠. 유태가 깡통을 머리 위에서 신나게 돌리다가 갑자기 확 멈췄잖아요. 그러니 불이 머리로 떨어지지. 진짜 왜 그랬니?"

그때 깡통에 불을 담아 동네 아이들한테 하나씩 쥐여준 건 재상이 삼촌이었다.

"몰라. 왜 그랬지? 계속 돌리면서 천천히 내려놔야 한다고 삼촌이 분명히 말해줬는데."

그때 같이 놀던 친구들은 유정처럼 초등학교 고학년 때나 못해도 중학교 때는 춘천이나 강원도의 다른 도시, 또는 서울로 이사를 갔다. 미산에서 고등학교를 마치고 여전히 미산에 살고 있는 건 창용이 오빠 외엔 거의 없었다.

"오빠, 미진이랑 상철이 기억나죠. 내가 수능 끝나고 걔네랑 연락이 돼서 춘천에 놀러갔었잖아요. 근데 상철이가요, 자기가 고3 때 원빈이랑 같은 반이었다고 계속 그 얘기만 하는 거예요. 배 타고 중도 들어가면서도 원빈 얘기, 닭갈비 먹다가도 원빈 얘기."

그러자 창용이 오빠가 집사람이 원빈을 좋아한다고 말했다. 유정은 자작나무 시소 쪽을 내다봤다.

"원빈 좋아하시는구나……"

주차장에서 나온 사람들이 식당 앞을 가로질러가자 시야가 가려졌다.

"오빠, 나는 있잖아요,"

유정은 한숨을 한 번 쉬고는 혼잣말처럼 중얼거렸다.

"나는요 요새, 아무도 좋지가 않아요. 아무도."

황태구이가 커다란 접시에 담겨 나왔다. 창용이 오빠가 접시를 밀어주며 먹으라고, 먹으라고 말했다. 양념장 냄새에 유태가 손뼉을 치며 젓가락을 들었다. 실내 놀이터로 들어갔는지 자작나무 존에는 창용이 오빠 와이프도 아이들도 보이지 않았다. 도착 때만 해도 등산객들이 많이 보이더니 지금은 가족 단위의 나들이객들이 더 보였다. 가을꽃 축제 홍보 게시판 뒤쪽으로 은행나무들이 노랗게 줄지어 서 있었다.

창용이 오빠가 식당 주인한테 메밀전병을 더 주문하더니 너네를 만나서 참 좋다고, 오늘 기분이 너무 좋다고 말했다.

"나도 그래요, 오빠. 나도 참 좋아요. 날씨까지 좋아."

유태가 동탄에 산다고 하자 창용이 오빠는 군 제대 후 수원에 있는 도미노피자 매장에서 일했던 얘기를 했다. 그러다 안성으로 가 골프장 짓는 데서 잠깐 있었고, 객지생활이 힘들어 일찌감치 미산으로 돌아왔다고 했다. 창용이 오빠는 인제 인터체인지로 이어지는 고가를 가리키며 저 도로를 내가 닦았지, 했다가 그냥 노가다 신세라는 말을 반복했다. 유태는 S사 과장의 고달픔을 늘어놓다가 다 때려치우고 미산에 와서 살고 싶다는 말을 했다. 오늘 계약한 땅에 집을 지을 거라고 했고 와이프가 요새 자기를 자꾸 갈군다는 얘기를 했다. 대기업 다니니까 대기업 다니는 와이프를 얻는구나, 창용이 오빠가 유태를 보며 말했고 유정을 보면서는 어떤 글을 쓰느냐고 물었다. 창용이 오빠는 드라마 동백이 같은 걸 한번 써보라고 했고, 셋은 잠시 향미의 행방에 대한 이야기를 나누었다.

메밀전병과 함께 주인이 서비스라며 오미자절임을 내왔다. 창용이 오빠는 유정과 유태 쪽으로 자꾸 접시를 밀었다.

"재상이 삼촌을 만날 줄은 몰랐어. 유정이 너 5학년 마친 다음에 전학 가고 다음핸가, 유태랑 다른 식구들도 다 이사갔잖아."

부모님들끼리는 그후에도 경조사 때 종종 연락을 주고받은 듯했지만 그마저도 십 년도 더 전에 완전히 끊겼다. 창용이 오빠가 유정의 연락처를 알게 된 건 두 달 전 인근 군의 지자체 행사장에서 재상이 삼촌을 만나서였다.

유정은 눈앞에 앉아 있는 마흔넷의 창용이 오빠를 보면서 삼십여 년 전의 인물, 아버지 술주정을 피해 유정의 집으로 건너와 울곤 하던 그 소년을 떠올렸다. 울음을 그친 창용이 오빠가 의기소침해져서 앉아 있으면 재상이 삼촌이 이런저런 놀거리를 만들어서 유태와 유정과 함께 놀게 해주곤 했다.

유정은 어쩌면 그런 글을 쓰고 싶었다. 책이 나오면 창용이 오빠한테 택배로 보낼 수 있는 책. 유태한테, 엄마한테, 외가 친척과 친가 친척, 사촌동생들, 소은이 친구의 엄마들한테도 거리낌없이 선물할 수 있는 책. 유정은 죽기 전에 청소년소설을 꼭 한 번은 써보고 싶었고 거기에 남자 청소년이 등장한다면 그 모델은 늘 창용이 오빠일 거라고 생각해왔다.

"오빠."

유정은 유태한테 탕을 덜어주고 있는 창용이 오빠를 불렀다.

"응."

"그때 상처받았죠. 나 때문에."

"응?"

"내가 오빠한테 그깟 자전거라고 해서. 나 때문에 오빠 상처받았죠. 그죠."

"니가 그랬어?"

"……"

유정은 젓가락을 내려놨다.

"그깟 자전거라고 했잖아요, 내가."

유정은 기억하고 있었다. 창용이 오빠가 그때 체육복을 입고 있었는지 겨울 점퍼를 입고 있었는지는 기억나지 않았지만, 교문 앞에 함께 있던 친구들이 수성이 미신이 혜미였는지 미신이 현정이

244

였는지는 분명치 않았지만, 유정이 쏘아붙였을 때 창용이 오빠가 순간 뻘쭘해하던 것과 친구들 사이에서 유정이 스스로에게 느낀 당혹스러움, 그 순간의 그 복합적인 공기만은 기억하고 있었다.

"내가 너 몇 번 자전거를 태워주긴 했지."

"몇 번이 아니라 꽤 오래 태워줬어요."

그 무렵 유정은 집에 늦게 가려고 학교 주위를 빙빙 돌곤 했다. 꽤 오래 그랬다.

"그깟 자전거가 아니라 그따위 자전거라고 한 거 아니야, 누나?"

먹는 동안 조용하다 싶던 유태가 냅킨으로 입을 닦으며 클클 웃었다.

"황태나 먹어 유태야."

유정은 유태가 구겨놓은 냅킨을 유태한테 던지고는 일어섰다.

*

내린천교의 교각은 반 정도만 눈에 들어왔다. 휴게소에 있으니 유정은 백 미터 높이라는 저 교각 아래에 마을이 있다는 게 실감이 되지 않았다. 사층 공원에서 나무 덱으로 뻗어 올라간 곳에 야외 전망대가 있었지만 유정은 공원에 그냥 선 채로 전망대로 걸어가는 사람들을 쳐다봤다. 몇몇이 뒤를 돌아 일행에게 손을 흔들고는 다시 걸어올라갔고, 몇몇이 앞선 일행을 부르며 느린 속도로 뛰어갔다. 그 사이에서 자작나무 이파리들이 조용히 흔들리고 있었다.

산등성이에 걸쳐 있는 햇빛의 양을 보고 유정은 오후 네시쯤 됐겠구나 생각했고, 휴대폰을 보자 정말 네시였다. 어떤 감각들은 기이할 정도로 끈질기게 잠복돼 있다 이렇게 불쑥 능력을 발휘하곤 했다. 미산의 산을 보며 오후 전체를 보내는 게 열두 살 이후로 처음인데도 유정은 산등성이의 빛만 보고도 시간을 알아맞히는 것이다. 이제 저 산에 얼마나 빨리 저녁이 오는지, 얼마나 빨리 땅이 그늘지고 얼마나 급격히 기온이 떨어지는지, 매캐하고 메마른 공기가 어떻게 초겨울 대기를 채우며 어둠을 몰고 오는지 유정은 잘 알고 있었다.

일 년 전 이맘때 그 산문을 발표한 이후로 유정은 재상이 삼촌의 연락을 받지 않고 있었다. 마지막 통화는 수상 축하 전화였다. 잘했다고, 장하다고, 재상이 삼촌이 말했다. 유정은 감사하다고 답했다.

몇 주 뒤 소은과 함께 영화를 보고 나왔을 때 유정은 재상이 삼촌한테서 부재중전화가 와 있는 것을 보았다. 유정은 다시 전화하지 않았다. 며칠 뒤 다시 전화가 걸려왔다. 휴대폰에 뜨는 그 오랜 호칭을 내려다보면서 유정은 이전과는 또 다르게 자신을 눌러오는 이 새삼스러운 소름의 정체가 무엇일까 생각했다. 유정은 전화를 받지 않았다.

걸려오는 전화의 간격을 보면서 유정은 자신이 전화를 받지 않는 것에 대해 재상이 삼촌이 서운해하거나 괘씸해하고 있는 게 아닐까 생각했다.

며칠 뒤 재상이 삼촌은 유정의 엄마에게 전화를 해 유정의 남편 전화번호를 물었다. 엄마는 누구네 김장김치가 잘됐다거나 올해 뭇값이 비싸다는 말을 하듯 아무렇지 않게 그 얘기를 전하면서 재상이 삼촌한테 윤서방 전화번호를 가르쳐줬다는 말을 했다. 그러면서도 왜 재상이 삼촌의 전화를 받지 않는지 유정에게 묻지 않았다.

유정은 이전을 생각했다. 그 산문을 쓰기 이전. 친족 성폭력 얘기를 쓴 자신의 소설이 자전적 경험을 모티프로 한 것임을 밝히기 이전. 재상이 삼촌이 전화를 하면 받고 들렀다 가라고 하면 들르기 이전.

유정은 아무것도 알 수가 없었다. 가족들이 그 글을 읽은 것인지, 읽었다면 누가 읽고 누가 못 읽은 것인지, 그들이 알고 있는지, 모르고 있는지, 알면서 모르는 척하는 것인지, 글로 써서 발표까지 해놓고 왜 자신은 가족들한테 정식으로 얘기하지 못하고 있는 것인지, 직접 말은 못하지만 이렇게 썼으니 알아서 알아채주길 바라는 것인지, 계속 모르길 바라는 것인지, 아무것도 알 수가 없었다.

분명한 것은 가족들은 모두가 이전의 상태에 있고 유정 혼자 이후의 상태로 와 있다는 것이었다. 그 글을 쓴 뒤 유정은 더이상 이전처럼 그러려니가 되지 않았다. 하지만 유정 자신을 제외한 모든 상황은 이전 그대로였다. 그 불일치가 자신을 어떻게 휘저을지 유정은 그 산문을 송고할 때까지도 알지 못했다. 유정은 그 글을 써서 발표하는 것만으로도 무언가가 일단락될 수 있다고 생각했다. 삼십 년이나 지난 일 따위 이제 자신은 치고 나갈 수 있다고 생각했다. 크고 작은 타격이 온다 해도 유정 스스로 감당할 수 있을 거라고 생각했다. 그럴 근력이 이제는 있다고 생각했다. 피해 사실을 말한 뒤 새로운 상황이 시작될 거라고는, 이 경우에는 아닐 거라고 생각했던 것이다.

누군가 외투 끝을 잡아당기는 느낌에 유정은 뒤를 돌아봤다. 창용이 오빠의 큰아이였다. 일행들이 식당 밖에 모여 서 있었다. 유태가 얼른 오라고 손을 흔들었다.

유정은 나란히 서 있는 창용이 오빠 부부를 보면서 큰아이 손을 잡고 그쪽으로 걸어갔다. 밖에서 오래 놀아서인지 아이 손끝이 차가웠다. 유정이 다니던 초등학교의 병설유치원에 다니고 있다고 했다. 자신이 매일 걸어다니던 교문 앞길을 이 아이도 매일 지나다니겠구나 생각하면서 유정은 일행을 따라 공원 쪽으로 걸어갔다.

곳곳에 해가 지기 직전의 빛이 낮게 내려와 있었다. 분수 물줄기저럼 하얗게 핀 부늬억새 사이에서 사람들이 계속 사진을 찍었다. 붉은 열매가 달려 있는 팥배나무 가지를 가리키면서 작은아이가 "아빠, 저거 따주세요" 하니까 창용이 오빠가 안 된다고 했다. 유태가 옆에서 걸어가면서 자기 아이와 같은 나이인 작은아이를 유심히 보았다. 아마도 유태의 아이는 내일부터 아빠한테 존댓말 훈련을 당하겠지, 유정은 유태의 뒤통수를 보면서 생각했다.

"근데 인제양양터널이 정말 그렇게 길어요?"

도로 개통을 기념해서 세워놓은 조형물을 구경하다 유정이 묻자 창용이 오빠 와이프가 "끝이 없어요" 했다. "끝이 없구나……" 유정이 중얼거리자 큰아이가 그 터널에는 물방울도 있고 구름도 있다는 말을 했다. 운전자의 정신이 혼미해질까봐 터널 중간중간에 디자인 조명이 있다고 창용이 오빠가 말했다.

조금 뒤처져 걸으며 일행들을 보고 있으니 유정은 어느 낯선 가족에 끼여 소풍을 온 듯 갑자기 가벼운 마음이 들었다. 그러자 오늘 중으로 미산을 무사히 떠날 수 있을 것 같다는 확신이 들었다. 문제될 것은 아무것도 없다는 강렬한 느낌. 조증 상태로 돌입한 것이다.

창용이 오빠 와이프는 무릎을 덮는 니트 스커트에 크림색 슬립온을 신고 있었고 머리카락이 승모근 아래까지 길게 내려왔다. 집에서는 머리를 풀고 있을 짬이 없을 텐데 오늘 모처럼 풀고 나온 것 같았다. 이런 날은 사진을 찍어야 했다.

유정은 무늬억새 앞을 가리키며 창용이 오빠 와이프한테 아이

랑 서보라고, 서보라고 말했다. 창용이 오빠 와이프가 어색해하면
서도 아이와 함께 가서 섰다.

"요새 인싸 맘들은 아이를 던지면서 찍는대요."

유정이 카메라 앱을 열며 말했다.

"던져보세요. 애를 던져보세요."

유태가 무슨 주책이냐는 표정으로 유정을 봤지만 유정은 좋은
사진이 나올 거라는 예감을 버릴 수 없었다. 창용이 오빠 와이프
가 주위를 한 번 보더니 작은아이의 겨드랑이에 양손을 끼우고 아
이를 하늘 높이 던져 올렸다. 아이가 까르르 하면서 엄마를 내려
다보고 엄마도 고개를 젖히고 아이를 올려다봤다. 머리카락도 차
르르 떨어지고 무늬억새는 눈이 부셨다.

유정은 사진이 너무 마음에 들었다.

다섯시가 막 넘었을 뿐인데도 해가 넘어가버리자 날은 금세 어
둑해졌다. 아이들이 돈까스를 먹고 싶다고 했다. 유태도 푸드코트
에서 전망을 보고 싶다고 했다. 밤이 되면 내린천교에 조명이 들
어오는 것 말고는 볼 게 아무것도 없다고 창용이 오빠가 말했다.

"맞아. 밤에는 산도 안 보여."

휴게소 실내로 들어가는 일행을 유정은 이번에도 좀 뒤처져 따
라갔다. 편의점 옆의 캡슐 토이 뽑기 앞을 지나며 아이들이 계속
뒤를 돌아보자 유태가 아이들을 데리고 그 옆의 동전교환기로 달
려갔다. 유태가 지폐를 연이어 넣으며 레버를 돌리자 동전이 폭포

수처럼 쏟아졌다. 아이들은 신나서 어쩔 줄을 몰라했다. 유태의 아이도 그 또래여서일까. 유태는 아이들이 뭐에 환호하는지 잘 알았다.

유정은 푸드코트 입구에 서서 커다랗게 걸려 있는 내린천휴게소 전경 사진을 쳐다봤다. 완전히 어두워지기 전의 저녁 무렵, 조명이 막 밝혀진 휴게소 건물을 상공에서 찍은 사진이었다. 비행접시 같기도 하고 야광 삼각자 같기도 한 기이한 건축물이었다. 유정은 허공에 떠 있는 저 삼각 접시의 어느 변에 자신의 일행이 서 있는 걸까 가늠해보다 푸드코트 안쪽으로 고개를 돌렸다. 좋은 자리를 막 잡았다는 표정으로 창용이 오빠 와이프가 유정을 부르고 있었다.

유정은 그쪽으로 걸어가면서 선생님한테 한번 더 중계를 했다. 선생님, 내린천휴게소 푸드코트가 너무 좋아요. 스타필드 푸드코트보다 열 배쯤 좋아요. 테이블이랑 의자가 너무 새것이고요, 약간 공항 느낌도 나고요, 천장에서 뭐가 자꾸 반짝거려요. 그리고 저분은 선생님과 나이가 비슷해 보여요.

통유리 맞은편 벽면 쪽으로 커다란 삼각 창이 이어져 있었고 그 아래마다 8인용 원형 테이블이 놓여 있었다. 정말 좋은 자리였다. 유정은 그 테이블 끝에 창용이 오빠 와이프와 잠시 마주앉아서 전광판의 대기번호가 바뀌는 것을 물끄러미 쳐다봤다. 그러다 눈이 마주치면 조금 웃었고 다시 전광판을 쳐다봤다. 다음 번호에 창용이 오빠 와이프가 훌쩍 일어나 가버리자 유정은 테이블에 혼자 남았다. 아주 잠깐의 시간이 지났을 뿐인데도 삼각 창 밖은 어둠이 몰려와 주유소 불빛과 인터체인지 불빛 너머로 산 윤곽이 빠르게 묻혀가고 있었다. 좀전에 저 밖을 거닐었다는 게 믿기지 않을 만큼 그곳은 전혀 다른 좌표 위처럼 느껴졌다. 정신을 똑바로 붙들고 있지 않으면 울증 상태로 바로 곤두박질칠 수도 있었다. 되는 일이 아무것도 없을 것이며 아무것도 감당하지 못할 것이고 아마도 무슨 일인가를 저지를지도 몰랐다.

유정이 음식을 받아서 돌아오니 8인용 테이블 중앙에서 작은아이가 종알대고 있었다. 자기가 할 수 있다며 엄마의 밥을 비비더니 유태한테 만두 하나를 주면서 딸기맛이라고 우겼다. 갑자기 토끼랑 어디를 가봤다는 얘기를 시작했고 다시 내가 한다고, 내가 한다고 떼를 썼다. 심술이 났나 싶었는데 금세 큰아이 손을 잡고 푸드코트 옆의 실내 놀이터로 달려갔다.

사랑스러웠지만, 유정은 사랑스러운 아이들을 보면 급격히 침울해지곤 했다. 유정은 갑자기 소은이 보고 싶었다.

아이들이 눈에 보이는 곳에서 놀고 있었기 때문에 이제 창용이 오빠 와이프는 아이들 핑계도 대지 못하고 테이블에 앉아 있어야 할 것이었다. 대홧거리가 필요하다는 생각이 들어 유정은 친구들의 연인이나 배우자를 소개받는 자리에서 종종 그랬듯 창용이 오빠의 어린 시절 이야기를 몇 개 꺼냈다. 당신의 배우자가 어린 시절에 어떤 개구쟁이였는지, 얼마나 어린이다웠고 어떨 땐 또 얼마나 의젓했는지. 하지만 유정은 창용이 오빠 와이프가 창용이 오빠의 어린 시절을 별로 궁금해하지 않는다는 걸 알 수 있었다.

유태라면 이런 자리에서 두 사람이 어떻게 만났는지 하는 걸 묻고도 남을 성격이었지만 유태는 그것에 대해 묻지 않았다. 아마도 창용이 오빠와 창용이 오빠 와이프는 지금껏 그런 질문을 한 번도 받아보지 않았을 가능성이 컸다.

"그래도 형수, 한국말 잘하시네요."

몇 마디 한 것도 없는데 유태가 창용이 오빠 와이프한테 그렇게 말했다.

"많이 늘었어. 너무 늘어서 탈이지."

창용이 오빠가 와이프를 보고 웃으며 말했다. 이어서 창용이 오빠는 큰아이가 태어났을 때 마을에서 잔치가 벌어졌던 얘기를 꺼냈다. 미산에서 육 년 만에 들린 아기 울음소리였다고 했다. 이 년 뒤에 창용이 오빠네서는 다시 아기 울음소리가 들렸고, 이후 오 년 동안 아기 울음소리가 안 들리자 마을 어르신들이 요새 들어 부쩍 셋째 낳으란 인사를 건넨다고 했다.

"형수가 아직 이십대신데 무슨 걱정이에요."

유태가 창용이 오빠를 보면서 말했다.

"미산에서 애 낳고 사는 형이 애국자다, 애국자야."

그러더니 유태는 잊고 있었다는 듯 점퍼 주머니에서 호두과자를 꺼냈다.

"드세요, 형수. 영자 미식회에 나온 거라길래 형수 드리려고 샀어요."

유정은 호두과자를 자기 쪽으로 당겨왔다.

"디엔 씨, 먹지 마세요. 저 새끼가 독 섞었을지도 몰라요."

유정은 진지하게 한 말인데 디엔이 조금 웃었다.

막 걸음마를 시작한 아이 손을 잡고 한 남자가 테이블 옆을 지나갔다. 아기 띠를 한 여자가 음수대 쪽으로 급하게 걸어갔다. 더 없이 어울려 보이는 연인이 2인 테이블에 마주앉아 우동을 먹고 있었다. 미산 같은 데서는 한 번도 살아보지 않았을 것 같은 곱게 늙은 부부가 막 자리를 찾아 앉는 게 보였다. 저 사람들은 여기에 왜 온 걸까, 유정은 문득 그런 생각이 들었다.

"미산이 정말 추워요."

유정과 유태가 미산의 추위를 익히 알고 있다는 걸 알고는 디엔이 말했다.

"맞아요. 미산 추워요."

유정은 그렇게 말하고 다시 삼각 창을 보았다. 자신이 실감하는 미산의 추위와 디엔이 실감하는 미산의 추위는 얼마만큼의 차이가 있을까 생각하면서.

"하우장이라고, 처가가 거기야. 호찌민에서도 한참 내려가."

창용이 오빠가 말했다.

유정은 또 불현듯 소은이 보고 싶었다.

실내 놀이터가 시들해졌는지 큰아이가 오더니 창용이 오빠한테 "아빠, 스티커북 사주세요" 했다. 작은아이도 달려오더니 "아빠, 나도 사주세요" 했다. 창용이 오빠가 디엔한테 만원짜리 한 장을 건넸다. 디엔이 가자, 가자, 하면서 아이들을 데리고 편의점으로 갔다.

"형, 내년에 학부모 되네?"

유태가 말하자 창용이 오빠가 한숨을 쉬었다. 디엔이 애들한테 몇십만원짜리 전집을 사주고 싶어서 허리가 휠 것 같다고 했다. 맥포머스 블록 얘기를 꺼냈을 땐 한바탕했다고 했다.

"한국말 늘더니 한국 여자들 하는 건 다 하고 싶어서 큰일이다."

그러더니 창용이 오빠가 말했다.

"나는 그냥 노가단데."

유정은 창용이 오빠의 얼굴을 물끄러미 쳐다봤다.

"오빠. 일 끝나면 이장님이랑 술 먹지 말고 검색 좀 해요. 개똥이네 사이트 가면 중고 전집 싸게 나온 거 많아요."

그 말에 창용이 오빠가 유정을 보았다.

"유정이 넌 안 그러지?"

"……?"

"작가니까 비싼 전집에 안 낚이고 얼마나 알아서 책을 잘 사주겠어."

"……"

"애 밥 안 먹는다고 숟가락 들고 쫓아다니면서 안달하고. 유정이 넌 안 그럴 거 아니냐."

그렇게 말하며 창용이 오빠가 조금 웃었다.

유정은 의자에 등을 기대고 삼각 창을 보았다.

뭔지 모르게 기분이 좀 죽같다는 생각을 하고 있는데 유태가 자기 발을 가리키면서 창용이 오빠한테 무슨 말인가를 했다. 형, 누나는 죽 말하는 거야, 죽, 아마도 이런 식의 말을. 뭔가를 모르는 척하는 말을. 생각만 했을 뿐인데 저게 왜 저러나 싶어 유정은 유태를 불렀다.

"야, 유태야."

들리지가 않는지 유태가 대답이 없었다.

"유태야."

안 들리는 것 같았다.

유정은 부르기를 그만두고 다시 삼각 창을 보았다.

유태와 창용이 오빠가 호두과자를 먹으면서 뭐라고 킥킥거리는 소리가 들렸다. 뚜렷이 잡히지 않는 그 킥킥거림을 듣고 있자 유정은 이상하게 발밑이 서늘해지는 느낌이 들었고, 갑자기 어떤 예감이 들었다. 곧 자신만 혼자서 어딘가로 이동할 것 같다는 예감. 소리 없이 곤두박질치게 될 것 같다는 예감.

호두과자를 먹으면서 창용이 오빠가 유정을 보았다.

"유정이 넌 초등학생일 때도 뭐랄까, 분위기가 좀 남달랐잖아. 다른 애들이랑 달랐어."

"……"

"뭔가 좀 오묘한, 그런 게 있었어."

시간은 일곱시가 막 가까워지고 있었다. 밖은 완전히 어두워졌고 어두워질수록 삼각 접시만이 도드라지게 떠오르고 있다는 감각이 점점 분명해졌다. 유정은 발밑에 들어찬 허공이 어느 정도인지 알 수 없었다. 아이들이 스티커북 하나씩을 손에 들고 돌아왔다. 디엔이 거스름돈 이천원을 창용이 오빠한테 건넸다. 그리고 유정을 보았다. 유정은 앉아 있던 자리에 그대로 앉아 있었지만 십 분 전과는 전혀 다른 좌표로 옮겨가 있었다.

첫날 했던 말을 생각해보라고 선생님이 말했다.

유정이 고개를 저을 때마다 선생님은 유정의 이름을 불렀다.

유정씨, 첫날 했던 말을 생각해보세요.

그러면 유정은 말했다.

선생님, 저는 더 무슨 말을 해야 할지 모르겠어요. 제가 여기에 오는 게 맞는지 모르겠어요. 이젠 그만 오는 게 좋을 것 같아요.

아무 말도 하지 않아도 됩니다.

선생님이 말했다.

그냥 앉아만 있다 가셔도 됩니다.

금요일 오후 두시마다 한 시간씩 시간을 비워놓겠다고 선생님이 말했다. 유정 스스로 그곳까지만 계속 걸어오라고 말했다. 전화까지는 하면서도 오지 않는 사람들이 너무 많다고 말했다. 서너 번의 상담 끝에 그만 오겠다고 하는 사람도 너무 많다고 말했다. 그곳은 유정이 지금 살고 있는 동네에 있는 지하철역 근처의 한 상가건물 오층이었다. 흰색 원탁 테이블이 있었고 리모컨이 있었고 어피치가 그려진 정사각형 티슈 통이 있었다.

그곳에 처음 전화를 했던 한 달여 전에도 유정은 말했다. 제가 여기에 전화하는 게 맞는지 모르겠어요. 유정은 그곳이 어떤 곳인지 알고 있었지만 자신이 그곳에 전화를 해도 되는지, 할 만한 것인지 판단할 수 없었다. 유정은 그때 무엇도 어떻게 할 수 없는 상태였지만 어떻게 하지 않으면 어떻게 될 것 같았기 때문에 집에서 가장 가까운 곳을 찾아냈다.

그때 유정이 붙든 생각은 하나였다. 노트북 앞에 앉아 글을 쓰는 것만으로는 타인으로부터도 자신으로부터도 스스로를 지킬 수 없다는 것이었다. 삼십 년 전의 시간들도, 일 년 전부터 시작된 새로운 상황도 유정은 더이상 감당할 자신이 없었다. 유정은 받아들여야 했다. 그동안 전전해온 육아 우울증과 부모 치료와 부부 상담과 만성적인 정신질환들이 아니라 어려서 받은 성학대, 그 문제를 직접적으로 마주하지 않고서는 아무것도 해결되지 않는다는 걸 받아들여야 했다.

그래서 유정은 전화를 했다. 저쪽에서 말했다. 네, 맞습니다. 여기에 전화하시는 게 맞습니다.

그곳에서 유정은 어쩌면 빠져나오고 있다고 생각한 질문으로 계속 되돌아갔다. 내가 왜 이런지 모르겠어요. 나는 왜 이런 걸까요. 내가 왜 이런 거죠? 그러니까 나는 왜 이러냐구요, 선생님. 나는 왜요. 왜 나한테. 왜 나는.

유정은 그런 자신이 한심하게 느껴졌다. 테이블 위에 놓인 질문에 제대로 답을 하지 않았던가.

'그 일이 일어나게 한 원인이 나에게 있다.'

매우 그렇다. 그렇다. 다소 그렇다. 조금 그렇다. 전혀 아니다.

유정은 그중 어디에 표시해야 할지 알고 있었다.

'내가 그렇게 행동했기 때문에 그 일이 일어났다.'

유정은 아니라고 답할 수 있었다.

'나는 그 일을 막을 수 있었다.'

거기에도 아니라고 답할 수 있었다.

'누군가 다른 사람이었다면 그런 상황에 빠지지 않았을 것이다.'

하지만 거기엔 아니라고 답할 수가 없었다.

유정은 그 문항엔 아니라고 답해지지가 않았다.

유정은 자신이 무언가를 잘못하지 않았다는 건 납득할 수 있었지만 자신이 잘못된 존재가 아니라는 건 여전히 받아들이기가 힘들었다. 죄책감은 가까스로 넘어설 수 있어도 수치심은 아직도 거

대한 벽이었다.

유정이 정신을 차리지 못하고 계속 고개만 젓고 있으면 선생님은 다시 유정을 불렀다.

유정씨, 유정씨는 그때 아동 여성이었고 가해자는 성인 남성이었습니다.

그러면 유정은 고개를 끄덕였다. 네, 선생님. 맞아요. 그래요, 선생님. 이건 누가 봐도 분명합니다. 네, 선생님. 이건 웬만한 족들한테도 시원스레 합의가 되는 비참함일 겁니다.

그런데도요, 선생님. 그런데도, 그럼에도.

그럼에도 불구하고 유정은 자신이 늘 피하고 싶었던 벽 앞에 서면 선생님이 어떤 말을 해도 그 자리에 제정신으로 앉아 있기가 힘들었다. 선생님 얘기를 들을 땐 고개를 끄덕이며 수긍하다가도 집에 돌아와 혼자 남으면 다시 처음으로 되돌아갔다. 되돌아갈 때마다 유정은 자신을 오랫동안 파먹어온 그 끈질긴 충동을 제어하기가 힘이 들었다.

"오빠."

유정은 창용이 오빠를 불렀다.

실내 놀이터에서 아이들이 트램펄린을 뛰고 있는 게 보였다. 조그만 몸들이 탄성을 받아 일정한 리듬으로 튀어오르고 있었다.

"내가 얼마 전에 술을 끊었거든요."

디엔이 저만치에서 텀블러에 물을 받는 게 보였다.

"왜 끊었는지 알아요?"

"왜 끊었는데?"

"술 먹으면 자꾸, 죽고 싶어져서요."

유정은 그 말이 얼마나 공허하게 흩어지는 말인지 알고 있었다. 하지만 유정은 그 말이 거기에 있는 사람 중 하나를 찌를 수 있다는 것 또한 알고 있었다. 유태는 더이상 웃고 있지 않았다. 유정이 스스로를 충분히 공격할 수 있다는 걸 유태는 아는 것이다. 그게 가족들한테 어떤 상처를 남길 수 있는지 유태는 이미 아는 것이다.

미산 내린천휴게소 사층의 삼각 창 옆에서 그 말을 내뱉고 나서 유정은 다시 한번 깨달았다. 자신이 유태를 얼마나 다치게 하고 싶어하는지. 유정은 유태를 피 흘리게 하고 싶었다. 울음도 나오지 않을 만큼의 고통을 주고 싶었다. 자신이 마침내 무너지는 그 순간에 가장 힘들어할 사람이 유태이길 유정은 바랐다.

유정은 그대로 일어나 기다란 푸드코트를 걸어나왔다. 출입문을 열고 나와 전망대의 나무 덱을 빠르게 걸어올라갔다. 오후와는 비교도 안 되는 차가운 바람이 머리와 어깨로 쏟아져 내려왔다. 전망대 끝까지 걸어올라가 유정은 난간을 붙잡고 섰다. 위를 보며 숨을 들이켰다. 어둠에 묻혀서 아무것도 보이지 않았지만 이 세상의 어떤 산과도 다른 경사를 가진 미산의 산이 앞에 있었다.

유정은 숨을 내뱉으며 뒤를 돌았다. 불을 밝힌 내린천휴게소가 눈앞으로 떠올라왔다. 거대한 진공관 같은 통유리 안에서 사람들이 천천히 흘러다니고 있었다. 유정은 숨을 몰아쉬면서 삼각 접시 아래의 고가도로를, 미산을 스쳐가는 차들을, 공원 위에 점점이 떠서 이쪽 길로 이어지는 가로등을 바라봤다. 나무 덱을 따라 누군가 위로 올라오고 있었다.

디엔은 유정의 얼굴을 한 번 보고는 유정에게 유정의 휴대폰과 가방을 건넸다. 유정은 고맙다고 해야 할지 미안하다고 해야 할지 모르겠어서 그냥 고개만 끄덕였다. 그러고는 디엔과 잠시 11월의 산바람 속에 서 있었다. 휴게소와 도로의 불빛 너머로 터널 아치와 내린천교에 조명이 들어온 것이 보였다. 교각 기둥들도 희미하게 불을 밝히고 있었다. 저 불빛들 사이 어디쯤에 유정이 열두 살까지 살았던 마을이, 그리고 지금 디엔이 살고 있는 마을이 있을 것이었다.

유정에게 미산은 너무도 벗어나고 싶은 곳이었지만 또한 너무도 그리운 곳이었다. 그곳의 많은 것을 그리워하지 않으려고 애써 왔지만 유정은 여전히 그곳의 많은 것들이 그리웠다. 이맘때의 마른 깻단 냄새가, 이맘때의 생무 냄새가, 새 공책 냄새가, 발을 씻던 따뜻한 물이, 어떻게 그리울 수가 있을까. 어떻게 그럴 수가 있을까. 어떻게 이럴 수가 있을까.

유정은 양손으로 얼굴을 덮고 서서 입김인지 소리인지 알 수 없는 것을 손가락 사이로 흘려보냈다.

나무 덱을 내려오면서 유정은 디엔에게 전화번호를 물었다. 돌아가면 사진을 보내주겠다는 말과 함께. 그러고는 유태한테 메시지를 보냈다.

'가자.'

흡연 부스에 있다는 답이 왔다. 유정은 공원 끝 쪽으로 걸어갔다. 인터체인지로 이어지는 작은 도로 건너 유리 부스에서 유태가 걸어나왔다. 부스 안에서 희미한 불빛이 나올 뿐 사방이 어두컴컴했다. 유태는 도로 이쪽으로 건너오지 않고 우두커니 서서 유정을 보기만 했다.

"이제 가자고."

흡연 부스에서 몇몇 사람이 걸어나와 유태와 유정 옆을 지나갔다. 왼쪽에서 온 택시 한 대가 유정과 유태 사이의 도로를 지나 인터체인지로 빠져나갔다. 그리고 다시 사방은 조용해졌다. 왜 갑자기 그런 생각이 들었는지 몰랐다. 그렇게 한참을 서 있으니 유정은 어쩌면 유태가 모든 걸 다 알고 있을지도 모른다는 생각이 들었다.

"누나."

유태가 유정을 불렀다. 유태의 목소리를 듣자 유정은 다시 유태는 아무것도 모르고 있다는 생각이 들었다. 하지만 잠시 뒤엔 다시 유태가 다 알고 있다는 생각이 들었고, 곧이어 다시 그럴 리가 없다는 생각이 들었다.

유정은 간신히 척추를 지탱하고 서서 유태를 봤다.

선생님은 유정에게 말했다. 가해자는 유정과 전혀 다른 기억을 갖고 있을 수 있다고. 유정이 소설에서 가정했던 상황과도 완전히 다를 수 있다고. 유정이 짐작하거나 상상할 수 없는 반응을 할 수도 있다고. 하지만 지금의 유정에게 그런 것들은 중요하지 않았다. 유정은 가해자를 처벌받게 하고 싶은 생각도 없었고 이제 와 사과를 받고 싶은 생각도 없었다.

유정이 원하는 것은 유태를 계속 보는 것이었다. 엄마를 계속 보고, 단톡방에 올라오는 조카 사진을 보고, 소은의 소식을 전하며 몇 달에 한 번이라도 둘러앉아 웃을 수 있는 것이었다. 유정도 알고 있었다. 유정이 그 말을 한다고 해서 가족들이 유정을 안 보진 않을 거라는 걸. 유정이 두려운 것은 유정 자신이 가족들을 안 보게 되는 것이었다. 유정이 두려운 것은, 무언가를 체념한 채로 계속 가족들을 보면서 그런 자기 자신을 다시 혐오하게 되는 것이었다. 유정이 원하는 것은 어떤 분열도 겪지 않고 제정신으로 가족들을 보는 것이었다.

유정은 선 채로 조금씩 가슴을 두드렸다. 유태를 건너다보면서 유정은 가슴을 두드렸다.

유태야.

넌 왜 계속 거기에 머무르려고 하니.

넌 왜 니가 어디에 서 있는지 알려고 하지 않니.

흡연 부스의 불빛이 짐짐 흐려졌다.

"누나."

유태가 유정을 불렀다.

"누나는……"

말을 바로 잇지 못하고 유태가 숨을 골랐다.

"누나는 한 번이라도, 소설보다 먼저, 가족들 생각을 해본 적이 있어?"

"……"

"누나한테 누나 소설 말고, 다른 사람이 있어?"

"……"

뒤쪽에서 웅성대던 불빛들이 어딘가로 조금씩 밀려갔다. 유정은 무엇도 짐작할 수 없었지만, 유태가 어떤 소설 때문에 그러는지 알 수 없었지만, 어쩌면 모든 소설 때문이라는 생각이 들었고, 자신이 쓴 모든 것 때문이라는 생각이 들었고, 그런 생각이 들자 유정 자신이 단련해왔다고 느낀 근력만으로는 어떤 것도 지탱할 수 없다는 느낌이 들었다.

선생님.

유정은 유태를 아프게 하고 싶은 순간이 수없이 많았지만 유태가 자신의 소설 때문에 다치길 바라진 않았다. 그건 유정이 가장 견딜 수 없는 방식이었다. 그건 유정을 가장 미치게 만드는 일이었다.

선생님, 유태가 소설 얘기를 합니다.

선생님, 유태가 저를 원망합니다.

유태가 저쪽에 저렇게 서서, 저를 원망합니다. 꼼짝도 안 하고 저렇게 서서 저를 원망합니다. 너무도 제정신인 채로 저를 원망합니다. 선생님, 유태가 제가 쓴 글을 원망합니다.

저는 여기 더 서 있을 수가 없을 것 같습니다, 선생님.

저는 이제 더 서 있을 수가 없습니다.

저는 제가 쓴 어떤 글도 더는 견디지 못할 것 같습니다, 선생님.

저는 이제 할 수 있는 게 없습니다.

저는 이제 갈 수 있는 곳이 없어요.

저는 제 비명을 저 혼자 듣고 있었을 뿐입니다.

혼자 지르고 혼자 듣고 있었던 겁니다.

유정씨,

첫날 했던 말을 생각해보세요, 유정씨.

유정은 고개를 저었다.

유정씨는 빠져나오고 싶다고 했어요. 오랫동안 갇혀 있던 원래 그래의 세계에서 유정씨는 빠져나오고 싶다고 했습니다. 자신을 비껴서 나오는 게 아니라 자신을 통과해서 나오고 싶다고 했어요. 그렇게 조금씩 빠져나오고 있다고 했습니다. 빠져나올 수만 있다면 어쩌면 죽지 않을 수 있을 것 같다고 했어요.

하지만 선생님, 저는 다시 끌려 돌아갔습니다. 어떻게 할 수도 없이 처음으로 되돌아가 주저앉았습니다. 다시 미산 그곳에 처박

혔습니다. 그래서 이렇게 선생님을 찾아왔잖아요.

유정씨.

선생님 저는

그때 느꼈어야 했던 것을 그때 느끼지 못했습니다.

그럴 수 있습니다, 유정씨.

선생님 저는 그때

느끼지 말았어야 했던 것을 느꼈습니다.

유정씨, 느끼지 말았어야 하는 것은 없습니다. 유정씨가 무엇을 느꼈든 그 이유로 폭력이 폭력이 아닌 게 되지는 않습니다.

유정은 고개를 저었다.

유정은 계속 고개를 저었다.

유정씨, 가해자는 유정씨가 태어나면서부터 봐오던 사람입니다. 유정씨에게 너무도 친밀했던 사람입니다.

유정은 계속 고개를 저었다.

계속 고개를 저었다.

그것으로는 부족합니다, 선생님. 그런 말만으로는 너무도 부족합니다. 어떤 걸 끌어와도 이 미칠 것 같음을 담아낼 수가 없습니다. 어떤 말로도 이 기막힘을 설명할 수가 없습니다. 어떤 글로도 이해받을 수가 없습니다. 저는 미쳐버릴 것입니다, 선생님.

유정씨.

선생님은 제가 어떻게 버티길 바라시나요.

여기서 더 어떻게 버틸 수 있다고 생각하시나요.

선생님은 아시잖아요. 어떤 말들이 되돌아오는지 아시잖아요. 피해 사실을 말한 글에 어떤 소름 끼치는 논리가 덧씌워지는지 선생님은 아시잖아요. 그런 글에 제가 속수무책으로 베일 수 있다는 거 아시잖아요. 흔들리지 말라는 말이 저를 얼마나 더 힘들게 하는지 아시잖아요.

알아요, 유정씨. 잘 알고 있습니다. 그리고 저 앞에 유정씨의 동생이 서 있다는 것도 알아요. 유정씨의 동생이자 유정씨 딸의 삼촌이 저기에 서서, 유정씨를 보고 있다는 것도 압니다.

유정은 가슴을 내리쳤다.

내리치고 내리쳤다.

제가 글을 그렇게 쓴 것입니다. 제가 그따위로 쓴 거예요. 제가 이 지경으로 쓴 것입니다.

유정씨, 유정씨는 쓰면서 조금씩 이겨내고 있었어요.

전혀 아닙니다, 선생님. 저는 아무것도 이겨낸 것이 없습니다. 이 모든 걸 글로 쓰기 전에는 이렇게 힘들지가 않았어요.

유정씨,

저는 너무 지쳤습니다, 선생님.

이제 한 방울의 기력도 남아 있지가 않아요.

여기까지도 충분히 버거웠습니다.

제가 원하는 것은 언제나 하나였어요.

몸안의 모든 수분, 모든 피를 빼내고, 모든 습기를 말리고, 비틀고, 보이지 않는 입자가 될 때까지 갈고 갈아서, 완전히 부수어서, 이 세상에서 완벽하게 없애버리는 것. 몸을 없애는 것. 이 지긋지긋한 몸을 없애는 것. 이해받지 못하는 몸을 없애는 것. 유정이 오랫동안 원해온 것은 그것이었다.

반병의 와인만으로도, 뜻하지 않은 장소와 불현듯 살아난 말이 기폭제가 되어서, 유정 자신도 예상치 못한 어느 날에, 폭풍 뒤에 남는 압도적인 외로움을 이기지 못한 어느 날에, 아주 오랫동안 유정을 파먹던 그 마음을 실행할 수도 있다는 걸 유정은 알았다.

그런 순간엔 자신이 아끼던 어떤 것도 자신을 붙잡아주지 못할 거라는 걸 유정은 알고 있었다. 때마다 손질해 쓰던 캄포 도마도, 손이 자주 가던 아이섀도도, 드물게 마음에 들어서 SNS에 올려둔 자신의 모습도, 당장이라도 쓰고 싶어서 마음을 부풀게 했던 다음의, 그다음의 소설들도, 소은이 스케치북에 적어준 사랑한다는 말조차도 아무 소용이 없어지는 순간이 올 수도 있다는 걸, 그 순간에 언제든 질 수도 있다는 걸 유정은 알고 있었다.

알고 있어서, 유정은 계속, 계속, 소리조차 나오지 않아서, 계속, 가슴을 쳤다. 유태도, 흡연 부스도, 어떤 것도 이젠 보이지가 않은 채로, 서 있는 것인지, 무릎이 꺾인 것인지, 아무것도 알 수 없는 채로, 계속, 가슴만 내리찍었을 뿐인데, 찍어버렸을 뿐인데, 있는 힘을 다해 몸을 찍어버렸을 뿐인데 갑자기 고함소리가 들리면서 눈앞이, 달려오려는 유태의 모습을 밀어버리면서 차 한 대가, 유정의 앞으로 다가와 유정을 낚아채 실었다.

누군가 알아들을 수 없는 말로 화를 내고 있었기 때문에 유정은 더이상 어쩌지 못한 채 차가 빠른 속도로 인터체인지를 빠져나가는 것을, 고가를 돌기 시작하는 것을, 삼각 접시의 불빛이 까마득하게 멀어지는 것을 보았다. 교각 기둥이 점점 눈앞으로 다가오는 것을 보고서야 유정은 차가 마을로 내려가고 있다는 것을 알았다.

유정은 디엔이 계속 베트남어로 흥분하고 있는 걸 들으면서 쓰러지듯 눈을 감았다.

*

바람이 불고 있는 것 같았다. 그리고 창문 밖엔 자귀나무가 있는 것 같았다. 마른 콩꼬투리 같은 열매 껍질이 바람에 쏠릴 때 나는 소리였다. 이맘때에 가장 시끄럽고 스산한 소리를 내는 나무가 자귀나무였다는 생각을 하면서 유정은 눈을 떴다. 이불 아래에 놀이 매트가 깔려 있는 걸 보니 아이들 방에서 잠이 든 것 같았다. 몸을 일으키려다가 가슴 쪽으로 통증이 느껴져 유정은 잠시 숨을 골랐다. 날이 다 밝지 않은 새벽이었다.

유정은 소리 나지 않게 문을 열고 뒤꼍으로 나갔다. 밭 위로 얇게 서리가 내려와 있었다. 한쪽엔 다 뽑지 않은 배추가 시든 채 누위 있었고 한쪽엔 보랏빛이 나는 갓이 빽빽이 자라나 있었다. 윗집과 경계가 되는 밭 가장자리로 검게 썩은 장작과 녹이 슨 접이식 의자들이 포개져 있는 게 보였다. 유정은 여전히 소리를 내고 있는 자귀나무 쪽으로 고개를 돌렸다. 벽에 걸린 마른 시래기 단 위로 스카이라이프 안테나가 동그랗게 하늘을 향하고 있었다.

유정은 집 벽을 돌아 마당으로 나갔다. 엘피지 가스통과 빈 소주병 수십 개를 지나자 아이들 씽씽카와 자전거가 나왔다. 유정은 디엔과 창용이 오빠가 사는 집의 마당에 서서 저만치로 보이는 교각 기둥을 올려다봤다. 유정의 기억보다 물이 훨씬 줄어든 내린천이 그 아래로 흐르고 있었다. 유정과 유태와 창용이 오빠네 예전 집들은 저 천 건너에 있었다. 창용이 오빠의 아이들은 학교가 훨씬 가까워졌겠구나 생각하면서 유정은 마당에 있는 평상으로 가 앉았다.

디엔이 문을 열고 나오며 몸은 괜찮으냐고 물었다. 주먹으로 좀 두드렸을 뿐인데 왜 이렇게 쑤시는지 모르겠다고 하자 디엔이 평상에 걸터앉으며 말했다. 주먹이 아니라 폰으로 이렇게, 이렇게 내리찍고 있었다고. 유태보다 자기가 먼저 알아챘다고. 유정은 자신을 기어코 마을로 데려온 눈앞의 여자를 물끄러미 보다가 무슨 말인지 모르겠다는 듯 웃었다.

창용이 오빠와 유태는 밤새 현리에서 술을 마시고 사우나에 갔다고 했다. 거기에서 해장까지 하고 올 모양이었다. 유정은 디엔에게 사진을 보내주려고 카톡을 열었다가 디엔의 프로필 사진에 있는 상호를 보았다. 상호 옆에 디엔의 휴대폰 번호와 계좌번호와 시술 항목이 적혀 있었다. 남녀 자연 눈썹. 콤보 눈썹. 반영구 아이라인. 틴트 입술. 속눈썹 연장. 속눈썹 펌. 이걸 다 직접 하냐고 묻자 디엔이 그렇다고 했다. 백 프로 예약제 출장인데 유정에게는 특별히 오늘 해줄 수 있다고 했다. 유정은 다음에, 다음에 꼭 예약을 한 뒤에 하겠다고 했다.

마당에 햇빛이 반 찼을 무렵 유정은 디엔과 함께 아이들을 깨워 오뚜기 미역국라면을 끓여먹었다.

아이들은 어제 휴게소에서 산 신비아파트 스티커북을 펼치고 한참을 놀았다.

유정은 소은에게 전화를 해볼까 하다가 학교 쪽으로 혼자 산책을 나갔다. 호박 넝쿨이 말라 있는 길을 따라 걷다보니 학교 생태텃밭 팻말이 보였다. 학교는 생각보다 더 가까웠다. 교문 앞 오르막길을 따라 노란 마리골드가 피어 있었다. 관사로 이어지는 길쪽의 시멘트 담이 놀라울 정도로 예전과 그대로였다. 유태가 수박바 봉지를 끼워놓던 시멘트 블록을 찾을 수도 있을 것 같았다. 창용이 오빠가 자전거를 세워두던 곳도 어디쯤인지 알 수 있을 것 같았다.

유정은 교문 옆에 있는 사자 동상 앞에 걸터앉았다.

거기에 앉아서 유정은 선생님을 만났던 첫날을 생각했다.

경기 북부 해바라기센터 진술녹화실 테이블에서 선생님과 문서를 작성하던 날을. 심리 상담을 받기 위해 필요한 절차였다. 선생님이 물어봐서 유정은 대답했다. 정확하진 않지만 할머니가 돌아가신 4학년 여름방학 이후부터였던 것 같아요. 유정은 선생님이 문서에 '1987년 여름 이후'라고 적는 것을 보았다. 그런 뒤 선생님은 유정 앞으로 문서를 돌려놓아주었다. 문서에는 가해자의 이름을 적는 난이 있었다. 그래서 유정은 이름을 적었다. 처음이자 마지막으로. 너무도 익숙하고 너무도 낯선 이름을, 그곳에 유정이 직접 적었다. 2019년 10월 4일에.

유정은 아주 오랜 시간이 지나도, 환갑쯤이 되더라도, 자신이 센터에 전화를 걸던 2019년 가을을 기억하게 될 거라고 생각했다. 신호가 가고 네, 라는 목소리가 들리고, 어떻게 찾아와야 하는지 적힌 웹 발신 문자를 받던 과정 모두가, 자신에게 얼마나 절실한 응답이었는지를 유정은 아마도 기억하게 될 것이다.

디엔에게서 메시지가 왔다. 유태와 창용이 오빠가 집에 왔다고 했다. 둘은 아직도 술이 덜 깬 것 같았다. 운전은 유정이 하기로 했다. 창용이 오빠는 어머니께 갖다드리라면서 양파와 감자를 한 상자씩 실었다. 유정은 고맙다고 말했다. 유정은 정말로 고마웠다. 그때 자전거를 태워준 것도 어제 황태구이를 사준 것도. 집에 가면 병원에 가서 엑스레이를 찍어보라고 디엔이 말했다. 유정은 전화해요, 라고 인사할까 전화할게요, 라고 인사할까 망설이다가 디엔에게 말했다.

"속눈썹 펌, 꼭 디엔 씨한테 하러 올게요."

유정은 디엔에게 인사했다.

"전화할게요."

유정은 운전석에 앉아서 그들 가족의 뒷모습이 사라질 때까지 사이드미러를 바라봤다. 아이들과 창용이 오빠, 디엔의 모습까지 담 저쪽으로 다 사라졌을 때 유정은 문득 마당 평상에 함께 놓여 있던 것들을 떠올렸다. 못이 박혀 있는 각목과 잘 익은 감 서너 개, 때가 탄 로프와 주먹맨드라미 몇 송이.

유정은 사이드브레이크를 내렸다.

유태는 뒷좌석에 널브러진 채 차가 터널 벽을 뚫어도 모를 것처럼 자고 있었다.

차는 인터체인지를 빠져나가 곧바로 터널로 진입했다.

유정은 머릿속이 하얘지도록 액셀러레이터를 밟기 시작했다.

11월행

기해년의 빼빼로 데이였다. 빼빼로 데이라는 말이 나온 건 하은
에게서였다. 서해안고속도로의 어딘가를 지날 때였다. 오늘이 며
칠이나 됐냐고 규옥이 묻자 하은이 말했다. 월요일이 빼빼로 데이
니까 오늘은 9일이라고.

　생각해보면 1박 2일간의 짧은 출타였다. 짧다면 짧은 시간이었
는데도 은형은 돌아와 오랫동안 그때의 예산행을 생각했다. 기해
년이 다 가고 나서도 기해년의 빼빼로 데이 무렵을 자주 떠올렸
다. 차 뒷좌석에 나란히 앉아서 규옥과 하은은 귤을 까먹었다. 운
전석 쪽으로도 자꾸 먹을 게 넘어왔다. 은형은 한 손으로는 운전
대를 잡고 한 손으로는 그들이 건네는 걸 받아먹으면서 막혔다 뚫
렸다 하는 고속도로를 운전했다. 손뼉을 치면 손에 있는 세균이

죽는다고 말한 건 규옥이었을 것이다. 규옥과 하은은 무슨 말인가를 하다가도 맥락 없이 갑자기 박수를 쳤다. 그러다 또 갑자기 조용해져서는 각자 창 쪽으로 고개를 틀고 정신없이 잤다.

예산으로 가는 중에도, 예산에서도, 예산에서 돌아오는 중에도 규옥은 무시로 얘기들을 풀어놓았다. 예산행 내내 얘기들은 불쑥 시작되었다 불쑥 끊겼고 또 불쑥 이어졌다. 은형이 익히 들어온 얘기도 있었고 처음 듣는 얘기도 있었다. 셋은 일정 내내 거의 붙어 지냈고 처음 보는 사람들과 같은 마당을 끼고 하룻밤을 보냈다. 아침나절엔 헤맬 뜻도 없이 예산의 가을 산을 한참 헤맸다. 하지만 이상하게도 예산을 떠올리면 은형은 예산보다 예산으로 떠나던 날 아침의 엘리베이터가 먼저 떠올랐다.

칫솔, 수건, 선크림, 머플러, 보조 배터리. 경내로 캐리어를 가지고 들어올 수 없다는 안내 문자를 받았기 때문에 은형과 하은은 각자의 백팩에 각자의 물건들을 넣었다. 하은은 인형과 도블 카드를 챙겼고 은형은 반입이 금지된 캔맥주와 초콜릿을 챙겼다. 식탁 위에 올려놓았던 초대권 세 장을 마지막으로 가방에 넣고 은형은 하은과 현관을 나섰다.

엘리베이터가 올라오기까지는 아주 짧은 시간이었을 것이다. 그때 은형은 한 손에는 텀블러를, 한 손에는 휴대폰을 들고 있었다. 슬링 백을 사선으로 멘 하은이 은형 옆에 섰다. 엘리베이터 문에 비친 모습을 보면서 은형은 둘의 키 차이가 점점 줄어들고 있다는 생각을 했다. 그러곤 내비게이션 앱을 열어 도착지까지 걸리는 시간을 확인했다. 자신이 오랫동안 지녀온 무언가를 예산에, 기해년의 예산에 영영 두고 올 것을 알지 못한 채 은형은 엘리베이터에 올랐다. 규옥에게 출발한다며 전화를 했고, 규옥의 집에 들러 규옥을 태웠다.

셋 중 주말에 가장 바쁜 사람은 규옥이었다. 가을이 되면서 지인의 자식들 결혼식이 이어졌고 등산을 해야 하는 주말과 침을 맞아야 하는 주말도 있었다. 셋의 시간이 맞았던 10월의 어느 주말엔 큰 태풍이 왔고, 또다른 주말엔 규옥이 몸살이 났다.

은형이 연초에 선물받은 템플스테이 초대권은 11월 말이 만료일이었다. 셋은 몇 해 전부터 템플스테이를 함께하자고 별러온 터였다. 초대권을 썩힐 수 없었으므로 어떻게든 기한 내에 날을 잡아야 했다. 빼빼로 데이 직전의 주말은 연기와 취소를 반복하다 세 사람이 겨우 시간을 맞춘 날이었다. 예약 확정 문자를 받았을 즈음엔 은형에겐 기대감보다 의무감이 더 크게 남아 있었다. 은형은 혼자 누워 잠을 자는 것 말고는 아무것도 하고 싶은 게 없었다.

"할머니, 엄마는 물이 쓰대요." 하은이 말한다.

"약 먹으면 입이 써." 규옥의 말에 "약 안 먹는데?" 은형이 말한다.

"밥도 쓰고 딸기도 쓰고 커피도 쓰대요." 하은이 말하고 "커피야 원래 쓰지." 규옥이 말한다.

한참 뒤 규옥이 이상하다는 듯 은형에게 묻는다. 물이 왜 맛이 없냐고.

"그럼 엄마는 물이 맛있어?" 은형도 이상하다는 듯 묻는다.

"물이 단 날이 있잖아."

"……"

"쓴 날도 있고."

그렇게 말하고 규옥은 하은에게 향한다.

"우리 강아지 요샌 뭘 먹니?"

하은을 볼 때마다 규옥은 두 가지를 꼭 물었다. 뭘 먹니와 뭘 배우니.

"목요일부터 계속 까만 밥을 먹었어요."

"흑미밥?"

"먹버섯 남은 게 있어서 먹버섯밥을 했더니 그래." 하은 대신 은형이 말한다.

"먹버섯이 그게, 항암 효과가 그렇게 좋단다."

규옥은 항암이라는 말을 좋아했다. 항암 다음에 좋아하는 말은 항산화. 미나리, 시금치, 고구마, 호박, 작두콩, 무, 배추, 어디에서나 규옥은 항암과 항산화 성분을 발견했다. 항암 효과가 불러온 이상한 피로감에 젖어 은형은 멍한 상태로 운전을 계속했다. 사과 얘기가 들려온 뒤에야 은형은 다시 뒷좌석을 의식했고, 한참 전에 고속도로 톨게이트를 빠져나왔다는 걸 알아차렸다. 차는 예산 벌판을 달리고 있었다. 밭의 사과 좀 보라고 규옥이 말했다.

"세상에, 저 사과 예쁜 것 좀 봐."

그래서 은형은 힐끗거리며 사과밭을 봤다. 간간이 나타나는 과수원과 함께 홍성, 삽교, 덕산, 해미읍성 같은 표지판이 지나갔다. 충청도의 나직한 산들이 이어지자 은형은 그제야 여행을 왔다는 실감이 조금씩 나기 시작했다. 충청도는 올 때마다 좋았었다는 생각도 들었다.

"하은아, 예산이 사과가 유명해."

은형이 하은에게 이런 말을 한다는 건 에너지가 좀 상승하고 있다는 뜻이었다. 하은에게 뭔가를 가르쳐주거나 느끼게 해주고 싶어할 때. 하은이 처음 가는 곳과 처음 보는 것들에 대해 자세히 말해주고 싶어할 때.

"세탁소집 옆에 슈퍼 있었잖아."

규옥이 말했다.

"어느 해였나 몰라. 만원에 아홉 개씩인가 열 개씩인가, 꼭 주먹같이 생긴 걸 한 바구니씩 팔았어. 별생각 없이 샀는데 그게 그렇게 맛있는 거야."

"뭐가?"

"사과가."

"아."

"근데 딱 한 해 팔고는 안 팔아."

"왜?"

"나야 모르지."

"세탁소집 말이야, 저번달에 아들이 결혼했다고 하지 않았어?"

은형이 묻자 규옥은 말도 말라고 했다.

"신부가 웨딩드레스 말고 한복을 입었는데, 한복도 이쁜 게 좀 많니. 결혼식인데 화사하면 좀 좋아? 퓨전인지 뭔지라는데 색깔은 위아래 다 허연 게, 비녀는 금방 흘러내릴 것처럼 비뚜름하고, 새색시가 아니라 꼭 상주 같았다니까."

덕산 방면으로 우회전을 하면서 은형은 결혼식 날 상주 같아지고 만 신부에 대해 생각했다.

"그리고 신부가 친구가 없었어."

결혼식 날 친구가 없는 신부에 대해서도 생각했다. 한복 얘기 때문이었을까. 규옥에게 세탁소집 아들의 결혼식 얘기를 들으면서 은형은 문득 규옥의 결혼식 사진을 떠올렸다. 규옥과 규옥의 남편, 그러니까 은형의 엄마와 아빠의 결혼식 사진. 은형이 앨범에서 빼냈던 사진은 두 사람이 폐백 복장을 하고 마당에서 찍은 사진이었다. 규옥 부부가 결혼을 하던 날, 마당의 천막 아래로 친척과 동네 사람들이 모이고 한쪽 구석에선 솥을 걸어 계속 국수를 삶았다고 했다. 앨범엔 신랑과 신부가 고개를 틀며 자연스럽게 웃는 사진도 있었고 키가 작은 아이들이 앞줄에 선 단체사진도 있었다.

하은 정도의 나이였을 때 은형은 엄마 아빠의 결혼기념일에 선물을 하고 싶었다. 모아둔 용돈으로 문구점에서 액자와 비닐 롤 포장지를 샀다. 앨범에서 엄마 아빠의 결혼식 사진 중 하나를 골라선 액자에 넣었다. 은형은 액자를 예쁘게 포장해서 깜짝 선물을 할 계획이었다. 하지만 계획대로 되지 않았고, 그래서 규옥은 여전히 은형이 그런 선물을 하려고 했었다는 걸 몰랐다.

"예산이 또 뭐가 유명하지?"

누군가가 창문을 열며 말했다. 차는 국도를 벗어나 가을 나무가 우거진 산길을 한참 들어갔다. 예산은 사과가 유명하고, 근처에는 아름다운 읍성이 있고, 그리고 또,

"수덕사가 있지."

맞다. 예산엔 수덕사가 있었다. 은형 일행이 기해년 11월 주말 하루를 묵게 될 곳. 일주문 직전 갈림길에서 좌회전을 해야 한다고 했다. 은형은 등산객들을 헤치며 수덕사 경내를 우회해 들어가 템플스테이 사무국 앞에 주차를 했다.

사시巳時는 오전 아홉시부터 열한시까지다. 은형은 절에 오면 사시라는 말을 일상적으로 들을 수 있는 게 좋았다. 절에선 새벽 예불과 저녁 예불 사이에 사시공양을 올렸다. 사시마지. 사시예불. 사시공양. 협탁 위에 놓여 있는 절에서의 일과표를 보면서 은형은 자신이 지금 사시라는 시간을 실감할 수 있는 곳에 와 있다

는 생각을 했다.

셋이 배정받은 방은 심연당 2호였다. 경내에서 등산길로 이어지는 터에 지어진 템플스테이용 한옥 중 한 채였다. 온돌바닥엔 벌써 불이 따끈하게 들어와 있었다. 가방을 내려놓자마자 규옥과 하은은 요를 펴고 방바닥을 뒹굴었다. 은형은 낯선 곳에 오면 일단 그곳의 지형과 지물과 전체 조망도와 예상 동선을 머릿속에 넣어야 안심이 되었다. 둘이 방바닥에 등을 지지는 동안 은형은 툇돌에 벗어놓은 셋의 운동화를 운동화 코가 마당을 향하도록 가지런히 돌려놓고, 가방 세 개를 방 가장자리에 나란히 세워놓고, 외투도 벽 옷걸이에 모두 걸어놓은 뒤 내일까지의 일정표를 시간대별로 머릿속에 입력했다. 은형 일행이 신청한 것은 프로그램이 있는 체험형 템플스테이였다.

11월이었지만 외투를 입어야 할지 말아야 할지 망설여질 정도로 날씨가 따뜻했다. 셋은 사무국에서 받아온 수련복 바지와 조끼로 갈아입고 심연당 앞마당으로 나가 인증사진을 찍었다. 규옥과 하은이 서면 은형이 찍고, 은형과 하은을 규옥이 찍고, 규옥과 은형을 하은이 찍었다. 규옥이 단풍잎이 달린 나뭇가지를 잡고 담에 기대서자 하은이 규옥의 독사진을 여러 장 찍었다. 예전 같았으면 은형은 무엇보다 하은의 사진을, 얼굴은 안 나와도 어디에서 뭘 하는지는 알 수 있는 SNS용 사진을 집중적으로 찍었겠지만—하은아, 섬프해봐. 하은아, 저쪽으로 걸어가봐. 하은아, 손 하트 그려봐. 하은아, 웃어봐―언제부턴가 그런 사진을 찍지 않았다. 똑같은 수련복을 입고 심연당 마루에 나란히 앉아 있는 규옥과 하은을 보면서 이 정도면 자신이 그리던 그림과 가깝다는 생각을 잠깐 했을 뿐이었다.

"구경 좀 하자. 무슨 좋은 게 들었길래 이렇게 단단히 메고 있나, 할머니 궁금해 죽겠다."

수련복 조끼를 입고도 그 위로 슬링 백을 메고 있는 하은을 보며 규옥이 말했다. 하나만 꺼내 보여달라고 규옥이 옆구리를 찌르자 하은이 몸을 틀며 큭, 했다.

"할머니, 저 내년이면 열두 살이에요."

"세상에, 너랑 나랑 오십 살 차이니?"

규옥이 새삼스러운 말을 했다. 규옥이 그 말을 할 때면 은형은 나이 차이가 좀더 나는 게 바람직하지 않나 생각하곤 했다.

"하은이 슬링 백에 뭐가 들었는진 나도 몰라, 엄마."

은형은 심연당 마루 끝에 있는 정수기로 가 텀블러에 물을 채웠다. 하은은 템플스테이 참가자 중에 자기 또래가 있길 간절히 바라고 있었다. 하지만 모임 장소인 소법당으로 가보니 아동은 하은이 유일했다. 은형 일행을 포함해 그 주말의 템플스테이 참가자는 모두 열 명이었다.

"엄마, 저 아저씨가 입은 플리스, 내 거랑 비슷해."

템플스테이 담당자를 따라서 사찰을 둘러보는 중에 하은이 말했다. 수련복 조끼 위로 양털 플리스를 걸친 통통한 체형의 남자는 혼자 온 것 같았고 사십대 중반쯤으로 보였다. 삼십대 딸과 함께 온 노부부가 있었고 이색 데이트를 온 듯한 이십대 남녀 연인이 있었다. 혼자 온 듯한 사십대 초중반쯤의 여자 한 명은 키가 컸는데 템플스테이 담당자와 제일 가까이에서 걸었다.

은형은 텀블러에 채워온 물을 마시면서 사람들과 서 있는 규옥과 하은 쪽으로 걸어갔다. 대웅전 뒤의 덕숭산은 단풍으로 울긋불긋했고 그 위로 늦은 오후 해가 걸쳐 있었다.

수덕사 대웅전을 은형은 십오 년 만에 보았다. 하은을 낳은 뒤로는 한 번도 와본 적이 없었다. 은형은 수덕사 대웅전을 좋아했었다. 누군가 대웅전 측면에 몇 시간 서 있으라고 하면 그렇게 할수 있을 만큼 이 오래된 목조건축물이 주는 기운을 사랑했었다. 그랬는데, 차로 두 시간이면 오는데, 어쩌다 십오 년 만에 오게 됐을까? 템플스테이 일행은 각자 흩어져 대웅전 뜰 앞에서 사진을 찍거나 법당에 들어가거나 했다. 규옥은 내내 산과 나무의 단풍에 넋을 빼앗겼고 하은은 심심하고 배고픈 표정으로 돌멩이를 툭툭 찼다.

스님이 나타난 건 일행이 범종각과 황하정루를 지나 절 초입의 수덕여관으로 내려갔을 때였다. 담당자가 이응로가 나혜석한테 그림 배우던 얘기를 막 끝냈을 때였다. 나혜석이 만공 스님한테 출가를 퇴짜 맞은 얘기라든가, 나혜석과 일엽 스님의 우정이라든가 하는, 수덕여관 앞에서 나누기 좋은 그런 일화들이 막 나오던 때였다. "열 분이시네요!"라는 말과 함께 한 비구니 스님이 템플스테이 팀 쪽으로 걸어왔다.

스님은 밀짚모자를 쓰고 있었고, 목소리가 컸고, 어딘가 가던 길인 듯 조금 분주해 보였다. 일행을 둘러보다가 스님은 한 가족이 눈에 들어왔다는 듯한 표정으로 규옥과 은형과 하은한테로 걸어왔다. 그러고는 사진을 찍어주겠다고 말했다. 셋이서는 아직 못 찍었을 거 아니냐고. 은형은 엉겁결에 스님한테 휴대폰을 건네고는 규옥과 하은과 나란히 섰다. 수덕여관이란 간판 글씨가 배경으로 다 나와야 예쁘다면서 스님은 은형의 휴대폰을 들고 몇 걸음 뒤로 물러났다. '자, 찍습니다'라거나 '하나 둘 셋' 대신 스님은 말했다.

"엄마 둘에 딸 둘이시네요."

은형은 집에 돌아와 수덕여관 앞에서 찍은 그 사진을 자주 열어봤다. 그 주말 셋이 함께 찍은 유일한 사진이었다. 수덕여관 나무 출입문 앞쪽으로 헐렁한 수련복 바지를 입은 규옥과 은형과 하은이 서 있었다. 사진엔 엄마 둘에 딸 둘이라는 말을 듣던 순간의 표정이 담겨 있었는데, 그 말에 순간적으로 웃고 있는 건 하은이었고 규옥과 은형은 둘 다 어리둥절한 표정을 하고 있었다.

"엄마, 채윤이 있잖아."

"응, 채윤이."

"걔가 3학년 때 나를 맨날 먹는 전이라고 놀렸어."

규옥과 은형과 하은은 성이 다 달랐는데 하은은 전씨였다. 너도 한마디해주지 그랬느냐고 규옥이 말하자 하은이 뿌듯한 표정으로 말했다.

"그래서 저도 채윤이한테 그랬어요. 너는 먹는 김이면서!"

그 얘기가 나온 건 공양실에 김이 많았기 때문이었을 것이다. 다들 배가 고팠는지 저녁 예불 전에 저녁 공양 시간이 있어 다행이다 싶은 얼굴들이었다. 사람들은 아직 서먹한 채로 테이블마다 흩어져 밥을 먹었다. 하은은 간장에 조린 당면찜을 제일 많이 담아왔다. 규옥은 무청나물과 월동초겉절이와 버섯탕수이를 담아왔다. 우무묵은 부드러웠고 미역줄기장아찌는 고슬고슬했다. 은형은 김부각을 두 접시째 갖다 먹었다.

"하은아, 니 엄마는 어려서부터 시꺼먼 음식을 그렇게 좋아했어."

김부각을 부숴 먹고 있는 은형을 보고 규옥이 말했다.

"떡도 거뭇거뭇한 도토리떡을 좋아하고. 아파도 흰죽은 안 먹어. 흑임자죽씩이나 해줘야 쳐다나 볼까."

하은이 은형을 보았다.

"엄마, 그래서 나한테 까만 밥을 해주는 거야?"

"다들 왜 그래? 블랙 푸드가 몸에 얼마나 좋은데. 항산화엔 블랙 푸드만한 게 없어."

그렇게 말하고 나니 은형은 갑자기 오징어먹물리소토가 먹고 싶었다. 공양실 소쿠리에 쌓여 있던 김부각을 반 정도는 자신이 먹은 것 같았다. 김에 찹쌀풀을 하얗게 발라 튀겨서인지 김부각은 검다기보다는 희끗희끗했다.

"김에 눈 묻은 것 같다."

옆에서 같이 김부각을 집어먹다가 하은이 말했다.

"겨울에 회양목 화단에 눈 내려봐. 그게 꼭 쑥버무리 같아."

규옥의 말에 "맞아" 하고 은형이 말했다.

진짜 그런 음식들이 있었다. 풀에 눈 내린 것 같은 음식들. 두부 쑥갓무침 같은 것. 톳에 두부 으깨 무친 것. 쑥에 흰 쌀가루 뿌려 쪄낸 것. 쑥버무리, 쑥설기.

"너 가졌을 때, 알이 꽉 찬 양미리조림이 그렇게 먹고 싶었는데."

규옥의 말에 양미리가 뭐냐고 하은이 물었다.

"왜, 그, 있잖아."

규옥은 양미리라는 물고기의 생김새를 설명하기 시작했고 어느 순간 주위를 보니 다들 일어나 나가고 공양실엔 셋만 있었다. 공양실 보살님이 하은을 부르더니 수련복 조끼 주머니를 벌려보라고 했다. 밤이 많이 남았다면서 보살님은 삶은 밤을 하은의 주머니에 넣어주었다. 은형도 몇 개를 받아 넣었다.

"세상에, 밤이 주먹만하네."

규옥이 옆으로 오더니 말했다. 밤이 주먹만하다니? 아까는 사과보고 주먹만하다고 하지 않았나? 은형은 허탈한 표정으로 규옥을 보았다. 그 말을 들었을 때 은형은 정말로 주먹만한 크기에 울퉁불퉁하고 못생긴 사과를 떠올렸었다. 하지만 예상과 다른 사과일 수도 있겠단 생각이 들었다. 규옥은 누군가와 통화를 하면서 저만치 먼저 걸어갔다. 여섯시도 되지 않았는데 밖은 컴컴했다. 하은은 주먹만한 밤들의 무게 때문에 수련복 조끼가 무릎까지 닿을 것 같았다.

"내가 먼저 양치해야지."

은형이 주머니에 손을 넣고 뛰기 시작하자 하은은 뛰지도 걷지도 못하고 서서 은형을 불렀다.

"엄마! 아, 엄마!"

뭔가 반칙이라는 듯한 목소리로,

"엄마!"

하은이 계속 은형을 불렀다.

"같이 가, 엄마!"

은형은 멈춰 서서 뒤를 돌아봤다. 어둑어둑한 경내 저쪽에서 울룩불룩 늘어진 조끼를 입고 열한 살 하은이 걸어오고 있었다. 은형은 다가가서 밤을 덜지도, 웃지도 않았다. 무표정하게 서서 하은을 쳐다만 봤다.

하은이 툴툴거리며 옆에 와 선 뒤에야 은형은 조금 웃었다. 그제야 정신을 차린 듯이. 그때까지도 은형은 공양실에 텀블러를 두고 온 걸 알지 못했다. 저녁 예불 시간에 맞춰 법고각 앞으로 갔을 때는 법고 테두리가 다 보이지 않을 만큼 어두웠다. 관람객들도 등산객들도 모두 돌아가고 템플스테이 일행만 남아 있었다. 사람들이 두 손을 모으고 서서 스님들이 번갈아가며 법고 치는 걸 보고 있었다. 은형은 숙소에 들렀다 컴컴한 경내로 다시 나오면서부터 뭔가가 너무도 허전하게 느껴졌는데, 그게 추위 때문인지 주위가 어두워서인지 알 수 없었다. 텀블러 때문인 걸 알아차렸을 땐 이미 공양실로 뛰고 있었다.

처음 있는 일은 아니었다. 지난 몇 년간 은형은 그 텀블러를 어디에든 들고 다녔고, 그래서 어딘가에 두고 올 때가 종종 있었다. 하은을 픽업하러 유치원에 갔다가 신발장 위에 놓고 오기도 했고 지하철로 한 시간 거리의 먼 동네 술집에 두고 온 적도 있었다. 동네 카페에, 놀이터 벤치에, 규옥의 집에, 또 어딘가에, 어딘가에. 다시 찾으러 가보면 텀블러는 거기에 그대로 있거나 누군가가 보관해놓고 있었다. 은형은 정리가 막 끝나가는 공양실 문을 열었고 이번에도 보았다. 정수기 옆에서 은형이 찾으러 와주길 기다리고 있는 빨간색 써모스 텀블러를!

다시 법고각으로 갔을 땐 다들 예불을 드리러 대웅전 안으로 들어가고 아무도 없었다. 은형은 한 손에 텀블러를 들고 서서 텅 빈 보름달 같은 법고를 쳐다봤다. 법고 가죽에서 빛이 나오나 했는데 법고각 난간을 돌아 따라가보니 뒤편의 명부전에서 나오는 불빛이었다. 그 안에서도 누군가 저녁 기도를 하고 있었다. 영가 인등 접수중이라는 안내 현수막이 보였다. 잔바람이 불고 있어서 영가라는 글자도 인등이라는 글자도 어둠 속으로 숨었다 나타났다 했다. 은형은 명부전 앞으로 몇 발자국 다가서다 멈췄다. 저쪽 대웅전에서 규옥이 문을 열고 나왔다. 이어서 하은이 나왔고 다른 참가자들도 나왔다. 다들 은형은 보지도 않고 줄지어 어딘가로 가고 있었다. 은형은 맨 끝에 붙어 그들을 따라갔다.

일행이 도착한 곳은 소법당이었고, 스님이 찻물을 끓이면서 그들을 기다리고 있었다. 오후에 수덕여관 앞에서 만났던 스님이었다. 사진을 찍어준 뒤 산 쪽으로 바쁘게 올라가는 걸 보고 선원 스님이라고 생각했었는데, 그 스님이 템플스테이 담당이었다. 은형은 머릿속에 입력했던 일정표를 불러냈다. 그러니까 그 시간은 '스님과의 차담' 시간이었다. 각자 자기소개를 하고—어디에서 왔고 어쩌다 왔는가? 홍성에서 왔고 예전부터 템플스테이를 꼭한번 해보고 싶었습니다—고민이 있으면 스님께 말해보기도 하는 시간. 참가자들은 소법당에 둥그렇게 둘러앉아 스님이 우려낸 차를 찻잔에 나누어 따랐다. 스님은 팀의 유일한 아동인 하은에게 먼저 말을 걸었다.

"몇학년이에요? 학원 다니는 거 힘들지요?"

사람들이 모두 하은을 보았고 은형도 하은을 보았다. 이런저런 대답을 하는 하은을 보면서 은형은 생각했다. 입술이 왜 저렇게 텄지. 립밤 좀 잘 바르지. 내가 요새 과일을 안 먹었나. 그러는 사이 하은은 무슨 말 끝엔가 11월 11일 얘기를 하고 있었다.

요새는 무엇을 좋아하는지, 무엇을 기다리는지, 어쩌면 스님이 그런 걸 물어봤는지도 몰랐다.

"저는 빨리 11월 11일 11시 11분이 됐으면 좋겠어요."

하은이 말하자 스님이 왜냐고 물었다. 이유를 생각해본 적이 없다는 얼굴로 잠시 어리둥절하게 있다가 하은이 말했다.

"음, 그때가 진정한 빼빼로 데이거든요."

"그 시간이 되면 소원 같은 걸 비는 거예요?"

"그런 건 아니고요. 그냥 그때 시계를 보는 거예요. 11월 11일 11시 11분에. 11월 11일 11시 11분이다! 하면서요."

"나도 그랬는데."

그렇게 말한 건 남자친구와 함께 온 이십대 여자였다.

"초딩 때 저도 그랬어요. 11월 11일 11시 11분을 기다렸어요."

"……"

"1월 23일 4시 56분도 기다렸는데."

그러더니 여자는 큭큭큭큭큭 웃었다. 좀 길다 싶게. 사람들 시선이 하은에게서 이십대 커플로 향했다. 옆에 있던 남자친구가 결혼 전에 좋은 추억을 만들고 싶어서 왔다고 말했다. 누군가가 축하한다고 말했다.

"스님."

초딩 때 11월 11일 11시 11분을 기다리곤 했다는 여자가 스님을 불렀다. 그러곤 찻잔에 든 연잎차를—소주도 아닌데—한 번에 털어 넣더니 말했다.

"저는요 스님, 그러니까 제가, 결혼을 하게 된 거예요. 스님."

"우리 딸은 언제 가나."

말을 받은 건 딸과 남편과 함께 온 노부인이었다. 그녀는 규옥과 비슷한 육십대 여성으로 보였는데 규옥과는 분위기가 달랐다. 피부는 잡티 없이 매끄러웠고 머리카락은 정기적으로 뿌리 볼륨펌을 한 것처럼 풍성했다. 살면서 독촉 전화 같은 건 한 번도 받아보지 않았을 것처럼 얼굴엔 너그럽고 유머러스한 표정이 배어 있었다. 머리가 희끗한 남편과 내내 손을 잡고 다녔는데 그들의 딸은 두 사람이 하는 모든 말에 시큰둥한 표정을 지었다.

"저는 고양이랑 살아요."

혼자 온 키 큰 여자가 말했다.

"저는 아내와 아이와 삽니다."

혼자 온 플리스 남자가 말했다. 플리스 남자는 바로 어떤 조치를 취해야 하는 게 아닐까 싶을 정도로 얼굴에 수심이 가득했다. 무언가 큰 고민을 털어놓을 듯한 표정이었는데 갑자기 의상대사와 원효대사 얘기를 꺼내 분위기를 뜨악하게 했다.

"제가요, 스님."

플리스 남자의 얘기를 끊어낸 건 규옥이었다.

"제가 얘를."

규옥이 은형을 가리켰다.

"사시에 낳았어요. 스님."

은형의 팔을 잡으며 규옥이 말했다.

"얘가 기미년 양띠예요."

이어 하은을 가리키면서는 "제 손녀는 기축년 소띠".

마지막으로 자신을 가리키며 규옥이 말했다.

"저는 기해년 돼지띠고요."

스님이 "아이고 어머니, 올해 환갑이시네요" 했다.

누군가가 또 축하한다고 말했다.

은형은 규옥이 사시라는 시간을 말했다는 데에 좀 놀랐지만 생각해보면 자신이 사시에 의미 부여를 해온 건 어려서 규옥에게 그 말을 들었기 때문인 것도 같았다.

규옥은 은형을 스물하나에 낳았다. 스물하나가 되던 해의 겨울에, 사시에. 오전 아홉시부터 열한시 사이, 밤과 새벽을 한참 지나온 시간, 사시는 빼도 박도 못하는 완연한 아침이었다.

"귀중품인가봐요."

스님이 은형을 보며 말했다. 은형은 자신도 모르게 텀블러를 내내 껴안다시피 팔에 감고 앉아 있었다. 그제야 생각난 듯 텀블러를 바닥에 내려놓으며 은형은 스님을 보았다. 스님은 둥근 안경을 쓰고 있었다. 신도들을 많이 만나는 소임을 맡은 스님들이 그렇듯 눈매가 활달했다. 하지만 그 모든 활기가 혼자 있기 위한 시간을 벌기 위해 치러야 하는 과정이라는 듯, 무언가를 견디는 듯한 분위기도 함께 있었다. 스님을 마주보며 불경스럽게도 은형은 생각했다. 77년생? 아니면 76? 많이 잡아서 75? 자신과 나이 차이가 많지 않을 것 같았다.

"아이가 어렸을 때 선물받은 텀블러인데요, 어쩌다보니 늘 들고 다녀요. 물을 자주 마시기도 하고…… 손에 너무 익어서 그런가, 없으면 불안하더라고요."

"저도 11월 11일을 기다리고 있어요."

그 말을 하면서 스님은 은형을 봤던 것 같기도 하고 찻잔을 봤던 것 같기도 하다. 스님이 11월 11일을 기다린다고 말했던 그때는 처음 만난 사람들이 수덕사 소법당에 둘러앉아 있던 때였고 기해년의 11월 9일이었다.

템플스테이 팀들은 그래서 알게 되었다. 내일모레 11월 11일은 빼빼로 데이이기도 하지만 기해년의 동안거 결제일이기도 하다는 걸. 스님은 템플스테이 담당이기도 했지만 은형의 처음 짐작대로 선원에서 수행을 하는 스님이었다. 안거가 시작되면 삼 개월 동안 선원에 들어가 바깥출입을 하지 않는 스님.

산문이 내일 닫힌다고 스님이 말했다. 템플스테이 둘째 날 아침에는 신중턱의 선원까지 포행을 하는 일정이 있었다. 기라성 같은 선사들을 배출한 유명 선원이라 늘 관람객들이 있는 곳이었지만 안거 기간엔 관람객도 템플스테이 팀도 선원 안으로 들어가지 못했다. 내일 닫힌 산문은 기해년이 다 지난 다음해 2월 무렵에야 다시 열릴 것이었다. 그러니까 이 템플스테이 팀은 기해년에 선원에 들어갈 수 있는 마지막 팀이었고 이 스님과 차담을 나누는 기해년의 마지막 팀이었다.

"다음 기해년이 오려면 얼마나 있어야 되나."

"다시 육십 년이 지나야죠."

차담을 마치고 일어서며 사람들은 그런 얘기를 했다.

아침부터 운전을 해 몸이 피곤했지만 은형은 방에 돌아와 누워도 눈이 감기지 않았다. 규옥과 하은은 씻고 나란히 누워 각자 휴대폰을 들고 있었다. 규옥은 유튜브로 한 트로트 가수의 영상을 봤고 하은은 캐릭터 꾸미기를 했다. 은형은 팔베개를 하고 모로 누워 둘을 보았다.

규옥은 피부 여기저기에 붉은 반점이 돋아나고 있었다. 병원에 가도 원인을 알 수 없었고 한약을 먹고 침을 맞아도 차도가 없었다. 그건 규옥이 지난 육십 년을 살면서 한 번도 겪어보지 않은 일이었다. 근래 규옥의 몸에는 규옥이 생애 처음 겪는 일들이 어느 때보다도 극적으로 일어나고 있었다. 허리에, 어깨에, 손목에, 혈관에, 어떤 기미처럼, 결과처럼, 시작처럼. 그것은 피부 표면으로 기어코 드러날 수밖에 없는 어떤 일인 것 같았다.

하은의 휴대폰에서 "아홉시예요" 하고 아이 목소리 알람이 울렸다. 은형이 일어나 방의 불을 껐다. 셋은 천장을 보고 나란히 누웠다. 아직 불을 끄지 않은 방들이 있는지 창호가 희붐했다.

"엄마, 할머니, 그거 아세요?"

"뭐?"

"자기 전에 오른손을 베개 밑에 넣고 왼손을 가슴에 얹은 다음에요, 꿈에서 보고 싶은 사람 이름을 세 번 부르고 자잖아요? 그럼 그 사람이 진짜 꿈에 나온대요."

"우리 강아진 어디서 그런 말을 그렇게 잘 주워듣니?"

그러면서 규옥이 하은에게 너 먼저 해봐라, 했다.

하은이 오른손을 베개 밑에 넣고 왼손을 가슴에 얹었다.

"민윤기. 민윤기. 민윤기."

"윤기가 같은 반 친구니?"

규옥의 말에 하은이 큭큭 웃었다.

"방탄 슈가 오빠예요."

이번에는 규옥이 오른손을 베개 밑에 넣고 왼손을 가슴에 얹었다. 아무 말이 없길래 하은과 은형이 어서 이름을 말하라고 재촉했는데…… 규옥은 속으로 이미 말했다고 우겼다.

"그건 반칙이죠!"

하은과 은형이 동시에 외쳤다. 그러고 나니 은형의 차례였다. 은형도 오른손을 베개 밑에 넣고 왼손을 가슴에 얹었다. 하지만 아무도 떠오르지 않았다. 누구라도 좀 떠올리고 싶었지만 아무도. 꿈속에서 보고 싶은 사람이 한 사람도 떠오르지 않는다는 것에 은형은 충격을 받았다.

반칙이라는 항의를 받으면 뭐라고 해야 하나 생각하고 있는데 규옥의 규칙적인 숨소리가 들렸다. 하은도 조용했다. 은형은 곁눈으로 둘의 실루엣을 느끼며 한참 동안 천장을 쳐다봤다. 그러다 머리맡을 더듬어 휴대폰을 집어들었다. 은형은 포털 검색창을 열고 '양미리'라고 쳤다. 휴대폰 불빛 때문이었을까. 하은이 뒤척이다 은형의 휴대폰 쪽으로 고개를 내밀었다. 은형은 하은도 볼 수 있게 휴대폰을 더 들고는 양미리의 이미지 탭을 눌렀는데…… 둘은 동시에 헉, 소리를 내고 말았다. 뱀장어 같은 물고기 수십 마리가 줄줄이 꿰이거나 엉켜 있는 이미지가 휴대폰 화면을 가득 채웠던 것이다. 은형은 서둘러 검색어를 '양미리조림'으로 바꿨다. 그제야 보기에 수월한 음식 사진이 나왔다. 하은은 무와 대파와 함께 조린 전골냄비 속 양미리 사진을 마지막으로 보고 잠이 들었다.

은형은 심연당 뜰 쪽으로 난 창문을 조금 열고는 창문턱에 팔을 걸치고 캔 맥주를 땄다. 얼굴에 찬 공기가 와닿자 11월 밤이라는 실감이 났다. 사람들이 묵고 있는 방 창호가 마당을 끼고 길게 이어져 있었다. 끝 방은 템플스테이 담당 스님의 방, 저 방은 누군가의 방, 또 누군가의 방. 마당은 어두웠고 한쪽 끝에서 음료 자판기가 빛을 내고 있었다.

은형은 맥주를 더 마셨다. 잠들지 못하는 사람들이 간간이 마당을 지나갔다. 초딩 때 11을 기다린 여자가 고양이와 함께 사는 여자에게 무슨 말인가를 토해내며 지나갔고 초딩 때 11을 기다린 여자의 남자친구와 플리스 남자가 허공으로 숨을 뿜으며 지나갔다. 내일이면 선원에 들어가는 스님의 방에 불이 켜졌고, 어느 순간 다시 꺼졌다. 마당에 남은 잔광이 은형을 더 잠 못 들게 했다.

그날 밤 규옥은 자면서 간간이 앓는 소리를 냈다. 아주 긴 시간의 피로가 누적되어 나오는 듯한 소리였다. 오랫동안 집안의 노동과 집밖의 노동을 함께 해온 사람의 소리. 여전히 육체노동을 하고 있는 사람의 소리. 기해년에 태어나 다시 기해년을 맞은 사람의 소리. 새벽이 되자 규옥은 언제 앓았냐는 듯 은형과 하은을 깨우며 가장 먼저 예불을 드리러 갈 준비를 했다. 아침 공양실에서도 제일 큰 목소리로 템플스테이 팀한테 인사를 했다.

공양이 끝나고 선원으로 포행을 갈 시간이 다가왔을 무렵, 경내를 산책하다가 규옥은 명부전 앞에서 걸음을 멈췄다. 그리고 법당 앞에서 신발을 벗기 시작했다. 지장보살님께 인사를 드리고 가야겠다는 것이었다.

"내가 여길 또 언제 오겠니."

규옥이 말했다.

"차로 두 시간이면 오는데."

그렇게 말했지만 은형은 알고 있었다. 규옥도 하은도 은형 자신도 어쩌면 여기에 다시 오지 못할 것이다. 언제든 갈 수 있어서 두 번은 가보지 못하는 다른 많은 장소처럼.

스님과 일행이 다 함께 선원으로 출발하기로 한 시간이 지났는 데도 규옥은 법당에서 나오지 않았다. 은형은 규옥을 부르러 안으로 들어갔다. 명부전 한쪽 벽면, 주먹보다 작은 등이 빼곡하게 꽂혀 있는 영가 인등단 앞에 규옥이 서 있었다.

"나도 이걸 하나 밝혀야겠다."

은형이 다가가자 규옥이 말했다.

"아빠 인등은 봄에 달았잖아. 외할머니 인등도 달았고."

"그애 걸 달아야겠어."

그러면서 규옥은 촌수도 아득한 먼 친척 얘기를 했다. 꼭 하은 이만한 나이였다는 어떤 여자아이 얘기를. 여름방학을 앞둔 어느 더운 날, 아이는 학교를 마치고 집에 오다가 친구들과 냇가로 들어갔다. 그애가 그날 멱을 감다가 죽었다고, 규옥이 말했다.

은형은 규옥이 왜 지금 그런 얘기를 하는지 알 수 없었다. 규옥 과도 두어 번밖에는 본 적이 없다는 먼 친척 동생 얘기를 왜.

"아무데도 없어."

인등을 보며 규옥이 말했다.

"그애가 아무데도 없어. 내 결혼식 사진에만 있다."

법당 바닥에 아지랑이 같은 것이 어른댔다. 인등 그림자인지 아침해가 비쳐 드는 것인지 불분명했다. 열린 법당 문 밖으로 하은이 서 있는 것이 보였다.

그맘때, 은형은 액자와 비닐 롤 포장지를 샀었다. 앨범에서 엄마 아빠의 결혼식 사진을 꺼내 액자에 넣고 있었지.

"누비 원피스에 바가지 머리를 하고 왔었어."

결혼식 단체사진의 앞줄엔 어떤 여자아이가 있었을 것이다. 누비 원피스에 바가지 머리를 하고 친척 언니의 결혼식에 온 아이. 그로부터 몇 달 뒤 떡을 감다 죽은 아이. 오직 규옥의 결혼식 사진에만 남은 아이.

은형은 누비 원피스를 입은 바가지 머리의 여자아이가 사진에 있었는지 기억나지 않았다. 은형이 기억하고 있는 건 이런 것이었다. 은형이 비닐 롤 포장지를 액자에 맞게 자르고 있을 때 아빠가 지나가다 은형을 보았다는 것. 딸이 꺼내든 게 자신의 결혼식 사진인 걸 알고 그는 손을 내저었다. 그는 화를 내지도 않았고 조금 웃기까지 했지만 은형은 짧은 순간 뭔가를 알아차렸다. 아빠가 자신의 결혼을 기념하고 싶어하지도 포장하고 싶어하지도 않는다는 것을.

결혼을 할 때 그들은 둘 다 스물한 살이었다. 결혼식을 할 때 그들에게 이미 은형이 들어서 있었다는 걸 은형은 아주 나중에 할머니에게 들었지만 아빠가 손을 내저은 이후로 은형은 엄마 아빠의 결혼기념일을 더는 기억하지 않았다.

은형의 휴대폰을 들고 문가에 서 있던 하은이 은형을 불렀다.

스님에게서 문자 메시지가 와 있었다.

'먼저 올라갑니다. 천천히 오세요. 지현.'

규옥은 인등 담당자가 올 때까진 움직이지 않을 것 같았다. 그래서 은형도 기다렸다. 인등 담당자가 오기를. 완연해진 아침해가 경내를 반쯤 채웠을 무렵, 규옥은 기어코 명부전 벽면 한쪽에 어떤 여자아이의 등 하나를 밝혔다.

그 사실을 은형은 예산에서 돌아와서도 오래 기억했다.

명부전에서 나와 셋은 지름길로 추정되는 길로 접어들었다. 길 초입에서 보았던 선원 안내 표지판이 어쩐지 보이지 않았고 마애불이 먼저 나왔다. 마애불 앞을 쓸고 있던 할아버지가 산길을 가리키며 말했다. 이 길로 가면 선원이 금방이라고. 그래서 셋은 산을 타기 시작했는데…… 규옥은 산에 들어서자 물을 만난 것 같았다. 하은도 곧잘 규옥을 따라갔다. 제일 허덕대는 건 은형이었다. 은형은 한참 가다 바위에 퍼져 앉아서는 앞서가는 규옥과 하은을 쳐다봤다. 텀블러의 물을 한 모금 마시고 바라보면 규옥과 하은은 저만큼 가 있었고 다시 한 모금 마시고 바라보면 그만큼 더 멀어져 있었다. 시야에서 완전히 사라지지는 않을 만큼 그들은 은형을 기다렸고, 따라잡았다 싶으면 다시 훌쩍 가버렸다. 한 사람은 은형을 낳은 여자였고 한 사람은 은형이 낳은 여자였다.

"텄다, 텄어."

아무리 가도 선원이 나오지 않자 규옥이 말했다. 그 말에 왠지 마음이 편해져서는 셋은 아예 등산을 온 사람들처럼 멋진 바위와 멋진 나무를 찾아 사진을 찍었다. 그날 아침 덕숭산을 헤매면서 셋은 이런 사진을 갖게 되었다. 아마도 앞서 걷던 규옥이 뒤돌아서 찍었을, 하은과 은형이 간격을 두고 산길을 걷는 사진. 가슴팍에 슬링 백을 단단히 가로질러 멘 하은이 규옥을 보며 웃는 사진. 휘어진 소나무에 기대서서 은형이 턱에 텀블러를 받치고 웃는 사진. 드디어 선원 지붕이 보였을 때 규옥이 무릎을 치는 사진.

마애불 앞을 쓸던 할아버지가 다시 선원 마당을 쓸고 있었다. 셋이 한참 헤맨 걸 아는지 모르는지 그는 태연하게 요사채를 가리켰다. 안으로 들어가니 템플스테이 일행이 한 스님을 중심으로 둥그렇게 둘러앉아 있었다. 그 스님은 우리의 지현 스님이 아니었다.

"남자 스님이시네."

하은이 은형에게 속삭였다. 눈앞엔 유명한 큰스님이 앉아 있었다. 눈썹까지 하얗게 센 스님은 암투병 시절을 얘기하는 중이었다. 한때 말기암 환자였다는 게 믿기지 않을 만큼 스님은 강건해 보였고, 더없이 안온하고 인자하게 사람들과 눈을 맞추고 있었다. 유머러스한 노부인과 규옥은 스님의 말에 완전히 빠져들었고 플리스 남자도 크게 감복한 표정이었다.

은형은 고양이와 사는 여자에게 물었다. 스님 어디 가셨느냐고. 우리의 담당 스님. 지현 스님. 여자는 모르겠다는 듯 고개를 젓고는 다시 큰스님의 말씀에 집중했다. 십몇 해 전인가 이십몇 해 전인가, 큰스님께선 위아래로 피를 쏟는 말기암 환자의 몸으로 미국으로 건너가셨다. 아무도 모르는 곳에서 누구에게도 짐이 되지 않고 죽겠다는 생각으로. 스님은 그러는 중에도 주력 수행만은 놓지 않으셨고…… 그 큰 미국 땅에서 스님을 알아본 신도를 만나셨고…… 그 모든 과정 끝에 지금은 누구도 흔들 수 없는 서사를 가진 큰스님이 되셨다.

산문은 오전에 이미 닫혀 선원 어디에도 사람들은 보이지 않았다. 템플스테이 팀이 정말 마지막 객인 듯했다. 선원 뜰로 나와 일행은 한 사람씩 돌아가며 큰스님과 사진을 찍었다.

"세상에, 수행의 힘이 얼마나 대단하니. 말기암을 이기게 하고."

규옥이 큰스님을 바라보며 말했다.

"엄마, 스님이 병을 고친 건 존스홉킨스병원에서 치료를 받아서야. 이건희가 병 치료받은 데, 존스홉킨스."

그렇게 말했지만 은형도 어쩌면 수행의 힘이라고 생각했다. 그는 수행력이 깊은 선승이었다. 당대의 덕망 있는 선지식이었다. 역사에도 길이 남을 것이다. 규옥이 우리도 사진을 찍자고 했다. 은형은 규옥과 하은만 보내곤 그대로 있었다. 큰스님 옆에 서서 웃을 기분이 아니었다.

휴대폰을 들고 서서 은형은 곧 안거에 들어가는 선원의 창호만 쳐다봤다. 일행은 이미 지현 스님과 작별인사를 한 것인지 얼굴에 아쉬움이 없어 보였다. 마지막 인사라도 하고 싶어 문자 메시지

창을 열었지만 은형은 메시지를 보내지 못했다. 망설이고 망설였지만 전화를 하지도 못했다.

선원에서 나오기 전, 템플스테이 팀은 마지막으로 뜰에서 다 같이 단체사진을 찍었다. 일행이 나갈 수 있도록 큰스님이 곁문을 열었다. 한 사람씩 고개를 숙이고 작은 문을 빠져나갔다. 은형은 계속 뒤를 돌아보다 맨 끝으로 나왔고, 은형이 마지막으로 나오는 동시에 기해년의 산문은 모두 닫혔다.

일요일이라 선원 밖 돌계단 길엔 등산객들이 줄을 이었다. 가파른 계단을 한참 걸어내려간 뒤에야 은형은 손이 허전한 걸 깨달았다. 머릿속이 하얗게 타오르기 시작했다.

"엄마, 하은이랑 먼저 내려가. 나 텀블러 찾아서 따라갈게."

은형은 등산객들을 밀치며 돌계단을 뛰어오르기 시작했다. 기대와 절망이 교차하는 각성 상태 속에서 은형은 숨도 안 쉬고 계단을 뛰어올랐다. 규옥과 하은이 큰스님과 사진 찍는 걸 볼 때만 해도 은형은 텀블러를 들고 있었다. 언제 손에서 놓은 것일까. 일행이 나온 곁문은 굳게 잠겨 있었다. 은형은 선원 담을 따라 돌아가면서 문들이 나타날 때마다 흔들었다. 동안거 준비가 끝난 선원 안에선 어떤 기척도 느껴지지 않았다. 담이 낮아지는 쪽에 다다라 은형은 걸음을 멈췄다. 측면 네 칸, 정면 일곱 칸, 선원 전각이 눈에 들어왔다. 창호를 칸칸이 훑어가다 은형은 돌 기단 위에서 시선을 멈췄다. 기단 귀퉁이 위에 빨간색 물체가 놓여 있었다.

그것은 분명히 은형의 텀블러였다. 은형의 것이었다.

은형은 담 밖에 선 채로 담 안을 바라봤다. 바라보고 또 바라봤다. 손을 뻗으면 닿을 것 같은데, 손에 잡히진 않으리라는 감각이 전해져왔다. 아주 분명한 감각이었다. 숱하게 되찾아왔지만 마침내는 잃어버린 것이다. 다음 계절이 와도 그것을 다시 찾지는 못할 거라고, 알아차리면서도 받아들이지는 못한 채로, 은형은 망연하게 서 있었다.

규옥에게서 전화가 오고서야 은형은 발길을 돌렸다. 돌계단 길 중간에 규옥이 혼자 서서 은형을 기다리고 있었다.

"하은이는?"

은형은 다짜고짜 물었다.

"사람들이랑 먼저 내려갔지."

"애를 혼자 보내면 어떡해? 내가 없으면 엄마가 챙겼어야지!"

은형은 규옥에게 갑자기 성을 냈다.

"걔가 혼자 갔니? 사람들이랑 내려갔다니까."

내려가는 동안 은형은 한마디도 하지 않았다. 나란히 걷다가 규옥이 은형을 힐끔 보았다.

"네 나이 때가 나는 그렇게 재미있었다. 마흔 막 넘었을 때. 어디를 놀러가도 신이 나고, 뭘 먹어도 맛있고. 딱 좋을 때야."

은형은 대꾸를 하지 않았다.

"지금 같은 세상에, 마음만 먹으면 얼마나 재미난 게 많니. 좋은 게 좀 많아."

은형은 걸음을 늦췄다. 다리에 힘이 풀리는 것 같았다. 잠깐 잊고 있었던 것이다. 규옥과 자신 사이엔 어떻게 해도 좁힐 수 없는 거리가 있다는 걸. 나와는 너무도 다른 사람이라고, 은형은 규옥에 대해 그렇게 생각한 시간이 길었다. 어쩌면 아직까지도. 여전히.

범종각 앞쪽에 하은과 일행이 서 있었다. 고양이와 사는 여자가 하은에게 휴대폰 속 사진을 보여주고 있었다. 노부부가 기특하다는 표정으로 하은에게 무슨 얘기인가를 했다. 초딩 때 11을 기다린 여자도 말끝에 씩 웃었다. 은형과 규옥이 오자 일행은 하은을 잘 보호하고 있었다는 듯 자연스럽게 흩어졌다. 안도감과 허탈감이 동시에 밀려와 은형은 자리에 주저앉았다.

"얼굴 익을 만하니까 헤어지네요."

누군가가 말했고 템플스테이 팀은 그렇게 각자의 집으로 출발했다. 아마 다시 보진 못하겠지. 다들.

일요일 오후의 서해안고속도로를 달려 규옥을 내려주고 집에 돌아오니 늦은 저녁이었다. 익숙한 공간으로 돌아오고 나니 몇 시간 전만 해도 덕숭산을 헤매고 있었다는 게 은형은 실감이 나지 않았다. 그래서 SNS를 뒤적였는데…… 누군가의 인스타그램에 템플스테이 단체사진이 올라와 있었다. 피드를 내려보니 초딩 때 11을 기다린 여자가 올린 것이었다. '#수덕사 #수덕사템플스테이'라는 해시태그를 달고 있는 사진엔 규옥과 하은과 은형이, 얼굴에 수심이 촘촘한 플리스 남자가, 노부부 가족이, 휴대폰에 고양이 사진이 가득한 여자가, 결혼을 약속했다는 남녀가 웃고 있었다. 일행 뒤로는 모래색 돌 기단이, 그 위로는 일곱 칸 선원 전각이 펼쳐져 있었고 보이진 않지만 어느 칸엔가는 그들을 담당했던 스님, 은형에게 먼저 간다는 메시지를 보낸 스님이 있을 것이었다. 사진 속에서 은형은 텀블러를 들고 있지 않았다.

월요일 아침이 되어 하은은 학교에 갔고 오후가 되어 학교에서 돌아왔다. 은형이 규옥에게 전화를 걸어 피부 반점이 어떤지를 묻고 났을 때 하은이 책가방에서 빼빼로 한 통을 꺼냈다.

"엄마, 아까 11시 11분에 뭐하고 있었어?"

은형은 멍한 표정으로 하은을 쳐다봤다. 아무리 되짚어보려고 해도, 그 시간이 어떻게 지나갔는지 은형은 기억나지 않았다.

점등

일 년 만에 찾아온 날이었다. 한낮엔 덥다 싶은 날씨가 이어졌지만 동기들 단톡방에서는 겨울 외투 얘기가 오가고 있었다. 누구는 드라이클리닝을 해서 넣어놓은 외투를 다시 꺼낼 거라고 했고 누구는 그냥 봄 점퍼 안에 내복을 입을 거라고 했다.

　해마다 그랬다. 내내 맑다가도 점등식이 있는 날만 되면 비가 오고 바람이 불고 기온이 내려갔다. 경이 동기들과 함께 처음 점등식을 했던 십 년 전 이래로 한 해도 춥지 않은 날이 없었다.

　첫해 점등식 때 경은 주차 안내 팀으로 배정을 받았다. 경광봉을 들고 광화문 삼거리 정부중앙청사 앞에 서서 버스는 경복궁 주차장으로, 승용차는 조계사 주차장으로 안내를 하는 일이었다. 행사 차량들에 미리 주차 비표를 나눠주고 안내 전화를 돌려도 현장에선 뭔가가 계속 엉켰다. 재미없고 힘들고 허허벌판에서 내내 떨어야 하는 일이었다.

점등식 업무 분장표를 받고 동기들 중에 제일 좋아한 사람은 전산실의 욱이었다. 점등 버튼대를 담당하는 의전 팀에 들어가 있었던 것이다. 욱이 한 일은 버튼대에 네임 카드를 붙이는 게 다였지만 욱은 점등식의 핵심이 점등 버튼을 누르는 것이며, 그러므로 동기들 중 자신이 가장 핵심적인 업무에 배치됐다고 주장했다.

교육원의 비는 시설 팀으로 들어갔는데 점등식 며칠 전부터 근무시간 틈틈이 광화문에 나가 용접 보조를 했다. 광화문 앞에서 한 달 동안 밝혀질 등은 대형 연꽃등이었다. 연꽃 뼈대와 줄기는 전부 쇠였는데 비는 꽃을 세우는 용접사 밑에서 불똥을 맞아가며 뼈대를 붙잡고 있었다고 했다.

"여기 불똥 맞은 사람 있어?" 첫해 점등식이 끝나고 뒤풀이 2차를 간 자리에서 동기들은 자신이 경험한 첫 점등식 업무가 얼마나 힘들었는지를 말하기 바빴다. 그해 초에 같이 들어온 동기들은 여섯 명이었다. 함께 신입 직원 교육을 받으며 친해지긴 했지만 서로를 안 지 두어 달밖에 안 됐을 때였다. 둘러앉은 여섯 명 중에 누가 그곳에 오래 남고 누가 금방 떠나게 될지, 누가 누구를 사랑하고 누구를 미워하게 될지 거기 있는 누구도 알 수 없던 때였다. 십 년이 지나도록 점등식 날만 되면 봄마다 그 동네에 모이게 되리라는 것도, 다섯 명이 나머지 한 명을 무작정 보고 싶어하게 되리라는 것도 알지 못했다.

"그래도 제일 힘든 건 사람 챙기는 일이야." 템플스테이 팀의 설이 말했다. 설은 합창단과 국제 서포터즈들과 점등자 선두에 서게 될 동자 동녀들을 챙기는 업무를 맡았다. 합창단 아주머니들은 하나같이 목소리가 컸고 서포터즈들은 에너지가 너무 넘쳤고 한복 입은 꼬마애들은 자꾸 넘어졌다고 했다.

설이 얘기를 끝내자 동기들이 경을 쳐다봤다. 주차 안내가 얼마나 힘들었는지를 말할 차례인 듯했다. 같은 주차 팀으로 배정받았던 기록관의 현은 옆에서 할아버지처럼 웃고만 있었다. 현은 동기들 중에 유일한 기혼자였고 서른둘로 나이가 제일 많았다. 경이 얼마나 춥고 다리가 아팠는지를 열심히 얘기하자 현이 옆에서 고개를 한 번 끄덕했다.

그리고 민. 종회에 속기사로 입사한 민이 있었다. 점등식의 핵심 업무는 욱이 아니라 민이 맡았다고 경 혼자 줄기차게 부러워했던 걸 보면 민은 아마도 등과 초를 관리하는 팀에 들어갔을 것이다. 민은 업무 얘기를 하는 대신 경과 현을 보면서, 그래도 둘은 같은 팀이어서 좋았겠다. 같은 말을 했던 듯하다. 경은 그렇게 기억하고 있었다.

4월 초순의 광화문 점등식을 시작으로 그해의 봉축 시즌이 시작됐다. 각 사찰에서 만든 장엄등들이 몇 주간 청계천에 전시되었고, 그 등들을 들고 거리를 행진하는 5월 밤의 연등 행렬은 봉축 연등회의 정점이었다. 연등 행렬 다음날엔 조계사 앞길에 불교문화 체험 부스들이 펼쳐졌고 인사동 일대를 돌며 연등놀이가 이어졌다. 연등 행렬 일주일쯤 후에 있는 초파일 당일의 법요식을 마치면 한 달여의 봉축 시즌은 마무리됐다.

점등식과 함께 온 도시에는 봉축 시즌 내내 등이 밝혀졌다. 각 지역의 교구에서도 점등식에 맞춰 거리마다 등을 밝혔다. 부서 회의 탁자 한쪽에 연꽃잎지와 종이컵과 풀이 놓이면 직원들은 봉축 때가 됐구나, 했다. 사람들은 틈날 때마다 탁자에 모여 앉아 분홍 연꽃잎지에 풀을 발라 컵등을 만들었다. 연등회 시즌이 되면 연잎을 마느라 견지동 사람들의 엄지와 검지엔 분홍 물이 들었다.

"떡 먹었니? 쑥떡 먹었어?"

지난 일 년간 엄마는 경에게 전화를 할 때마다 쑥떡을 먹었느냐고 물었다. 일 년 전 봄에 엄마가 냉동실에 한 조각씩 분리해 넣어놓고 간 쑥떡은 한 개도 줄지 않은 채 그대로 얼어 있었다. 경은 원래 떡을 싫어했다. 카키색과 비슷한 쑥색도 좋아하는 색깔이 아니었다.

경은 먹을 거라고 둘러대고는 시계를 보았다. 평소 출근 준비를 하던 시간이었다. 경은 여름휴가를 봄으로 당겨서 일주일 정도 연차를 내놓은 상태였다. 휴가중이어도 눈은 출근할 때와 똑같은 시간에 떠졌다.

점등식은 저녁 일곱시였고 네다섯시 정도가 되면 조립할 등들이 광장에 도착할 것이었다. 지금 나가면 여덟 시간 가까이를 밖에서 보내다 광장에 가야 했다. 경은 문을 열고 날씨를 살폈다. 길 건너 저쪽으로 자목련과 벚꽃이 피어 있는 게 보였다. 모처럼 미세먼지도 없는 화창하고 따뜻한 봄날이었다. 낮에는 더울 수도 있었다. 하지만 저녁이 되면 비바람이 불 게 분명했다. 점등식이 있는 날이니까. 경은 가방에 두터운 머플러와 우산을 챙겨넣었다. 냉동실 문을 열고 좀 망설이다가 쑥떡 몇 개를 꺼내 가방에 넣었다.

근무시간이 시작됐는지 동기들 단톡방이 조용했다.

경은 메신저 친구 목록의 제일 상단에 있는 민의 프로필 사진을 열어 보았다. 아침에 눈을 떠서도 자려고 누워서도 민의 프로필 사진을 열어 보는 것. 없어지지도 바뀌지도 않는 민의 프로필 사진을 어떤 날은 열 번도 넘게 확인하는 것. 작년 초봄부터 올해의 점등식이 올 때까지 경이 한 건 그 일뿐인 것도 같았다.

버스를 타려는데 설에게서 전화가 왔다. 사무실로 왔다 같이 가자는 말에 경은 좀 돌아다니다가 광화문으로 바로 갈 거라고 말했다. 점등식 준비로 어수선할 곳에 가서 업무 분장도 없이 서성이긴 싫었다. 사람들 얼굴을 보는 것도 사무실보단 행사장이 편했다.

동기들 여섯 명 중 여전히 견지동에 남아 있는 건 템플스테이 팀의 설과 교육원의 비뿐이었다. 신입 면접 때 설의 복장을 본 사람들은 제일 먼저 그만두는 게 설일 거라고 점쳤다. 설은 민트색 에이치라인 스커트에 흰 블라우스를 입고 왔는데 스커트는 라인이 그대로 드러났고 블라우스는 등의 반이 망사로 되어 있었다. 스님들과 같이 일하는 곳이어서 민소매나 짧은 하의를 입는 게 금기시돼 있었다. 그런 곳에 설은 이후 몇 년 동안 회자될 복장으로 나타난 것이었다.

동기들끼리 모였을 때 설은 자신이 갖고 있는 옷 중에 제일 무난한 옷을 입고 갔던 것이라고 말했다. 민소매도 아니고 짧은 치마도 아니지 않았느냐고, 그 무렵에 너무 힘든 일이 많아서 새 옷을 살 여유가 없었다고 했다. "옷을 못 산 게 그렇게 잘못인 거야?" 설은 사람들의 예상과 달리 견지동을 못 견디지도 않았고 동기들 중 승진도 가장 빨랐다. 지금은 템플스테이 운영 사찰에 배정되는 국고가 설의 손을 통해 들어오고 나갔다.

설은 동기들 모르게 비와 일 년 동안 연애를 했고 동기들한테 들킨 뒤로 삼 년 더 연애를 하다가 비와 사내 부부가 되었다. 설 비 커플은 둘만 있을 때 사이가 가장 좋았다. 둘만 있으면 싸울 일이 생기지 않는다고 했다. 하지만 전체 회식을 하거나 여러 사람이 모인 자리에 부부동반으로 가면 뭐가 맘에 안 드는지 꼭 싸웠다. 직무교육을 받으러 가서도, 부서 연합으로 워크숍을 가서도 거기가 숙소 로비이건 사찰 경내이건 가리지 않고 목소리를 높이며 으르렁거렸다. 둘은 자정이 지난 시간에 종로구청 앞 사거리에서 고래고래 소리를 지르며 싸우다가 옆에 있는 청진파출소로 연행되기도 했다. 설은 비 욕을 하고 싶을 땐 경에게 전화를 했다.

설이 정말 흥분했을 때 하는 욕은 '확 대장암이나 걸려라 개새끼'였다. 그러다 정말 대장암에 걸리면 어쩌려느냐고 경이 물으면 설은 갑자기 펑펑 울었다. 어떤 날은 경도 짜증이 나고 이해도 되지 않아서 차라리 헤어지라고 말하기도 했다. 그러면 설은 니가 어떻게 그런 말을 할 수 있느냐며 경한테 원망을 쏟아냈다. 그 원망은 그해 봄에 설과 비를 함께 뽑은 조계종단으로 향하다가 나중엔 부처님의 십대제자한테로 퍼져나갔다. 그렇게 전화로 감정을 쏟아놓고 나면 설은 마지막엔 민이 보고 싶다는 말을 했다. 설이 민 얘기를 하고 전화를 끊은 날이면 경은 잠을 이루지 못했다.

"혹시…… 잔 사이야?"

이러다 딸이 죽겠다 싶자 엄마가 물었던 말이었다. "직장 친구라고 했잖아." "직장 친구랑은 자지 말란 법이 있니." "……" "안 잤으면 까짓것 금방 잊혀져. 잤으면 좀 걸리는데 어떡하니."

엄마는 가까운 사람들에게 일이 생기면 상처의 정도를 빨리 파악해 자신이 해야 하는 일이 어느 만큼인지를 머릿속에 넣고 움직이고 싶어했다. 경에게 이런저런 걸 물어도 쉽사리 가늠이 안 되자 등장한 게 바로 그 쑥떡이었다.

"그게 얼마나 힘들게 뜯은 쑥인지 알아? 좀 먹어." "그거 내가 목숨걸고 뜯은 쑥이다. 좀 먹으라고!" 달래기도 하고 윽박지르기도 하면서 엄마는 주기적으로 덕적도 얘기를 했다.

봄도 되고 해서 엄마는 친구 몇 명과 함께 덕적도에 놀러갔다고 했다. 금방 돌아올 생각으로 옷도 별로 안 가져갔는데 갑자기 비바람이 몰아쳐서 배가 뜨지 않았다고 했다. 비에 젖은 옷을 빨아 입어가면서 엄마는 덕적도에 삼 일을 갇혀 있었다. 그렇게 섬에 갇혀서 엄마는 쑥만 뜯었다고 했다. 해풍을 맞고 있는 쑥을. 배가 언제 뜬다는 기약도 없이, 냄새나는 젖은 옷을 입고서, 바람이 너무 차서 저절로 울어가면서.

냉동실에 얼어 있는 쑥떡은 그때 뜯은 쑥으로 만든 떡이었다. "그러니까 좀 먹어라." 엄마는 말했다. "해풍 맞은 쑥이 얼마나 귀한 건지 아니?"

경은 버스에 앉아 쑥떡이 들어 있는 가방 속으로 손을 집어넣었다. 떡을 싼 랩 겉면에 물방울들이 맺혀 있었다. 평일 오전이라 버스는 시원하게 달렸다. 오래지 않아 흥인지문 사거리가 나타났다. 금자탑학원과 동인교회 탑, 그리고 저만치 멀리로 어슴푸레하게 종로타워 꼭대기가 보였다. 고개를 돌리면 남평화시장 지나서 예전 동대문운동장 자리, 동기들과 밤새 장엄등을 지키던 잔디밭이 있을 것이었다. 경은 하차 벨을 누르고 좌석에서 일어섰다.

수박등, 팔모등, 물고기등, 비천등, 코끼리등, 종등, 견우직녀등…… 슈퍼보드를 타고 있는 손오공등도 매해 연등 행렬에 등장하는 등이었고 불꽃을 뿜는 천태종의 용등은 크기나 위용 면에서 늘 존재감이 강했다. 시간이 지나면서 뽀로로등도 등장했고 라바등도 나타났다.

경과 동기들이 입사 첫해에 치른 연등 행렬은 동대문운동장에서 출발하는 마지막 연등 행렬이 되었다. 그해 겨울부터 동대문운동장 철거가 진행되었기 때문이었다. 하지만 행렬 출발지가 바뀐 뒤로도 장엄등들은 여전히 동대문 쪽에 모였다가 대열에 합류했다. 경과 동기들의 임무는 연등 행렬 전날 밤 한군데에 모여 대기하고 있는 장엄등들을 밤새 지키는, 일명 야방 업무였다.

차량 통행을 임시로 막아놓은 을지로 쪽 이면도로였다. 등이 모일 그곳에 야방 팀 본부 부스가 차려지면 청룡사 스님들이 떡을 들고 왔다. 그러면 야방 팀들은 운동장 부근의 작은 체육사들을 돌아다니며 떡을 돌렸다. 몇 년씩 야방 팀을 한 선배들은 체육사 주인들과 잘 알아 야구 글러브도 얻어오고 축구공도 얻어오고 했다.

밤 열시가 넘어가면 기다란 트레일러와 함께 대형 장엄등들이 하나씩 도착했다. 등을 싣고 온 담당자들이 밤새 자기 사찰 등에 붙어서 마지막 조립과 점검을 했다. 각 사찰들이 몇 개월 전부터 고심해 만든 등이었다. 종이등이었기 때문에 비에 젖어서도 안 됐고 취객이 와서 찢지는 않는지도 잘 살펴야 했다. 그렇지만 막상 사고가 나는 일은 많지 않아서 야방 팀들은 교대로 술과 야식을 먹으며 돌아다녔다. 장엄등은 약간 취기가 있는 상태로 보면 더 환상적이었다. 그럴 때 등을 올려다보고 있으면 사람이 등을 지키는 게 아니라 등이 밤새 사람을 지키는 것만 같았다.

가정이 있는 현은 집으로 돌려보내고 동기들 다섯이 2대 3으로 나누어서 교대로 등 주위를 오갔다. 연등회 기간 내내 물 만난 물고기 같았던 건 전산실의 욱이었다. 불교를 책으로만 접한 경과 달리 욱은 동기들 중 유일하게 뼛속까지 불자였다. 스님들만 보면 자연스럽게 합장이 나왔고 천수경과 발원문을 줄줄이 외웠다. 하지만 욱은 들어온 지 일 년 만에 동기들 중 가장 먼저 그곳을 나갔다. 십 년 차 선배들의 급여를 보자 답이 안 나왔다고 했다.

욱 다음으로 그만둔 것은 현이었다. 기록학을 전공한 현은 견지동 생활 이 년 만에 국가기록원에 5급으로 들어갔다. 이직 후에도 현은 연등회 시즌마다 꼭 나왔는데 동기들은 현이 나타나기만 하면 5급 공무원 오신다며 방석을 깔고 의자를 빼주었다.

욱과 현이 그만둘 때만 해도 덤덤하던 설은 삼 년 차 고비도 넘긴 경이 오 년 차 고비에 그만두겠다고 하자 한동안 눈도 마주치려고 하지 않았다. "여기 밟고 다른 데로 뛰어올라가니 좋니 다들? 너네 하나씩 떠날 때마다 남아 있는 사람은 어떤지 알아?" 하지만 설은 경이 무엇을 하고 싶어하는지 누구보다 잘 알고 있는 사람이기도 했다.

경은 버스에서 내려 예전 동대문운동장 자리로 걸어갔다. 운동장이 있던 곳에는 한참 전에 다른 건물이 들어섰지만 운동장을 둘러싸고 있던 잔디밭 쪽으로 걸어가자 장엄등이 나오던 자리가 그대로 살아났다. 조계사 동자승으로 단기출가를 한 현의 아이와 사진을 찍던 곳이 어디쯤인지도 짚어낼 수 있었다. 리허설을 앞둔

연희단들이 잔디밭 곳곳에 모여 연습을 하던 모습, 똑같은 승복을 입은 동자승들 사이에서 현의 아이를 단번에 찾아내고는 꺅 소리를 지르던 동기들의 모습이 아직 남아 있는 듯했다. 그 자리를 다시 짚어나가자 경은 날카로운 것이 가슴 안쪽을 찔러오는 듯했다.

경은 동대문역사문화공원 뒤편의 한양중학교 쪽으로 걸어갔다. 학교 교문 앞은 지대가 높아 그곳에 올라서면 장엄등 대기 장소인 이면도로가 한눈에 들어왔다. 야방 첫해, 경은 민과 함께 등 사이를 돌아다니다가 교문 앞 언덕에 올라앉았다. 자정이 지난 시간이었다. 나란히 앉아서 숨을 좀 돌렸을 때였다. 점검중인 것인지 줄지어 서 있던 등들 중 하나에서 빛이 파닥파닥 튀었다. 그러더니 갑자기 불이 들어왔다. 어. 경과 민은 누가 먼저랄 것도 없이 자리에서 일어서면서 어, 했다. 등 하나에 불이 들어오자 옆에 있던 다른 사찰의 등이 따라서 불을 켰다. 둘은 손으로 등들을 가리키며 어, 어, 했다. 그러자 서로 자기 사찰 등이 멋지다고 주장이라도 하는 것처럼, 모여 있던 수십 개의 장엄등에 앞다투어 불이 들어왔다. 어, 어, 어, 어. 입을 다물지 못하면 그런 소리가 나온다는 걸 경과 민은 그날 알았다.

등에 막 불이 켜지는 걸 함께 본다는 건 뭔가 마법 같고 선물 같은 데가 있었다. 그곳에 서서 같이 등을 보고 있자 경은 왠지 민과 아주 가까워질 것 같은 생각이 들었다.

"세상에서 제일 멋진 일일 거야, 등을 지키는 일은. 그것도 밤을 새워서 지키는 일은."

　조금은 간지러운 그런 말을 할 수 있었던 것도 등 앞이었기 때문일 것이다. 민은 경이 그런 말을 하는 걸 좋아했다.

　교문에서 내려가자 야방 팀 선배가 신입들을 기다리고 있었다.

　"자, 신입분들, 잘 들으세요. 야방 업무는 장엄등이 행렬에 무사히 합류를 하고 나야 끝나는 겁니다. 아침 되면 오후까지 좀 자둬야 하니까 밤새울 때 행렬 순서도를 정확히 숙지하세요."

　선배가 순서도를 펼쳐 들었다.

　"자, 선두 그룹 행렬 잘 보세요. 연등축제 깃발 나가면 취타대, 전통의장대가 나갑니다. 그다음으로 중앙승가대, 조계종 복지재단 순입니다. 그다음 1그룹입니다. 봉은사, 태국 행렬단, 대만 불광산사, 태고종 순입니다. 봉은사 행렬 나가면 뒤따라서 봉은사 장엄등 나가야겠죠. 엉키지 않게 정확히 내보내야 됩니다. 5그룹까지 장엄등 다 나가면 홍인지문 돌 때까지 야방 팀이 행렬 편성을 봐주는 게 좋습니다."

　경과 동기들은 바짝 긴장해 귀를 세웠다.

　"T자형으로 두 개 등일 경우 11열입니다. 11열 안 돼 있는 행렬 보이면 조정해주세요. 연합 행렬일 경우 10열입니다. 단체명이 적힌 번이 몇 개인지 확인해야겠죠. 앞 단체와 간격 벌어지지 않게 조정해줘야 합니다. 행렬 초반에 잘 잡아줘야 대로에서 더 벌어지지 않아요."

연등 행렬 당일 저녁 여섯시가 되면 행진 선언과 함께 행렬등과 장엄등이 순서도대로 정렬해 나갔다. 흥인지문 사거리까지 행렬을 살피고 나면 야방 팀 업무는 끝이었다. 행렬을 따라가며 놀아도 되고 종로 거리에서 사라져도 됐다.

현은 종로에 나와 기다리고 있던 가족들한테로 갔고 욱은 자기 소속 사찰로 가 행렬등을 들었다. 설과 비도 어디로 사라졌는지 보이지 않았다. 야방 팀 업무가 끝나고 정신을 차려보면 동기들 중엔 경하고 민만 남아 있을 때가 많았다. 그러면 둘은 스태프 조끼를 벗어던지고는 일반인인 것처럼 인파에 섞여 들어 종로대로를 걸었다.

청계천6가와 대학천상가를 지나면 '의료기 도매'나 '씨앗, 농약' 같은 간판을 단 작은 가게들이 나왔다. 그때까지는 인파가 많지 않아 등을 보며 손을 흔들어주는 것은 거의 상가 사람들이었다. 약국 거리가 시작되는 백화점약국 앞에는 플라타너스와 은행나무가 똑같은 키로 서 있어서 경과 민은 볼 때마다 신기해하고는 했다. 둘은 광장시장에 들어가 김밥을 사 먹기도 하고 귀금속 상가의 간판들을 하나씩 읽으며 걷기도 했다.

날이 거의 어두워져 등들이 제빛을 발하기 시작하는 건 행렬이 종로5가를 지날 때쯤이었다. 종로3가가 가까워오면 인파가 부쩍 늘었다. 탑골공원을 지나 인사동 골목과 연결된 금강제화 사거리를 지날 때쯤엔 행렬등과 장엄등과 사람들이 어우러져 축제의 열기가 절정에 올랐다. 야방 팀이 밤새 지킨 장엄등 앞에서 사람들이 사진을 찍는 것을 보면 경은 괜히 뿌듯해지곤 했다. 같이 야식을 먹던 등 담당자들이 경과 민을 알아보고 트레일러 위에서 손을 흔들어주기도 했다.

종로타워가 가까이에서 보이면 견지동이 지척이란 뜻이었으므로 경은 가슴이 두근두근했다. 어디에 있다가 와도 그랬다. 공평빌딩을 지나 불교용품점과 승복집과 지업사 들이 늘어선 조계사 길로 들어서면 집에 온 것처럼 마음이 그렇게 편해질 수가 없었다.

경은 등이 지나던 길을 따라서 천천히 걸어갔다. 오래전 등과 함께, 민과 함께 걷던 길이었다. 오늘이 점등식이니 한 달 뒤가 되면 또다른 등들이 이 대로를 걸을 것이었다. 경은 광화문으로 곧장 가지 않고 조계사 앞 사거리에서 오른쪽으로 방향을 틀어 조계사 길로 들어섰다. 경은 조계사 건너편의 신호등 앞에 서서 조계사 옆에 서 있는 사층짜리 건물을 바라보았다. 거리에 배어 있는 냄새만으로도 그곳에 왔다는 걸 알 수 있었다. 견지동 45번지. 그곳은 경이 민을 만나고, 민과 시간을 보내고, 또 민을 잃어버린 곳이기도 했다.

연구소는 안국동 사거리 쪽 오래된 승복집들 사이에 있었다. 겨울에는 여전히 석유난로 위에 주전자를 올려놓고 다 낡은 가스스토브를 켜놓는 곳이었다. 연구소만 그랬다. 동기들은 모두 조계사 옆에 위풍당당하게 서 있는, 기념관이라는 이름이 붙어 있는 새

건물에서 일했다.

민은 중앙종회 회기가 끝나고 숨을 돌릴 무렵이 되면 연구소에 들러서 잠깐씩 시간을 보내다 갔다.

"나도 새 건물에서 일하고 싶어. 너네처럼 새 책상, 새 의자, 새 화장실 쓰면서. 냉방도 난방도 잘되고 모기도 없는 데서."

경이 우는소리를 하면 민은 "나는 여기 냄새가 좋은데" 했다. 종회는 속가의 국회와 마찬가지로 종단의 대의기관이었는데, 회의장에 들어가면 종회의원 스님들이 서로 소리치고 싸우는 걸 구경할 수 있었다. 경이 보기에 그 공간에서 존재감이 가장 뚜렷한 것은 의장 스님도 발언중인 스님도 아닌, 등을 곧게 세운 채 속기 키보드를 치고 있는 민이었다. 민은 거친 말들이 오가는 회의장 한쪽에 정물처럼 앉아서 허공으로 흩어지는 모든 말들을 잡아챘다. 회기가 끝나면 민은 한두 달을 꼬박 바쳐 그 말들을 풀었다. 손이 얼마나 빠른지 이어폰을 귀에 꽂고 앉아 녹취를 푸는 민은 자신만의 세계에서 자신만의 연주를 하고 있는 사람처럼 보였다.

"개심사 혜광 스님 말이야, 현장에서 받아 칠 때는 발음이랑 어투 때문에 무슨 말인지 통 모르겠거든. 근데 나중에 녹취 풀고 나서 읽어보면 문장이 완벽해서 매번 놀라." 민은 목소리가 좋고 발음이 정확한 스님들을 존경했고 말에 두서가 없고 웅얼웅얼하는 스님들은 미워했다. 미워할 수밖에 없는 스님이 열 페이지 분량으로 혼자 발언한 걸 풀고 난 날이면 민은 탈진 상태가 되어 연구소로 들어왔다.

연구소에 있던 자료들을 기록관으로 이관하는 작업을 위해 현도 오후에 한두 시간은 연구소에 와서 머물렀다. 민까지 들른 날이면 셋은 소장 스님 방에서 보이차를 몰래 빼와 연구소 한쪽에서 우려 마셨다. 연구소에 들른 스님들은 지나가다 민을 보면 "너 내상좌로 들어와라" 했다. 민은 얼굴에 감정이 잘 드러나는 편이 아니었지만 스님들한테 그런 말만 들으면 귀까지 새빨개졌다. 경은 민이 그 말에 반응하는 게 별로 마음에 들지 않았다.

"너 그런 말에 들뜨고 그러지 마. 요새 출가자가 너무 없으니까 스님들이 직원들 괜히 한 번씩 찔러보는 거야. 니가 특별히 출가 인연이 있어 보인다거나 근기가 출중해 보인다거나 그래서 그러는 거 아니다."

민에게 그렇게 말하면서도 경은 비구니 스님들한테 농담으로라도 "우리 절로 출가해라" "나한테 와라" 하는 말을 들으면 마음이 수선거렸다. 내가 좀 특별해 보이나? 같은 생각에 며칠씩 빠져 있기도 했다. 하지만 겉으론 무조건 튕겼다.

"경이씨, 연구소 그 자리가 출가하는 자리예요. 경이씨 바로 전 전임자, 그전 전임자 다 출가했어요." "스님, 전 공동체 생활 자신 없어요. 그리고 비구로 살긴 좋아도 비구니로 살긴 정말 힘든 데라는 거 스님이 더 잘 아시잖아요." "경이씨, 시집가서 애 낳고 살아봐요. 더하면 더했지." "스님, 전 시집도 안 가고 출가도 안 할

328

거예요. 저 꼬시지 말아주세요."

경의 전임자들이 연달아 출가를 했다는 건 경도 면접 때부터 익히 들어 알고 있었다. 바로 전 전임자는 연구소에서 근무하는 동안 전국의 선원을 돌면서 선원들에서 보관하고 있던 고古 방함록 자료들을 수집했다. 그 일을 마치고는 뒤도 안 돌아보고 출가를 해 운문사 강원에서 공부를 하고 있었다. 조계종은 간화선을 정체성으로 내건 종단이기 때문에 선원과 수좌승에 대한 기록을 중요하게 생각했다. 연구소는 그 방대한 방함록을 전산화해 1차 자료를 만들고 의미를 부여하는 사업의 시행을 앞두고 있었다.

선원의 안거 수행 기록인 방함록에는 그해 그 선원에 방부를 들인 수행자들의 법명과 나이와 소임이 빽빽하게 적혀 있었다. 스님이 된 전임자가 남겨놓고 간 자료들에 사로잡혀버린 경은 틈날 때마다 거기 적힌 이름들을 읽었다.

법명이 지광인 스님은 1956년 하안거 때 범어사 금어선원에서 타종을 담당하는 종두 소임을 맡았고 세납 이십육 세였다. 1962년 동안거 때 수덕사 능인선원에서 땔감을 담당하는 부목 소임을 맡았던 스님은 설문, 십칠 세였다. 1968년 하안거 때 해인사 퇴설선원에서 등화를 담당하는 명등 소임을 맡았던 스님은 법욱, 삼십오 세였다. 1970년 동안거 때 직지사 천불선원에서 식수를 관리하는 수두 소임을 맡았던 스님은 보경, 이십이 세였다.

연도와 장소와 명단뿐인 그 단순한 기록을 경은 한 달 내내라도 들여다볼 수 있을 것 같았다. 민과 현이 연구소에 오면 경은 자신이 보고 있던 방함록을 펼쳐 보여주며 이런저런 이야기들을 덧붙여보곤 했다. 민이 뜻밖에도 방함록에 관심을 보여서 경은 더 신이 났었는지도 모른다.

어느 날 민은 경에게 혹시 월정사나 상원사의 선원 방함록은 없느냐고 물어왔다.

"어떻게 알았지? 상원사 방함록에 재미있는 페이지가 있는데."

민이 어린 시절을 보낸 지역이라는 걸 떠올리며 경은 상원사 청량선원의 1971년 동안거 방함록 복사본을 가져왔다. 그해 동안거 수행자들을 기록한 페이지의 한 귀퉁이였다. 후루룩 넘기다가도 그 페이지에서 멈출 수밖에 없을 만큼 눈에 띄었다. 수행자 명단을 흘려 써 내려간 한쪽에 너무도 예쁘고 반듯한 글씨로 '얄리 얄리 얄라셩 얄라리 얄라'라고 쓰여 있었던 것이다. 서기書記 소임을 맡은 스님은 정호, 삼십 세였다.

"둘 나이랑 똑같네."

현이 말했다.

경은 며칠째 그 얄리 얄리 얄라셩에 대해서 생각하고 있었다. 한겨울이 온 오대산, 정호라는 법명을 가진 삼십 세의 수좌승이 참선을 하고, 울력을 하고, 또 참선을 하고, 새 모이만큼의 공양을 들고, 다시 참선을 하고, 함께 수행하는 도반들과 차담을 하고, 또 참선을 하고. 그러다 도반들이 모두 잠든 밤, 지대방에 불을 밝히고 앉아 방함록에 얄리 얄리 얄라셩을 써넣던 마음에 대해서.

"얄리 얄리 얄라셩은 이 스님이 들던 화두가 아닐까?"

경이 말하자 현이 고개를 저었다.

"잘 봐. 방함록이 전부 한자잖아. 이 스님은 그냥 한글이 너무 써보고 싶었던 거야."

"아니야. 화두가 틀림없어."

현이 사무실로 돌아가고 둘만 남자 민이 경을 물끄러미 쳐다봤다.

"넌 이 일을 정말 재미있어하는 것 같아."

"……"

"방함록 얘기만 나오면 눈이 막 빛나는 거 알아?"

그때만 해도 경은 민이 무언가 이유를 가지고 종단에 들어왔다는 생각은 하지 못했다.

"그냥…… 지금은 이미 이 세상 사람이 아닐지도 모르고, 아니면 어느 종합병원 중환자실에 누워 있을지도 모르고, 어쩌면 오래전에 환속해서 아들딸을 두었을지도 모르고,"

그런 한 사람의 이름을 보고, 그 사람의 한 순간과 한 생을 짐작해보는 거, 그게 그냥 좋다고 경은 말했다.

민은 그때 경을 오래 쳐다봤다.

민이 경에게 누군가의 이름이 적힌 종이를 내민 건 청량선원 방함록을 보고 나서도 몇 개월이 지났을 때였다. 생년월일과 함께 적힌 이름을 보는 순간 경은 민이 사람을 찾고 있구나, 생각했다.

찾고 있는 사람이 민에게 중요한 사람이라는 것도 민의 분위기로
알 수 있었다.

종이에 적힌 이름은 신원석. 1973년 9월 22일생이었다.

"여기 들어오기 전에 전화로 문의한 적이 있었어. 조계종으로
출가했는지 아닌지 말고는 개인정보이기 때문에 아무것도 말해줄
수 없다고 하더라고."

"조계종으로 출가한 스님이 맞아?"

민이 고개를 끄덕였다.

"본명이랑 주민번호 앞자리를 아는 거니까, 승적 조회하면 찾
을 수 있지 않을까?"

경은 민과 함께 총무부 팀장한테 가서 사정을 했다.

신원석이라는 이름을 가진 조계종 출가자는 다섯 명이었다. 50년
대생 한 명, 60년대생 두 명, 80년대생 한 명. 70년대생 신원석은
73년 9월 22일생 한 명뿐이었다. 민이 찾고 있는 그 사람일 가능성
이 컸다. 민이 옆에서 침을 삼키며 긴장을 하고 있는 게 느껴졌다.

73년생 신원석의 법명은 진영, 출가 본사는 월정사였다. 1997년
에 사미계를 받은 걸 보면 이십대 중반에 출가를 한 듯했다. 하지
만 십 년에 한 번씩 하게 되어 있는 분한 신고를 하지 않아 얼마 전
에 승적이 말소된 상태였다. 일 년에 두 번씩 하게 되어 있는 결계
신고도 안 되어 있어 현재 거주사도 알 수 없었다. 주거지 없이 철
마다 선원을 떠돌며 수행을 한다 하더라도 수좌회에서 해마다 펴

내는 현 방함록에는 이름이 들어가게 마련이었다. 하지만 수좌회 사무국에 문의를 해도 월정사가 출가 본사인 73년생 진영 스님의 행적은 어디에서도 찾을 수 없었다. 그의 흔적은 승적부에 남아 있는 십 년 전 수계 기록이 마지막이었다. 016으로 시작하는 신원석의 십 년 전 휴대폰 번호는 끝 네 자리가 민의 휴대폰 번호와 같았다.

민은 그전에도 가끔 지나가듯 형 얘기를 한 적이 있었다. 민에게 물어보진 않았지만 경은 그 네 자리 숫자가 아마도 신원석과 민이 함께 살았던 집의 전화번호였을 거라고 생각했다. 경도 엄마와 휴대폰 끝자리가 같으니까.

신원석은 민이 여덟 살일 무렵, 그러니까 신원석이 열네 살일 때 어느 날 갑자기 민의 집으로 와 같이 살게 되었다고 했다. 친형인지 아닌지 자세한 말은 하지 않았지만 신원석은 민이 누군가를 한창 필요로 할 때 옆에 있던 사람이었다.

"4월과 5월의 차이가 뭔지 알아?"

형이 해준 얘기라며 이전에 민이 말한 적이 있었다.

"커다란 은행나무 아래에 서면 4월에는 하늘이 보이지만 5월에는 하늘이 안 보여."

형한테 그 말을 들은 뒤로 민은 해마다 동네 은행나무 아래에 서보곤 했는데 매번 그 말이 맞았다고 했다. 낮부터 하늘이 노래지면서 견지동에 폭우가 오던 날에도 민은 형 얘기를 한 적이 있었다. 민은 어렸을 때 번개가 치고 나면 항상 셋을 세는 버릇이 있었다. 셋을 다 세기 전에 천둥이 치면 벼락이 아주 가까이에서 떨어진다는 말을 어려서부터 들었기 때문이었다. 민이 눈을 감은 채 조마조마한 마음으로 숫자를 세기 시작하면 형은 꼭 셋을 다 세기 전에 민 옆에 와서 서주었다고 했다.

처음 그 말을 들었을 땐 그냥 민의 형이구나 했지만 이제 그는 신원석이거나 진영인, 아주 구체적인 한 사람으로 경에게 다가왔다. 승적을 본 이후로 경은 민이 정말로 그 형을 찾기를 바라는 마음이 되었다. 민 몰래 총무부 팀장을 다시 찾아가 혹시라도 진영 스님 앞으로 분한 신고나 결계 신고가 접수되면 꼭 알려달라고 부탁을 해놓기도 했다.

"진영 스님 승적에 적혀 있던 은사 스님 말이야. 오 년 전까지 종회의원 스님이었고 여전히 월정사에 계신대. 은사 스님께 연락을 해보면 무슨 말이라도 들을 수 있지 않을까?"

경은 뭐라도 해보고 싶었다. 하지만 민은 그렇게까지 해서 형을 찾는 게 과연 형이 원하는 일일지, 망설이고 있었다. 정말로 스님이 된 것인지, 어느 사찰에서 어떻게 생활하고 있는지, 민은 그런 걸 그냥 알고 싶었다고 했다.

정말 그것뿐이었을까. 민은 어느 날은 형 소식을 듣는 것 말고는 아무것도 원하는 게 없는 사람처럼 보였고 어느 날은 그것마저도 헛짓이라는 생각에 사로잡힌 사람처럼 보였다. 자신에겐 소중했던 시간이 누군가에겐 책임 때문에 견뎌야 했던 시간이진 않았는지 계속 생각하는 것 같았고, 다가갔다 거부당하는 것보단 쓰리게 그리워하는 쪽을 택한 것처럼도 보였다.

진영 스님의 출가 본사가 월정사라는 걸 직접 확인해서인지 그 뒤로 민은 연구소에 오면 같은 오대산에 있었던 상원사 선원의 방함록, 그중에서도 경이 보여줬던 알리 알리 알라성 페이지를 한참씩 들여다봤다. 73년생 스님이 71년 방함록에 있을 리 없었지만 민은 그걸 형의 생활을 짐작해볼 수 있는 유일한 끈으로 여기는 듯했다.

신원석은 민이 대학에 입학하던 해 서울에 자취방을 구해주고 두 학기 등록금을 통장으로 보내준 뒤 편지 한 장을 남기고 민의 인생에서 갑자기 사라졌다. 민은 형이 남긴 돈으로 학교를 다니는 대신 속기사 자격증을 따 바로 속기사 일을 시작했다. 십 년 가까이 망설이다 스물아홉에 조계종 종회 직원으로 들어와서는 일 년을 더 망설이고 해본 게 겨우 승적 조회뿐이었다.

경은 조계사 일주문으로 들어가지 않고 안국동 사거리 쪽으로 좀더 걸었다. 수송공원 길에 직장인들 무리가 빠진 걸 보니 점심시간이 지난 듯했다. 경은 공원과 조계사 후원이 마주보고 있는 골목길로 들어섰다. 조계사 만발공양간 창문가로 대형 국 통이 나와 있었다. 국 통에 기대 있던 노숙자 할머니가 오랜만이다, 하는 표정으로 경을 쳐다봤다. 경이 견지동에서 일을 시작한 십 년 전에도 그곳에서 노숙을 하던 노인이었다. 노인은 공양간 보살님들이 창문으로 내어주는 밥을 먹었고 수송공원 벤치에서 잠을 잤다. 그러다 조계사 후원에 배추가 몇 대야씩 쌓이는 김장철이 되면 어딘가로 사라졌다가 이듬해 봄에 모습을 나타냈다. 노인이 다시 견지동에 오는 이즈음 4월 초는 조계사 극락전 앞으로 영가등이 하얗게 내걸리는 때이기도 했다.

퇴근해 극락전 앞을 지날 때면 열어놓은 법당 문 안으로 절을 하고 있는 민이 보일 때가 있었다. 한동안 민은 퇴근 직후부터 저녁 늦게까지 좌복을 적셔가며 절을 했다. 경은 조계사 공양간에 가 저녁을 먹은 뒤 민이 절을 하고 있는 극락전 맨 뒤로 가 좌복을 펴고 앉아 있고는 했다. 민이 절을 마칠 때까지 법요집을 펴놓고 아무 글자들이나 읽으면서.

"배 안 고파?"

수송공원 길을 같이 걸어내려가다 물으면 민은 고파, 하면서도 뭘 먹으려고 하지 않았다. 공평빌딩 앞 건널목에 서서 둘은 신호가 바뀌길 기다렸다. 퇴근을 하는 사람들, 삼삼오오 모여 술집으로 식당으로 들어가는 사람들, 버스를 타는 사람들, 줄지어 가는 차 불빛들로 거리는 어지러웠다.

"왜 그렇게 절을 하는지 물어봐도 돼?"

건널목에 서서 경은 물을까 말까 망설이던 것을 물었다. 건널목 앞은 회향 한마당이 펼쳐지던 연등 행렬의 종착지이기도 했다. 옆

사람의 손을 잡고 강강술래를 하고, 앞사람의 어깨를 잡고 동 동 동대문을 열어라를 하고, 색종이 꽃비를 맞으며 춤을 추던 곳.

몇 시간 동안 절을 하느라 머리카락이 다 젖은 민이 거리를 바라보며 말했다.

"절을 하다보면 조금이라도, 이해할 수 있지 않을까 싶어서."

여기서 저녁마다 절을 하던 남자 얼굴을 알지 않느냐고, 경은 노숙자 할머니한테 물어보고 싶었다. 경은 노인과 눈인사조차도 나눠본 적이 없었지만 경도 노인을 알고 노인도 경을 알았다. 노인은 다른 건물 사람들은 몰라도 종단 스님과 직원들 얼굴은 다 알았다. 그러니 민의 얼굴도 기억하고 있을 것이다. 하늘이 안 보일 정도로 은행나무 잎이 무성해지는 5월이 되면 봉축 스태프 조끼를 입고 이 골목을 오가던 민을, 노인은 분명 기억하고 있을 것 같았다.

극락전에는 사십구재중이라는 안내문이 붙어 있었다. 경은 창호가 열린 극락전 측면에 서서 이십대 중후반 정도로 보이는 영정사진 속 얼굴을 바라보았다. 가족과 친구로 보이는 사람들이 한 명씩 나가 절을 하고 다시 자리로 돌아가 앉아 고개를 숙였다. 극락전 출입구에는 영정사진 속 여자와 같은 또래로 보이는 여자가 법당 안으로 들어가지 못하고 서서 울고 있었다. 뒷모습밖에 보이지 않았지만 그 여자가 울고 있다는 걸 경은 알 수 있었다. 경은 법당에 앉아 있는 사람들 중 한 사람이라도 고개를 돌려서, 안으로 들어가지 못한 채 바라만 보고 있는 누군가가 있다는 걸 알아주었으면 싶었다. 일 년 전 이곳에서 민의 사십구재가 있었을 때 경 자신은 고개를 돌리지 못했기 때문이었다.

그때 경은 배신감에 싸여 있었다.

저렇게 맑고 평온한 얼굴로 민은 어떻게 그런 선택을 할 수 있었나. 그렇게 먼 곳으로 떠날 결정을 하면서 어떻게 자신에게 한마디 상의도 하지 않을 수 있었나. 검은 리본이 둘린 민의 사진을 보고 있자 경은 눈물조차 나오지 않았다.

민의 장례를 끝까지 지킨 건 동기들뿐이었다. 민과 가장 가까웠던 경조차 민의 부모님이 고향에 계시긴 한 건지 어떤지, 아무것도 알지 못했다. 민을 보내는 짧은 의식이 끝나고 경 앞에 남은 건 민을 이해해야 하는 기나긴 시간이었다. 가까운 사람이 한 그 엄청난 선택을 되짚어가는 것은, 그가 혼자 그 결정을 하고 그걸 정말로 실행하기까지의 마음 상태를 따라가는 것은, 두려웠을 것이 분명한 그 순간을 반복해 떠올리는 것은, 남은 사람에겐 익숙해지지 않는 고통이었다. 경은 지난 일 년간 그 과정을 수없이 되풀이했다. 삼십 년이고 사십 년이고 죽을 때까지 그 과정을 반복하리라는 것도 알았다. 자다가 일어나면 아무것도 받아들일 수 없어서 숨이 턱까지 막혀왔다. 그때마다 마지막에 남는 감정은 민이 보고 싶다는 것이었다. 보고 싶다는 것 말고 다른 감정은 다 가짜였다. 경은 민이 보고 싶었다.

경은 민이 쓰던 휴대폰 번호와 연결된 메신저에 매달렸다. 잠시라도 짬이 생기면 어찌할 수 없을 정도로 마음이 허탈했고 그럴 때마다 경은 습관적으로 메신저 앱을 열었다. 경은 거기에 있는 사람들 중 절반과는 지난 몇 년간 만난 적도 연락한 적도 없지만 그들이 어떤 시간을 지나고 있는지는 대강 짐작할 수 있었다. 경은 민의 프로필을 열기 전에 통과해야 하는 관문인 것처럼 사람들 프로필을 의미 없이 훑어 내려갔다.

몇 년 전에 두 달쯤 다니다 말았던 동네 체육관의 강사는 얼마 전에 아이를 낳았는데 태명이 복덩이였다. 예전에 경이 중고로 판매한 카메라를 샀던 남자는 한 달에 두어 번씩 셀카 사진을 올렸다. 누구는 이번 학기에 목요일 수업이 없었고 누구는 아이와 함께 제주도에서 한 달살이 중이었다. 이 번호가 왜 저장돼 있는지 기억도 안 나는 누군가는 주로 애견 카페에서 데이트하는 사진을 올렸다. 경은 데이트 사진들을 볼 때마다 이렇게 사귀다 헤어지면 얼마나 힘들까, 하는 생각을 했다. 이렇게 사귀다 결혼을 하면 또 얼마나 힘들까, 하는 생각도 했다. 업무 때문에 한 번 만났던 누군가는 몇 년 전 오토바이 사고로 죽었는데 지금 그 번호를 쓰고 있는 사람은 미용실 원장이었다.

민의 번호도 이미 다른 사람이 쓰고 있을 것이다. 그래도 경에게는 민이 쓰던 번호가 민에게 닿을 수 있는 유일한 통로처럼 느껴졌다. 민의 번호를 쓰고 있는 사람은 삼백이십팔 일 전에 프로필 사진을 한 번 바꾸고 소식이 없었다. 사진은 풀이 돋아나 있는 흔한 들판을 찍은 것이었다. 경은 매일 기다렸다. 작은 흔적 하나라도 다시 등장하기를. 그 번호를 쓰는 사람이 어딘가에 살아 있는 사람이라는 걸 한 번만 더 느끼게 해주기를. 경은 하루에도 몇 번씩 메신저를 들락거리면서 확인하고 또 확인했다.

경은 극락전 기단에 앉아 재가 끝나가는 소리를 들으면서 휴대폰을 매만졌다. 노숙자 할머니가 공양간 창문으로 나물밥을 받아서 공원 벤치로 걸어갔다. 할머니는 극락전 앞에 앉아 있는 경을 쳐다보면서 밥을 먹었다. 그걸 보고 있자 위 안쪽이 싸해져왔다. 세시가 훌쩍 넘어 네시가 가까워지고 있었다. 그제야 경은 아침에 집에서 나온 뒤로 아무것도 먹지 않았다는 게 떠올랐다.

경은 가방에 손을 넣었다. 일 년 동안 무기처럼 얼어 있던 쑥떡은 반나절 만에 말랑말랑하게 녹아 있었다. 경은 녹아버린 떡에 배신감을 느꼈다. 카키색의 떡은 세상에서 제일 맛없는 음식처럼 보였다. 하지만 광화문에 가서 등 조립을 하려면 일단은 좀 먹어둬야 했다. 경은 극락전 앞에 앉아서 해풍 맞은 쑥으로 만든 떡을 천천히 떼어 먹기 시작했다.

재가 끝났는지 극락전에서 검은 옷을 입은 사람들이 나왔다. 노숙자 할머니도 밥을 거의 먹었는지 숟가락으로 밥풀을 긁어모으고 있었다. 수송공원 아래쪽에서 온 작은 트럭 하나가 극락전 쪽으로 후진을 하는 게 보였다. 법당에 장엄할 꽃들을 실은 트럭이었다. 극락전과 골목 사이에는 극락전 법당 뒷문과 통하는 차고지 형태의 공간이 있었는데, 트럭은 후진을 해 그 안으로 차를 대려는 것 같았다. 공간이 빠듯해 쉽지 않아 보였다. 여차하면 차가 긁히거나 꽃이 상할 것 같았다. 조계사 사람들 몇이 나와 통로와 트럭 크기를 가늠하며 운전기사에게 신호를 보냈다. 운전기사가 차창으로 고개를 빼 뒤를 보고는 한숨을 쉬었다. 그러다 다시 운전대를 잡았다. 경은 떡을 우물거리다 말고 왠지 조마조마한 마음이 되어 트럭 앞으로 다가갔다. 지나가던 사람들도 경과 같은 마음이었는지 하나둘 트럭 앞으로 모여들었다.

"좀더 틀어서." "좀더, 좀더." 사람들이 트럭 옆에 서서 손짓을 했다. 운전기사는 각도를 잡으며 차를 틀었다가 다시 핸들을 돌리고, 아슬아슬하게 차를 후진시키기 시작했다. "좀더 가도 돼요." "왼쪽으로 좀만 더." 누군가 트럭 뒤를 탕탕 치며 신호를 보냈다. "오라이 오라이." "그렇지." "이제 스톱!" 가까스로 방향을 맞춘 기사는 핸들을 고정시킨 채 공간 안으로 조금씩 조금씩 차를 들여보냈다. 될까 싶었던 차는 무사히 공간으로 들어갔다. 사람들은 그제야 머쓱해하며 가던 길로 각자 흩어졌다. 조계사 사람들과 운전기사가 꽃들을 나눠 들고 법당으로 들어갔다. 노숙자 할머니도 화장실에 갔는지 보이지 않았다. 재를 정리하던 극락전 보살님들도 어딘가로 다 들어간 뒤였다. 극락전 앞에는 갑자기 경 혼자 남았다. 차고지에 반듯하게 들어간 트럭만이 먹다 만 쑥떡을 들고 있는 경을 쳐다보고 있었다. 트럭 앞면이 웬지 사람 얼굴처럼 보여서 경은 가슴이 일렁일렁했다. 기어코 뭔가가 흘러나왔다.

경은 트럭을 마주보면서 조금씩, 천천히 울었다. 설에게서 전화가 걸려올 때까지.

점등자 대기 텐트 옆에는 비가 올 것을 대비해 일회용 우비가 수북하게 쌓여 있었다. 광화문에는 설과 비는 물론 욱과 현도 이미 도착해 등 조립을 하고 있었다. 점등식 날짜가 잡히면 욱과 현은 특별한 일이 없는 한 그날에 맞춰 미리 오후 반차를 냈다.

"너 아직도 출가 안 했냐? 아직 삼십대일 때 해야 은사 스님한테 이쁨받는다."

욱은 반갑다고 하는 인사가 그런 식이었다. 경은 동기들 사이로 들어가 조립을 기다리고 있는 사각등을 집어들었다. 삼 년 전부터 광화문 점등식에는 새로운 업무가 생겼다. 점등식 두세 시간 전쯤이 되면 접혀 있는 플라스틱 연꽃등 천여 개가 도착했는데, 그 등을 조립하는 일에는 업무 분장이 따로 없었다. 사람들은 각자 맡은 업무 점검이 끝나면 잔디광장으로 모여서 등을 조립하고 그 안에 양초를 하나씩 세웠다. 흰색 영가등 안에 초를 밝히면 노란 등이 되었다. 노란 사각등 천여 개는 잔디광장에 리본 모양으로 줄지어 밝혀졌다.

현이 등을 조립하다 말고 아이 사진을 보여줬다. 동대문운동장을 뛰어다니던 그 귀여운 동자승은 사진만 봐도 변성기 목소리가 저절로 연상되는 소년이 되어 있었다.

"우리 여기 처음 들어올 때 아홉수였는데, 십 년이 지났는데 또 아홉수야."

설이 한숨을 쉬며 말했다. 당연한 이야기인데 설이 말하니까 정말 그렇다는 생각이 들었다. 경이 극락전 앞에서 본 노숙자 할머니 얘기를 꺼내자 설이 한번 더 한숨을 쉬었다.

"내가 그 할머니, 꼬박 십 년을 매일같이 봤잖아. 우리 들어올 땐 정말 멀쩡하셨는데 오 년 전부터 해마다 한 군데씩 몸이 망가지는 거야. 한 해는 다리를 절더니 그다음 해는 갑자기 살이 너무 빠지고, 재작년부터는 왼쪽 팔을 잘 못 쓰셔. 근데 올봄에 보니까 정신을 놓으셨더라고. 아무도 못 알아보셔."

"못 알아본다고?"

경은 노숙자 할머니한테 배신감을 느꼈다. 설한테 노인 얘기를 듣자 이게 다 무슨 소용인가 싶은 생각이 다시 경을 덮쳐왔다. 경은 남은 쑥떡을 꺼내 설한테 주었다. 되게 맛있어 보인다며 설이 쑥떡을 한입 뜯어먹었다. 설의 눈이 동그래졌다.

"이거 어디 떡인데 이렇게 맛있어? 나 이렇게 맛있는 쑥떡은 처음 먹어봐. 세상에, 향부터가 달라."

"넌 좋겠다. 맛있는 게 많아서."

경은 곧 설을 불러 냉동실을 안겨줘야겠다는 생각이 들었다. 덕적도가 통째로 들어 있는 냉동실을.

설은 몸을 들썩여가며 떡을 뜯어먹다가 한 조각을 비의 입에 넣어주었다. 그걸 받아먹는 비의 동작이 너무 자연스러워서 누가 봐도 둘이 부부구나 싶었다. 하지만 둘은 일정을 마치고 집에 돌아가기 전에 또 싸울 것이다. 오늘은 사람들이 많이 모이는 점등식 날이니까. 광화문광장에서 싸우긴 자기들도 창피할 테니 종로소방서 쪽으로 건너가 싸울 확률이 컸다.

한참을 떠들던 동기들은 또 한참을 말없이 앉아 조용히 등만 조립했다. 누구도 민 얘기를 하지 않았지만 그 순간 서로가 민을 생각하고 있다는 걸 동기들은 알고 있었다.

공연을 할 행사 서포터즈들과 한복을 입은 신도들이 광장에 도착할 즈음엔 등 조립도 거의 마쳐갔다. 사람들은 잔디광장에 촘촘하게 등 띠를 잇고 초를 밝혔다. 그러고는 대형 연등 쪽으로 걸어갔다. 점등할 스님들이 도착하자 설과 비는 각자의 업무 영역으로 흩어졌다. 서포터즈들의 공연이 끝날 때까지도 그만그만하던 날씨는 합창단이 합창을 시작하자 여지없이 추워졌다. 비는 오지 않았지만 바람이 머리카락을 휘저으며 사방에서 불어왔다. 초가 꺼지면 어쩌나 생각하며 경은 머플러를 꺼내서 목에 둘렀다.

동자 동녀들이 점등자들 선두에서 서서 연단으로 입장했다. 점등 버튼을 누를 각 종단의 대표 스님들이 연단에 설 즈음엔 날이 조금씩 어둑해지고 있었다. 사람들이 소형 연등이 달린 등 손잡이를 들고 서서 곧 불이 밝혀질 대형 연등을 바라보고 있었다. 경은

344

광화문 앞을 지나가는 차들과 광장에 모여 선 사람들을 바라보았다. 십 년이었다. 그 십 년 동안 이곳에서 일어났던 일들이 등 하나씩에 실려 지나가는 것 같았다.

곧 점등이 시작된다는 사회자의 말이 들려왔다. 오래전에 한 약속인 것처럼 사람들이 입을 맞춰 불, 법, 승을 외쳤다. 승을 외침과 동시에 대형 연등을 채우며 불이 들어왔다. 사람들이 든 등에도, 가로수 사이에 달린 등에도 불이 밝혀졌다. 대기가 푸르스름한 어둠으로 덮여가고 있었다.

총무원장 스님이 기원문 낭독을 시작할 즈음이었다. 남청색 어둠이 산능선을 지우고, 광화문의 지붕 선을 지우고, 연꽃 선을 지우며 경의 머리 위로 밀려왔다. 경은 참을 수 없이 마음이 허전해져서 휴대폰을 열었다. 잘못 본 것인가 싶어 경은 메신저 앱을 닫았다가 다시 열었다.

한 시간 전까지만 해도 들판 사진이던 민의 프로필 사진이 바뀌어 있었다. 연꽃등이 보였다. 연등 앞으로 버튼을 누르는 스님들이 보였다. '승'을 외쳤을 때 함께 터지던 색종이 축포도 보였다. 조금 전 등에 막 불이 켜지던 순간을 찍은 사진이 분명했다. 연단을 덮은 천 색깔은 이번에 새로 바뀐 붉은색이었다. 사진은 작년 점등식도 재작년 점등식도 아닌 올해, 오늘의 점등식 사진이었다.

민의 번호를 쓰고 있는 사람이 지금 여기, 광화문에 있다는 뜻이었다.

경은 서둘러 주위를 둘러봤다. 광장은 빠르게 어두워져서 허공에서 흔들리는 등 말고는 제대로 보이는 게 없었다. 식순이 다 끝났는지 사람들이 등돌이를 시작했다. 집전 스님의 목탁 소리, 석가모니불 정근 소리, 등 손잡이에 매달린 등들이 경의 눈앞에서 어지럽게 돌아갔다. 경은 등돌이 인파를 헤치며 다급한 마음으로 누군가를 찾았다. 종각 방향으로 길을 건너는 사람들 사이에서 무언가 희끗한 것이 비쳤다. 승복이 분명했다. 가사 장삼이 아니라 승복 두루마기였다. 점등자로 온 견지동 스님이 아니라 멀리에서 온 스님이었다. 경은 승복을 따라서 무작정 길을 건넜다.

등에 메고 있는 바랑이 언뜻언뜻 비쳤다. 승복은 종로타워를 지나 종로3가 쪽으로 걸어갔다. 놓치면 안 된다는 생각에 경은 입술을 물었다. 설렁설렁 걷는 것 같은데 경이 따라잡기엔 빠른 걸음이었다. 걸으면 걸을수록 멀어지는 것만 같았다. 승복 자락은 은행나무 가로수 사이로 스며들었다가 다시 플라타너스 저쪽으로 나타나기를 반복했다. 오래전부터 그 길을 걸었던 것처럼 걸음에 거침이 없었다. 승복은 우주귀금속을 지나고 소리샘보청기를 지나고 승보약국을 거쳐 신진시장 앞길로 걸어갔다. 그 길은 장엄등이 지나던 길이었다. 승복은 등이 나오던 대로를 거슬러올라가고 있었다. 경은 숨을 허덕거리며 잡힐 듯 잡히지 않는 승복 자락을 따라 계속 걸어갔다. 승복은 경을 부르는 것도 경을 밀어내는 것도 같았다. 거리가 멀어지려 할 때마다 경은 광화문에서 듣던 석가모니불 명호를 붙잡았다. 사거리가 보였다. 경은 나무와 나무 사이에 걸린 연등을 헤치며 간격을 좁혀갔다.

"민이가요……"

숨이 차서인지 경의 목소리는 흐느끼는 것처럼 들렸다.

"민이가, 당신을 이해하고 싶어했어요."

경은 따라가며 계속 중얼거렸다. 혹시 점등식 때마다 왔었나요. 야방 때도, 연등 행렬 때도 멀리서 민이를 지켜보진 않았나요. 작년 봄에 극락전 앞에 머물다 가진 않았나요. 그렇다고 말해주세요. 당신도 오늘 내내 민이 생각을 했다고 말해주세요.

놓친 건지 제대로 따라 걷는 건지 알 수 없었다. 정신을 차려보니 경은 한양중학교 앞의 이면도로에 와 있었다. 밤을 새워 야방을 서던 곳, 민과 함께 등을 지키던 곳이었다.

경은 차들이 오가고 있는 이면도로 한복판에 서서 사방을 둘러보았다. 어제까지도 불이 들어와 있지 않았을 그곳 도롯가의 연등에도 불이 들어와 있었다. 오늘은 점등식 날이니까. 나는 당신을 찾아내고 말 거니까. 경은 휴대폰을 손에 꼭 쥔 채 숨을 몰아쉬었다.

* 「운내」에 나오는 수련법은 마음수련원의 수련법을 참고했다. 그 외의 다른 설정들은 마음수련원과 관련이 없다.
* 「내게 내가 나일 그때」에서 죄책감과 수치심에 대해 언급하는 부분은 존 브래드쇼의 『상처받은 내면아이 치유』(오제은 옮김, 학지사, 2004)를 참고했다.

해설 | 강지희(문학평론가)

파열하며 새겨지는 사랑의 탄성

"글을 쓰는 모든 여성은 일종의 생존자다."
—에이드리언 리치

"어떻게 하면 돌에 대해서가 아니라,
체온 그 자체에 대해 글을 쓸 수 있을까?"
—일라이 클레어

1. 굴레를 넘어

파괴의 순간들을 문학으로 조형하는 적절한 방식은 무엇인가. 여성의 글쓰기에 따라붙는 시적이라든가 비의적이라는 수사는 아름답지만 금방 부스러지는 껍데기처럼 느껴진다. 여성이 써나간 글의 돌기들이 때로는 성스럽게 때로는 광기 어린 것으로 극단의 경계를 오가며 읽힐 때, 그 글 속에서 복잡하게 일렁이는 감정들은 납작하게 정리되어버린다. 최은미의 이번 소설집에 담긴 꿈과 현실의 테두리를 흐트러뜨리는 죽음의 그림자, 소녀들과 기혼 여성들이 서로를 향해 느끼는 끝없는 갈증의 기류들은 그런 방식으로는 충분히 읽히지 않는다. 분노와 자책으로 얼룩진 채 자신과 좀처럼 결합되지 않는 과거의 조각들을 뜯어내고 조각내길 반복하는 순간들 역시 분열의 글쓰기라는 범박한 설명으로 건져올려지지 않는다.

최은미의 이전 소설세계를 보여주는 대표작 중 하나인 「목련정전」(『목련정전目連正傳』, 문학과지성사, 2015)에는 유전의 굴레, 모녀간의 애증, 죽음 충동, 운명론적으로 닫혀 있는 신화적 세계관 등이 압축적으로 주조되어 있다. 음식에 비상을 넣어 마을 사람들을 살생한 엄마는 언덕에 갇혀 있으며, 그 죄는 딸인 목련에게 전가된다. 떼어낼 수 없는 생물학적인 요소처럼 죄 역시 유전되며, 그 대속의 과정은 십 년에 걸쳐 서서히 집요하게 이루어진다. 마을 사람들은 살생이 일어난 백중마다 절에 모여 「목련경」을 읽어나가는데, 독회가 끝나고 목련에게 '모든 지옥을 순례하고 모든 고통을 보아야 하며 반드시 엄마와 마주해야 한다'고 말한다. 그런데 목련이 자신의 엄마가 갇힌 언덕으로 달려가 나무에 목을 매달아 죽는 마지막 장면에서 두드러지는 것은 마을 사람들의 원한이 갈무리되는 인과응보적인 측면보다는, 엄마를 목전에 두고 그에게 지독하게 대항하려는 목련 안의 어떤 힘이다. 목련이 감금되어 있는 엄마 앞에서 목을 매닮으로써, 과거 살생을 저지른 폭력적인 엄마는 어떻게 해서도 영원히 빠져나올 수 없는 닫힌 세계로 떨어져 내린다. "마을 어디에서나 나무와, 나무에 매달려 죽은 목련이 보인다"(127쪽)라는 「목련정전」의 건조한 마지막 문장은 목련의 생몰 시기를 알리며 시작된 소설의 서두에서 이미 예정되어 있던 필연적인 결말로서, 바꿀 수 없는 현실에 대한 냉혹한 인식을 보여준다. 그러니 「목련정전」을 표제작으로 하는 두번째 소설집을 동화와 설화의 형식을 차용한 "지옥의 알레고리"로서, "결정론적 세계관의 생물학적 변형"으로 읽어낸 해석*은 최은미 서사의 작동 원리를 정확히 적시하는 것이라고 할 수 있겠다.

하지만 이번 세번째 소설집에 이르러 그 지옥의 알레고리는 이제 깨어져 나가는 것처럼 보인다. 생존과 번식의 행위가 누군가에게 기생하며 이루어지고 있다는 끔찍함, 부모에게서 자식으로 대물림되고 반복되는 시간성, 근친상간이나 죽음 충동을 불러일으키는 신화적 공간성, 전체를 부감하는 전지적인 시점은 더이상 작동하지 않는다. 물론 이번 소설집에서도 최은미 특유의 밀도 높은 정념과 열기, 암울한 세계를 바닥까지 들여다봄으로써 현실세계의 섬뜩함을 드러내는 힘은 여전하지만, 무기물의 상태를 지향하듯 달려가던 마조히즘은 잠시 질주를 멈추고 숨을 고르는 듯하다. 엄마를 향하던 오랜 애증과 생물학적인 순환의 굴레가 끊기는 그 자리에 자신을 닮은 다른 존재들을 향한 본능적인 끌림이 들어선다. 자신을 깊이 이해하는 누군가의 담백한 응시는 그의 소설에서 보지 못했던 낯선 무엇이다. 이번 소설집에서 끊어지고 파열하는 언

---

* 김형중, 「미리 결정된 지옥에서」, 『목련정전』 해설.

어들은 관조할 수 없는 잔혹한 사건들을 드러내지만 최은미는 그런 혼돈의 상태를 정리하기보다 결연하게 끝까지 밀고 나감으로써 자기혐오나 자기 연민에 빠지지 않고 균형을 유지한다. 무엇보다 이번 소설집에서 새롭고 강렬하게 다가오는 점은 유자녀 기혼 여성의 구체적인 일상 속에서 자신과 유사한 고통 속에 놓인 다른 여성을 바라보는 시선이다. 다른 여성을 향한 깊은 친밀감의 욕구는 그 대상에게 복잡한 감정을 투사하고, 그를 관능의 대상으로 감각하며, 폭발하기 직전의 광포한 정념으로 자신을 몰고 간다. 그 끝에서 우리가 마주하게 되는 것은 불안과 허무가 아니라, 충만한 사랑이다. 환상적인 황홀경과 축축함을 동반하던 최은미의 파토스는 이제 누군가를 난폭하게 죽음으로 밀어넣는 대신, 자유로운 해방의 기운을 뿜어내며 삶을 구원하는 길을 찾아낸다.

2. 짧고 외로운 낮잠 그리고 빛

최은미 소설의 근원에는 상실의 감각이 있다. 인물들은 "숱하게 되찾아왔지만 마침내는 잃어버린 것"(「11월행」, 307쪽)들에 둘러싸여 있으며, 세상을 떠난 이들은 미약한 한 점의 빛으로 남는다. 「11월행」에서 규옥은 어린 나이에 죽은 먼 친척 동생을 기리며 인등을 달고, 「점등」에서 출가한 형을 그리워하다 죽음을 선택한 민의 메신저 프로필 사진은 연꽃등으로 바뀐다. 민의 프로필 사진이 올해 점등식을 찍은 사진으로 바뀐 순간에, 경은 승복 두루마기를 입은 사람을 발견하고 홀린 듯 그를 따라간다. 경의 직감대로 그 스님은 민이 살아 있을 적 몇 시간씩 절을 하며 자신을 떠난 이유를 이해하고자 노력했던 그 형이 맞을까. 소설은 끝내 그를 따라잡지 못한 상태로 아련한 시선 속에 경을 남겨둔다. 이런 서사적 선택은 현실보다는 환상의 편에 서 있는 것이지만, 민에게 그리움의 대상이었던 형이 그를 애도할 수 있는 가능성을 열어줌으로써 민의 짧은 생에 새로운 의미가 들어차게 한다. 최은미의 이번 소설집에는 짧고 외로운 낮잠을 자는 인물들이 많이 나온다. 이들은 낮잠에서 문득 깨어나 현실로 돌아왔을 때, 무언가 중요한 존재를 잃어버렸음을 깨닫는다. 하지만 그 존재는 증발하듯 사라지는 대신, 이들 안에 깊이 새겨진다. 소설 속에 여러 번 등장하는 희미한 불빛들은 쉽사리 완결되지 않는 애도의 시간을 함축하는 작은 표지다.

"거기 아직 내 가방이 남아 있어"(199쪽)라는 그리움과 불안이 뒤섞인 문장으로 시작되는 「美山」은 최은미 세계 속 상실의 기원을 엿보게 해주는 작품이다. 소설에서 핵심이 되는 사건은 남동생의 죽음이다. '나'에게는 두 남동생 은욱과 은석이 있었는데, 엄마가 큰 배낭을 메고 산을 넘어가려던 어느 날 여섯 살이었던 은석이 출렁다리 아래로 추락한다. 그런데 죽음을 동반하는 끔찍한 유년 시절의 기억은 억압되어야 할 과거의 시간으로 멀리 밀려나는 대신, '나'가 밥상 앞에 앉아 가족과 나누는 대화의 사이사이로 계속해서 끼어들어온다. 은욱이 결혼해 딸을 낳을 만큼의 시간이 흘렀지만, '나'는 "근데 은석이는 오늘 늦는데? 못 오는 건가?"(204쪽)라고 죽은 동생의 이야기를 천진하게 꺼내며 은석이 죽었다는 사실을 혼자서만 받아들이지 못한 채 웃자란 것처럼 보인다.

이 상실의 서사에 긴장감을 불어넣는 것은 두 시간성이 팽팽하게 병렬되는 방식이다. 한 축에 '잃어버린 시간'이 있다면, 다른 한 축에는 '되찾은 시간'이 있다. 두 시간은 투쟁중이다. 은욱과 있었던 일을 은석이 겪은 일로 기억하거나, 은석을 떠올리며 어린 조카의 말랑한 육체성을 감각할 때, '나'는 은석의 존재를 '되찾은 시간' 쪽으로 끌어당긴다. 그러나 어긋나면서도 절묘하게 닿아 있는 가족들 간의 대화는 은석을 '잃어버린 시간'으로 밀어낸다. '나'는 "그때 나한테 왜 그랬어?"(206쪽)라며 자식들을 버리고 떠나려 했던 엄마를 끈질기게 추궁하면서도, "이게 다 너 때문이야"(216쪽)라는 엄마의 말에 치명적으로 베이며 죄책감에 사로잡힌다. '되찾은 시간'을 지키려는 '나'의 간절함은 과거로 돌아가 은석이 출렁다리 아래로 떨어져 내리는 순간, 모든 자연과 사물이 마음을 합하여 그에게 생명의 길을 터주는 기적의 평행세계를 열어낸다. 하지만 이런 기적의 평행세계를 부수며 또다시 날카로운 분열선이 침투해 들어온다.

손을 대는 순간 끔찍한 일이 일어날 거라는 걸 알지 못한 채로, 결코 잊을 수 없는 어떤 소리를 듣게 될 거라는 걸 모르는 채로 나는 두 손을 뻗는다. 그리고 잠자리의 날개를 잡는다.

여전히 떠오른다. 왼쪽 손에 들려 있던 잠자리의 왼쪽 몸통과 오른쪽 손에 들려 있던 잠자리의 오른쪽 몸통이. 잠자리가 찢어질 땐 잠자리 찢어지는 소리가 난다는 걸 알게 되던 순간이. 내가 정말 가져보고 싶었고 만져보고 싶었던 것, 그것이 내 손에 닿자마자 훼손되던 순간의 충격과 슬픔을, 나는 여전히 떠올린다.(같은 쪽)

소설의 서두에서 무언가 찢어지고, 분질러지고, 쪼개지고, 부러지고, 잡아 뜯어지며 나는 소리가 주는 자극은 이 장면에서 근원이 찾아진다. '나'에게 유일한 시간의 축은 은석을 잃던 순간이며, 이는 잠자리 날개가 찢어지는 장면으로 날카롭게 압축된다. 이 순간이 '나'에게 있어 원풍경에 해당한다. 매번 '나'에게 펼쳐지는 미산의 원풍경에는 엄마에 대한 애증과 동생의 죽음에 대한 자책이 도사리고 있다. 형태를 으스러뜨리는 촉각적 순간이 기이하리만큼 확장된 소리로 표현되는 것은 그의 몸에 깊이 새겨진 고통스러운 흔적을 나타낸다. 그런데 이상하게도 이 잔인한 풍경이 아름다운 비밀을 담고 있는 것처럼 느껴진다면 그것은 왜일까.

여기에 '푼크툼으로서의 시간'이 있다. 롤랑 바르트는 사진과 피사체의 객관적인 아름다움이 '스투디움'의 영역에 있다면, 그 피사체가 곧 죽는다는 사실을 인지하면서 그 존재를 감각하는 방식은 '푼크툼'의 영역이라고 보았다. 지극히 아름다운 순간에도 아직 발생하지 않은 파국적인 미래를 보는 이들만이 푼크툼으로서의 시간을 이해할 수 있다. 그러니 푼크툼으로서의 시간 속에 있는 인간은 늘 불안하고 슬프다. 소설에서 '나'가 자신을 "안달나게 하면서 바로 내 눈앞으로 날아 지나가는 것들"(207쪽)인 잠자리떼를 보며 "좋고도 두려운 그것"(같은 쪽)이라 말할 수밖에 없는 이유는 여기에 미래의 파국을 끌어와 겹쳐 보는 시선이 있기 때문이다. 무디고 질기게 살아남는 것들과 달리 섬세한 아름다움을 지닌 것들은 얼마나 연약하고 얼마나 손쉽게 훼손되는가. 간절하게 열망했던 것들은 왜 언제나 완벽하게 손에 쥘 수 없는가. 앞으로 벌어질 일들을 짐작하면서도 손을 뻗을 수밖에 없는 이의 도저한 슬픔이 여기에 있다. 이 푼크툼으로서의 시간을 이해한다면, 다른 소설에서 미산이 "너무도 벗어나고 싶은 곳이었지만 또한 너무도 그리운 곳"(「내게 내가 나일 그때」, 262쪽)이라는 모순된 문장으로 표현되었던 것이 새롭게 해석될 수 있다. 역설적이게도 끔찍하고 돌이킬 수 없는 사건만이 파괴되기 이전의 순수하고 절대적인 시간성을 온전히 감각할 수 있게 한다. 자신을 치명적으로 무너뜨린 사건을 곱씹는 일은 그 이전의 시간을 다시 살려내 그때와는 다른 방식으로 그 시간을 살아내는 일이다. 무지한 순수가 아니라, 오직 파괴와 죽음을 알고 있는 흔들리는 눈동자만이 이를 해낸다. 그러니 잠자리가 찢어지던 순간으로 돌아가 그때의 충격과 슬픔을 반복하는 탄성이야말로 최은미 소설 속에서 상처를 응시하며 삶을 추동하는 동력이라고 할 수 있을 것이다.

잠자리가 찢어지는 장면 이후, '나'가 은석을 만나는 모습은 '되찾은 시간'을 지켜내려는 의지가 만들어낸 사건이다. '나'와 은석이 나누는 천진난만한 대화 속에는 아버지의 비극적인 죽음이 어른거리지만, 금방 집으로 가겠다는 은석의 목소리가 골목을 울릴 때 소설은 비극을 넘어서는 하나의 방식을 보여준다. 이전의 최은미 소설에서 압도적이었던 결정론적 세계관은 「美山」의 소설적 환상 앞에서 깨어져 나가는 것 같다. 작가는 이제 비극의 파열선을 넘어 시간을 구부림으로써 사랑하는 이가 부서지지 않은 평행 세계를 만들어내고, 그 존재를 지켜낼 수 있도록 세상에 맞선다.

시간을 되감고 또 되감아 죽음을 품고 있는 유년 시절의 한 풍경으로 돌아가는 일은 「운내」에서도 일어난다. 열세 살 소녀인 '나'와 승미가 보내진 운내는 어떤 공간인가. 운내는 시골이지만, 최은미의 이전 소설에서 섬뜩한 한기를 내뿜거나 파괴력을 지닌 공간과는 다소 다르다. 최은미의 소설에서 음험한 숲이 금기된 성적 욕망과 죽음 충동이 뒤섞인 우글거리는 용광로로 드러나곤 했다면, 마음연마원인 '기와유리집'은 특유의 샤머니즘적인 색채 속에서도 신비하고 상징적인 공간으로 추상화되지 않는다. 이곳에 놓인 '록산 크리스털'과 '파동 육각수'와 '약초 베개' 등의 물건들에는 모두 가격표가 붙어 있고, 약차를 만드는 데 쓰이는 목련 꽃 봉오리 역시 "한줌 한줌이 다 돈"(168쪽)으로 거래된다. 기와유리집을 주재하는 산주님의 하얗게 센 머리, 자글자글한 눈가와 입가, 복잡한 기운이 담긴 눈빛과 함께 시술의 영험함에 대한 소문들은 일견 비밀스럽게 다가온다. 그러나 남편이 사고로 죽은 뒤 받게 된 보상금을 시댁 식구들이 온갖 구실로 떼어가자 이를 견디다못한 산주님이 "꼭지가 돌아버린"(182쪽) 채 "동전 하나까지 긁어"(같은 쪽) 산을 산 이야기와 곁에 들러붙어 협박하고 깐죽대는 '군복 우와기 어른'의 존재는 한 여성이 조용한 결기로 세워낸 이 반反가부장적 공간이 불결하게 침범되는 것을 보여준다. '나'와 승미는 바로 이 공간, 즉 모계 신화적 공간이 되기에는 다분히 세속적이고, 무엇보다 남성 친족의 악의적인 공격 앞에 무방비로 노출된 이곳에 추방되듯 보내진 것이다. 그리고 이곳에서 만난 두 사람은 이내 서로를 알아보며 둘만의 세계를 형성한다.

"계속 까질까봐"(166쪽) 엄마에 의해 운내에 보내진 승미는 "심심해서 몸이 꼬인"(같은 쪽) 채 '나'를 기다리고, 자주 "쓰리 쓰리"(167쪽)해진다. 그리고 '나'에게는 의지와 무관하게 수시로 "트읏"(169쪽)이 찾아온다. 승미와 '나'가 겪는 병리적 증상들을 설명할 때 빈번하게 등장하는 마찰음과 파열음은 스산하고 섬뜩한 한기를 전달한다. 이전에 두 소녀에게 무슨 일이 일어났는지는 정확히 서술되지 않는다. 하지만 이 년 전부터 까진 채 계속 열한 살에 머물러 있으며 사혈을 통해 새로 태어나길 갈망하는 승미와 트웃이 오자 승미를 향해 더러운 피가 가득하다고 공격하며 죽음 충동에 시달리는 '나'의 모습은 서사 안에서 느슨하게 연결되며 성적인 불안감을 직조한다. 이 앞에서 두 소녀가 자신들을 방어하는 방법은 깨어진 언어들로 방공호를 만드는 것이다. 그러나 의미로 환원되지 않는 끝말잇기나 자음으로만 발설되곤 하는 이들의 비명 같은 말은 안이 다 들여다보이는 쇠창살처럼 투명해 연약하다는 느낌을 지울 수 없게 한다. 날이 선 채 진행되는 서사 속에서 승미가 '나'에게 해주는 숟가락 청혈 요법은 잠시 나른하고 평화로운 어떤 순간을 만들어낸다.

차갑고 뭉툭한 것이 몸에 닿았다. 승미가 내 등줄기를 긁어내려 갔다. 금방이라도 오줌이 나올 것 같아서 나는 몸을 움찔거렸다. 좋아? 응. 얼마만큼? 나는 숨을 깊게 들이쉬었다. 스무 개입 키세스 초콜릿 한 봉지만큼. 겨드랑이를 지나 팔뚝 안쪽을, 허리를 지나 골반과 허벅지를. 여기도 좋아? 응. 얼마만큼? 투게더 아이스크림 한 통을 앉은자리에서 다 퍼먹은 것만큼. 몸이 나른하게 가라앉았고 나는 피가 맑아지기 시작했다. 몽롱해지는 내 귀에 대고 승미는 속삭였다. 여기가 기정혈이야. 여기는 천주혈. 잘 기억해, 알았지? 넌 똑똑하잖아. 여기는 양강혈. 여기는 명문혈.

승미의 목소리가 지금도 귓가를 간질인다. 그대로 자면 돼. 생각하지 말고 잠들어. 내가 너 해줄 테니까. 지금은 내가 너 해줄 테니까.(186~187쪽)

소녀들 사이에 짙게 깔리는 관능적인 공기는 이상하리만큼 평화롭다. 부서진 말들 사이에서 부유하던 소녀들은 귓가를 간질이는 속삭임과 함께 조심스럽게 서로의 몸을 접촉해나간다. 움찔거리다 나른하게 가라앉는 몸, 깊게 들이쉬는 숨, 몽롱해지는 정신을 동반하는 정직하고 내밀한 접촉 속에서 죽음을 향해 재촉하듯 움직이던 소녀들의 위태로운 발걸음은 잠시 멈춰진다. 내밀하게 떨리는 몸들은 가늘고 창백한 실들이 얽히듯 겹쳐지며, 두 소녀는 조용한 희열 속에서 충만감에 다다른다. 맑은 피를 갈망하는 '까진' 소녀들이 서로에게 기대고 포개어질 때, 이들은 원초적인 차원에서 접촉하며 교감한다. 이 성애적 장면은 소녀들을 순수성의 표상으로 남겨두는 대신 끈적임 속으로 밀어넣지만, 운내를 흐르던 탁한 공기는 이 순간에 잠시 맑게 정화되는 것 같다. '나'가 승미에게 느끼던 깊은 동질감은 밀착된 몸들의 틈새에서 비로소 멸시와 공격성의 날카로움 없이 순하게 흘러나온다. 그러나 이들의 몸은 학대와 착취 바깥의 안온한 밀실에 남지 못한다.

"내 피는 긁는다고 맑아지고 그런 피가 아니야"(187쪽)라고 단호히 말했던 승미가 사혈을 시도한 후, 두 사람의 짧은 낮잠 끝에 찾아오는 것은 깊은 적막이다. '나'는 "어딘가에서 올 하나가 풀려버린 것을, 종이가 울어버린 것을, 아주 중요한 조각 하나를 잃어버린 것을"(191쪽) 느끼지만 승미가 죽었다는 사실을 부인한 채 성장한다. 폭풍같이 찾아오는 식욕에 지고, 몸에서 나는 것들을 자로 재고, 계란은 완숙만 먹는 인물로 자란 '나'는 승미의 마지막 말을 기억하며 방 한 칸에 항상 불을 켜둔다. 이 성장에는 세계에 대한 일말의 타협도 조화도 없이 기괴한 생명력을 발산하는 육체적인 확장만이 있다. '나'의 성장은 부모 같은 초자아적 존재로부터 인정받거나 그 존재를 극복하면서 이루어지는 대신, 또래 여성인 승미의 죽음을 품어내며 이루어진다. '나'가 품은 기억 속에서 승미는 훼손된 소녀가 아니라 자신의 섹슈얼리티를 발산하며 생동하는 주체로 남은 채 소멸되지 않는다. 그리고 '나' 역시 세계에 포섭되지 않지만, 그렇다고 비의적인 존재로 남지도 않는다. 이 기괴하고 탁하게 고여 있는 시간은 승미의 존재를 하나의 불빛으로 온전히 보존한다. 자연이 무심하게 매해 목련을 피워내듯, 육체만이 자라는 이 기괴한 성장 속에서만 품을 수 있는 존재도 있을 것이다. 생전에 이미 시간이 멈춰 열한 살에 머물러 있던 승미는 성장이 멈춘 '나'의 세계 속에서 비로소 "짧고 외로운 낮잠을 자는 여자"(195쪽)로 자라나 조금은 청승맞고 조금은 굼뜨게 살아가고 있다는 것을, 오직 이 성숙한 소설만이 알고 있다.

3. 허공을 가르는 힘

「눈으로 만든 사람」과 「나와 내담자」 「내게 내가 나일 그때」는 '폭력 생존기' 3부작이다. 어떤 일이 있었는가. 자신을 충분히 방어할 수 없었고, 일어난 일을 충분히 의미화할 수도 없었던 어린 여자아이에게 친족으로부터 성적인 폭력이 가해졌다. 꽤 많은 시간이 흘러 그 여자아이는 딸아이를 키우는 기혼 여성이 된다. 그런데 어느 날 그때의 일이 다시 찾아온다. 「내게 내가 나일 그때」의 유정은 한 산문에서 "친족 성폭력 얘기를 쓴 자신의 소설이 자전적 경험을 모티프로 한 것임을 밝히"(247쪽)고 나서, "기이할 정도로 끈질기게 잠복돼"(246쪽) 있던 감각이 격렬히 자신을 타격해오며 자신이 놓여 있던 좌표를 어떻게 이동시켜버렸는지 말한다. 유정을 괴롭게 만드는 것은 "가족들은 모두가 이전의 상태에 있고 유정 혼자 이후의 상태로 와 있다는 것"(248쪽)이다. 유정은 오래된 과거와 결부되어 쉽사리 해결할 수 없는 주관적 고통에 붙들려 있으며, 무엇보다 자신이 써온 것을 가장 가까운 이들에게도 온전히 이해받지 못한다는 무기력에 시달린다. 그는 지금 허공 위에 홀로 떠 있다.

그런데 이 폭력 생존기 3부작에서 인물이 통과해온 파괴적인 경험을 서술하는 방식은 다른 글들과 꽤 다르다. 대개는 일상의 주형틀을 벗어나는 끔찍한 사건이 먼저 있고, 이로 인한 고통을 언어를 통해 길들이며 일상적인 정체성 안으로 통합시킨다. 하지만 폭력 생존기 3부작에서 언어는 역으로 고통을 확장하고 안정된 정체성을 무너뜨린다. 고통이 언어 속으로 들어와 은밀하게 파묻히는 대신 언어를 타고 오르며 구체적이고 생생하게 살아나고, 일상에서 배당된 자신의 역할과 정체성은 파열에 이른다. 여기에는 관습적인 재현의 방식이 없다. 소설은 인물이 겪는 고통의 원인인 사건을 추체험하게 함으로써 즉물적으로 동일시하지도, 섣불리 개입하거나 판단하지도 않는다. 사건 후 오랜 시간이 지났음에도 여전히 깊이 새겨져 있는 흔적들을 더듬어나가며 세계에 대응하는 인물의 몸을 드러낼 뿐이다. 이 또렷한 고통 속에서 언어는 비로소 마비적인 대치 상태로부터 달아난다. 인물들은 여전히 그 사건의 자장 안에 놓여 있지만, 가해자의 반성할 줄 모르는 무능력과 뻔뻔스러운 자기기만에도 불구하고 고통의 구체적인 시간성 바깥으로 나아간다.

그 고통의 바깥으로 나아가는 지난하고 기나긴 여정의 맨 앞에 놓인 소설이 「눈으로 만든 사람」이다. 소설 서두에 등장하는 삽화에는 한겨울에 아기가 태어난 직후의 일들이 마치 동화나 설화처럼 부조되어 있다. 아기를 만지고, 안고, 업어보고 싶어하는 소년의 열망은 어른들이 약속한 시간이 지날 때마다 천천히 하나씩 충족된다. 동화나 설화에서 소망 충족의 지연은 독자를 불안에 빠뜨리지 않는데, 그 속의 사건은 대개 주인공의 소망이 이루어지는 방향으로 또 오래전부터 운명 지어진 대로 일어나기 때문이다. 이 삽화를 처음 읽어나갈 때 순수하게 다가오며 심리적으로 동참하게 되던 소년의 열망은 소설을 읽은 후 파괴적인 사건을 예비하는 끔찍한 무지로 뒤바뀌어 읽힌다. 이 징그러운 무지의 결정론적 세계관 가운데에 아기의 '삼촌'인 소년이 만든 '눈사람'이 있다.

그런데 소설은 이 눈사람의 형상이 세대를 뛰어넘어 반복되는 것을 보여주는 한편, 그것이 맥없이 녹아내리고 마는 모습도 보여준다. 반복되는 눈사람의 형상 아래에는 끈질기게 이어지는 생존과 번식의 힘이 있다. 소설이 부러 성씨까지 붙여 인물들의 이름을 호명할 때, 가족을 비롯한 친족 간의 비슷한 외양과 친밀한 행동들은 이질적으로 다가온다. 부녀 관계인 백은호와 백아영이 공유하는 외양과 행동들은 문득 생경하고 이물스럽게 느껴지며, "성이 다른 일가족"(95쪽)이 아무렇지도 않게 저질러온 무례와 폭력들은 또렷하게 부조된다. 그리고 그 일가족 가운데 아버지의 막내 남동생의 아들인 강민서가 강윤희의 집에 잠시 머무르게 되면서 서사에 긴장감이 돌기 시작한다. 강민서는 바로 "세균 범벅인 이 물질을 강윤희의 질 속에 넣고 휘젓던 강중식"(97쪽)의 아들이고, 강윤희에게는 성조숙증 확진 판정을 받아 '초경지연탕'을 먹고 있는 어린 딸 백아영이 있기 때문이다. 강윤희는 시어머니의 확고한 믿음에 따라 "어려서부터 성호르몬제를 맞고 번식을 반복한 초식 동물들의 고기"(108쪽)를 백아영이 아기 때부터 먹어왔다는 사실을 자극적으로 받아들인다.

그런데 강윤희는 고기에 집착하는 백은호와 백아영과 달리, 강민서의 담백한 음식 취향이 자신과 거의 흡사한 것을 보고 놀란다. 그 음식들이 조부모가 생존해 있던 시절 그 아래서 강중식과 같이 살면서 먹어온 것이라는 사실을 깨달으면서도, 자신이 차린 음식을 정성스럽게 먹는 강민서를 보면서 강윤희는 본능적인 호감을 느낀다. 강민서는 특유의 섬세함으로 강윤희가 잠을 이루지 못하는 새벽에 홀로 기척을 감지하고 말을 걸어오고, 어려서부터 강윤희가 야무지고 예뻤다는 말을 들었다고 전하고, 강윤희가 눈사람을 만들어줬던 기억을 소중하게 간직하고 있다. 그래서 "그럼 우리 엄마는 어떻게 울게?"(123쪽)라는 백아영의 질문에 강민서가 정적 속에서 물끄러미 강윤희의 눈을 바라볼 때, 그 시선이 주는 기이한 힘은 강윤희에게 위로로 다가온다. 이 소년의 천진한 얼굴과 응시는 넘실거리는 불안에 압도되어 있는 강윤희를 불안의 바깥으로 부드럽게 끌어낸다.

소아림프종에 걸렸던 강민서의 예후가 좋지 않다는 검사 결과가 나오고 강중식이 눈물을 흘리며 강윤희에게 "다 내 죄"(125쪽)라고 말하면서도 "손가락밖에는 안 넣었다"(같은 쪽)는 말을 던질 때, 그의 반성할 줄 모르는 무능력과 무책임은 끔찍하고도 역겹다. 뻔뻔하게 자신의 행위를 부정하면서도 아들이 병에 걸린 사실과 그 행위를 연결하는 그의 일그러진 인과관계는 여전히 순환하고 있는 생물학적 굴레를 드러낸다. 하지만 한파 특보가 해제된 뒤 강윤희가 보게 되는 것은 녹아버린 눈사람과 그 물 위에 떠 있는 흑미들이다. 강민서가 만들었던 눈사람은 유순하게 녹아내리고, 강윤희가 겪었던 고통은 백아영에게로 대물림되지 않는다. 이제 눈사람은 설화의 세계관 속의 강건한 고체성을 지닌 것이 아니라, 자연의 흐름에 따라 녹아 흘러내리고 증발하는 유약한 액체성과 기체성을 지닌 것으로 변한다. 이 유연하게 흐르는 새로운 자연관은 폐쇄적인 순환의 굴레에 갇힌 생물학적 세계관을 부수고 들어온다. 그 자리에서 '눈으로 만든 사람'이란 제목을 다시 보면, 한때 위협적이었던 누군가의 존재는 맥없이 녹아내리며 세계에서 사라지는 것 같다.

「눈으로 만든 사람」에서 「내게 내가 나일 그때」로 넘어가는 자리에 「나와 내담자」가 있다. 「나와 내담자」의 특징적인 점은 화자가 트라우마에 시달리는 당사자가 아닌 상담자라는 것이다. 소설은 심리치료를 받는 내담자 강수영을 관찰한 상담자의 기록 일지라는 형식을 통해 진실의 조각들을 모으면서도 피해자가 원치 않는 고백의 자리에 놓이거나 관음의 대상이 되는 것을 막는다.

내담자 강수영이 열 번에 걸쳐 만들어간 모래 상자를 통해서 우리가 추정하거나 확신할 수 있는 것은 지극히 미미하다. 강수영이 어린 시절에 놀러갔던 시골집을 회상하며 "내가 불러도 할머니한텐 당연히 안 들리겠지"(138쪽)라고 말할 때 그 목소리에 묻어나는 고립감과 함께 현재 자신의 엄마와 딸아이 모두에게 애착과 부담을 느낀다는 것 정도를 짐작할 수 있을 뿐이다. 상담의 한가운데 놓인 이미지는 웃지 않은 채 시멘트 축대 앞에 서 있는 한 여자아이의 사진이다. 강수영이 모래 상자로 "네모난 구멍이 세 개씩 뚫려 있는 **시멘트 블록**"(144쪽)을 가져오며 그 안에 자신과 남동생 둘과 남자 사람 1이 있었고 남자 사람 1이 남동생들을 폭행했다고 말한 설명을 떠올려보면, 사진 속 소녀의 모습은 시멘트처럼 강건하고 간교한 남자 사람 1의 폭력 앞에서 보호받지 못했던 원형적인 이미지라고 추정하게 되지만, 이런 방식으로 소설을 독해하면 할수록 이 소설을 정확하게 감각하기보다 소설에서 멀어지는 것처럼 느껴진다. 오히려 이 소설에서 독자인 우리가 강수영으로부터 끝내 무엇을 읽어낼 수 없는지, 그 속에서 상담자인 화자는 무엇을 읽어내는지를 살피는 것이 훨씬 더 중요해 보인다.

10회기에 걸쳐 상담을 진행하는 동안 강수영은 자신에게 벌어진 가장 결정적인 사건에 대해 이야기하거나 진실을 토로하지 않는다. 그 자리를 채우는 것은 모래 상자를 앞에 두고 미심쩍어하는 얼굴, 마지못해 일어나 모래 상자에 넣을 소품을 가져오거나 때로는 모래를 상자 밖으로 다 퍼내버리고 싶다고 말하는 모습이다. 그러나 그는 대기실에서 마주친 다른 아이의 엄마처럼 아이의 문제가 자신 때문이라고 생각하는 것에 대해 저항감을 느끼기도 하며, 어떤 날은 멈추기 어려울 정도로 눈물을 흘리기도 한다. 소설은 강수영이 말한 내용이 아니라, 말할 수 없고 행위할 수 없는 그의 상태로부터 드러나는 진실을 보여준다. 이 소설을 통과하며 우리가 알게 되는 것은 날것의 트라우마가 아니라 강수영을 둘러싸고 있는 지극히 예민한 고통의 껍질 그 자체다. 소설은 끝에서 내담자인 강수영과 상담자인 화자를 겹쳐둔다. 강수영의 첫번째 상자 사진을 꺼내 자신의 첫번째 상자 사진과 비교해보는 화자는 강수영에게서 자신의 과거를 읽어내는 것처럼 보인다. 그는 무엇을 읽어낸 것일까. 이 역시도 해독의 불가능성 속에 남겨져 있다. 하지만 화자의 시선을 통해 관찰자로 자리해 있던 독자들은 이 순간에 문득 강수영에게 자신의 무언가를 투사하거나 강수영에게서 뭔가를 읽어내고 있었는지 묻게 된다. 이 질문 자체에 소설의 형식이 선취한 윤리와 위로가 함께 있다. 타인의 고통이 자신과 겹쳐질 때 비로소 고통은 분석의 대상이 아닌, 오롯이 고유한 고통 자체로 남아 응시의 대상이 된다.

그 응시는 「내게 내가 나일 그때」에서 다른 방식으로 이어진다. 이 소설은 친족 성폭력에 대해 쓴 소설이 자전적 경험을 모티프로 한 것임을 밝히고 난 후 새로운 상황을 맞닥뜨리게 된 소설가 유정의 이야기를 다룬다. 유정은 그 일이 있은 지 삼십 년이나 지났기에 앞으로 치고 나갈 수 있다고 생각했으나, 자기 극복은 그리 쉽게 이루어지지 않는다. 그동안 유지해왔던 모든 것들은 어그러지고 유정은 감정의 극단을 오가며 해결 불가능한 상황으로 치닫는다. 소설은 자전적 경험이 담긴 글을 쓴 후에 유정이 느끼는 고통을 언어로 구체화하는 데 많은 부분을 할애하고 있다. 그런데 이 소설에서 가장 핵심부에 놓여 있는 문제는 자신을 가해한 인물에 대한 감정이 아니라, 가족들과 주고받는 영향에 있다. 유정은 가족들한테 정식으로 얘기하지 못한 이 일이 지금 어떻게 받아들여지고 있는지 알 수 없다. 유정은 "어떤 분열도 겪지 않고 제정신으로 가족들을 보는 것"(264쪽)을 간절히 소망하나, "무언가를 체념한 채로 계속 가족들을 보면서 그런 자기 자신을 다시 혐오하게 되는 것"(같은 쪽)을 두려워한다. 가족을 보호해야 한다는 안간힘과 그랬을 때 필연적으로 수반되는 자기 파괴를 감지하며 유정은 조증과 울증을 쉼없이 오가며 숨쉬듯 고통받는 중이다. 남동생 유태와 함께 고향 미산으로 가게 된 유정은 허공에 세워진 휴게소에서 창용이 오빠네 가족과 이야기를 나누는 시시각각 "소리 없이 곤두박질치게 될 것 같다는 예감"(256쪽)을, "발밑에 들어찬 허공"(257쪽)을 느낀다. 그런 유정이 가학적으로 겨냥하는 대상은 남동생 유태다. "술 먹으면 자꾸, 죽고 싶어져서요"(261쪽)라는 말로 유정은 자신과 유태를 동시에 찌르며 유태에게 폭력적으로 상처와 고통을 전가하고, 이 앞에서 유태는 "누나는 한 번이라도, 소설보다 먼저, 가족들 생각을 해본 적이 있어?"(265쪽)라는 말로 응수한다. 이때 유정이 상담 선생님을 향해 토로하는 절규의 단문들은 날카롭게 찌르며 들어온다. 어떤 설득과 이해의 말도 소용없는 극도의 절망 속에서 유정은 자신이 오랫동안 원해온 것이 "이해받지 못하는 몸을 없애는 것"(269쪽)이라며 가슴을 내리찍다 혼절한다.

그런데 놀랍게도 이 순간에 유정이 무너지는 것을 가장 먼저 알아채고 다가온 사람은 창용이 오빠의 아내이자 베트남 여성인 디엔이다. 소설은 유정이 어린 시절 가까이 지내던 창용이 오빠가 평소처럼 자전거를 태워주겠다는 제안을 친구들 앞에서 했을 때 자신이 돌연 차갑게 거절했던 일에 대한 심리적 부채감을 보여주며 시작됐었다. 그런데 막상 다시 만난 창용이 오빠는 이를 기억하지 못하고, 그에게서 느껴지는 것은 유정과 유태의 경제적·문화적 자본을 향해 노골적으로 드러내는 속물성이다. "나는 그냥 노가단데"(255쪽), "한국말 늘더니 한국 여자들 하는 건 다 하고 싶어해서 큰일"(같은 쪽)이라는 창용이 오빠의 말 속에는 이주 여성인 자신의 아내에 대한 계급적 멸시가 녹아들어 있다. 어린 시절 순박하고 무해한 사람이었던 그는 이제 가부장제 자본주의 속에서 영악한 수혜자로 자리해 있다. 그러니 그 구조 속에서 처음부터 불리하게 시작된 운명과 비자발적인 휘둘림 속에 있었을 디엔이 유정을 알아본 것은 필연적인 일이었을 것이다. 디엔은 유정에게 무슨 일이 있었는지 전혀 알지 못하지만, 고통받는 그를 허공의 휴게소에서 발 디딜 수 있는 미산의 땅으로 기어코 데리고 온다.

디엔의 집에서 하룻밤을 묵은 다음날 유정은 미산을 산책하며 해바라기센터 진술녹화실에 갔던 날을 떠올린다. 선생님과 마주앉아 문서를 작성하던 그날의 기억은 간명하게 서술되어 있지만, 섬뜩한 인상을 남긴다. 여기에는 삶에서 끝내 지워지지 않을 얼룩을 흔들리지 않고 지그시 바라보는 시선과 안간힘이 있다. 여전히 손쉽게 극복을 말할 수 없으나 그날부터 유정은 자신을 살리려는 구원의 시도를 했고, 이제 자신을 다시 복잡한 결의 언어들 위에 세우려 한다. 디엔이 자신을 폄하하는 남편과 무관하게 자기만의 일상을 성실히 꾸려가고 있는 것처럼. 디엔과 다음을 기약하는 담백한 인사를 나누고 돌아가는 길에 유정이 떠올리는 풍경은 마당 평상에 놓여 있던 물건들이다. "못이 박혀 있는 각목과 잘 익은 감 서너 개, 때가 탄 로프와 주먹맨드라미 몇 송이"(274쪽)는 이상한 평화로움을 품고 있다. 사나운 공구와 부드러운 자연의 과실이 섞여 있는 이 풍경은 불균등한 가운데서도 조화롭게 어울린다. 인생의 끔찍하고 사나운 면과 달큰하고 부드러운 면이 서로 섞여 들어가 하나의 풍경을 이루는 일이란 너무나 당연하다는 듯이.

고통을 느끼는 인물을 또다른 폭력의 구조 속에 갇혀 있는 누군가가 이해를 담은 눈빛으로 응시하는 구도는 폭력 생존기 3부작에서 공통으로 나타나는 것이다. 「눈으로 만든 사람」에서 강윤희를 물끄러미 바라보던 강민서의 시선이 그러하고, 「나와 내담자」에서 자신의 사진과 강수영의 사진을 겹쳐 보던 상담자의 감정이 입이 그러하며, 「내게 내가 나일 그때」에서 원하지 않는 속박을 견디어나가는 디엔이 유정을 빠르게 구해내던 순간이 그러하다. 자신과는 다르지만 역시 고통받고 있던 그들의 응시 속에서 이 폭력 생존기 3부작의 인물들은 '집'을 나와 '상담소'로, 그리고 고향 미산의 '휴게소'로, 마침내 '미산'의 그 핵심 풍경 속으로 들어선다. 그렇게 인물들은 허공을 부수고 자신에게 가해진 상처의 기원 위에 단단히 발을 딛고 선다. 「내게 내가 나일 그때」의 마지막 장면에서 빠른 속도로 터널을 달려가는 유정의 모습은 여전히 위태로움을 품고 있지만, 미산으로 갈 때와 달리 유정이 직접 운전대를 잡은 채 허공을 가르며 집으로 돌아가고 있다는 점을 주목할 필요가 있다. 어떤 사건을 '경험했던 나'와 '후회하는 나'는 '그 일을 쓴/쓰고 있는 나'의 강인함 속에서 충돌하며, 최은미는 '내게 내가 나일 그때'를 향해 계속 달려나가는 중이다. 여기에 후회가 없을 수 없겠으나, 이 후회 속에서 자아는 무한히 높아지고 무한히 넓어진다. 그 깊이와 넓이로 최은미는 폭력을 생존으로, 생존을 구원으로 새롭게 번역한다. 자신을 무너뜨린 허공을 팽팽하게 가르며 찢고 나온 이 구원의 글쓰기만큼 생생하고 활기차고 투명하게 아름다운 것을 나는 본 적이 없다.

4. 만난 적 없는 새로운 사랑의 얼굴

이번 소설집의 화자들이 죽음을 품어내고 폭력을 다시 맞닥뜨리며 실존적 고민과 분투를 거치는 밑바탕에는 유자녀 기혼 여성의 일상이 자리하고 있다. 「여기 우리 마주」는 코로나19 시대를 배경으로 기혼 여성들에게 어떤 방식으로 성역할이 강제되며 돌봄 노동과 감정 노동의 강도가 심화되는지 그려나간다. 화자는 홈 공방을 구 년째 운영하다 비로소 상가를 계약해 자신의 수업 공간을 꾸린 참이다. 치열하게 경제활동을 하면서도 집에 와도 쉬는 기분이 안 든다는 남편의 불평에 미안한 마음을 가져야 했던 화자에게 '홈'으로부터의 독립은 절실한 염원이었을 것이다. 그러나 감염병 위기 경보가 경계에서 심각으로 격상되며 대부분의 클래스가 취소되고 남편의 급여도 삭감되었으나 공방의 월세와 관리비가 계속 빠져나가는 상황 속에서 화자는 민폐를 끼치는 죄인이 된 듯한 기분을 느낀다. 그런데 그가 겪는 난감함은 비단 "불특정다수의 방문을 원했고 불특정다수 모두를 의심"(58쪽)하면서도 그 모두와 접촉해야 하는 자영업자의 보편적인 고난에 의한 것만은 아니다. "일 때문에 가족들한테 민폐를 끼치는 것 같은 그 기분"(59쪽)과 가족 구성원의 안전을 책임져야 한다는 강박은 정확히 기혼 여성들만이 느끼는 감정이다.

그 배경에는 아이들을 데리고 밖으로 나갈 때면 어디서 뭘 해도 쉽게 비난을 받고 쌍욕을 들어야 하는 여성 혐오 사회가 있다. 기혼 여성들은 집밖으로 나서는 순간부터 이미 분열과 고립을 겪으며 착취의 대상이 된다. 여성이라는 이유만으로 도로 위에서 가장 쉽게 공격의 대상이 되곤 하지만, 운전과 차량 보조를 동시에 할 수 있다는 이유로 선호되기도 한다. 수미 또한 학원 운영자들이 오래 잡아두고 싶어하는 '여자 기사님'이다. 수미가 "정확한 차량 시간과 아이들 승하차 안전 둘 다에 신경을 쓰느라 늘 곤두서"(67쪽) 있는 동안, 상가에 공방을 낸 화자 또한 '선생님'으로 생존하기 위해 "주부로서의 노동만을 선별해서 지워"(74쪽)야만 한다. 그들은 여성이라는 이유로 직업 현장에서도 돌봄 노동을 부가받으며 이중으로 착취되는 한편, 이 젠더화된 노동의 울퉁불퉁한 흔적을 매끄럽게 지워 하나의 그럴듯한 인적 자본이 되길 요청받는다. 이에 더해 "N개의 비명"(81쪽)이 들려오는 N번방 사건까지 겹치며 코로나 시국에 딸을 키우는 기혼 여성들은 딸의 모든 사소한 행동들을 단속해야 하며 "방역의 주체가 되라"(63쪽)는 요청에도 충실히 응해야 한다. 그리고 이 바깥에는 속 편히 모녀 갈등에 대한 책이나 사오는 남편이, 아동학대 예방 안내문을 보내는 것 이상의 역할은 하지 않는 학교 행정의 수동적인 방임이 있다. 화자가 '슬래시' 기호에 의지해 해야 할 일들을 해치워나가는 모습은 코로나라는 재난 속에서 누가 더 가혹하게 의무를 부과받는지 드러내는 하나의 비명으로 다가온다.

이 기혼 여성들은 자신이 사회에서 "살짝만 당겨도 죽는 집단과 제대로 당겨도 죽지 않는 집단"(80쪽) 중 어느 쪽에 속하는지를 정확히 알고 있다. '주부 취미'라는 카테고리에 들어가는 공방에서 감염자가 나온다면 어떻게 되겠느냐는 화자의 물음에 수미는 웃으며 말한다. "우린 아마 총살을 당할걸?"(같은 쪽) 복잡하게 얽힌 혐오의 각축 속에서 온전히 자기 자신으로 살 수 없을 뿐만 아니라, 함께 마주앉아 있는데도 각자 고립되는 이들은 자신을 향하는 혐오를 다른 이에게 전이시킨다. "다 감추지 못한 적의. 가눌 길 없는 분노"(83쪽)를 품고 튕겨져나가는 호스의 물줄기는 "가장 가까운 곳을, 가장 약한 것을, 가장 사랑하는 것을"(같은 쪽) 찌른다. 그렇게 화자는 동성 연인으로 추정되는 두 남자에게 날 선 말을 하고, 수미는 "벽 하나가 부서지는 것 같은 소리. 되붙일 수 없을 만큼 그 안의 어딘가가 망가지는 소리"(85쪽)와 함께 딸에게 폭력을 행사한다. 결국 소설 속에서 코로나 확진자가 되어 오명의 대상이 되는 것은 룸살롱에 있던 수미의 남편이 아니라, 경제적 활동과 '좋은 엄마'로서의 노동을 모두 해야 했던 수미다. 기혼 여성이 느끼는 고립감과 좌절감은 그들이 사회에서 병리화되는 방식과 병치되며 잔인하게 다가온다.

1990년대 많은 여성 소설들이 가부장적 결혼 제도가 지닌 관습적 도덕과 금기를 공격하거나 조롱하는 일탈을 그려낸 바 있다. 여성 인물들은 대물려 내려오던 여성적 삶의 규범을 숙명처럼 받아들이지 않겠다는 의지의 표명으로 순수한 열정의 수호자를 자임했다. 그런데 성적 욕망을 거침없이 드러내고 실천하던 여성 인물들 안에 암묵적인 전제로 자리한 비의적인 실존적 허무가 「여기 우리 마주」에는 없다. 추상화될 수 없는 구체적인 생활과 살림과 양육 속에서 주부로서의 노동은 비가시화되며, 그들의 공허함은 슬래시로 빈틈없이 처리된다. 그들의 모성은 신화적 생명력으로 도약하지 않으며, 그들의 정념은 제도 바깥의 남성을 미화하며 바라보지 않는다. 손쉽게 병리화되는 현실 속의 기혼 여성들은 자기혐오의 족쇄 같은 모성을 이전과는 다른 방식으로 껴안고 있다. 그 모성을 품은 새로운 정념이 향하는 대상은 바로 자신과 유사한 고통 속에 자리한 기혼 여성이다.

「여기 우리 마주」에서 온전히 투명하게 해명되지 않는 수미와 화자의 묘한 애착 관계는 「보내는 이」에서 진아씨를 향한 '나'의 몰입과 무한한 열망으로 드러난다. 마주보는 아파트의 꼭대기 층에 살고 있는 두 사람은 휴화산에서 계속 피어오르는 조용한 연기 같은 열정을 품은 채 서로를 향해 침투해 들어간다. '나'가 진아씨네 베란다에서 자신의 집을 바라보며 "일어났다 사라지고, 솟아났다 흩어지고, 눌리고, 찌그러지고, 터져나와 천장에 파편처럼 박혀버린 모든 감정"(19쪽)들을 동반한 채 감정적 고양 상태에 도달하는 장면은 두 사람의 관계가 사회에서 일반적으로 용인되는 관계를 넘어서 있음을 드러낸다. 그런데 흥미로운 것은 '엄마'로서의 그들의 정체성이 관계 속에 스며드는 방식이다.

"우리 오래오래 친하게 지내자."

"우리?"

"서윤이네랑 말이야. 하윤아, 너 다른 애랑은 싸워도 서윤이랑
은 싸우면 절대 안 돼. 알지?"

엘리베이터 앞에 서서 나는 아이의 머리를 쓸어준다. 이리 보고
저리 봐도 예뻐서 얼굴을 한참 들여다본다.

"세상에서 제일 예쁜 내 새끼. 나는 니가 좋아서 정말, 가슴이
터질 것 같아."

아이를 으스러지게 껴안는다. 볼을 비빈다. 코도 비비고 이마도
맞대고 입술에도 뽀뽀, 뽀뽀. 엘리베이터에 타서도 두 손으로 귀를
당기고, 쓰다듬고, 다시 껴안고, 터뜨릴 듯이 끌어당긴다.

"숨막혀, 엄마."

엘리베이터 문이 열리자마자 아이는 탈출하듯 달려가 현관 도어
록을 누른다. 남편은 귀가 전이다. 내 집 현관에서 신발을 벗는 시
간, 나는 알알하고 허망해서 어떻게 해야 할지를 모르겠다. 허망한
채로도 이렇게 차올라서, 이 마음을 이제 어디에 쓰지.(19~20쪽)

너무 가득차서 채워지지 않는 감정을 거의 황홀경의 상태로 경
험하는 '나'는 진아씨를 향한 속절없는 끌림과 하윤을 향한 모성

을 정확히 겹쳐둔다. 아이를 으스러지게 껴안고, 쓰다듬고, 터뜨릴 듯이 끌어당기는 이 장면에 감도는 섹슈얼리티는 진아씨를 향한 마음과 겹쳐졌을 때에만 제대로 읽힐 수 있다. "아이한테 뭔가를 해주고 있다는 느낌"(18쪽), "단짝 친구를 만들어주고 있다는 느낌"(같은 쪽)을 알리바이 삼고 그것을 전략적으로 활용하는 가운데, 상대방의 질감을 갈망하는 두 사람의 관계는 확장되어간다.

그러나 그렇게 이어져온 관계는 폭염의 절정 속에서 한계에 이른다. '나'가 집으로 찾아갔을 때 진아씨는 냉동실에서 모유 유축 팩 여섯 개를 꺼낸다. 지난 십 년간 얼어 있던 모유가 고체 형태에서 서서히 허물어지는 동안, 진아씨는 식탁 의자에 젖은 솜뭉치처럼 웅크리고 앉은 채 자신이 왜 젖을 끊을 수밖에 없었는지를 말한 뒤 '나'에게 결별을 고한다. 그런데 "이게 나야. (……) 이게 다야"(33쪽)라는 말로 잘라내는 이 단호한 결별의 순간은 왜 그 어떤 장면보다 뜨거운 애정 고백처럼 다가오는 것일까. 높은 기온 속에서 땀에 젖은 채 녹아 흐르는 모유를 두고 앉아 있는 두 사람 사이에서, 그 끈적거리는 액체성이 두 사람의 육체성을 하나로 옭아매며 내밀한 섹슈얼리티를 상기시키기 때문일까. 대개의 소설에서 모유가 녹아내리는 장면은 자신을 속박해온 모성을 끊어내면서 상대방에 대한 사랑의 감정을 해방시키는 것으로 읽힐 법하다. 그러나 이 소설에서 진아씨가 모유를 녹일 때의 끈적이는 정념에서는 어쩐지 자기 파괴적인 기운이 더 진하게 느껴진다. 그는 자신의 몸을 휘돌던 모유처럼 모성 역시 자신의 일부를 구성하는 근본적인 감정으로 받아들임으로써, 그리고 그 모성을 상대방에 대한 깊은 감응과 포개놓음으로써 근원적으로 상대방과 깊이 관계를 맺고자 하는 것 같다. 이 순간에 진아씨는 감정적으로 한계에 이르러 더는 그렇게 살 수 없음을 선언하며 자기 삶의 어떤 지점을 매듭지으려 한다. 그래서 이 장면은 자신의 과거와 총체적으로 결별하는 순간이지만, 상대를 향한 속수무책의 감정을 뜨겁게 드러내는 순간이기도 하다.

이 사건 이후 "무언가가 빠져나간 것 같은 허허로운 얼굴로"(35쪽) '나'와 궁궐 야행을 함께한 진아씨는 태풍 속에서 자신을 완전히 놓아버린다. 진아씨네 베란다 창은 마구 흔들리다가, '나'가 "설명할 수 없는 기미"(41쪽)에 몸을 돌려 바라보는 순간 "안에서부터의 압력으로 부풀고 부푼"(같은 쪽) 상태로 "하얗게 터져나오"(같은 쪽)며 산산조각난다. 이후에 진아씨가 아무 말도 없이 이사를 가버린 뒤 '나'는 집으로 배달된 택배 상자를 보고서야 진아씨의 이름을 팔 년 넘게 잘못 불러왔음을 깨닫는다. 재난 이후에야 도착한 소화기, 이름을 잘못 알고 있었다는 사실에서 오는 이 황망함의 정체는 무엇일까. 소설 내내 선명하게 감각되는 것은 두 사람이 팽팽하게 주고받다 끝내는 팽창해 터져버리는 격렬한 정념이다. 그런데 소설은 끝에서 이 정념을 불가피한 낭만성으로 포장하는 대신, 관계가 무너지는 그 아래 어떤 근본적인 어긋남이

내재되어 있었다는 사실을 슬쩍 암시한다. 그 어긋남으로 인해 소설이 지니게 된 아연한 표정과 기다림의 상태는 소설 내내 이어졌던 절박함을 상기시키면서도 끝내 명확하게 정의 내릴 수 없는 그들 관계의 본질을 보여주는 것 같다. 이것은 아마, 우리가 만난 적 없던 사랑일 것이다. 파도가 밀려간 뒤에 박혀 있는 조개껍데기처럼 이 사랑의 형해에는 욕망이 증발되고 남은 허기가 있다. 이 허기는 두 사람의 관계를 절대적이고 완전하며 영원불변한 것으로 끌어올리는 대신, 불완전한 현실 속에서 일시적으로 머물다 사라져버리는 덧없는 것으로 남겨둔다. 그런데 역설적이게도 이 선택으로 인해 기혼 여성들의 얼굴은 어떤 입체성을 얻는 것 같다. 다른 여성 역시 견뎌내고 있음을 알아차리고 자신을 상대와 동일시하며 그에게 몰입해 들어감으로써 삶을 다시 날 선 감각으로 들여다보고, 자기 분열 끝에 파열되는 지점에 이르러야 끝나는 욕망이 여기에 있다. 이 파열은 특정한 방식의 삶을 강요하는 세계에 대한 분노의 표출이며, 자신의 신체와 감정을 더이상 기존의 관점에 맞추지 않겠다는 선언이라는 점에서 정치적인 표명이다. 파열 끝에 찾아온 고요 속에서 돌연 자신만이 선명해지는 그 충만한 슬픔이 바로 최은미가 새로 발견하고 있는 사랑의 정체다.

최은미가 이번 소설집에서 그려내는 다층적이고 복잡다단하고 예민한 여성들의 관계는 우리의 문학적 감수성이 새로 개척하고 있는 감정 지도의 중요한 한 단면을 드러낸다. 그 아래 여성들의 들끓는 욕망과 새로운 존재 증명의 형식이 있다. 사회적으로 명확하게 규정될 수 없기에 미묘한 현기증을 동반하는 이 관계는 자기 의지와 에너지를 황홀경의 상태로 끌어올리고, 끈적하고 축축한 파토스 아래 눌린 말들을 쏟아낸다. 불균질한 혼돈으로 출렁이는 이 상태는 여성을 시련의 존재나 신화적 존재가 아닌 생생한 감각을 지닌 탄력적인 존재로 되살려낸다. 최은미의 소설적 재능을 이끌어온 특유의 그 허기는 소중한 존재들의 죽음을 품고, 폭력으로부터 생존하기 위한 언어들을 발명해가며, 이렇게 기이하고 충만한 사랑에 이르렀다. 몸속을 휘도는 회오리바람을 견디며 최은미가 이 자리에 도달했기에, 한국문학의 촉수로 감각할 수 있는 아름다움의 영역은 새롭게 확장되었다.

작가의 말

지난 오 년 동안 발표한 소설들로 세번째 소설집을 묶는다. 실린 소설 중 가장 이른 시기의 것은 2016년 1월에 썼고 가장 최근의 소설은 2020년 여름에 썼다.

소설집을 준비하면서 그간 쓴 글들을 다시 읽었기 때문일까. 이즈음 2016년 초의 어느 저녁을 자주 떠올렸다. 그날 나는 아이와 둘이 식탁에 앉아 밥을 먹다가 지나가듯 말했다. 소설을 쓰고 있는데 제목을 뭐라고 해야 할지 모르겠다고. 그러자 지금보다 한참 작은 꼬마였던 아이가 내게 물었다. 무슨 얘길 쓰고 있느냐고. 나는 눈사람이 나오는 장면을 말해주었고, 얘기를 듣고 난 아이가 별로 고민하는 기색도 없이 말했다. 눈으로 만든 사람이라고 하면 되겠다, 라고. 2016년 1월에 쓴 소설의 제목은 그렇게 '눈으로 만든 사람'이 되었다.

나는 그때와 같은 곳에서 같은 것들을 먹으며 살고 있지만 동시에 그때와 같지 않은 곳으로 이동해와 살고 있는 것 같기도 하다. 듣고 싶지 않던 곳에서 듣고 싶어진 곳으로, 울고 있던 곳에서 말을 하고 싶어진 곳으로, 다른 시선으로 나를 말하던 곳에서 내 목소리로 나를 말하게 된 곳으로. 나는 「눈으로 만든 사람」을 쓰던 때의 나를 여전히 좀 미워하고 있지만, 이 책에 묶인 소설들이 대부분 그날 저녁에서 출발했다는 것을 잊지 않고 싶다.

그때에서 다섯 살이 더 자란 아이와 식탁에 마주앉아 다시 이야기를 나누는 걸 상상하기도 한다. 내가 오늘 쓴 것에 대해서. 2021년의 나인 채로 혼자 그날 저녁으로 넘어가 지금보다 다섯 살이 어린 딸아이를 안아보고 싶다는 생각도 한다. 2016년 1월의 나를 다시 보고 싶다는 생각은 좀처럼 들지 않지만 언젠가는 과거의 나를 안아볼 수 있기를 바라고도 있다.

그때가 오기를.

내게 내가 해주지 않은 이야기들이 아직 많기 때문이다.

그중에는 이런 것들도 있다.

나는 흔들리는 그림자에 마음을 빼앗겨본 적이 있다.

밤새 등을 밝혀본 적이 있고

아무것도 반사하지 않는 창인 채로도 바깥을 꿈꿔본 적이 있다.

빛과 동시에 존재하는 눈사람을 알고 있고

보이지 않아도 사라진 게 아닌 것들을 알고 있다.

소설을 조금은 덜 사랑하고 싶다고, 소설과 삶을 분리한 채 살고 싶다고 한쪽에선 늘 생각했지만, 내가 자기혐오에서 조금이라도 발을 뗄 수 있었다면 그건 모두 소설을 쓰던 시간 덕분이었다. 서로의 자리에서 읽고 쓰며 그 시간들을 함께 걸어온 이들 덕분이었다.

이 소설들을 쓰는 동안 가까이에서 여러 이야기를 나누어준 김내리 편집자께 감사를 전한다. 마음을 좀더 밀고 갔으면 좋겠다는 편집자님의 긴 메모 덕분에 더는 못하겠는 마음을 일으켜 내 인물에게 필요한 것을 줄 수 있었다. 그때의 소중한 경험을 오래 기억할 것이다. 해설을 써준 강지희 평론가께도 감사의 마음을 전한다. 귀한 작품을 표지에 쓸 수 있도록 허락해주신 최윤정 작가님과 이번 작업도 함께해주신 디자이너 고은이님, 이 책에 시간과 마음을 내주신 문학동네의 많은 분들께 감사드린다.

진실들을 이야기하려 할 때마다 다른 여성들을 만나게 되었다는 오드리 로드의 말을 생각했다. 황정은 작가님께 감사와 안부를 전한다.

2021년 6월
최은미

| 수록 작품 발표 지면 |

보내는 이 …… 『자음과모음』 2019년 봄호

여기 우리 마주 …… 『문학동네』 2020년 가을호

눈으로 만든 사람 …… 『자음과모음』 2016년 봄호

나와 내담자 …… 『문학3』 2018년 3호

운내 …… 『릿터』 2019년 6/7월호

美山 …… 『문학동네』 2018년 봄호

내게 내가 나일 그때 …… 문장 웹진 2019년 12월호

11월행 …… 『나의 할머니에게』(다산책방, 2020)

점등 …… 『현대문학』 2017년 8월호

문학동네 소설집
눈으로 만든 사람
ⓒ최은미 2021

1판 1쇄 2021년 1월 11일
1판 8쇄 2023년 12월 11일

지은이 최은미
책임편집 김내리 | 편집 정민교 이상술
디자인 고은이 유현아
저작권 박지영 형소진 최은진 서연주 오서영
마케팅 정민호 서지화 한민아 이민경 안남영 왕지경 황승현 김혜원 김하연 김예진
브랜딩 함유지 함근아 고보미 박민재 김희숙 박다솔 조다현 정승민 배진성
제작 강신은 김동욱 이순호 | 제작처 영신사

펴낸곳 (주)문학동네 | 펴낸이 김소영
출판등록 1993년 10월 22일 제2003-000045호
주소 10881 경기도 파주시 회동길 210
전자우편 editor@munhak.com | 대표전화 031) 955-8888 | 팩스 031) 955-8855
문의전화 031) 955-2696(마케팅) 031) 955-8864(편집)
문학동네카페 http://cafe.naver.com/mhdn
인스타그램 @munhakdongne | 트위터 @munhakdongne
북클럽문학동네 http://bookclubmunhak.com

ISBN 978-89-546-7993-0 03810

www.munhak.com